KB270429

난세를 꽃피운 시인들

六朝詩研究

孫康宜 著

張充和 署

【육조 시대 다섯 시인의 이야기】

난세를 꽃피운 시인들

순 캉이 원저 | 신 정수 번역

어회

순캉이(孫康宜, Kang-i Sun Chang) 1966 대만 동해대학(東海大學) 영문과 학사, 1976 프린스턴대학 중국고전문학 석사, 1978 프린스턴대학 중국고전문학 박사, 1999-현 예일대학 동아시아언어문학과 교수로 있으며, 저서로 *The Evolution of Chinese Tz'u Poetry*(1980), *Six Dynasties Poetry*(1986), *The Late-Ming Poet Ch'en Tzu-lung*(1991), 『文學的聲音』(2001), 『文學經典的條件』(2002) 외 다수가 있다.

신정수(申正秀) 고려대학교 중어중문학과 박사과정 중 도미, 현재 워싱턴 대학(University of Washington)에서 『문선』을 영역한 커네티컷(David R. Knechtges) 교수의 지도를 받으며 위진 문학을 연구하고 있다.

난세를 꽃피운 시인들

초판 제1쇄 발행일 2004년 7월 30일

지은이 순캉이
옮긴이 신정수
발행인 송미옥
발행처 이회문화사
주소 서울시 동대문구 답십리동 488-338 부영빌딩 503호
등록번호 제6-0532호(1992년 5월 2일)
전화 02) 2244-7912~3
팩스 02) 2244-7914
전자우편 ih7912@chollian.net
정가 17,000원

ISBN 89-8107-269-8   93820

서 문

중국은 한나라 말엽부터 수나라 이전까지 오랫동안 분열하였다. 육조(六朝)는 이 기간동안 건강(建康, 현 남경)에 도읍하였던 여섯 왕조—오(吳, 222-280), 동진(東晋, 317-420), 유송(劉宋, 420-479), 제(齊, 479-502), 양(梁, 502-557), 진(陳, 557-589)—를 말한다. 역사적으로 육조는 한족이 북방 민족에게 굴복해서 처음으로 양자강 유역으로 후퇴할 수밖에 없었던 굴욕적인 시기이다. 문학적으로 육조는 북방의 문체와 남방의 문체가 융합하고 기존의 전통과 새로운 발견들이 만나기 시작하는 시대이다. 이러한 효과는 엄청나서 원진히 새로우면서도 가장 중국적이라고 인정받는 시의 유행을 가져왔다. 또 육조시는 당나라의 서정시로 들어가는 길을 열어 주었다.

‘육조’라는 용어는 글자 그대로 이해해서는 곤란하다. 통상 3세기에서 6세기까지 남경에 도읍한 여섯 왕조를 편의적으로 육조라고 말해왔다. 혹자는 오(吳)를 빼고 서진(西晉, 266-317)부터 진(陳)까지 연속적으로 이어진 여섯 왕조로 보기도 한다. 또 이 시기 전체는 일반적으로 ‘남북조(南北朝)’라는 분열의 시대로 알려져 있다.

본문에서는 4세기 초 중국인들이 남하하면서 새롭게 발전하는 시체를 분석할 것이다. 이 시기 즉 서진 말엽 중국은 이후 거의 삼백년 동안 중원을 통치한 선비족(鮮卑族)의 탁발씨(拓拔氏)에게 무릎 꿇으면서 수백만 명의 중국인들이 양자강 아래로 피난한다. 이러한 배경에서 본다면 317년 남경에서 도읍한 동진이 '다섯' 왕조(五朝)의 출발점이다.

하지만 이 책에서는 편의상 '육조'라고 통일하겠다. '남조(南朝)' 같은 용어는 처음에는 적절하게 보이지만 사실 더 큰 혼란을 초래한다. 중국인들이 말하는 '남조'는 420년 동진이 망한 다음부터 일어난 '네' 왕조(四朝)인 유송, 제, 양, 진을 가리키기 때문이다. 따라서 이 시기에 부합하는 정확한 용어를 찾아내는 것은 상당히 어려운 일이며 다음과 같은 오래된 가정을 되짚어 볼 필요가 있다: 사조(四朝), 오조(五朝), 육조(六朝)에 상관없이 숫자로 이 시기를 명명한 이유는 왕조의 교체가 유난히 빨랐음을 시사해 준다. 이 시대 궁정은 줄곧 정쟁과 혼란에 시달렸기 때문이다.

정치적인 위기와 시 창작은 서로 밀접한 관련이 있다. 시국이 불안해지면 통상 시에서 아주 흥미로운 현상이 발생하는데 특히 중국시가 그러하다. 육조 시대의 시를 읽다보면 고대 중국에서 진정한 문학적 상상력은 사회의 위기 속에서 발생한다는 결론을 내리고 싶은 생각이 든다. 육조 시인들은 혼란한 시국을 시적 영감으로 발전시키는 감수성을 충분히 자각하고 있었다. 시인들은 비극적인 인생과 정치적 압력 속에서 느낀 혼란한 시대의 사회적 모순을 강렬하게 표출하였을 뿐만 아니라 시를 정치의 제일선으로까지 끌어들였다.

그렇지만 육조 시인들은 먼저 자아의식의 변형을 시도하면서 정치를 초월하는 여러 가지 방법들을 알고 있었다. 육조시의 발전 과정에서 가장 큰 특징은 아름다운 자연 세계에 놀라울 정도로 관심이 증가해서 더 넓은 시야로 '자아'를 보고 싶은 충동을 가지게 되었다는 것이다. 여전히 내부 감정의 표현이 시의 주요 관심사였지만 시인 자신은 조금씩 외재화 되면서 자연을 바라보게 된다. 자연의 면밀한 응시는 이제 서정의 주요 부분이 된다. 외부세계에 자아의 입장을 정립 혹은 재정립하려는 시인의 욕망은 시 창작에서 새로운 바람을 몰고 왔다. 이것을 스펙트럼으로 분사시켜보면 한 쪽 끝에는 개인화된 감정의 '표현(expression)'이 있으며 다른 한 쪽에는 자연 현상의 시각적 '묘사(description)'가 있는 셈이다. 이 책의 상당 부분은 이 두 극점이 나란히 발전하거나 혹은 합쳐지는 과정을 분석한다. 시의 두 요소인 묘사적인 면과 표현적인 면에 주목한다는 것은 결코 두 요소가 상반된다는 것을 뜻하지 않는다. 확실히 어떤 것도 완전히 표현적이거나 묘사적이지는 않다. 그러나 시 분석에서 이러한 용어의 사용은 중요한 해석을 도출시킬 수 있다는 점에서 여전히 유용하다. 묘사와 표현, 두 요소의 비율은 한 시인의 시체뿐만 아니라 시기별 문체를 결정한다. 이러한 방법론은 육조시 연구에서 특히 좋은 성과를 가져다주었다. 더구나 두 용어의 함의와 응용 범위는 시대에 따라서 변했으며 특히 문학 장르가 서로 교차할 때 더욱 그러하였다. 그리고 이후에 약간 수정되었지만 표현과 묘사를 함께 묶어서 보는 방식은 중국시를 읽는데 중요한 기준틀로 발전하였다. 본서는 이러한 접근을 시도한 필자의 의도는 중국시에서 두 개의 근본 요소가 복합적으로 발전하는 과정—때로는 연속적이고 때로는 불연속적이다—을 추적하면서 육조 시를 체계적으로 저술하는 것이 가능하다는 것을 보여 주는 것이다.

이 책의 연구대상은 도잠(陶潛, 365-427), 사령운(謝靈運, 385-433), 포조(鮑照, 414?-466), 사조(謝朓, 464-499), 유신(庾信, 513-581) 총 다섯 명이다.

8

이 시인들은 육조 시에서 표현과 묘사가 점차 합쳐지게 되는 긴 여
정을 보여주는 중요한 인물들이다. 1장은 도잠의 간절한 자아의 추
구를 살펴볼 것이다. 도잠이 보여준 역사적 자각과 자연을 통한 내
면의 승화는 개성 표현의 확장으로 발전하며 후대 서정시가 성숙하
는 초석이 되었다. 2장에서 살펴볼 사령운은 새로운 묘사방식인 '산
수시'에서 가장 전형적인 시인이다. 아울러 강남의 경치에 매료된 중
국 시인들을 간단하게 살펴볼 것이다. 표현과 묘사의 몇 가지 핵심
요소들은 포조 시에서 두드러지는데 이것이 3장의 주제이다. 4장은
남제의 귀족 문단에서 유행하였던 시적 형식주의를 고찰하려고 한
다. 사조는 이러한 혁신적인 운동을 주도한 인물이다. 아울러 묘사
적 사실주의(descriptive realism)가 발전하다가 유미적 형식주의
(aesthetic formalism)로 퇴보하는 과정을 살펴볼 것이다. 마지막 장에서
는 서정적 표현과 절제된 묘사가 유신의 작품에서 창조적으로 종합
되는 과정을 논의할 것이다. 궁극적으로 남조의 염정적인 '궁체시'
와 북조의 강건한 문학은 타향살이하던 유신의 후기 작품에서 만나
게 되며 이러한 융합은 육조시가 후대 중국의 서정시에 영향을 끼
치는 계기가 된다.

　　이 책에서 중점적인 관심 사항은 유구한 전통과 개인 창의력의
상호작용이이다. 시인들은 각자 자신의 서정적인 표현을 전범이 되
는 과거 시와 연관시키면서 자신만의 독특한 시체를 발전시키려고
하였다. 자아를 표현하려는 시인의 욕망과 전통의 지반에서 습득한
자제력 사이에는 언제나 변증법적 관계가 존재한다. 시인들이 자신
의 선행자들을 따라잡고 넘어서려는 노력들은 서정적 전통의 자각
속에서만 가능하기 때문이다. 때로 전통과 단절하면서까지 전통을
재정의 하려는 시인들도 있었다. 이들의 시도는 지나치게 급격한 변

화를 초래했기 때문에 동료들에게 무시당하거나 비웃음을 사기도 했다. 하지만 이러한 시인들은 후대 언젠가 자신을 알아주는 이(知音)가 찾아와 자신의 작품에 불멸성을 가져다 줄 것이라고 확신하고 있었고 여기에서 근본적인 만족을 얻었다. 이렇게 후세인의 이해를 기다리는 태도는 중국에서 문학이 부흥하는 가장 결정적인 요소가 되었다.

이 책에서 다루고 있는 다섯 시인들은 이러한 문화적 유산 속에서 살아가면서 자기만의 서정성과 새로운 목소리를 찾으려고 노력하였다. 새로운 문학 속에서 자신들의 시가 궁극적으로 불멸성이라는 거시적인 안목에 기여하기 바랬던 것이다.

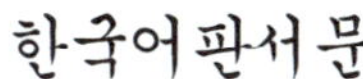

한국어판 서문

20년 전 육조 시 연구를 시작했을 당시 안타깝게 이 주제는 미국에서 거의 주목을 받지 못했습니다. 하지만 저는 여전히 육조 시대가 중국 문학의 발전에서 결정적인 역할을 하였다고 믿었으며 확연하게 보이는 당시 학계의 공백을 메워 보겠다는 마음이 이 작업을 착수하게 된 중요한 동기 중의 하나였습니다. 본인은 가능한 개념과 문화적 맥락에 충실하고 싶었고 또 각 분야가 다른 분야에 도움을 줄 수 있다는 믿음을 가지고 역사적, 문학적, 문화적 측면들을 모두 끌어내는 학제간 연구를 시도하였습니다. 육조 시인들의 삶과 작품들을 연구할 때 당시 문학과 문화를 문인 계층의 작품과 통속 문화가 창조적으로 융합하는, 즉 '묘사적(descriptive)' 충동과 '표현적(expressive)' 충동이 뒤섞인 산물로 정의하려고 하였습니다. 물론 본인의 연구는 당시로서는 대답할 수 없었던 많은 질문들을 양산하였지만 그래도 여전히 독자층을 확보할 것이라고 확신했습니다. 오늘날 이 책이 구미 각국에서 중국문학 수업에서 주요 교재로 광범위하게 사용되고 있는 사실을 생각해 보면 본인의 소망이 이루어 졌다는 것은 의심할 나위가 없습니다.

　다른 시대에 대한 본인의 연구 성과로 생각해 보건데 육조 시대는 중국의 전통에서 참으로 약진의 시대였고 창조적 종합(creative synthesis)의 시대였다고 더욱 확신하게 되었고 따라서 육조 시대에 대한 연구가 좀 더 면밀하고 절실하게 요청된다고 생각합니다. 이러한 시점에서 뛰어난 중문학도인 신정수 군이 본서의 한국어 번역을 완성해 주어서 무척 기쁘게 생각합니다. 특히 요즘과 같은 세계화 시대에 신정수 군의 작업은 한 권의 책이 새로운 언어로 번역되면서 자신의 잠재적 영향력이 최대한으로 실현되는 과정을 잘 보여주고 있습니다. 본인은 이 책의 한국어판이 독자에게 도움이 되기를 진심으로 희망합니다.

캉이순창(Kang-i Sun Chang)

예일대학교

2003, 8월

일러두기

1. 인명, 서명, 작품명에 나오는 한자어는 처음에 괄호 안에 한자를 표기하고 이후에 한글로 표기한다.

2. 중화민국(1911-현재) 이전의 한자어는 한국어 발음으로 표기하였고 이후는 중국어 발음으로 표기한다.
   예) 『도연명집(陶淵明集)』, 천인꺼(陳寅恪)

3. 중국어의 영문 표기는 한어병음을 원칙으로 하지만 서명, 논문명 등 이미 통용되고 있는 웨이드(Wade-Giles)식 표기는 그대로 둔다.
   예) Jiankang(建康), *The Book of Lieh-tzu* (London: J. Murray, 1960)

4. 본문에서 자주 인용되는 서적들은 서명만 적는다. 서지사항은 아래와 같다.
   · 『전한삼국진남북조시』: 띵후바오(丁福保). 『全漢三國晉南北朝詩』. 上海, 1961 재판 전3권; 타이베이: 世界書局, 1969.
   · 『중국역대문론선』: 꾸어샤오위(郭紹虞). 『中國歷代文論選』, 개정

판 전4권, 上海: 古籍出版社, 1979-1980.
· 『중국문학사논문선집』: 루어리엔티엔(羅聯添) 편. 『中國文學史論文選集』. 2권. 타이베이: 學生書局, 1978.
· 『천인꺼선생문사논집』: 천인꺼(陳寅恪). 『陳寅恪先生文史論集』. 1,2권. 홍콩: 文文出版社, 1973.
· *The Vitality of the Lyric voice: Shih Poetry from the Late Han to the T'ang*: Lin, Shuen-fu and Owen, Stephen eds. Princeton: Princeton Univ. Press, 1986.
· 『사선성집』: 사조(謝朓). 홍슌롱(洪順隆) 교주. 『謝宣城集』. 타이베이: 中華書局, 1969.
· 『사선성시』: 사조(謝朓). 이즈팡(李直方) 편. 『謝宣城詩』. 홍콩: 萬有圖書公司, 1968.
· 『사령운시선』: 사령운(謝靈運). 예시아오슈에(葉笑雪) 주. 『謝靈運詩選』. 上海: 古典文學出版社, 1957.
· 『포참군집』: 포조(鮑照). 치엔쭝리엔(錢仲聯) 편. 『鮑參軍集』. 上海: 古典文學出版社, 1980.
· 『시품』: 종영(鍾嶸). 천옌지에(陳延傑) 주. 『詩品』注. 홍콩: 商務印書館, 1959.
· 『송서』: 심약(沈約). 『송서(宋書)』. 전8권. 北京: 中華書局, 1974.
· 『도연명집』: 도잠(陶潛). 루친리(逯欽立) 편. 『陶淵明集』. 北京: 中華書局, 1979.
· 『문선』: 소통(蕭統) 편. 이선(李善) 주. 『昭明文選』. 전2권. 재판 타이베이: 河洛圖書出版社, 1975.
· 『문심조룡』: 유협(劉勰). 판원란(范文蘭) 주. 『文心雕龍』주. 1947; 재판 전2권. 北京: 人民文學出版社, 1978.

·『악부시집』: 곽무천(郭茂倩) 편.『樂府詩集』. 전4권. 北京: 中華書局, 1979.

·『유자산집』: 유신(庾信). 예번(倪璠) 주.『庚子山集』. 北京: 中華書局, 1980.

서진 말엽 왕조가 흔들리면서
처음으로 중원(中原)은 주인을 잃어버렸지.
백성들이 담벼락 밑에서 새우잠을 청할 때면
짐승 같은 오랑캐들 길가에 득실득실.
다섯 마리 말이 남쪽으로 내달리고
형혹(熒惑), 세성(歲星), 태백(太白) 세 별이 동쪽에 모였네.
한 사나이 양자강을 건너 나라를 세우니
처음으로 선조의 정든 땅을 떠나 내려왔지.

逮永嘉之艱虞

始中原之乏主

民枕倚於牆壁

路交橫於豺虎

值五馬之南奔

逢三星之東聚

彼凌江而建國

始播遷於吾祖

-유신(庾信), <강남의 슬픔(哀江南賦)>-

목 차

제1장 | 도잠

서정적 목소리의 정의

제2장 | 사령운

새로운 묘사 방식의 개발

목 차

서정적 목소리의 정의

1. 개인으로서 시인

도잠(陶潛, 365-427)은 수백 년 동안 중국문학에서 최고의 시인으로 추앙받아왔다. 뛰어난 문학적 혁신을 중국문학 특유의 유장한 서정 전통과 통합시켰다는 점에서 두보(杜甫, 712-770) 정도가 도잠의 반열에 오를 수 있다. 이처럼 한 개인이 강렬한 창조성과 종합능력을 모두 갖추려면 통상 강성한 시기에 살아야 한다. 하지만 이상하게도 도잠이 살았던 동진(東晉, 317-420) 시대는 당대(唐代)나 한대(漢代) 같은 강한 제국의 시대가 아니었다. 동진 시대는 상대적으로 시적 생명력이 떨어졌으며 양(梁)나라 걸출한 문학비평가 유협(劉勰, 약 465-522)은 다음과 같이 동진 시를 평가하였다.

江左篇製, 溺乎玄風 …

동진시대 강남의 문장은 현학에 빠져 있었다. …

During the period of the Eastern Jin(317-420), literary writings were
mired in the Neo-Taoistic discussions. ···
『문심조룡』「명시(明時)」, 제1권, p.67

종영(鍾嶸, 459-518) 역시 『시품(詩品)』에서 유려한 문체로 당시 상황을
비슷하게 기술하고 있다.

永嘉時, 貴黃老, 稍尙虛談, 于時篇什, 理過其辭, 淡乎寡味, 爰及江
表, 微波尙傳. 孫綽, 許詢, 桓庾諸公詩, 皆平典似道德論.

영가(永嘉, 307-312) 시대는 황제와 노자를 숭상하고 공허한 담론을 좋아
했다. 그래서 당시 작품들은 수사보다 이론이 지나쳐 담박하긴 했지만
맛이 없었다. 이러한 분위기가 동진 시대까지 전해져 손작(孫綽, 320-377),
허순(許詢, ?-365), 환온(桓溫, 312-373), 유량(庾亮, 289-340) 등의 시가 모두
『도덕경』 같은 평담한 격언 같았다.

During the Yongjia period(307-312) Taoism was highly valued, and
people took pleasure in abstract philosophizing. The writings of
the time were characterized more by intellectual reasoning than
by literary aesthetics; their lack of flavor makes them quite dull.
This tendency was thus passed on to the Eastern Jin. Poems by
Sun Chao(320-377), Xu Xuan(?-365), Huan Wen(312-373), and Yu
Liang(289-340) were all simple, unadorned dicta like Lao Zi's
Daodejing.
『시품』, pp.1-2.

사실 도잠의 시는 그가 살던 시대는 물론 동진 이후의 시와도 본질

적으로 달랐다. 도잠의 문학성은 생존 당시는 물론이고, 이후 수백 년 간 비평가와 시인들에게 제대로 인정받지 못하였다. 그러나 도잠은 망각 속으로 사라지지 않았고 마침내 후대인들은 문학사에서 오랫동안 잊혀져 왔던 도잠을 최고의 찬사와 함께 복권시켰다. 이같이 장기간 묻혀 있다가 다시 추앙받게 되는 경우는 문학 연구자들에게 상당한 관심거리이다. 도잠처럼 흥미진진하지는 않더라도 위대한 시인은 항상 일정 수준의 반발과 무관심을 겪어야 하는 것일까? 이러한 가정에 대하여 역사는 어떤 합리적인 논의를 제시해 주지 못한다. 이 책에서 다루는 시인들처럼 많은 경우 시인 생존 당시의 호평이 이미 후대인의 안목에 영향을 주기 마련이다. 그렇다면 문학성에 대한 판단은 누가 내리는가? 무슨 이유로 후대인들은 수많은 시인들 중에서 특정 시인을 부활시키려고 하는가? 이러한 질문들은 정말 대답하기 어렵지만 도잠의 연구와 상당히 관련이 깊다. 그리고 도잠의 시를 다시 읽어보려는 필자의 시도는 문학의 재평가 과정에 대한 오늘날 독자들의 공감대를 가장 충실하게 반영할 것이다.

이제 도잠이 살았던 당시 문단으로 돌아가 보자. 문학사적으로 볼 때 동진은 줄곧 현언시의 시대였다. 철학적 명제들이 두드러지는 이러한 시들은 3세기 이래로 '청담(淸談)'이 점차 중요한 지적운동으로 발전하고 있음을 반영한다.[1] 현언시는 사변적이며 '청담'의 의도적인 모방(deliberate mimesis)으로 정의할 수 있다. 일예로 이 분야에서

---

[1] 위잉스(余英時), "Individualism and the Neo-Taoist Movement in Wei-Chin China", in *Individualism and Holism: Studies in Confucian and Taoist Values*, ed. Donald Munro(Ann Arbor: Center for Chinese Studies, the University of Michigan, 1985), p.131.

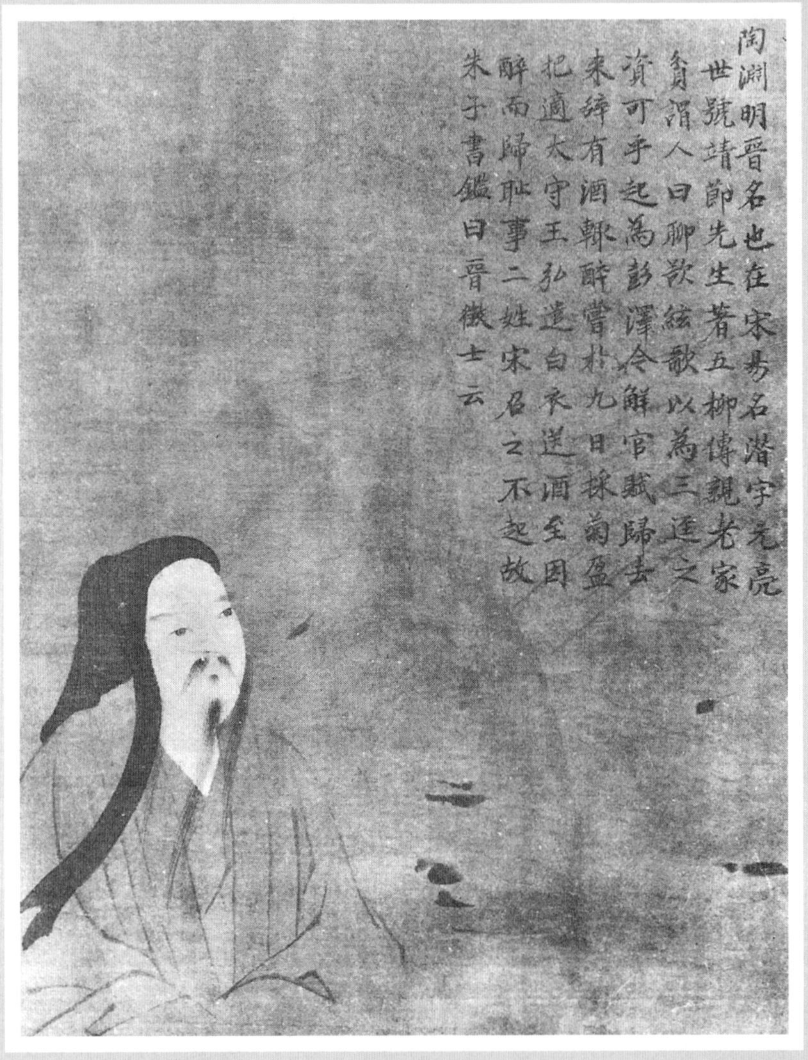

도잠(陶潛)의 초상화. 작자미상(송원 시기로 추정). 국립고궁박물관 소장.
타이베이, 타이완.

가장 유명한 손작은 같은 현언시인이었던 허순에게 주는 시에서 청
담의 언어를 다양한 농도로 풀어낸다.

仰觀大造　　俯覽時物
機過患生　　吉凶相拂
智以利昏　　識由情屈
野有寒枯　　朝有炎鬱
失則震驚　　得必充詘

우러러 조물주를 바라보고
시간 속 만물을 살펴보네.
조짐이 보이면 우환이 일어나고
길흉은 서로 밀어내지.　　　　　　　　　　　　　　　4
지혜는 이해관계로 혼탁해지고
사색은 감정에게 굴복당하네.
들녘에는 쓸쓸한 고목
조정에는 타는 듯한 답답함.　　　　　　　　　　　　8
실패하면 진노와 경악이 따르고
성공하려면 반드시 참고 뜻을 소심해야 하지.

Looking up, I view the vastness of creation,
Looking down, I survey the existence of living things.
Contingencies come and go, disasters arise,
The good and the bad displace one another.
Man's wisdom is clouded by greed,
His understanding cramped by feelings.
In the wilds, he suffers from withering cold,
At court, he meet with sultry heat.

Failure would strike him with sudden terror,

Success would make him unable to contain himself for joy.

『전한삼국진남북조시』, 제1권, p.434

명백히 이 시의 기본 입장은 감성적이지 않고 사변적이다. 음과 양, 행운과 불행의 필연적인 교차를 설명하는 등 본질적으로 철학적 사유과정에 대해서 적고 있다.

왕희지(王羲之, 303-379)의 <난정(蘭亭)> 역시 비슷한 음조를 가지고 있으며 이성주의적 특징을 보여 준다[2]

仰視碧天際　　俯瞰淥水濱
寥闃無涯觀　　寓目理自陳
大矣造化工　　萬殊莫不均
群籟雖參差　　適我無非親

우러르니 쪽빛 하늘끝
굽어보니 푸른 물가
넓고 적막해서 눈앞이 활짝 트이고
눈을 두는 곳마다 이치가 저절로 나타나네.　　　　　　　　4
위대하도다! 조물주의 공덕이여,
오만 가지로 다르면서도 모두 조화롭구나.
온갖 울림이 차이가 있을지언정
모두 나에게 친밀하게 다가오네.　　　　　　　　　　　8

Looking up, I view the outer limit of the blue sky,

Looking down, I survey the cerulean water's edge.

---

[2] 姜亮夫, 『歷代人物年里碑傳綜表』(재판 타이베이: 華氏出版社, 1976) p.51.

So vast and tranquil, the scene is boundless,

In whatever strikes my eyes, the principle is evident.

Great indeed are the workings of creation,

Ten thousand different phenomena: none of them are unequal.

Natural stirrings of various kinds, however diverse,

Are all in rapport with me.

『전한삼국진남북조시』, 제1권, p.431

화자는 신도가(新道家)의 중심사상인 만물의 평등함(齊物, the universal equality)을 보여주려고 한다(5-6행). 이 시가 손작의 시보다 개인적으로 보이는 이유는 철학 원리가 '강가(水濱)'라는 특정 현상의 관찰 속에서 수용되었기 때문이다(2행). 그러나 감성은 여전히 잘 나타나지 않고 이론이 정립된 명제처럼 읽혀진다. 현언시가 서정성이 부족하고 사변적인 이유는 감성적인 함축성이 부족하기 때문이다.

　왕희지의 시를 서문 <난정집서(蘭亭集序)>와 비교하면 엄청난 차이에 놀라게 된다. <난정>이 철학성이 두드러진다면 서문은 직접적인 서정성이 확연하기 때문이다. 사실 세간에 잘 알려져 있는 왕희지의 <난정집서>는 중국 산문 중에서도 가장 서정적인 작품이다. 서문은 353년 늦은 봄날, '난정(蘭亭)'이라는 단아한 정자에서 거행된 '불계(祓禊)' 의식에 관한 것이다. 동진 시대 귀족 사회의 수장격인 왕희지는 영향력 있는 인사 40명 정도를 초대했는데 여기에는 당시 세도가였던 사씨 집안의 사안(謝安)과 사만(謝萬) 형제, 현언시인 손작, 허순 등이 있었다. 왕희지와 손님들은 나이순으로 강가에 앉아서 술을 마시며 시회(詩會)를 열었다. 왕희지의 서문은 시회에서 지어진 <난정(蘭

불계
옛날 물가에서 몸을 씻으면서 부정한 것을 물리치고 하늘에 치성을 드리는 제사.

귀족
당시 정치, 사회적 지배계층은 문벌(門閥), 고문(高門), 사족(士族) 등이라고 하였지만 여기서는 현재 통용되는 단어인 '귀족'을 사용한다.

亭)>이라고 명명한 37수의 시를 기념하기 위한 것이다.(『전한삼국진남북조시』, 제2권, pp.431-443) 이제 50세가 된 저자는 덧없는 인생이라는 슬픔 속에서 즉흥적으로 서정성을 풀어내고 있다.

每覽昔人興感之由, 若合一契, 未嘗不臨文嗟悼, 不能喻之於懷. 固知一死生爲虛誕, 齊彭殤爲妄作. 後之視今, 亦猶今之視昔, 悲夫.

매번 옛사람들이 감흥을 일으킨 이유를 살펴볼 때마다 한 치의 어긋남이 없어서 (삶의 덧없음을 읊은) 이들의 문장을 접하면 슬퍼하지 않을 수 없었고 가슴 속으로 받아들일 수 없었다. 진실로 생과 사가 같다는 말이 빈 말이며 700년을 살았다는 팽조(彭祖)와 어린 나이에 요절한 사람이 같다는 주장이 허튼 짓거리임을 알겠다. (역주: 팽(彭)은 요임금때부터 은말까지 700년을 살았다는 팽조(彭祖)이며 상(殤)은 19세 미만에 죽은 사람으로 모두 『장자』「소요유」에 나온다.) 후세인들이 지금 우리들의 글을 읽는 것이 지금 우리들이 옛 선현들의 글을 보는 것과 다를 바 없으니 슬프도다!

Every time I examine the reasons why the emotions of people of the former times were aroused, it is as though they all fit the same mode,[3] and I bent over their writings with grief and sighs, unable to understand it in my breast. I certainly know that to equate life and death is an empty lie, and to even up a Peng with one who has died earlier is a false construct. The future views the present in the same way that the present views the former times. Is it not sad![4]

---

[3] 이 행은 "내가 그들과 관계를 맺는 것 같다. It is as though I have a bond with them."으로 해석할 수 있다.

[4] 여기서 자신의 번역을 사용하게 해준 스팀슨(Hugh M. Stimson)에게 감사를

서문의 마지막은 시회에서 지어진 작품들을 기록으로 남겨서 모임을 영원히 기념하고 왕희지 자신의 슬픔을 극복하려는 욕망을 보여준다. 그런데 뜻밖에도 후인들은 시가 아니라 서문에 열광하고 있다. 이것은 고대 비평가들이 시의 문학성을 결정하는 필수 요건이 감정표현이었음을 보여준다. 왕희지의 <난정>처럼, 시가 철학적 담론이 목적이 되면 문학적 매력을 상실하게 된다. 통상 현언시를 말하면 누구나 암묵적으로 비서정적인 면을 생각한다. 따라서 종영, 유협 같은 문학비평가들이 현언시가 지배하던 동진 시대를 시적 활기가 없었던 시대로 보는 것은 이상한 일이 아니다.

도잠의 시는 전통적으로 왕희지, 손작 등과 함께 동진 시의 범주에 포함되지만 이들과는 확연한 단절을 보여준다. 중국문학 전체를 아우르는 거대한 체계화를 시도한 유협이 『문심조룡』에서 도잠의 이름을 한번도 거론하지 않은 것은 흥미롭다.5) 필자의 생각으로, 유협이 도잠의 독창성을 경시한 이유는 시대별로 문체를 설정하는 전통적인 방식에서 비롯된 것으로 보인다. 왕희지에게 영향 받은 도잠의 <사천(현 강성(江西省) 성자현(星子縣), 여산 동남쪽)에서 노닐며(游斜川)>를 일독하면 도잠의 시론이 당시 일반적인 동진의 시체와 본질적인 차이가 있음을 알 수 있다.

표한다. Stimson, "Preface to the *Orchid* Pavilion Collection"(미출판, 1983) 볼 것. 또 다른 번역으로 H. C. Chang, *Chinese Literature, Vol. 2: Nature Poetry*(New York: Columbia Univ. Press, 1977), pp.8-9 볼 것. 원문은 방현령(房玄齡) 『진서(晉書)』(北京: 中華書局, 1974), 권80, 제7권, p.2099.

5)명말 출간된 『문심조룡』은 「은수(隱秀)」에 400자 정도가 첨가되어 있으며 그 안에 도잠의 이름이 언급되어 있다. 그러나 기균(紀昀) 이래로 대부분의 학자들은 추가된 내용들을 명대 위작으로 보고 있다. 티엔잉(詹鍈), 『文心雕龍的風格學』(北京: 人民文學出版社, 1982), pp.78-94 볼 것.

開歲倏五十　　吾生行歸休
念之動中懷　　及辰爲茲游
氣和天惟澄　　班坐依遠流
弱湍馳文魴　　閑谷矯鳴鷗
迥澤散游目　　緬然睇曾丘
雖微九重秀　　顧瞻無匹儔
提壺接賓侶　　引滿更獻酬
未知從今去　　當復如此不
中觴縱遙情　　忘彼千載憂
且極今朝樂　　明日非所求

해를 넘긴지 오십년
이제 돌아가 쉴 때가 되었지.
돌아보면 온갖 생각이 일어나지만
오늘 만큼은 봄놀이를 즐기리.　　　　　　　　　　　　4
화창한 날 구름 한 점 없는 하늘 아래서
길게 흐르는 물줄기 옆에 함께 앉았네.
잔잔한 여울목 물오른 방어가 날아오르고
한적한 계곡의 갈매기 떼 끽끽대며 날개를 펼치네.　　　8
먼 연못으로 이리저리 시선을 돌리다가
저 멀리 증구(曾丘)에 살짝 눈길을 주네.
구중수에 미치지는 못하지만
(역주: 구중수(九重秀)는 곤륜산(崑崙山)의 층성(層城)을 말한다.)
둘러보아도 필적할만한 봉우리가 없지.　　　　　　　　12
술병을 들어서 손님들을 접대하고
가득 잔을 채워 주거니 받거니.
오늘 이후 어디로 갈지 아무도 모르지만
이런 날이 다시 오지 않겠는가!　　　　　　　　　　　16

술잔이 오가며 감정은 제멋대로 풀어지고
저 천년의 근심을 잊어버린다.
단지 지금의 즐거움을 다할 것이니
내일은 아랑곳할 바가 아니라네.   20

On this new year's day all at once I'm fifty,

My life is about to return to its rest.

Pondering over this, my heart stirs within:

Let me enjoy an outing on this seasonable day.

The weather is fair, the sky cloudless,

When we sit together by the far-running river.

Colorful mullet dart through the weak currents,

Crying gulls take wing from the quiet valley.

Letting our vision wander over the distant marshes,

We gaze afar at The Layered Wall Mountain:

Though not majestic than the Ninefold Peak,

Its grandeur is unmatched by anything at all in sight.

I carry a jar, serving wine my to my companions,

Filling each cup to the brim, as we drink to each other's health.

Who knows where after today?

There will be another time like this.

In our cups we let our unbounded thoughts go,

Troubled no more by those thousand-year cares.

Let us make the most of today's happiness,

For tomorrow is not worth pursuing.

『도연명집』, p.44

'난정집서(蘭亭集序)'. 금 조충(趙衷) 그림의 일부분. 국립고궁박물관 소장, 타이뻬이, 타이완.

인용시는 개인의 감상적 표현으로 시작한다는 점에서 왕희지의 서문을 연상시키며 죽음을 벗어날 수 없는 인간의 운명이 다시 한번 표현되었다. 유한한 인생을 흘려보내고 지금 '이' 순간을 소중히 간직한다. 이 시가 50세에 지어졌다면 다분히 왕희지의 상춘회(賞春會)가 연상된다.[6] 시냇가에 앉아서(6행) 함께 술마시는 모임(13-18행) 역시 난정회와 같은 방식이다.

우리의 보다 큰 관심사는 도잠의 예술적 표현이다. 왕희지의 산문은 서문이기 때문에 감정표현을 자제하였다면 도잠의 시는 서정적 감정을 분명하게 표현하고 있다. "돌아보면 갖가지 생각이 일어나지만(念之動中懷)"처럼 도잠은 도입부에서부터 자신의 목소리로 직접 말하고 있다. 이러한 서술 방식은 이 시기 문학사를 연구하는데 무척 중요하다. 왜냐하면 여기서 시의 주제는 시인 자신의 감정이며, 개인의 목소리는 바로 유구한 서정적 전통이기 때문이다. 『시경(詩經)』 <대서(大序)>는 다음과 같이 말하고 있다.

---

[6] 이 시의 창작 시기는 학자들 사이에서 아직 의견 일치를 보지 못하고 있는데 하이타워(Hightower)는 이 문제에 대해서 "이 작품은 다양한 독법으로 우리를 괴롭힌다."(Hightower, *The Poetry of T'ao Ch'ien*, p.57 볼 것.)라고 적절하게 요약하였다. 여기서 논란거리는 도잠 서에서 나오는 '신유(辛酉)'라는 모호한 용어이다. 대부분의 학자들은 '신유'를 421년이라고 생각한다. 그러나 최근 루친리(逯欽立)는 '신유'가 년도가 아니라 날짜, 즉 414년 1월1일이라고 생각한다. 천위엔(陳垣)의 『二十史朔潤表』에 따르면 이 날은 실제로 신유일이다. 이 견해를 수용하면 도잠이 왕희지의 50세 상춘회 전통을 따르고 있다는 주장이 더욱 타당하게 보인다(루친리(逯欽立), 「陶淵明事跡詩文繫年」, 『도연명집』, p.281 볼 것.) 이러한 해석은 시의 첫 행을 더욱 설득력 있게 만들어 준다. 여하간 시의 소서에서 "각자 자기의 나이와 고향을 기록하여 오늘을 기념하자(各疏年紀鄕里, 以記其時日)."라고 말한 것처럼 나이에 대한 도잠의 관심은 매우 주목할 만하다. James R. Hightower, *The Poetry of T'ao Ch'ien* (Oxford: Calrendon Press, 1970), p.56. (역주: 참고로 사부총간(四部叢刊), 『전주도연명집(箋註陶淵明集)』에서는 '開歲倏五日'이라고 하였고 서에서의 날짜는 辛丑正月五日로 되어있다.)

詩者志之所之也. 在心則志, 發言爲詩.

시는 뜻이 가는 바이다. 마음에 있으면 뜻이 되고 말로 표출되면 시가
된다.

Poetry is that which expressed the heart's intent(*zhi*). When it
within the heart it is called *zhi*. When expressed in word, it is
poetry.[7]

개별자로서 도잠의 목소리는 고대의 서정성을 회복하였고 한 세기
넘게 문단을 지배하던 사변적인 방식과 결별을 선언하였다. 현언시
에 감성적인 어조가 부족하다면 도잠 시의 특징은 바로 이러한 서
정적인 측면이다.[8]

도잠의 서정적인 표현을 이해하면 도잠 개인의 문체를 좀 더 명
확하게 볼 수 있다. 도잠의 시적 성취는 유구한 서정 전통의 회복
이상이다. 도잠의 시는 완전히 한 인간의 표현이다. 도잠이 동시대
다른 작가들과 다르게 주제들을 접근한 것은 이러한 개인성 때문이
다. 여기에 관한 적절한 예는 자신의 죽음을 상상한 세 편의 연작시,
<의만가사(擬挽歌辭)>이다.

---

[7] 『모시주소(毛詩注疏)』(재판 홍콩: 中華書局, 1964), 1.3a 볼 것. 또 James J. Y.
Liu, "The Individualist View: Poetry as Self-expression", in *The Art of Chinese
Poetry*(Chicago: Univ. of Chicago Press, 1962), pp.70-76 볼 것.

[8] 이점은 일부 도잠의 시가 여전히 현언시의 영향을 받고 있다는 사실을 부
정하는 것은 아니다. 여기에 관한 논쟁에 대해서 왕야오(王瑤), 『中古文學風貌』
(1951, 上海; 재판 홍콩: 中流出版社, 1973), p.58 볼 것. 그러나 전체적으로 볼 때
도잠 시는 사변적이라기 보다 서정적이다.

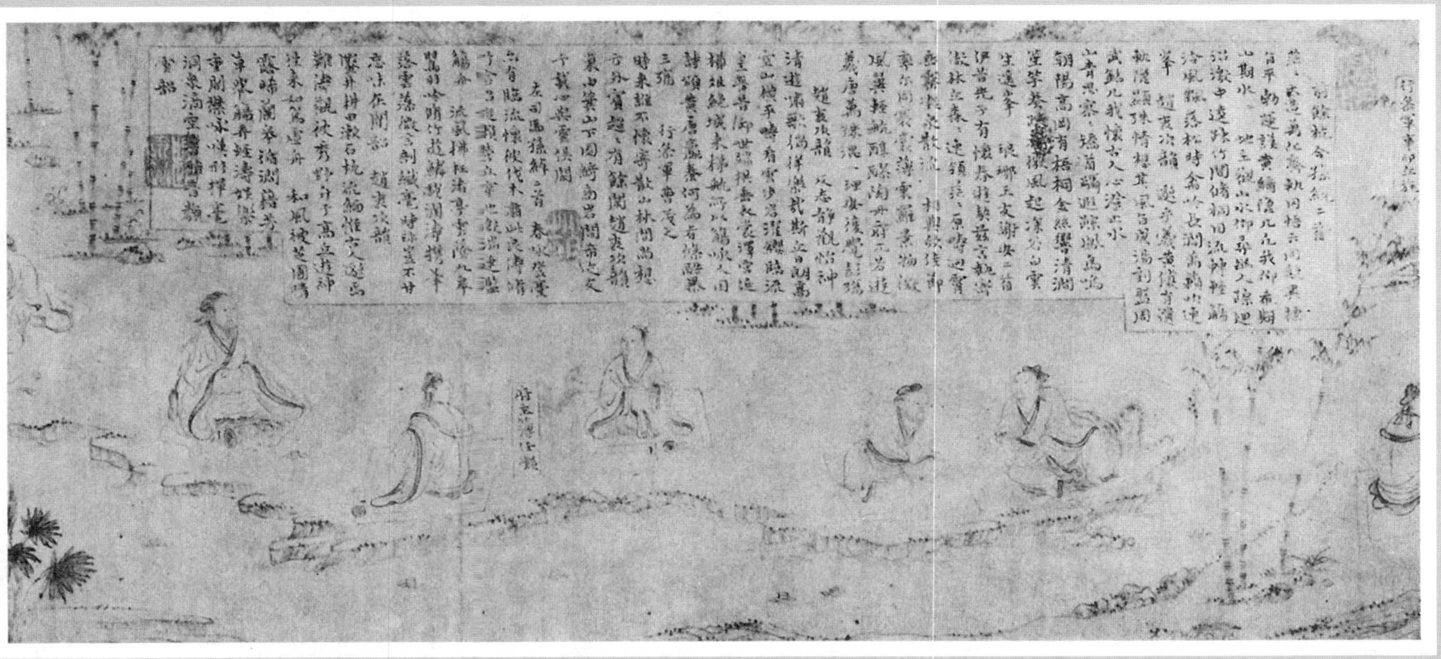

'난정회(蘭亭會)'. 금 조종(趙焞). '난정회' 그림의 일부분. 국립고궁박물관 소장, 타이베이, 타이완.

有生必有死　　　　早終非命促 …

삶이 있으면 반드시 죽음이 오는 것
일찍 죽었다고 명이 재족한 것은 아니지. …

If there is life, there must be death.
He who dies young has not hastened to his doom. …
『도연명집』, p.141

이 구를 처음 읽는 독자는 철학 담론의 서문처럼 보이기 때문에 현언
시 계열이라는 생각이 들 것이다. 하지만 독자는 곧 강한 서정성에 놀
라게 된다. 시적 자아는 자신의 죽은 몸이 처음 관에 들어가고(첫 수),
자신의 유족들과 친구들이 옆에서 울고(제2수), 마지막으로 땅 속에
묻히는 과정을(제3수) 흥미진진하게 이야기해 준다. 서정적인 목소리
로 표현된 이 모든 과정은 시인 마음 속에 있는 가장 내면적인 감정
을 보여주려고 한다. 말하자면 지극히 개인적인 삶의 포착이다.

昔在高堂寢　　　今宿荒草鄕
一朝出門去　　　歸來良未央

예전에는 높은 집에서 살았지
이제는 잡초 무성한 들판에 묵게 되었구나.
어느 날 아침 문을 나서면
돌아올 날 정녕 기약 없지.

In the old days I used to dwell in the highest halls,
Now I make my home among the desolate wilds.

Once I go beyond the gate,

My return will never come to pass.

제2수, 9-12행

엄격히 따지면 도잠은 왕희지와 손작, 허순 같은 유명한 현언시인들과 동시대 사람은 아니다. 이들은 도잠이 20세가 되기 전에 죽었고 현언시와 완전히 다른 문체가 점차 개발되는 중이었다. 새롭게 등장한 문체는 수사적이고 유미적인 성향을 보여주며 특히 동진 시대의 특징인 건조하고 평이한 문체와 명백히 상반된다. 새로운 문체는 다양한 표현 형식들을 거치면서 이후 150년간 중국문학의 무대를 지배하게 된다.

그러나 도잠은 현언시나 새로운 미적 운동에서 동떨어져 있었다. 전환기에 활동한 도잠은 자신의 문학 취향과 완전히 반대되는 잣대로 평가받았기 때문에 항상 외로웠다. 다음 세대 비평가들은 대부분 도잠의 꾸밈없는 문체가 흠이라고 생각하였다. 예를 들어서 종영(509-582)은 "도잠의 문체는 언어기교가 부족하다. (陶潛之文, 辭采未優)"9)라고 하였다. 종영은 도잠의 개인적인 문체에 공감하면서 전반적인 문학의 성취를 존경하였지만 그럼에도 불구하고 상품(上品)에 두지 않고 중품(中品)에 두었다. 종영의 이유는 명백하다. 세간에서 도잠의 질박하고 직설적인(質直) 문체를 좋아하지 않았기 때문이다(世嘆其質直). 하지만 도잠의 시가 언제나 화려함과 미려함(風華淸靡)이 부족한 것은 아니기 때문에 여염집 언어(田家語)라고 배척하

---

9)도잠의 <정절선생집서(靖節先生集序)>, 『사부비요(四部備要)』(上海: 中華書局, 1936), 2a 볼 것. 또 David R Knechtges, trans., *Wen xuan or Selection of Refined Literature, Vol.1: Rhapsodies on Metropolises and Capitals,* by Xiao Tong (Princeton: Princeton Univ. Press, 1982), p.41 볼 것.

지 말고 도잠의 문학적 지위를 정당화하여야 한다는 것이 종영의 생각이다.10) 그러나 종영이 도잠의 부족한 언어수사력을 변호하려고 했던 사실은 역으로 당시 새롭게 등장한 유미적인 기준이 엄청나게 영향력을 행사했음을 보여준다.

<도잠사뢰(陶潛士誄)>(『문선』, 제2권, pp.1237-1241)의 저자, 안연지(顏延之, 384-456)는 동진 시대 후기에 출현한 새로운 문체운동의 주요 인물이었다. 도잠의 절친한 친구였던 안연지는 도잠의 고원한 기상에 깊은 존경심을 가지고 있었다.11) 안연지와 도잠은 19살 밖에 차이나지 않았지만 도잠은 동진 시대 시인으로 여겨지고 안연지는 동진 다음인 유송(劉宋, 420-479) 왕조에 속한다. 사령운(385-433), 포조(414-466)와 함께 원가(元嘉, 425-453) 시대 삼인방으로 알려진 안연지의 시는 특히 화려한 이미지와 세밀한 수사가 뛰어났다. 안연지가 도잠 시체의 '결함'을 파악하고 있었다는 사실은 <도잠사뢰>에서 문학성은 한번도 언급하지 않고 고상한 성품만 얘기한 사실에서 알 수 있다.

중국문학에서 화려한 풍격이 안연지를 비롯한 동시대 작가들 이전에 전무했던 것은 아니다. 반악(潘岳, 247-300), 육기(陸機, 261-303)와 같이 서진 시대를 주도한 작가들은 일찍부터 미사어법을 선호하였다.12) 특히 종영은 육기를 안연지의 선구자로 지목하였다.

---

10)『시품』, p.41. 종영의 도잠 평가에 대한 논의는 예지아잉(葉嘉瑩), Jan W. Walls, "Theory, Standard, and Practice of Criticizing Poetry in Chung Hung's *Shih-P'in*", *Studies in Chinese Poetry and Poetics,* Vol. 1, ed. Ronald C. Miao(San Francisco: Chinese Materials Center, 1978), p.44; Knechtges, *Wen xuan,* pp.40-41 볼 것.

11)안연지는 도잠의 고향 심양(潯陽)에서 415년에서 416년까지 관리로 머물렀다. 안연지는 도잠에게 계속 술을 사주었던 두 친구 중의 하나로 여겨진다. 『송서』, 권92, 제8권, p.2288; Hightower, *The Poetry of T'ao Ch'ien,* p.5 볼 것.

12)종영, 『시품』, pp.24-26. 종영은 이 두 작가를 상품(上品)으로 판단하였다.

其源出於陸機 … 體裁綺密

안연지의 시체는 육기에서부터 왔다. … 문체가 아름답고 풍성하다.

His poetic style originates in that of Lu Ji. … It is refined and dense.
『시품』, p.43

이것은 안연지가 참여했던 새로운 시체 운동이 동진의 바로 전시대인 서진 주류문학의 부활임을 보여준다. 도잠은 서진 시의 전반적인 경향에 익숙했겠지만 다른 젊은 작가들처럼 쫓아가려고 하지 않았다. 실제로 도잠의 시에는 언어의 정련과 극명하게 상반되는 평이한 문체들이 보이고 종종 일상대화 문구들이 서사 문맥 속에서 부드럽게 조화를 이루고 있다.

(1)
雖有五男兒　總不好紙筆

아들 다섯이 있건만
하나같이 종이와 붓을 꺼려해.

Although I have five sons,
None of them is fond of brush and paper.
『도연명집』, p.106

(2)
今我不爲樂　知有來歲不

지금 즐기지 않으면
다음 해가 있을지 누가 알겠는가?

If I amuse myself now,
Who knows if there will be another year?
『도연명집』, p.59

(3)
萬一不合意　　永爲世笑之

만에 하나라도 뜻이 맞지 않으면
영원히 세상 사람들에게 놀림 받을 것이다.

If by any chance I do not get along with them,
The whole world would forever laugh at me.
『도연명집』, p.112

　자문자답이 빈번하게 사용되는 것도 도잠 시의 독특한 특징이
다. 이러한 기법은 일상대화를 직접 모방해서 생생한 현장감을 부
여한다.

(1)
問君何能爾　　　心遠地自偏

그대에게 묻노니 "어떻게 그럴 수 있는가?"
마음은 떨어져 있고 땅은 구석지기 때문이지.

"May I ask you how this is possible for you?"
When the mind is remote, so is the place.
『도연명집』, p.89

(2)
此行誰使然　　　似爲饑所驅

누가 이 여행을 하게 만드는가?
굶주림에 쫓겨 가는 것 같네.

Who made me take this trip?
It seems I was driven by hunger.
『도연명집』, p.93

(3)
問君今何行　　　非商復非戎

그대에게 묻노니 "지금 무엇을 하러 가는가?"
장사도 아니며 전쟁도 아니라네

"May I ask you the purpose of your journey today?"
It is not for business, not for war.
『도연명집』, p.110

　전체적으로 도잠의 시에는 탄력적인 구조와 다양한 통사적 유희가 나타나고 있다. 그리고 그의 독창적인 문체는 개인성의 표현이다. 왜냐하면 도잠은 당시 시대적 조류에 반하는 인물이며 그의 평범함 자체가 자아 표현의 신호이기 때문이다.

2. 자서전으로서 시

자아 표현에 열정적이었던 도잠은 자서전 방식으로 시를 지었으며 자기 작품의 중요한 주제로 삼았다. 도잠의 자전시(自傳詩)는 자아 정립의 문제를 문학적으로 형상화하였다는 점에서 사전적 의미의 자서전(autobiography)이라기보다 '자아전기(self-biography)'에 가깝다. 도잠은 다양한 문학양식으로 자서전을 지었는데 어떤 경우는 시간과 장소를 명시하면서 사실적인 기록 방식을 취하고 있으며[13] 어떤 경우는 시인의 자아가 허구적인 방식을 통하여 표출되기도 한다. 여러 가지 형식이 사용되고 있지만 대부분의 자전시는 인생에서 근본적인 자아인식(self-realization)을 정립하려는 의지를 일관되게 보여주고 있다.

하지만 도잠의 자서전은 자아를 표출할 뿐만 아니라 보편의 힘으로 독자의 마음에 호소한다. 이러한 성취는 종종 허구적인 목소리를 통하여 이루어지는데 시인은 작중 인물의 경험에 촉각을 곤두세우고, 직접적으로 파고들어서 독자가 작품을 공감할 수 있는 보편성을 창출해 낸다. 도잠은 실제(factuality)와 허구(fiction)의 두 축을 적절히 활용하면서 중국문학을 한층 더 다원적인 양상으로 발전시켰다. 실제와 허구, 이 두 요소가 바로 도잠 시의 매력이다.

이상향을 묘사한 대표적인 도잠의 작품 <도화원(桃花源)>은 자전

---

[13] 상당수의 도잠 시에서 창작 당시 시간과 상황이 명확한 것은 사실적인 인생 기록을 남기려는 시인의 의도이다(특히 『도연명집』, 권3, p.71, p.72, p.74, p.76, p.78, p.79, p.81, p.83, p.84, p.85 볼 것). 도잠의 시서(詩序) 역시 종종 유사한 기능을 하고 있다(『도연명집』, p.11, p.13, p.15, p.18, p.22, p.35, p.39, p.44, p.51, p.64, p.106, p.145, p.159). 통상 도잠 시의 주제는 일상생활이다. 이웃, 초가집, 가족, 음주, 비참한 굶주림, 즐거운 수확 등에서 도잠의 삶이 세밀한 묘사와 함께 생생하게 나타난다. 심지어 도잠 시는 408년 심양(潯陽)에 있는 자신의 집이 화재를 당하고 남촌(南村)으로 이사했다는 사실도 알려준다. 이러한 세세한 사실들은 문자 그대로 전기의 관점에서 도잠의 일생을 구성하는 작업을 용이하게 만들어 준다.

적 요소와 허구적 요소가 완벽하게 결합되어 있다. 시에는 서문 격
으로 기이한 이야기(志怪)로 시작하는 기(記)가 있는데 주인공인 어부
는 배를 타고 돌아다니다가 갑자기 신비한 세계로 들어가는 좁은
입구를 발견한다는 내용이다.[14]

晉太元中, 武陵人捕魚爲業. 緣溪行, 忘路之遠近, 忽逢桃花林. 夾
岸數百步, 中無雜樹. 芳草鮮美, 落英繽紛. 漁人甚異之, 復前行欲
窮其林. 林盡水源, 便得一山. 山有小口, 髣髴若有光, 便捨船從口
入. 初極狹, 纔通人, 復行數十步, 豁然開朗. 土地平曠, 屋舍儼然,
有良田美池桑竹之屬. …

진 태원 연간에 무릉 지방에서 고기잡이를 업으로 삼는 사람이 있었
다. 하루는 계곡을 따라가다가 길을 잃어버렸는데 느닷없이 복숭아꽃
이 활짝 핀 숲을 만났다. 복숭아나무 숲은 계곡 양쪽으로 수백 보 정
도 되었는데 중간에 다른 나무가 섞여있지 않았다. 꽃이 아름답게 활
짝 피었고 떨어진 꽃잎들이 어지럽게 흩날렸다. 어부는 매우 이상하게
생각해서 다시 앞으로 나아가 그 숲을 살펴보려고 하였다. 숲이 끝나
는 자리에 계곡의 발원지가 있었고 다시 산 하나가 있었다. 산에는 작
은 입구가 있었는데 빛이 나오는 것 같아서 배를 버리고 입구로 들어
갔다. 처음에는 무척 협소해서 사람이 겨우 지나다닐 정도였는데 다시
수십 보를 내딛으니 갑자기 눈앞이 활짝 트였다. 평평한 땅이 넓게 펼
쳐져 있고 번듯한 가옥들이 지어져 있었으며 기름진 밭, 아름다운 연

---

[14] 또 지괴소설집인 『삽신후기(挿神後記)』(『古今說部叢書』, 第二集), p.1ab 볼
것. 천인꺼(陳寅恪) 같은 학자들은 도잠이 『삽신후기』의 저자라고 결론지었으며
이 견해는 1930년대 이래로 학계에 오랫동안 영향을 주었다. (천인꺼(陳寅恪), 「桃
花源記旁證」, 제1권, pp.188-189. 이 글은 사후 『천인꺼선생문사논집』에 수록되었
다.) 『삽신후기』 제5수에 있는 <도화원>은 도잠의 <도화원시>, <도화원기>과 직
접적인 관련이 있다는 점에서 특히 주목을 끈다.

못, 뽕나무와 대나무 등이 있었다. …

During the Taiyuan period of the Qin dynasty a fisherman of Wuling once rowed upstream, unmindful of distance he had gone, when he suddenly came to a grove of peach trees in bloom. For several hundred paces on both banks of the steam, there was no other kind of tree. The fragrant flowers(*fangcao*) growing under them were fresh, and lovely, and fallen petals covered the ground-it made a great impression on the fisherman. He went on for a way with the idea of finding out how far the grove extended. It came to an end at the foot of a mountain whence issued the spring that supplied the stream. There was an opening in the mountain and it seemed as though light was coming through it. The fisherman left his boat and entered the cave, which was extremely narrow, barely admitting his body; after a few dozen steps it suddenly opened out onto a broad and level plain where well-built houses were surrounded by rich fields and pretty ponds. Mulberry, bamboo and other trees and plants grew there. ···[15]

하지만 순수한 환타지 이야기와는 다르게 다음부터는 다소 있을 법한 작은 농촌 사회를 묘사하면서 진행된다. 이 곳은 왕조의 몰락과 부침에 상관없이 모든 남자와 여자가 들에서 일하면서 이웃들과 평화롭게 지내는 이상사회이다. 위의 산문 다음에 이야기를 압축한 시가 등장한다.

---

[15] Hightower, *The Poetry of T'ao Ch'ien*, p.254. 단지 좀 더 원문에 충실하기 위해서 방초(芳草)에 해당하는 "wild flowers"를 "fragrant flowers"로 바꾸었다.

嬴氏亂天紀	賢者避其世
黃綺之商山	伊人亦云逝
往迹浸復湮	來逕遂蕪廢
相命肆農耕	日入從所憩
桑竹垂餘蔭	菽稷隨時藝
春蠶收長絲	秋熟靡王稅
荒路曖交通	雞犬互鳴吠
俎豆猶古法	衣裳無新製
童孺縱行歌	斑白歡游詣
草榮識節和	木衰知風厲
雖無紀曆誌	四時自成歲
怡然有餘樂	于何勞智慧
奇蹤隱五百	一朝敞神界
淳薄旣異源	旋復還幽蔽
借問游方士	焉測塵囂外
願言躡輕風	高擧尋吾契

진시황이 하늘의 기강을 어지럽히자[16]
현자들이 세상 밖으로 숨어버렸네.
하황공(夏黃公)과 기리계(綺里季)가 상산(商山)으로 들어갔고
이들의 선조 역시 자취를 감추었도다.[17]

4

---

[16] 영씨(嬴氏)는 진시황을 가리킨다. 그의 통치기간 동안 많은 인재들이 숨었는데 인용시 3행에 나오는 하황공, 기리계 등이 대표적인 인물이다. (역주: 이들 두 사람과 동원공(東園公), 녹리(甪里)가 상산(商山), 현 협서성(陝西省) 상현(商縣) 동남)에 은거했는데 네 명 모두 80세가 넘었으며 눈썹과 수염이 하얗게 세서 '상산사호(商山四皓)'라고 하였다.)

[17] 이 줄은 도잠의 산문, <도화원기> 내용과 일치한다. "스스로 말하기를 선친들께서 진나의 학정을 피해서 처자와 동네 사람들을 이끌고 이러한 오지로 왔으며 다시 밖으로 나가지 않았다. … 自云先世避秦時亂, 率妻子邑人, 來此絶境, 不復出焉. …"

지나간 자취는 물에 젖고 안개에 싸이고
왔던 길은 마침내 잡풀들이 덮어버렸네.
서로 독려하며 농사를 짓다가
해가 지면 각자 안식처로 돌아가.   8
뽕나무와 대나무 그림자를 드리우고
때 되면 콩과 기장을 심지.
봄누에 쳐서 긴 명주실 뽑아내고
가을 곡식이 여물어도 세금은 없지.   12
황폐한 길에 왕래가 드물고
닭과 개가 서로 울고 짖어댈 뿐.
제기들은 여전히 옛법을 따르며
의복도 새로운 방식이 아니지.   16
아이들이 마음껏 노래 부르며 다니고
노인들도 즐겁게 유람 다니지.
초목이 무성하면 따스한 계절이 왔음을 알고
나무가 시들면 바람이 거세질 줄 예상하지.   20
절기를 기록하는 달력은 없지만
사계절이 저절로 한 해를 만드네.
즐거움이 넘치고 흡족한데
지혜를 수고롭게 할 이유가 있는가?   24
기이한 자취 오백년간 나타나지 않다가
어느날 아침 신선계가 발각되었네.
후함과 박함은 본시 근원이 다르니
얼마 후면 다시 어둠으로 덮이겠지.   28
묻노니, 세상 안에서 노니는 자들이여,
어찌 먼지 일고 시끄러운 세상 바깥을 헤아릴 수 있겠는가?18)

---

18) 전통적인 주석가들은 이 두 줄이 『장자』「대종사」에서 공자가 자신을 도가
들과 구별하는 내용에서 연원한다고 생각한다. "저 사람은 세상 바깥에서 노니는

원컨대 가벼운 바람을 타고
높이 올라 마음 맞는 친구를 찾고 싶네.

When Ying overturned the heavenly principle,

Virtuous men retired from the world.

When Huang and Qi left for Mount Shang,

Their ancestors of these people also went into hiding.

Slowly their tracks were buried,

Their trodden paths gave way to weeds.

They encouraged one another to be diligent in farming,

At sunset each returned to his home to rest.

Mulberry and bamboo gave ample shade,

Beans and millet were planted in season.

From spring silkworms long silk threads were gathered,

On the autumn harvest no official tax was levied.

Overgrown roads were bare of traffic,

Cocks and dogs crowed and barked at one another.

Their ritual vessels still followed the old designs,

Their clothes were not in the new fashions

Children sang their songs with abandonment,

Gray-haired men wandered about in high spirits.

When grass was lush and green, they realized that the season was mild,

When trees withered, they knew that the winds were chilly and harsh.

Although they had no calender to mark the time,

자이며 나는 세상 안에서 활동하는 사람이다. 彼遊方之外者也而丘遊方之內者也.” Burton Waston trans., *The Complete Works of Chuang Tzu*(New York: Columbia Univ. Press, 1968), p.86 볼 것. 도잠의 전고에 대해서는 하이타워(High Tower), 앞의 책, pp.257-258 볼 것.

The four seasons naturally made a year.
Joyfully they lived in ample happiness,
Whey should they tire themselves with knowledge?
Their extraordinary existence had lain hidden for five hundred years,
Then one day this heavenly land was discovered.
Since the pure and the low-minded are different in nature,
Shortly after, their world vanished from the sight again.
Let me ask you who wanders within the conventional world,
Can you imagine those who live outside the earthly dust and noise?
I wish to move astride with the clear breeze,
And fly high to find my understand friends.
『전한삼국진남북조시』, 제1권, p.485

<도화원>의 세계는 그럴 듯 해보이지만 동진 시대의 실제 모습과 상당히 달랐다. 도잠이 살았던 시대는 중국에서 가장 혼란한 시대 중의 하나였으며 특히 농부들은 생존의 문제에 직면하고 있었다. 동진 정권은 국초부터 강남의 호족들에게 의지하고 있었기 때문에 사유지 규모를 제한할 수 없었고 결과적으로 수많은 지역 농부들과 북방 이주민들은 지주들에게 핍박받으면서도 의지할 수밖에 없었다. 이러한 난국은 399년부터 시작된 연쇄적인 반란으로 최악으로 치닫게 되는데 특히 손은(孫恩)의 반란이 가장 위협적이었다. 환현(桓玄), 유유(劉裕) 등 몇몇 장군들은 이러한 반란들을 진압하면서 자기들 쪽으로 유리하게 상황을 끌고 갔는데 그렇지 않았다면 귀족계층에게 제거당했을 것이다. 도잠이 성장한 강서(江西)에서는 이러한 권력투쟁과 싸움이 끊이지 않았다.19)

도잠이 관직을 구하기 시작한 것은 이 때쯤이다. 393년 약 28세쯤

도잠은 강주(江州) 지방에서 주제주(主祭酒)의 관직을 얻었지만 몇 개
월 뒤에 사직하였다. 도잠이 물러난 이유는 당시 강주자사 왕응지(王
凝之)의 권위에 굴복하지 않았기 때문이다(『도연명집』, p.265). 왕응
지는 유명한 왕희지 집안 출신이며 아마 세족이 아닌 사람들을 무
시했으며 도잠은 이러한 귀족의 거드름을 참지 못했던 것으로 보인
다. 도잠의 증조부였던 도간(陶侃)은 동진의 개국공신이자 훌륭한 장
군이었지만 이후 도잠의 가문은 쇠락하고 '세족(世族)'이 갖는 특권
을 잃어버리고 말았다. 이른바 세족은 북방의 왕씨(王氏), 사씨(謝氏),
원씨(袁氏), 소씨(蕭氏), 남방의 주씨(朱氏), 장씨(張氏), 고씨(顧氏), 육씨(陸
氏) 등이었으며 특히 왕씨와 사씨는 존재 자체만으로 중앙정부에게
위협이 될 정도로 영향력이 대단하였다.

그래서 도잠은 관직에서 사퇴해 심양의 작은 밭을 경작하면서 6
년을 보낸다. 도잠은 399년 왕응지가 죽은 뒤 다시 벼슬살이를 시작
하였다. 이번에 도잠이 새로 맞이한 강주자사, 환현(桓玄)은 당시 골
칫거리였던 반군들을 소탕한 유명한 인물이었다. 그러나 2년 뒤 도
잠은 다시 한번 사직하고 낙향하였다. 얼마 후 환현은 건강(建康, 현
남경)에서 쿠데타를 일으키고 403년 초(楚) 왕조를 일으킨다. 환현은
진(晉) 안제(安帝)를 도잠의 고향 심양에 가두었다. 도잠이 유유 밑에
서 진군참군(鎭軍參軍)으로 있으면서 왕을 구하기 위해서 노력했던 것
이 이 때쯤이다. 환현의 군대는 404년 유유에게 격파되었으며 안제
는 다음해 복위한다. 이 때가 되서야 진 왕조는 비로소 한숨을 돌리
게 되었다.

---

[19]Jacques Gernet, *A History of Chinese Civilization*, trans. J.R. Forster
(Cambridge Univ. Press, 1982), p.182 (역주: 이 책은 이동윤 역, 『동양사통론』(서울: 법문사,
1985)로 번역되었다.)

405년 도잠은 평택현령(彭澤縣令)에 임명되지만 80일 정도 만에 물러난다. 무슨 이유로 사직했는지 알 수 없지만 이번 사퇴는 도잠의 일생에서 가장 단호하고 돌이킬 수 없는 중대한 결정이었다. 왜냐하면 도잠은 이후 다시는 관직에 나오지 않았기 때문이다. 시인은 <귀거래사(歸去來辭)>에서 정계와 마지막 결별을 노래한다.

歸去來兮.
田園將蕪胡不歸.
旣自以心爲形役
奚惆悵而獨悲.
悟已往之不諫
知來者之可追.
實迷途其未遠
覺今是而昨非. …

돌아가리라!
전원이 잡초로 무성해 지는데 어찌 돌아가지 않겠는가?
마음이 스스로 육체의 부림을 당했는데
어찌 괴로워하며 홀로 슬퍼하는가?
과거는 돌이킬 수 없음을 알았으니
미래는 (내 뜻대로) 추구할 수 있음을 알겠도다.
길 잃은 지 멀지 않으니
지금이 옳고 예전이 틀렸음을 알겠노라. …

Let me go back home!

My fields and garden will soon turn into wastelands—Why not go back now?

For it was I who made my mind the slave of my body,
Why should I be disheartened and feel sad myself now?
I am aware the past was beyond remedy,
Yet I know the future can be pursued.
After all I have not strayed far on the wrong path,
I understand the present's move is right, the past's wrong. …
『도연명집』, p.160

도잠은 과격해 보이는 자신의 선택을 다음과 같이 해명한다.

密網裁而魚駭　　宏羅制而鳥驚.
彼達人之善覺　　乃逃祿而歸耕.

촘촘한 어망을 치면 물고기가 놀라고
커다란 새망을 달면 새가 놀라니
저 현명한 사람은 잘 파악하여
녹봉을 피하고 돌아와 밭을 가는구나.

When a closely knit net is cast, the fish are frightened
When a big trap is set, the birds are terrified.
Wise man are quick to understand this,
So they flee from official service to return to farming.
『도연명집』, p.147

실제로 도잠이 살던 시대의 정치상황은 어망이나 새덫을 친 것처럼 위험하기 짝이 없었으며 영민한 도잠은 일찍부터 이러한 상황을 꿰뚫어 보고 있었다. 물론 위의 내용은 단지 정부에 대한 시인의 일반적인 환멸로 생각할 수도 있다. 그러나 도잠은 자신의 사직을 구체적인 정치적인 저항으로 삼으려고 했을 가능성이 크다. 역사적으로 볼 때 심양에서 안제를 구했던 유유가 14년 뒤에 안제를 죽이고 결국 420년 건강에서 왕권을 잡았다. 유유는 그 후 10년 이상을 조정을 장악하면서 호족들의 강력한 반발을 샀다. 도잠은 진 왕조가 그렇게 빨리 무너질 줄은 예상하지 못했을 지도 모른다. 하지만 환현과 똑같은 변절의 과정을 유유에게서 보았음이 틀림없다. 파렴치한 장군들은 한미한 출신들이었지만 오히려 오만한 귀족들보다 병폐가 훨씬 심했다. 정치에 대한 도잠의 실망은 충분히 납득할 수 있다.

그래서 도잠은 <도화원>이라는 문학 속에서 이상향을 만들었다. 독자라면 누구나 허구 세계의 아름다움을 느끼면서 바깥세상은 바람직하지 못하고 자유 사회는 오직 상상 속에서만 가능하다는 것을 알 것이다. 그러나 놀랍게도 이러한 유토피아는 은거 중인 도잠의 밝은 면을 보여준다. 인용문처럼 <도화원>은 농경사회를 다음과 같이 묘사한다.

相命肆農耕　　日入從所憩
桑竹垂餘蔭　　菽稷隨時藝
春蠶收長絲　　秋熟靡王稅
荒路曖交通　　雞犬互鳴吠 …

서로 독려하며 농사를 짓다가
해가 지면 각자 안식처로 돌아가네.　　　　　　8
뽕나무와 대나무가 그림자를 드리우고
때가 되면 콩과 기장을 심지.
봄누에 쳐서 긴 명주실을 뽑아내고
가을 곡식이 여물어도 세금은 없지.　　　　　　12

황폐한 길에 왕래가 드물고
닭과 개가 서로 울고 짖어댈 뿐. …

They encouraged one another to be diligent in farming,
At sunset each returned to his home to rest.
Mulberry and bamboo gave ample shade,
Beans and millet were planted in season.
From spring silkworms long silk threads were gathered,
On the autumn harvest no official tax was levied.
Overgrown roads were bare of traffic,
Cocks and dogs crowed and barked at one another. …

이 점은 <전원에 돌아가 살며(歸田園居)>에서 시인이 묘사한 실제
세계와 몹시 흡사하다.

楡柳蔭後簷　桃李羅堂前
曖曖遠人村　依依墟里煙
狗吠深巷中　雞鳴桑樹巓　…
相見無雜言　但道桑麻長
桑麻日已長　我土日已廣　…

느릅나무와 버드나무가 뒷처마 그늘을 드리우고
복숭아나무와 오얏나무 집 앞에 가지를 뻗었네.
멀리 희미하게 인가가 보이고
마을에서 천천히 연기가 올라오네.
골목 어디선가 개가 멍멍대고
뽕나무 꼭대기에선 닭이 꼬꼬댁거리네. …
만나도 쓸데없는 말은 하지 않고

뽕나무와 마가 자랐다고만 하지.   8
뽕과 마는 날마다 자라고
내 농지는 날마다 넓어지네. …

Elms and willows give shade to the back eaves,
Peach and plum grow in front of the house.
Hazy, hazy—the distant village,
Gently, gently, the chimney smoke rises from the hamlet.
Dogs bark in hidden lane,
Cocks crow atop the mulberry tree. …
When we meet we talk not irrelevant things
but how hemp and mulberry have grown.
Day after day hemp and mulberry thrives,
Everyday my tilled land are wider. …
『도연명집』, pp.40-41

도화원의 유토피아가 도잠의 시골보다 특별히 더 좋은 점은 세금이 없다(靡王稅)는 정도 밖에 없는 것 같다.

　<도화원>은 당시 실제로 있었던 은둔자 마을의 이야기에서 실마리를 얻었을지도 모른다.[20] 여하튼 유토피아는 도잠 자신이 경험했던 전원생활이 이상적으로 펼쳐진 것이기 때문에 유토피아의 밑바탕에는 자아 정립에 대한 시인의 욕망이 깔려있다. 바꾸어 말해서 <도화원>이 자전적인 이유는 특정 장소와 시간에 대한 언급 때문이 아니라 자아실현을 위해서 상상 세계를 건설하는 시인의 목적 때문이다. <귀거래사>가 개인적인 바램으로 마치는 점은 주목할 필요가 있다.

---

[20] 천인꺼(陳寅恪), 앞의 논문, 『천인꺼선생문사논집』, 제1권, pp.185-191.

願言躡輕風 高擧尋吾契

원컨대 가벼운 바람을 타고
높이 올라 마음 맞는 친구를 찾고 싶네.

I wish to move astride with the clear breeze,
And fly high to find my understand friends.
『도연명집』, p.168, 31-32행

작품의 결말은 시인이 의도하는 메시지를 명확하게 보여준다. <도화원>은 도잠 같은 사람들이 추구해 왔던 이상의 실현일 뿐이다. 체제순응적인 사람들은 도화원에서 살고 있는 사람들을 거부할지 모른다. 하지만 도잠이 동질감을 느꼈던 사람들은 바로 무정부적인 이상사회에서 관습을 거부하면서 살았던 사람들이다. 허구와 자서전, 자아실현의 상상과 자전적 성찰의 경계가 흐려지기 시작하는 곳은 바로 이 지점이다.

똑같은 방식으로 <의고(擬古)>, 제5수는 범상치 않은 사람과의 흥미진진한 만남을 적고 있다.

東方有一士 被服常不完
三旬九遇食 十年著一冠
辛苦無此比 常有好容顔
我欲觀其人 晨去越河關
靑松夾路生 白雲宿簷端
知我故來意 取琴爲我彈
上絃驚別鶴 下絃操孤鸞
願留就君住 從今至歲寒

동방에 한 선비
의복은 항상 온전하지 않았지.
한 달에 아홉 번만 식사하고
십년 동안 똑같은 관을 쓰네.   4
이보다 심한 고생은 없지만
언제나 만족스런 표정.
나는 그 사람을 만나려고
새벽에 출발해 강을 건너고 관문을 지나네.   8
청송(靑松)이 길 사이로 자라고
백운(白雲)이 처마 끝에 대롱대롱.
내가 방문한 이유를 알기 때문에
나를 위해 현을 튕기면서 음악을 연주하네.   12
처음에는 <별학곡(別鶴曲)>으로 놀라게 하고
다음에는 <고란곡(孤鸞曲)>을 연주하네.21)
원컨대 당신과 함께 살고 싶네
지금부터 추운 계절까지.   16

In the east there lived a gentle man,

His clothes are always in tatters.

In a month he eats only nine meals,

For ten years he has worn the same old hat.

No one bears more hardships than he,

But always has a cheerful face.

I desired to see this man,

At dawn I set out, crossing rivers and passes.

Green pines grew on both sides of the road,

---

21)<별학곡>은 상 왕조의 능목자(陵牧子)가 지은 것으로 알려지며 <고란곡>은
한대에 지어졌다. 이 두 곡은 보통 관직에서 나온 외로운 은둔자의 도덕적 고결함
을 칭송하는데 사용되었다.

White clouds leaned on the edge of the eaves.

He knew the purpose of my coming,

And took his zither to play for me.

At first he played the thrilling tune of the Departing Crane,

Then he played the second tune, the Lonely Phoenix.

"I want to stay and live with you,

From now on until the cold season."

『도연명집』, p.112

작품 속 선비는 도잠 자신의 전형적인 성격, 특히 가난을 개의치 않는 쾌활한 성격(1-6행)을 드러낸다. 중요한 점은 허구적으로 표현된 이러한 성격이 도잠 자신의 알레고리로 읽힐 수 있다는 것이다.22) 도잠의 작품에는 허구와 자서전이 서로 충돌하지 않는 것 같다. 도잠은 하나의 완전한 객관적인 공간을 창조하여 공개적인 시각으로 자기 자신을 보려고 한다. 사람들이 만나는 이야기에 초점을 두면 시에서 객관성의 효과는 상당히 증가한다. 위 시에서 '나'는 여행 동기를 말해주는 서술자로 명시되어 있으며(7-8행), 자신이 존경하는 선비와 맺은 자연스러운 우정을 소개하고(11-14행), 심지어 문자 그대로 자신을 이해하는 친구와 머물고자 하는 요청을 기록하였다(15-16행). 도잠은 전통적인 서정시의 한계에서 벗어나 극적인 수사학(a dramatic rhetoric)을 개발한 것이다. 도잠의 새로운 서정시는 표현욕(expressive impulse)과 서사의 거리(narrative distance)가 특징이다. 작품의 서술자는 선비의 사상과 인상을 명백하게 설명한다. 그러나 또 선비는 시 전편에서 침묵으로 일관하고 있다. 언젠가 지음(知音)이

---

22)이 시에 대한 소식의 평에 대해서 『陶淵明詩文匯評』(北京: 中華書局, 1961), p.233. 또 Hightower, 앞의 책, p.177 볼 것.

자신의 음악을 이해해 줄 것이라는 확신 속에서 음악 연주로 자아를 표현할 뿐이다. 이 마지막 메시지는 시에서 교묘하게 나타나고 있지만 이것으로 우리는 이 선비의 속내, 즉 도잠의 마음을 정확히 알 수 있다.

자아에 관한 유사한 이미지는 도잠의 유명한 산문인 <오류선생전(五柳先生傳)>에서도 보인다. 시인은 사마천(약 145 B.C.- 86 B.C.)이 저술한 『사기』의 세련된 양식을 본뜨면서 역사가의 입장을 취한다.23)

先生不知何許人也, 亦不詳其姓字. 宅邊有五柳樹, 因以爲號焉.

선생은 어떤 사람인지 모르며 또 그 성과 이름도 상세하지 않다. 집 근처에 다섯 그루의 나무가 있어서 오류선생이라고 부른다.

We do not know what sort of man he was nor are we sure of his name. There were five willow trees besides his house, and thus he is so called.
『도연명집』, p.175

익명성의 기법은 다시 한번 익숙한 상징 기능을 발휘한다. 도잠의 진정한 면모는 타인의 전기, 즉 전(傳)의 형식을 빌려서 표현되고 있으며 자서전적인 면은 숨겨져 있다. 도잠은 '찬왈(贊曰)'과 같은 『사기』의 평가방식을 따르면서 오류선생을 객관적으로 평하고 자신의 평가가 항구적인 역사적 가치를 가질 것으로 믿는 것 같다.

---

23)완역은 아니지만 이에 상당한 번역서로 다음과 같은 책이 있다. Burton Watson, trans., *Records of the Grand Historian of China*(New York: Columbia Univ. Press, 1961), 2 vols.

贊曰, 黔婁之妻有言, 不戚戚於貧賤, 不汲汲於富貴. 其言茲若人之
儔乎? 酣觴賦詩, 以樂其志. …

평하여 말한다. "검루의 처가 빈천에 낙심하지 않고 부귀에 급급하지
않는다고 하였다. 이 말은 이러한 종류의 사람에게 해당하는가? 술 마
시고 시를 지으면서 자신의 뜻을 즐기는구나. …

The judgement: "never feel distressed in poverty; never eager for
material wealth", so Jienlou's wife said. Perhaps this can describe
the kind of people like him (Mr. Five Willow Trees)? He delight his
heart by drinking and writing poems. …
『도연명집』, p.175

동시대 독자들은 이 말이 도잠 자신의 숨겨진 고백이라는 것을 알
고 있었기 때문에 허구적인 전기이지만 도잠의 자서전으로 생각하
였다.24)
　도잠이 이 작품에서 보여준 우의적 경향은 자연의 은유적 개념과
상당한 관련이 있다. 오류선생과 자기 자신이 닮은 것처럼 자연과
자신과이 긴게도 마찬가시이나. <음수(飮酒)>, 제8수는 자기 자신을
자연 속으로 투사시키는 전형적인 경우이다.

青松在東園　　　衆草沒其姿
凝霜殄異類　　　卓然見高枝
連林人不覺　　　獨樹衆乃奇

---

24) 소통, <도연명전>, 양용(楊勇), 『陶淵明集校箋』(홍콩: 吳興記書局, 1971), p.385
볼 것.

提壺挂寒柯　　　遠望時復爲
吾生夢幻間　　　何事紲塵羈

동쪽 정원의 청송(靑松)
잡풀들이 나무의 자태를 덮어버리네.
언 서리가 다른 초목들을 동사시키니
높다란 소나무 가지가 우뚝 드러나네.　　　　　　　　4
나무들 사이에서 잘 보이지 않지만
홀로 독특한 빛을 발하지.
술병을 들어서 쓸쓸한 가지에 걸고
멀리서 바라보기를 되풀이.　　　　　　　　　　　8
인생은 몽환 속에 있으니
무엇 때문에 홍진에 묶여있는가?

There is a green tree in the eastern garden,
Its beauty obscured by the profusion of plants.
But after frigid frost kill the other vegetation,
Its lofty branches stand out majestically.
In the midst of other trees it goes unnoticed,
All by itself, it now seems extraordinary.
I bring along my jug to hang on a cold branch,
And gaze at it from time to time at a distance.
Our life is in the midst of a dream,
Why should we be burdened with earthly concerns?
『전한삼국진남북조시』, 제1권, p.472

도잠의 시에서 청송은 변치 않는 강인함의 상징으로 자주 등장하며
여기에서 청송은 시류에 영합하지 않는 사람을 의미한다.25) 존경심

으로 이 나무를 바라보면서 시인은 진정한 친구를 찾았다고 상상한
다. 그 다음 시인은 상호이해라는 황홀한 세계를 만끽하면서 거닐며
아끼는 술잔을 가지에 걸고 마침내 자기 인생철학의 확고한 자각에
도달한다. 독자들은 청송이 시인의 진정한 자아를 우의적으로 반영
한다고 믿는다. 침묵의 존재로서 나무는 도잠처럼 쾌활하고 인자한
성품을 보여준다. 시인은 자기 자신을 보는 방식으로 나무에 동일성
을 부여했다.

이쯤에서 중요한 개념이지만 충분히 검토되지 않은 지음(知音)을
다시 한번 살펴볼 필요가 있다. 이제까지 살펴본 바와 같이 도잠이
이해심 깊은 친구를 찾으려는 노력은 자신의 자아정립에 특별한 깊
이를 더해 주고 있다. 하지만 도잠이 지음을 가장 강렬하게 찾았던
곳은 역사 속의 인물들이다.

허구의 작품 세계에서 지음을 창조한 사람이라면 역사에서도 변
치 않는 '친구들'을 찾을 것이다. 도잠이 바로 그러한 시인이었다.
도잠의 작품을 잠깐 훑어보아도 이러한 사실은 쉽게 드러난다. <영
이소(詠二疏)>(『도연명집』, pp.128-129), <영삼량(詠三良)>(『도연명집』,
pp.130-131), <영형가(詠荊軻)>(『도연명집』, p.131), <영빈사(詠貧士)> 7
수(『노연명집』, pp.123-128) 등과 <의고>에서 몇 수는 사실상 과거
현인에 대한 헌사이다.

역사인물에 대한 도잠의 송가는 서정 영역을 넓혀주는 효과적인
방법이었다. 과거 비평가들은 도잠의 역사적인 시를 당연하게 생
각하고 별다른 주목을 하지 않았다. 시체로서 '영사시(詠史詩)'는 좌

---

25) 청송에 대한 유사한 상징기법에 대하여 <음주>, 제4수 『도연명집』, p.89,
<의고>, 제6수, p.112 볼 것.

사(左思, 약 250-305)가 처음 유행시켰지만 도잠은 영사시의 표현 기능을 확장시켰으며 완적(阮籍, 210-263)이 보여준 영회시(詠懷詩) 범위를 훨씬 넘어섰다.26) 도잠의 영사시는 외로움을 적극적으로 극복하였다는 점에서 새로운 의미와 관점을 보여주었다. 좌사 영사시의 특징인 수동적 불만은 이제 사라졌다(『전한삼국진남북조시』, pp.385-386). 이제 작품 속 주인공은 마음 속 외로움은 깊지만 더욱 자유롭게 자신의 이상을 실현시키는 사람이다. 필자의 소견으로, 자아 실현의 의지를 가진 개인이 도잠의 작품에서 등장하는 것은 역사 속에서 지음을 찾을 수 있다는 근본적인 자신감에서 나온 것으로 보인다. 그러나 도잠은 어떻게 시에서 새로운 관점을 만들어 내었는가? 도잠 시는 언제나 이처럼 숭고한 마음의 상태를 이루었는가?

<잡시(雜詩)>, 제2수는 도잠 자신의 우울한 심정을 표현했다.

氣變悟時易　　不眠知夕永
欲言無予和　　揮杯勸孤影
日月擲人去　　有志不獲騁
念此懷悲悽　　終曉不能靜

기후가 변하여 계절이 바뀜을 알고
잠 못 드는 밤 영원하게 느껴져.

---

26) 완적의 영회시는 모두 81수이며 전통적인 주석가들은 이러한 시들에서 우의적 해석을 시도하였다. 완적 시에 대해서는 Donald Holzman, *Poetry and Politics: The Life and Works of Juan Chi, A.D. 210-263* (Cambridge: Cambridge Univ. Press, 1976); J. D. Frodsham and Ch'eng Hsi trans., *An Anthology of Chinese Verse: Han Wei Chin and the Northern and Southern Dynasties*(Oxford: Claredon Press, 1967), pp.53-67 볼 것.

말하고 싶지만 응해줄 사람이 없어.
잔을 뿌리며 외로운 그림자에게 권하네.
세월은 수명을 갉아먹는데
아직 펼치지 못한 뜻이 있네.
생각하면 슬프고 처량할 뿐
심란한 마음으로 밤을 지새우네.

As the weather changes I realize the turn of the season,
Sleepless, I feel the night is forever.
I want to talk, but no one is there to respond,
I raise my cup, offering a drink to my lonely shadow.
Days and months cast me away,
My innermost ambition can not be fulfilled.
Thinking of this, I feel grief and sorrow,
Until dawn, I can not still my heart.
『도연명집』, p.115

좌절감으로 잠 못 이루고 수심에 잠긴 어조는 완적의 유명한 영회시 제1수(『전한삼국진남북조시』, 제1권, p.215)를 연상시킨다. 하지만 완적이 속마음과 목적을 어느 정도 감추고 있는데 반해서 도잠은 모든 생각을 전면에 드러내고 있다. 도잠이 침울한 이유는 명백하다. 자신의 마음 속 생각(志)이 아직 이루어지지 않았는데 세월은 벌써 마감하려고 하기 때문이다. 도잠의 직접적인 서정성은 특히 자아 관념을 펼치기에 적절한 형식이었고 도잠의 자아의식은 중국시에 새로운 힘을 불어넣었다. 더욱 중요한 점은 도잠은 자신의 속내가 무엇인지 알려준다는 것이다.

猛志逸四海　　　　騫翮思遠翥

용맹한 기상은 사해(四海)에 떨쳐지니
날개짓하며 뛰어올라 저 멀리 가고 싶어.

My fierce ambition reaches the four seas,
Soaring on my wings, I wish to go afar.
『도연명집』, p.117

<잡시>, 제5수에서 온 세상을 주유하겠다는 굳건한 의지(猛志)는 영웅의 뜻을 품은 젊은이의 은유이다. <의고>, 제8수에서는 상상이긴 하지만 야심만만한 도잠의 여행(遊)이 세상 끝까지 펼쳐진다.

少時壯且厲　　　　撫劍獨行遊
誰言行遊近　　　　張掖至幽州 …

소시적 힘 좋고 두려울게 없어
칼 하나 잡고 혼자 떠돌아 다녔지.
누가 내 여정이 짧다고 하는가?
서쪽의 장액(張掖)에서 동쪽의 유주(幽州)까지 밟았지. …27)

When I was young, I was strong and brave,
With sword in hand I roamed alone.

---

27) 장액(張掖)은 북서쪽 변경(현 감숙성), 유주(幽州)는 북동쪽 변경(현 호북성)에 있으며 이 두 장소는 몇 천리 정도 떨어져 있다. 육조 시대에 남조의 사람이 북쪽의 먼 지방까지 여행하는 것은 불가능했기 때문에 시에서 기술된 여정은 명백히 상상의 소산이다.

Who says my journey was short,
From Zhangye to Youzhou? ⋯
『도연명집』, p.113

실제로 도잠의 여행은 평범한 모험이 아니며 백이숙제의 굴하지 않
는 충절이나 자객 형가의 용맹무쌍한 복수로도 볼 수 있는 영웅 활
동의 추구이다.

飢食首陽薇, 渴飮易水流

굶주리면 수양산에서 고사리 캐먹고
목마르면 이수가에서 목을 축인다.[28]

When hungry, I ate the ferns of Mount Shouyang,
When thirty, I drank the water of Yi River.

그러나 도잠의 '여행'은 중도하차하고 만다.

不見相知人　　惟見古時邱
路邊兩高墳　　伯牙與莊周
此士難再得　　吾行欲何求

나를 알아주는 친구 만나지 못하니
겨우 옛날 구릉만 보여.

---

[28] 백이와 숙제는 상 왕조의 충신들이다. 새로운 주 왕조의 벼슬살이를 거절하
고 수양산으로 숨어들어가 고사리만 먹다가 굶어죽었다. 이수는 자객 형가가 진
시황을 시해하러 가는 중에 건넜던 강이다.

길가에 두 개의 높은 무덤 있으니
백아(伯牙)와 장주(莊周)의 것이지.
이 선비들은 다시 알아주질 않으니,
내 여행은 무엇을 추구할 것인가?

I saw no understanding friend,
I saw only the mounds of ancient times.
By the side of the road stood two lofty gaves—
One belonged to Baiya, the other to Zhuang Zhou.
Such men are hard to find these days,
What better things could I expect of my quest?

백아와 종자기의 전고는 득의양양한 모습 뒤에 숨어있는 시인의 외로운 자아를 보여준다. 도잠의 뜻[志]은 자신의 내면을 이해하는 친구가 없기 때문에 좌절된다. 도잠은 백아와 종자기 같은 이상적인 친구를 갖고 싶었다. 백아는 자기 음악을 이해하는 지음(知音), 종자기의 죽음 후에 더 이상 음악을 연주하지 않았으며 장자는 혜시가 죽은 뒤 더 이상 논쟁할 사람이 없다고 생각했다.

도잠은 이러한 우정의 에토스가 용기, 신의, 남의 장점을 보는 능력 등을 함께 길러주기 때문에 가장 고귀하고 중요한 덕성이라고 생각했다. 도잠의 크고 깊은 뜻이 지음의 추구였다는 것은 의심할 여지가 없다. 도잠의 <영형가(詠荊軻)>에는 이러한 덕성의 '코드'를 몸소 실천하는 자에 대한 존경이 잘 나타나 있다. 용맹한 형가는 연나라 태자 단(丹)에게서 진왕(秦王, 후에 진시황이 되어서 B.C. 221년에서 B.C. 210까지 통치하였다.)을 암살해 달라는 부탁을 받았다.29) 형가는 자신의 잠재능력을 알아본 연나라 태자를 위해서 위험한 임무를 맡기로 한다. 도잠은 영웅 형가의 목소리를 빌려서 말한다.

君子死知己   提劍出燕京
素驥鳴廣陌   慷慨送我行

군자는 자기를 알아본 사람을 위해서 죽는 법,
칼을 들고 연경으로 떠난다.
흰 천리마가 넓은 길에서 울고
사람들은 나의 출발을 슬퍼하며 전송한다.

A gentleman die for his understanding friend(*Zhiji*),
So with the sword in hand, I set out from the Capital of Yen.
My white horse moans on the road;
With fervent feeling, my friends see me off.
『도연명집』, p.131, 5-8행

자신을 알아주는 친구를 위해서 기꺼이 목숨을 바치려는 의지는 중국의 전통 윤리에서 중요한 관념인 '불후(不朽)'에 기반하고 있다.『좌전』의 논리에 따르면 사람이 불후에 도달하는 방법은 입덕(立德), 입공(立功), 입언(立言) 세 가지이다. 우정에 대한 형가의 에토스는 이러한 전통 관념의 재연인데, 왜냐하면 연나라 태자을 위해서 목숨을 건 행동 자체가 불후라고 믿었기 때문이다.

---

29)『사기』「자객열전」에 소개된 형가의 이야기는 하이타워(Hightower), 앞의 책, pp.225-227 볼 것. 또 도잠 시에 대한 논의는 유약우(James J.Y.)의 *The Chinese Knight-Errant*(London: Routlege and Kegan Paul, 1967), pp.78-79 볼 것.

心知去不歸　　　　且有後世名
登車何時顧　　　　飛蓋入秦庭

한번 가면 돌아오지 못하리.
하지만 후세에 이름은 남으리라.
마차에 올라 뒤돌아보지 않으며
마차 지붕 날아가듯 진의 궁정으로 들어가네.

He knows in his heart once he departs he will never return,
But he will have a name in posterity(*houshiming*)
Getting on to his cart, he never again looks back,
Chariot canopy flying, he makes way into the Qin court.

후세에 이름(後世名)을 전하려는 영웅의 희망은 헛된 바램이 아니다. 헌신적인 에토스의 힘과 영웅적 행동은 한 개인의 영역을 넘어서 역사적 사실로 기록되어야 한다는 것이 형가의 생각이다.

　이러한 어조는 분명히 도잠의 목소리이다. 활기 넘치는 도잠의 시는 지음이라는 우정의 에토스를 변호하기 위해서 지어졌다는 것을 잘 알 수 있다. 시간과 죽음에 대한 승리는 도잠의 사상에서 영원한 가치로 남는다. 이러한 희망은 작품의 결론부에서 쉽게 파악된다.[30]

其人雖已沒　　　　千載有餘情

그 사람 이미 사라졌지만
천년 동안 감정은 남아있네.

---

[30]좌사는 형가에 대한 <영사(詠史)>에서 역사에 영원히 전해질 영웅의 이름을 강조하지 않았다.

Although the man perished long ago,
After a thousand of years some of his feelings still remain.

도잠은 똑같은 방식으로 역사에 영원히 이름을 남겼던 한나라의 위대
한 애국자이며 은둔자, 전주(田疇)를 닮으려는 마음을 표출하고 있다.

生有高世名　　　既沒傳無窮
不學狂馳子　　　直在百年中

살아 생전 널리 알려지고
죽어서도 영원히 전해지네.
미친 패거리들은 배우지 않았지.
백년살이에 연연하는 사람들.

In his life he was known to all,
After his death his name was cerebrated without cease.
I will copy those who madly pursue earthly matters,
And live only for this short life-span.
『도연명집』, p.110

사실 도잠은 정확히 전주의 전철을 밟았다. 404년 심
양에서 내전이 한창일 때 환현(桓玄)은 갑자기 안제(安
帝)를 납치해서 강릉(江陵)으로 데려갔다. 이 사건은 한
나라 역사에서 중요한 일화를 상기시킨다. 190년 동탁
(董卓)이 동한 헌제(獻帝)를 인질로 데리고 있다가 장안
으로 도주하는 사건이 발생한다. 당시 예주자사(豫州刺史) 휘하에서
신망이 두터웠던 학자이자 관리였던 전주는 즉시 장안으로 달려가

강릉
호북성 형주(荊州)
였는데 현재 사시
(沙市)와 통합되어
형사시(荊沙市)가
됨.

서 예주자사의 밀서를 유배당한 황제에게 전달한다. 유사한 왕조의
위기 상황에 처했던 도잠은 스스로 자신을 전주(田疇)라고 생각해서
안제를 위하여 자신의 목숨을 던지려고 하였다. 그래서 404년 참군
(參軍)이 된 도잠은 심양과 건강을 왕래하며 진 안제의 상황과 관련
된 정보를 유유에게 전달하였다. 다음은 시인이 자신의 막중한 임무
를 기념하기 위해서 쓴 것으로 보인다.31)

辭家夙嚴駕　　當往至無終
問君今何行　　非商復非戎
聞有田子泰　　節義爲士雄
斯人久已死　　鄕里習其風 …

아침 일찍 가족과 작별하고 부랴부랴 마차에 올라타니
목적지는 무종(無終)이라네.
그대에게 묻노니 "지금 무엇을 하고 있는가?"
장사도 아니고 전쟁도 아니라네.   4
들자하니 전주라는 인물이 있었는데,
절개와 의리가 선비 중 으뜸이었지.
이 선비는 죽은 지 오래지만
고향에서는 아직도 그의 풍모를 배우고 있다네. …   8

At dawn I bade my farewell to my family, and got ready to go,
My mind was set for the destination, Wuzhong.
"May I ask you the purpose of your journey today?"
It is not for business, nor for war.

---

31)이 시에 대한 루친리(逯欽立)의 논의를 볼 것. 『도연명집』, pp.232-233.

I have heard there was a Tianzitai(Tian Chou),
A man of moral fortitude, and hero among men.
He has been dead for a long time,
but those in his hometown still follow his teaching. ⋯
『도연명집』, p.110

동한이 멸망한 뒤 산으로 숨었던 전주처럼, 도잠은 유유가 정권을 잡자 은둔의 길을 택하였다. 실제로 유유가 새로운 유송 왕조를 세우는 420년 전의 이름은 연명(淵明)이었고 '숨다'라는 뜻의 잠(潛)은 없었다. 도잠이 유송의 정통성을 인정하지 않았던 사실은 어떤 작품에서도 새 왕조의 연호를 사용하지 않았다는 점에서도 확인된다. 도잠이 동일시하고 싶었던 인물은 전주 같은 고대의 충신들이었다.

도잠에게 시작행위는 불후를 이루거나 후대에 자신을 이해하는 독자를 찾기 위한 수단이다. 도잠은 자신의 어떤 시서에서 다음과 같이 밝히고 있다.

歲云夕矣,　　　慨然永懷.
今我不述,　　　後生何聞哉?

한 해가 저무르려고 하니
슬프고 종일 근심스럽다.
지금 내가 적지 않으면
후인들이 어떻게 알겠는가?

As this year is drawing to its close,
my heart was bursting with cares.

If I do not put my feeling in writing,
how will posterity know?
『도연명집』, p.106

이 글은 거의 예언처럼 읽힌다. 6세기 후 도잠은 송나라 대시인, 소식(蘇軾, 1037-1101)이라는 걸출한 지음을 찾게 된다. 600년이 넘도록 떨어져 있던 두 시인의 극적인 조우와 우정은 중국문학에서 처음 있는 일이다.32) 소식은 거의 모든 도잠 시에 상응하는 시들을 지었다. 또 <강성자(江城子)>에서 직접 자신을 도잠의 환생이라고 말하기도 했다.

夢中了了醉中醒
只淵明
是前生

꿈속에서 깨달았네. 취중에 정신이 드는 이유는
단지 연명이
나의 전생이었기 때문이지.

Alert in my dream, wide-awake in drunkeness,
It is only because Yuanming(Tao Qian)
Was my previous incarnation.33)

---

32)물론 도잠은 송대의 많은 시인들에게 시적 모델로 언급되었다. Jonathan Chaves, *Mei Yao-ch'en and the development of Early Sung Poety*(New York: Columbia Univ. 1976), pp.104-105 볼 것.

33)영문 번역은 졸저, *The The Vitality of the Lyric voice: Shih Poetry from the Late Han to the T'ang of Chinese Tz'u Poetry*(Princeton: Princeton Univ. Press, 1976), pp.104-105에서 인용되었음.

그리고 소식은 굳건한 확신을 가지고, 도잠이 다시 태어난다면 그의 추종자가 될 것이라고 하였다.

我欲作九原　　　　獨與淵明歸

죽은 자가 돌아온다면
홀로 도잠을 따르리라.34)
(역주: 구원(九原)은 전국시대 진(晉) 나라 경대부 묘지. 전하여 묘지, 황천 등을 뜻함.)

I wish the dead could be returned,
And I would follow Yuanming alone.

소식의 정신적인 동일시는 도잠이 기대했던 것 이상이었을 것이다. 그러나 적어도 지음에 대한 도잠의 생각은 이전 시인들을 의식적으로 모방하고 후대 시인에게 영향을 주려는 중국시의 전통을 형성하는데 일조하였음이 틀림없다. 독서가 과거의 이상적인 친구들을 알게 되는 기술이라면 시작 행위는 미래 독자들의 가슴을 감동시킬 수 있는 최고의 방법이다. 실제로 도잠이 거친 삶의 현실을 극복할 수 있었던 데에는 불후(不朽)의 관념이 도움을 주었다. 도잠은 후대에 영원한 이름을 남긴 사람들이 생존 당시에는 여러 가지로 곤란에 처했음을 잘 알고 있었다.

雖留身後名　　　　一生亦枯槁

---

34) 가난한 도잠에게 답하며(和陶貧士)> 볼 것. 『蘇軾詩集』(北京: 中華書局, 1982), 제7권, 권39, p.2137. 두 구에 대한 논의는 송치우롱(宋丘龍), 『蘇東坡和陶淵明詩之比較研究』(타이베이: 商務印書館, 1980), p.94 볼 것.

후세에 이름을 남겼지만
한평생 앙상하게 마른 나무 같았지.

Though they have left behind their names,
Throughout their lifetime, they suffered many deprivations.
『도연명집』, p.93

이러한 역사적 사실은 시인들에게 가난한 삶 속에도 필요한 금욕적
인 용기를 제공한다. 도잠은 점점 더 궁핍해져서 인생의 마지막 순
간까지 굶주림과 추위로 고생하는 경우가 비일비재했다. 도잠은
<원망의 시: 초나라 음조로 방주부와 등치중에게 주다(怨詩楚調示龐
主簿鄧治中)>에서 이러한 사실을 숨기지 않았다.

　　夏日抱長飢　　　　寒夜無被眠
　　造夕思雞鳴　　　　及晨願烏遷

여름에는 굶주림으로 연일 고통스럽고
추운 밤에는 이불 없이 잠들었지.
저녁이면 새벽을 깨우는 닭의 울음을 생각하고
아침이면 태양이 서쪽으로 가기만 바랬지.[35]

During summer days I suffer from continued hunger,
Through wintry nights I sleep without bedcovers.
When evening comes, I long impatiently for the cockcrow,

---

[35] 마지막 행은 본래 "아침이면 까마귀가 빨리 지나가기 바라네."로 읽어야 하
지만 세발 달린 까마귀가 태양에 산다는 고대 신화에 따라서 여기서는 까마귀가
태양을 의미한다고 보았다.

At dawn I wish the sun would hurry off to the west.
『도연명집』, pp.49-50

<걸식(乞食)>이라는 또 다른 시 역시 배고픈 현실을 통렬하게 묘사한다.

飢來驅我去　　不知竟何之
行行至斯里　　叩門拙言辭
主人解余意　　遺贈豈虛來
談話終日夕　　觴至輒傾杯
情欣新知權　　言詠遂賦詩
感子漂母惠　　愧我非韓才
銜戢知何謝　　冥報以相貽

배고픔을 견디지 못하고 밖으로 나왔지만
도대체 어디로 가야할지 막막하구나.
이리저리 다니다 이 마을에 이르렀고
문을 두드리고 어눌하게 몇 마디 던졌지.　　　　　　　4
주인은 내 처지를 이해하고
양식을 나누어 주니 어찌 헛된 걸음이었겠는가?
종일 이야기를 나누다 보니 저녁이 되었고
술이 오면 술잔은 곧잘 비웠지.　　　　　　　8
새 친구를 만난 즐거움으로
노래를 읊조리고 시를 짓네.
빨래터 아줌마 같은 당신의 은혜에 감동하였지만
안타깝게도 나에게는 한신(韓信) 같은 재주가 없네.36)　　　　　12

---

36) 한신은 유방을 도와 한나라를 세운 개국공신이다. 집안이 무척 가난하였는데
한번은 빨래터 아줌마가 한신을 불쌍히 여기고 음식을 주었다. 후에 한신이 초땅의

고마운 마음 어떻게 표현해야 하는가?
저승에서나 갚을 수 있을는지.

Hunger came, it forced me to go out,
I did not know where I was heading for.
I wandered and wandered, till I reached this village,
I knocked at a door, and muttered a few words.
The man of the house understood my intent;
He gave me what I desired—so my trip was not in vain.
We talked happily from morning to night,
And emptied our cups as we drank to each other.
Delighted by the joy of this new friendship,
I chanted verse and composed poetry.
"I appreciate your generosity; you are as kind as the washerwoman,
But I feel shame at not having Han Xin's talents.
My gratitude to you-how can I express it?
I can only repay you from the underworld after my death."
『도연명집』, p.48

　당시 강주자사, 안연지가 도잠을 알게 된 때는 도잠이 훨씬 더 궁
핍했던 말년이었다. 안연지는 <도잠사뢰(陶潛士誄)>에서 가난 속에서
도 지조를 굽히지 않았던 도잠을 존경하였다.

　居備勤儉, 躬兼貧病. 人否其憂, 子然其命. … 年在中身, 疢維痁
疾, 視死如歸, 臨凶若吉. …

제후로 임명되자 그 아줌마에게 몇 천 냥의 금으로 보답하였다. Burton Watson, 앞
의 책, 제1권, pp.208-232.

몸소 근면 검소한 생활을 했지만 가난과 질병으로 고달팠다. 사람들은
이러한 우환을 거부했지만 도잠은 자기의 운명으로 생각하였다. …
나이 들어 열병에 학질을 앓았지만 죽음을 집으로 돌아가는 것처럼
여겼고 불길한 조짐을 길조로 생각하였다. …

He lived an industrial and frugal life. He suffered from both
poverty and illness. Other people find it hard to bear such
adversity, but he accepted it as a degree of fate. … Middle-aged, he
was often afflicted with fever and malaria. But he looked upon his
death as going home, and took misfortune for fortune. …
『문선』, 제2권, p.1240

도잠은 <영빈사(詠貧士)>에서 가난을 편안함의 원천으로 설명한다.

何以慰吾懷　　　賴古多此賢

어떻게 내 마음을 위로할 수 있을까?
옛날을 생각해 보면 이러한 현인들이 많았지.

How can I find comfort from my soul?
Only with the help of all ancient worthies.
『도연명집』, p.123

실제로 도잠의 많은 작품은 이와 같은 자아실현을 시도한다. 세속과
타협하지 않고 농사와 가난을 선택하는 과정에서 후회하는 모습은
보이지 않는다. 모든 고난에도 불구하고 도잠에게는 자아실현에서
오는 순수한 즐거움이 있다. 도잠이 가장 중시했던 것은 개별자로서

자아완성이다. 이러한 생각은 <음주(飲酒)>, 제9수에서 자신감 있고
위트 있게 펼쳐진다.

清晨聞叩門　　倒裳往自開
問子爲誰歟　　田父有好懷
壺漿遠見候　　疑我與時乖
襤縷茅簷下　　未足爲高棲
一世皆尙同　　願君汩其泥
深感父老言　　稟氣寡所諧
紆轡誠可學　　違己詎非迷
且共歡此飲　　吾駕不可回

이른 아침 문을 두드리길래
옷자락 끌며 나가 문을 열었지.
"뉘십니까?"하고 물으니
마음 좋은 농부라고 하네.　　　　　　　　　　　　　4
술 한 병 싸가지고 먼데서 찾아와
내가 시대와 불화를 겪고 있다고 여기네.
"남루한 옷차림과 초가지붕은
고고한 은둔자로서 충분하지 않네.　　　　　　　　8
온 세상이 모두 똑같아지려고 애쓰니
바라건대 그대도 이 진흙 속에 빠지게나."
"어르신의 말씀은 무척 고맙지만
타고난 성품이 현실과 맞는 부분에 적습니다.　　12
굽실거리고 속박을 참는 것은 배울 수 있지만
자신을 어기는 것은 그릇된 일이 아닙니까?
이제 함께 이 술을 마시며 즐기지요.
내 마차는 후진할 줄을 모른답니다."　　　　　　16

I heard knock at my door in early morning,

Tripping on my gown, I go to open the door.

I asked who the caller was;

A good-hearted farmer

Came with a jug of wine to call upon me from afar.

I suspected I was in disagreement with the times:

"Dressed in rags, living under a thatched roof—

This is not enough for a lofty recluse.

All the world like to live a similar life,

I wish I would go along with the muddy crowd."

"I am deeply grateful to you for your advice, old man.

But my intrinsic nature put me at odds with the times.

Of course, one can learn to twist the reins,

But isn't it wrong to go against one's nature?

Now let's have a happy drink together—

My carriage can never turn back!"

『도연명집』, pp.91-92.

시인과 농부의 대화는 『초사(楚辭)』에 나오는 <어부(漁父)>를 연상시킨다. 어부는 올바르지만 불행했던 시인 굴원(屈原, 약 340 B.C.-278 B.C.)에게 세상을 좀 더 유연하게 살라고 충고한다.

舉世皆濁
何不淈其泥而揚其波
衆人皆醉
何不餔其糟而歠其醨

온 세상이 모두 탁하면
어찌 그 진흙에 빠져 흙탕물을 튕기지 않는가?
뭇사람들이 모두 취하면
어찌 배불리 술지게미를 먹고 탁주를 마시지 않는가?

If all the world are muddy, why not help them to stir up the mud
and beat up the waves?
And if all men are drunk, why not sup their dregs and swill their
lees?[37]

도잠이 만난 농부는 굴원이 만난 어부와 같은 충고를 던진 것 같다.
그러나 시각과 문체에서 볼 때 도잠의 시는 급선회하고 있다. 이제
도잠의 작품에는 세상에 냉소적이던 굴원의 태도는 더 이상 바깥으
로 드러나지 않는다. 초사의 전통에 만연한 분노, 조소, 자포자기, 절
망 등은 사라지고 대신 모든 사람에게 보편적으로 적용되는 놀라운
수사적인 반문을 듣게 된다(14행: 違己詎非迷). 이 간단한 물음은 독
자들에게 진정한 개인성의 의미를 깨닫게 해주는 힘을 가지고 있다.
무엇보다도 시인은 굴원처럼 "모든 사람이 취했고 나만 홀로 깨어
있다(衆人皆醉, 我獨醒)."라고 주장하지 않는 것이 중요하다. 대신에
도잠은 농부를 초청해서 함께 술 마시며(15행) 자신의 인생관이 그
자체로 긍정적인 가치를 가지고 있다고 알려준다.

　도잠 시의 가장 위대한 성취는 바로 삶에 대한 긍정적인 태도의
표현이다. '자전적인' 시의 주인공처럼 도잠은 모든 즐거움과 슬픔

---

[37] David Hawkes, trans., *Ch'u Tz'u: The Sung of the South, An Ancient Chinese Anthology*(London: Oxford Univ. Press, 1959), p.90.

뿐만 아니라 감정의 윤리적 가치까지 말하고 있다. 고대 이래로 중국시는 처음으로 상당한 자신감을 확보하였다.[38]

3. 자연을 통한 내면의 승화

도잠의 자신감은 본질적으로 끊임없이 자신을 재창조하는 영속적인 자연에 대한 신뢰에서 비롯된다. 도잠의 자연관에 따르면, 일체만물은 순환의 질서 속에서 움직이는데 삶과 죽음 역시 자연의 창조 과정에서 필요한 단계일 뿐이다. 삶이 자연스럽고 필연적이라면 죽음 역시 그러하다. 자연은 정적이지 않으며 시간이며 운동이다. 이러한 식으로 자연을 파악하였기 때문에 도잠은 유한한 삶 속에서도 평정심을 자주 이야기했다. 도잠의 철학은 전에 간단히 언급한 바 있는 <의만가사(擬挽歌辭)>에서 잘 나타난다.

荒草何茫茫	白楊亦蕭蕭
嚴霜九月中	送我出遠郊
四面無人居	高墳正嶕嶢
馬爲仰天鳴	風爲自蕭條
幽室一已閉	千年不復朝
千年不復朝	賢達無奈何
向來相送人	各自還其家
親戚或餘悲	他人亦已歌
死去何所道	託體同山阿

---

[38] 이 점은 강한 개인성이 드러나는 건안(建安, 196-220) 문학 같은 전대 작품들의 중요성을 부정하는 것은 아니다. 도잠의 긍정적인 태도는 이러한 전통의 심화 발전으로 보아야 한다.

끝없이 황량한 풀밭
백양나무 바람에 운다.
서릿발 날리는 가을날
멀리 교외로 실려가네.   4
사방 사람의 흔적은 없고
높이 솟은 봉분 산봉우리처럼 우뚝.
맑은 하늘을 보며 우는데
어디선가 불어오는 소슬한 바람.   8
무덤 입구 한번 닫혀 버리면
천년 동안 다시는 햇빛을 보지 못하겠지.
천년 동안 다시는 햇빛을 보지 못하니
현인이라도 고관대작이라도 별 수 없지.   12
나를 배웅하러 왔던 사람들
각자 집으로 돌아가네.
친척들은 슬픔이 남아있기도 하지만
다른 사람들은 벌써 노래를 부르지.   16
죽어 가버렸는데 무슨 할 말이 있겠는가?
부디 내 몸뚱이를 산비탈에 함께 있게 해주게나.

How boundless are the barren grasslands,
The white poplars moan in the wind.
The bitter frost penetrates the ninth month,
When they accompany me to the distant rural area.
All around no one dwells,
The lofty grave mounds alone loom high.
Horses lift up their heads to neigh,
The wind wails by itself.
Once the dark tomb is closed,

I shall never see the sunlight again for a thousand years.

Not being able to see the sunlight for a thousand year,

Even the sages and worthies can do nothing about it.

Those who have come to escort me

Will each return to his home.

My relative may still grieve over my death,

The others have already begun singing.

Dead and gone, what is there to say?

Let me e

ntrust my body to the hillside.

『도연명집』, p.142

　작품은 고독한 감정과 자연에 대한 무한한 신뢰 사이에서 정교한 균형감을 유지하고 있다. 사람인 이상 도잠도 자신의 죽음을 한탄할 수밖에 없다. 황량한 들판에 외롭게 서있는 백양나무처럼 이제 도잠은 홀로 무덤 속에 영원히 남겨질 것이다. 하지만 시인은 불완전한 개인의 존재성을 자각하면서 마침내 자신의 미미한 존재와 불행을 위대한 자연의 영원함과 기쁨에 맡기는 법을 배운다(死去何所道, 託體同山阿).

　도잠은 이전 시인에게는 나타나지 않던 죽음에 대한 깊은 이해와 긍정적인 태도를 보여준다.[39] 이것은 중국시에서 매우 중요한 전환점이다. 한대 이래로 죽음에 대한 불안감은 시인들에게 주요한 소재

---

[39] 물론 장르로서 '만가'는 도잠 이전부터 있었고 육기(陸機, 261-303) 같은 시인들은 이미 죽은 사람의 감정에 관한 시를 유사하게 지었다(『문선』, 제2권, pp.399-400). 하지만 도잠 시에서 보이는 자연과의 전체적인 조화는 초기 작품들의 절망적인 어조와 무척 대조적이다.

가 되어왔다. 예를 들어 <고시십구수(古詩十九首)>의 주인공들은 모두 덧없는 인생의 희생자들로 묘사되어 있다.40) 하지만 도잠은 죽음의 극복을 표현했으며 이것이 바로 도잠의 독창성이다. 불완전한 인생은 그 자체로 우리 너머에서 지속적으로 운행하는 거대한 자연의 필요 현상이다. 자연에 대한 믿음 때문에 도잠의 작품은 중국시에서 좀처럼 나타나지 않는 객관적인 시각을 가지고 있다는 인상을 준다. 인용시에서 망자는 장례식에 온 살아있는 사람들보다 초연한 감정을 가지고 있는 듯 하다. 이 시가 427년 도잠이 죽기 직전에 지어졌다고 장담할 수는 없지만 적어도 죽음에 임박해서 나온 성찰이라는 것은 확실하다. 이 점에서 본다면 도잠의 객관적인 시각은 차가운 이성이 아니라 자연과의 조화에서 비롯되는 자신감으로 보아야 한다.

초연하게 죽음을 받아들이는 도잠의 태도는 『장자』에 나오는 화(化)의 사상에서 연원한다. 장자에 따르면, 삶과 죽음 모두 순환하는 자연변화(化)의 동인이기 때문에 죽음을 삶과 똑같이 받아들이고 변화의 흐름을 방해해서는 안 된다.41) 장자에 심취했던 도잠은 삶에 집착하지 않고 화(化)의 과정에서 어떤 성취감을 이룬 것 같다. <자제문(自祭文)>은 이러한 강한 신념을 잘 표현하고 있다.

樂天委分, 以至百年. … 識運知命, 疇能罔眷. 余今斯化, 可以無恨. …

즐겁게 살고 분수에 만족하며 백년을 살았지. … 내 운명이 (끝나가는 것을) 아는데 어찌 주저하지 않으리오마는 지금 이러한 변화에 후회는 없다네. …

---

40)수이슈선(隋樹森), 『古詩十九首集釋』(홍콩: 中華書局, 1958) 볼 것.
41)Burton Watson, trans., 같은 책, p.85.

Contented with the ways of Heaven and accepting my fate, I
have lived out my mortal span. ⋯ Knowing the inevitabliltiy of
destined end, how can I not cherish my life? But my present
transformation(*hua*) is no cause for regret. ⋯
『도연명집』, p.197

인간의 세 요소에 관한 내용인 <형체, 그림자, 정신(形影神)>에서도
똑같이 자연의 변화와 운행을 수용하는 것으로 끝맺는다.

縱浪大化中　　　　不喜亦不懼

거대한 변화의 파도에 몸을 맡기면
기쁠 것도 두려울 것도 없다네.

Let yourself go, following the waves of the Great Transformation,
Neither happy nor frightened.
『도연명집』, p.37

도잠은 죽음에 대한 공포에서 벗어나 정신적 해방감을 맛보며 마침
내 죽음이 영원한 안식처이며 원래 자신의 집(本宅 또는 舊宅)으로 돌
아가는 것이라고 생각한다.[42]
　도잠이 자연의 큰 변화(大化)로 회귀하는 것은 위잉스(余英時)가 말
한 대로 위진 시대에 유행하던 '신도가의 자연주의'의 절정이라고
볼 수 있다.[43] 그러나 진정으로 도연명이 위대한 이유는 생활 속에

---

[42] <자제문>, 『도연명집』, p.197; <잡시>, 제7수, 『도연명집』, p.119.
[43] 위잉스(余英時), 앞의 책. 또 천인꺼(陳寅恪), 「陶淵明之思想與淸談之關係」,

서 몸소 실천했던 신도가의 사상과 거기에서 받은 영감을 가지고
새로운 서정 세계를 창조하였다는 것이다. 시에서 묘사된 자연은 질
박한 도의 모습을 보여준다.

　　　雲無心以出岫　　　　鳥倦飛而知還

구름은 무심히 산봉우리에서 나오고
날다 지친 새들은 돌아갈 줄 안다.

The clouds make their movements without consciousness from
mountain peaks,
The birds, growing tired from flying, know it is time to return.
『도연명집』, p.161

　　　木欣欣以向榮　　　　泉涓涓而始流

나무들이 즐겁게 번성하며
똑똑 떨어지는 샘물 물줄기를 이루네.

Joyfully the trees are flourishing,
Trickling, the streams begin to flow.
『도연명집』, p.161

자연의 평화로운 운행 속에서 자신의 삶을 영위하는 구름, 새, 나무,
시내처럼 인간은 주기적인 변화를 반복하는 무한한 생명력, 바꾸어

『천인꺼선생문사논집』, 제2권, p.399 볼 것.

말하면 개체에 구현된 도에 자유롭게 참여하여야 한다. 도잠의 자연 회귀는 3세기부터 유행하였던 '유선시(遊仙詩)'의 환상세계와 차별화된 모습이다. 무엇보다 도잠은 당시 인기가 많았던 연단술에서 벗어나고 싶다고 자주 말하고 있다.

我無騰化術　　　必爾不復疑

나에게는 하늘에 오르는 재주가 없으니,
반드시 그래야하며 다시 의심해서도 안 되지.

I do not have the magic of immortality,
It must be so; there should be no more doubt.
『도연명집』, p.36

世間有松喬　　　於今定何聞

세상에 송(松)과 교(喬)라는 신선이 있다면
지금 어느 구석에 살고 있는가?

If there ever existed in this world the immortals Song and Qiao,
Where do they have their place today?
『도연명집』, p.55

卽事如已高　　　何必升華嵩

세상사에 이미 통달했는데
(신선들이 산다는) 화산과 숭산에 굳이 오를 필요가 있겠는가?

If my understanding of life is already superior,

Why do I need to climb (the immortals' mountains) Hua and Song?

『도연명집』, p.53

도잠은 세상을 등진 은둔자로 오랫동안 평가받아왔다는 점을 기억할 필요가 있다. 소명태자로 알려진 소통(蕭統, 501-531)은 도잠을 심양삼은(潯陽三隱)의 한 사람이라고 하였으며[44] 종영(약 502-519 활동)은 가장 훌륭한 은둔 시인(古今隱逸詩人之宗)이라고 추켜세웠다. 두보(712-770) 역시 세속을 피한 사람(避俗)이라고 평하였다.[45] 이러한 전통적인 견해가 존경심의 발로인지 비판적인 평가인지 알 수 없지만 결과적으로 모두 도잠의 진정한 면모를 가리고 왜곡된 이미지를 만들어 버리고 말았다. 물론 관직을 거부한 전통적인 은둔자로 볼 수도 있겠지만 도잠은 결코 불가나 도교의 은둔자들처럼 정상적인 삶에서 벗어나지는 않았다.[46] 하이타워(James R. Hightower)가 통찰력 있게 '자유(freedom)'라고 번역한 도잠 시의 '자연'에는 농부, 아이, 술친구, 시인 등이 공존한다.[47] 독자들은 시인이 나들이 갈 때마다 아이나 이웃들을 불러서 함께 간다는 인상을 받게 된다.[48]

이와 대조적으로 '심양삼은'의 한 사람이며 도잠의 불가 친구였던

---

[44] 소통(蕭統), <陶淵明傳>, 『陶淵明集校箋』, p.385.

[45] 두보, 『두시상주(杜詩詳注)』(北京: 中華書局, 1979), 권7, 제2권, p.563.

[46] 도잠의 인생관에 관한 평가는 모트(F.W. Mote)의 표현대로 관직에서는 물러났지만 인간의 일상사에서는 벗어나지 않았다는 의미의 '유가적 은둔주의(Confucian Eremitism)'가 가장 적절하게 보인다. Arthur F. Wright, ed., *The Confucian Persuasion*(Stanford: Stanford Univ. Press, 1960), pp.202-240.

[47] Hightower, 같은 책, p.50.

[48] 예를 들어서 <이거(移居)>, <유시상에게 술을 건네며(酬劉柴桑)>을 볼 것. 하이타워, 같은 책, p.74, p.78.

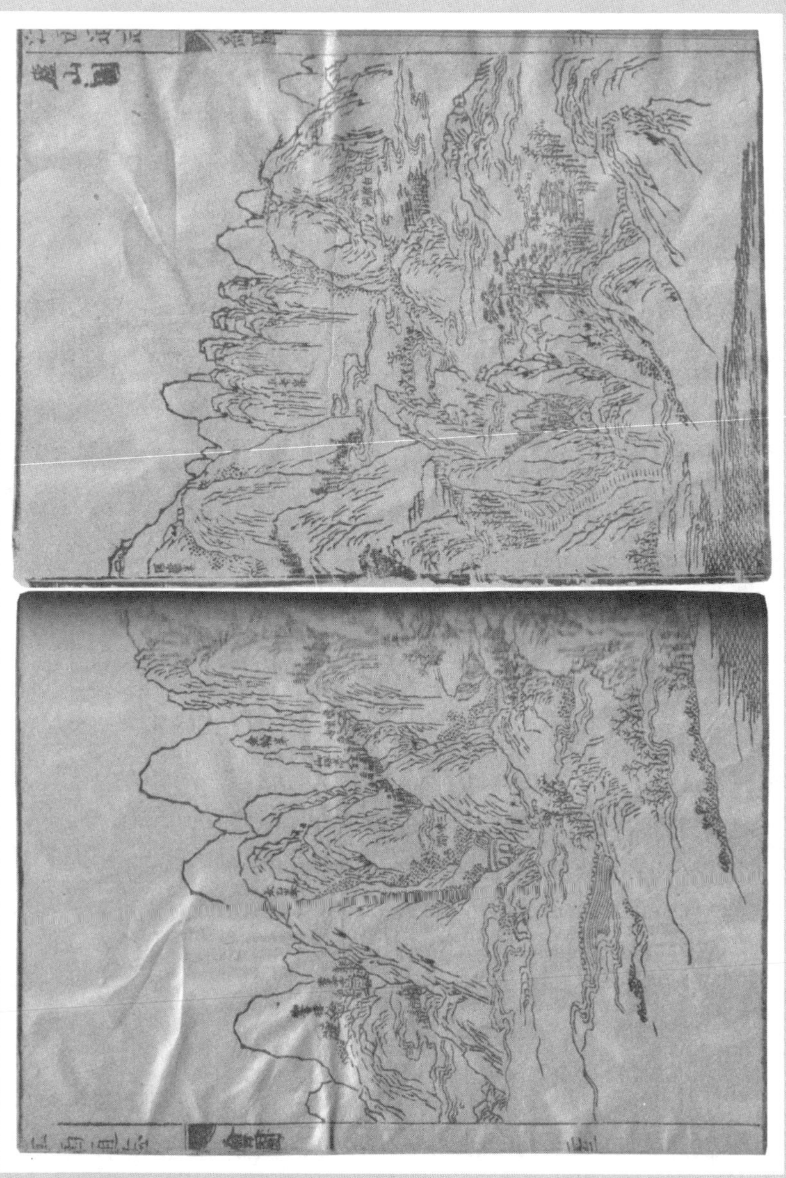

여산도(廬山圖). 사민(謝旻), 도성(陶成) 편.
『강서통지(江西通志)』(1732) 「회도(繪圖)」. 22b. 23a.

유유민(劉遺民)은 진정한 의미에서 은둔자였다. 심양의 시상현령(柴桑
縣令)이었던 유유민은 본래 정지(程之)라고 불렸는데 403년 겨울 환현
이 왕위를 찬탈하자 관직에서 물러나고 옛 왕조에서 살아남은 백성
이라는 '유민(遺民)'으로 이름을 바꾼다. 그후 자신의 아내와 자식을
버리고 도잠이 살았던 곳에서 가까운 여산에 들어가 혜원(慧遠)의 백
련교단(白蓮敎壇)에 입문한다.[49] 409년경 유유민은 도잠에게 자신이
속한 불가에 입문하라고 말하지만 도잠은 다음과 같이 거절한다.

山澤久見招　　　胡事乃躊躇
直爲親舊故　　　未忍言索居 …

오래전부터 산과 연못에게서 초대받았는데
무슨 이유로 주저하겠는가?
다만 내 혈육과 친구들 때문에
차마 떨어져 살겠다는 말을 할 수 없다네. …

'Mountain and lake' have long invited me to join them,
For what reason did I hesitate to make a move?
It is only because of my relatives and old friends
that I have not the heart to think of living apart. …
『도연명집』, p.57, <거취를 옮기다(移居)>

　확실히 도잠은 마을과 동떨어진 '산과 연못(山澤)'으로 은거할 필
요가 없었다. 그의 초가집은 시끄러운 인간 세상에 있었지만 초연한
마음으로 내적 평정을 유지할 수 있었다 (『도연명집』, p.89). 또 자연

---

[49] 유유민의 전기는 『도연명집』, p.272 볼 것.

과 '일체감(being-with-oneself)'을 느꼈기 때문에 시인은 자신의 주관성을 넘을 정도로 자신감에 차 있었다.

그러나 도잠이 아름다운 자연을 감상하기 위하여 바깥으로 나가지 않은 점은 더욱 중요한 데 도잠은 더 이상 외부 관객(a external spectator)이 아니기 때문이다. 자연의 한 부분인 시인의 자아는 세계의 모든 것들을 통합의 시각에서 바라보았다. 도잠의 시를 읽다보면 독자는 종종 시인이 자신의 감정을 외부 세계와 통합시키는 탁월한 방법에 감탄하게 된다. 당나라 이후 비평가들은 도잠의 이러한 놀라운 재능을 '감정과 풍경의 융합(情景融合)'이라고 설명하였다.

도잠은 서정성에 새로운 의미를 부여하였고 자연을 지각하는 잠재성을 전면적으로 일깨운 최초의 인물임에 틀림없다. '자연의 감응(感物)'에 대한 강조는 이미 도잠 이전부터 중요한 문학 현상이었다. 육기(261-303)의 <문부(文賦)>는 자연 운행을 새롭게 이해하는 적절한 예이다.

遵四時以歎逝　　　瞻萬物而思紛
悲落葉於勁秋　　　喜柔條於芳春

사철을 보내며 흐르는 시간을 한탄하고
만물을 바라보니 온갖 상념이 일어나.
차가운 가을날 떨어지는 낙엽을 슬퍼하고
화창한 봄날 부드러운 가지를 보며 즐거워한다.

Moving along with the four seasons, he sighs at the passing of time;
Gazing at the myriad objects, he think of the complexity of the world.

He sorrow over the falling leaves in sinewy autumn.
He take joy in the delicate bud of the fragrant spring.[50]

하지만 도잠의 자연은 육기처럼 단순히 사람의 마음을 동요시키는 자연이 아니라 감정을 가라앉히고 승화시켜준다. <한정부(閑情賦)>는 여기에 대한 중요한 내용을 담고 있다. 작품의 초반부터 사랑에 빠진 남자의 목소리가 들리는데, 이 남자가 찾는 열정의 대상은 칠현금을 우아하게 연주하면서 무상한 세상을 탓하는 미인이다.[51]

激淸音以感余　　　願接膝以交言

맑은 음색이 빨라지면서 나를 감동시키니
무릎을 맞대고 말을 건네고 싶어.

I am moved as she quickens the clear notes' tempo
And wish to speak with her, knee to knee.[52]

규범을 지키려고 하지만 이미 혼란해진 주인공은 자기 자신을 제어할 수 없는 상태이다. 이제 그의 마음은 비좁은 방에 갇혀 있는 것 같아서 자연을 찾아 바깥으로 나선다.

---

[50] Achilles Fang, trans., "Rhyme Prose on Literature", in *Studies in Chinese Literature,* ed. John L. Bishop(Cambridge: Harvard Univ. Press), p.12. 경추(勁秋)의 원의를 잘 전달하기 위해서 'virile autumn'(3행)을 'sinewy autumn'으로 바꾸었다.

[51] 음악을 연주하면서 세상의 무상함을 탓하는 미인은 <의고>, 제7수에서도 나타난다. 『도연명집』, p.113. 작중 인물은 여인의 아름다움과 음악에 푹 빠져들었다고 고백한다.

[52] 하이타워(Hightower), 앞의 책, p.264.

擁勞情而罔訴　　　步容與於南林
棲木蘭之遺露　　　翳青松之餘蔭

괴로운데 하소연할 사람이 없어
남쪽 숲으로 천천히 거닐어 본다.
이슬 맺힌 목련 아래서 쉬고
청송(青松)의 넉넉한 그늘을 양산으로 삼는다.

Overcome with the sadness, and no one to confide in,
I idly walk to the southern wood.
I rest where the dew still hangs on the magnolia
And take shelter under the lingering shadows of pine trees.[53]

짝사랑에서 헤어나지 못하는 시인은 자연이 미인을 만나게 도와줄 것이라고 믿고 있다. 얼마 후 환상이었다는 사실을 깨달은 시인은 실망과 함께 마음속에서 더 큰 소용돌이가 일어난다.

竟寂寞而無見　　　獨悄想以空尋. …
思宵夢以從之　　　神飄颻而不安.
若憑舟之失棹　　　譬緣崖而無攀

마침내 적막이 찾아들고 아무 것도 나타나지 않아
홀로 초초히 생각하며 부질없이 헤매어 보지만. …
가눌 길 없는 마음은 꿈 속에서도 따라가 보지만
혼란하고 불안할 뿐.
배에서 노를 잃어버린 것처럼
암벽을 오르다 잡을 것이 없는 것 같이.

---

[53] 하이타워(Hightower), 앞의 책, p.266.

To the end all is desolate, no one appears;
Left alone with restless thoughts, vainly seeking. …
Hoping to follow her in my nightmare dream,
My soul is agitated and find no rest:
Like a boatman who has lost his oar,
Like a cliff-scaler who finds no handhold.[54]

시인의 그리움은 멀리서 들려오는 구슬픈 피리 소리로 다시 한번 솟아난다. 그 여인의 피리 소리라고 생각하면서 지나가는 구름이 그녀에게 자신의 사랑을 전해줄 것으로 믿는다. 그러나 구름은 시인의 바램에 어떤 관심도 보여주지 않는다. 그러다 문득 바깥으로 시선을 옮겨서 자연을 바라보는 순간 큰 깨달음을 얻는다.

行雲逝而無語　　　時奄冉而就過

흘러가는 구름은 말없이
순식간에 지나가 버리네.

But the passing cloud departs without a word,
It is swift in its passing by.[55]

사랑의 메신저로 여겨졌던 이전의 구름은 이제 자연 자체의 메시지가 되었다. 모든 자연물들처럼 구름은 아무 말 없이 자유롭게 지나간다. 불안감에 사로잡힌 주인공이 흥겨운 감정을 느끼려면 구름에

---

[54] 하이타워(Hightower), 앞의 책, pp.266-267.
[55] 하이타워(Hightower), 앞의 책, p.267.

게서 배워야 하지 않을까? 주인공은 완전히 열린 자연 공간으로 나
아가야 하지 않을까? 바로 이 때 주인공은 처음으로 물 위에 관심을
갖게 된다.

迎淸風以袪累　　寄弱志於歸波 …
坦萬慮以存誠　　憩遙情於八遐

맑은 바람 소맷자락으로 솔솔 들어오고
나약한 의지를 밀려가는 파도에 실어 보낸다. …
온갖 상념을 가라앉히고 정성을 다해서
저 멀리 세상 끝에 내 감정을 쉬게 하네.

I welcome the fresh wind that blows my ties away
And consign my weakness of will to the receding waves. …
I level all my cares and cling to integrity,
Lodge my aspirations at the world's end.[56]

　작중 인물이 경험하는 마지막 변화는 아주 중요하다. 자각은 내적
고민의 시간에서 왔으며 이러한 각성은 이렇게 얻어졌기 때문에 영
속적이고 진실할 것이다. 감정의 허비(勞情)는 초연한 감정(遙情)으로
전변하였기 때문에 주인공은 이제 더 이상 자기감정의 희생양이 되
지 않는다.[57] 마침내 주인공의 성품은 정(情)과 예(禮)를 조화롭게 하
는 상태로 성숙한다.[58]

---

[56] 하이타워(Hightower), 앞의 책, p.267.
[57] 『도연명집』, p.155, p.156 볼 것.
[58] 위진 시대 지식인들의 정과 예의 충돌에 관한 논의는 위잉스(余英時), 『中國

尤蔓草之爲會　　　誦邵南之餘歌. …

만초(蔓草)의 만남을 멀리하고
소남(邵南)의 남은 노래를 읊는다. …[59]

I disapprove the lovers' meeting in the <*Mancao*> poem,
But celebrate the old song from 「Shaonan」. …
『도연명집』, p.156

도잠의 <한정부>는 송옥(宋玉, B.C. 3세기)의 <고당부(高唐賦)>, 조식
(曹植)의 <낙신부(洛神賦)>와 비교할 때 한 가지 다른 점이 있다. 에로
틱한 자연의 분위기를 조성하는 초기 부 작품들과[60] 도잠의 부는
완전히 다르다. 자서에서 밝힌 바대로 이 작품은 고양된 감정을 가
라앉히는 부의 전통을 충분히 이해한 상태에서 지어졌다.[61] 하지
만 정념을 극복한 자연에 대한 놀라운 묘사는 부의 전통이 아니라
도잠의 독창적인 성과이다.[62] 도잠의 시에는 '스스로 그러함(自然)'

知識階層史論』(타이베이: 聯經出版社, 1980), 古代篇, pp.350-372 볼 것.

[59]<만초(蔓草)>는 『시경』의 제94수를 말한다. 어의적으로 '소(邵)지방'과 '남
쪽'을 뜻하는 「소남(邵南)」은 『시경』의 두 번째 장이다. 특히 부적절한 사랑보다
결혼한 남녀의 사랑을 축복한 제14수가 참고할 만하다.

[60]Andrew H. Plaks, "Chinese Literary Garden", in *Archetype and Allegory in
the Dream of Red Chamber*(Princeton: Princeton Univ. Press, 1976), p.151 볼 것.
송옥이 <고당부>를 지었다는 주장은 아직 확실하지 않다.

[61]이 경우 도잠의 선행자로는 Hightower, "The *fu* of T'ao Ch'ien", in *Studies
in Chinese Literature,* ed. John L. Bishop(Cambridge: Harvard Univ. Press, 1966),
pp.45-72 볼 것.

[62]소통이 이 작품을 다른 작품과 비교할 때 "백옥에 생긴 흠집(白玉微瑕)"이라
고 한 것은 명백한 오류이다. 이 작품의 진정한 가치는 송나라 소식이 "여자를 좋
아하지만 음란하지 않다.(好色而不淫)"라고 말하면서 인정받게 된다.

이 자아실현의 열쇠라고 믿고 있으며 이것은 '서정적 승화(lyrical sublimation)'라고 부를 수 있다.

안타깝게도 도잠이 살았던 시대의 사람들은 대부분 새로운 서정성을 이해하지 못했기 때문에 도잠의 시에서 나타난 개인성을 이해할 수 없었다. 도잠이 정당하게 재평가되고 시인의 모범이 되는 것은 300년 뒤의 얘기이다.63) 그렇지만 이러한 거대한 부활이 나타나기 전부터 진실과 개성을 열망하는 작가들은 도잠을 꾸준히 영감의 원천으로 삼았다. 왜냐하면 도잠의 시에는 숨겨져 있는 서정적 충동의 매력이 한껏 구현되었기 때문이다.

---

63)Stephen Owen, *The Great Age of Chinese Poetry: The High T'ang*(New Heaven: Yale Univ. Press, 1981), p.6.

새로운 묘사방식의 개발

1. 핍진성(verisimilitude)과 산수기행

앞 장에서 도잠은 서정을 직접 표출하였으며 이것은 동진 시대의
일반적인 경향이나 유송 시대의 새로운 미적 흐름과 대단히 상반되
고 있음을 살펴보았다. 이제 새로운 시풍이 5세기 초에 유행하게 된
원인에 대하여 생각해 보자. 유협은 새로운 시풍을 다음과 같이 잘
설명하였다.

> 自近代以來, 文貴形似. 窺情風景之上, 鑽貌草木之中. ⋯ 故巧言
> 切狀, 如印之印泥, 不加雕削, 而曲寫毫芥.

최근 들어 문학은 형상의 비슷함[形似]을 중시하게 되었다. 시인들은
펼쳐진 풍경의 정취를 살피고 초목의 모습을 꿰뚫어 보았다. ⋯ 따라
서 능숙한 표현과 정확한 묘사는 도장을 인주에 묻혀서 찍는 것과 같

다. (왜냐하면 이렇게 만들어진 모사본은) 다시 고치고 삭제할 필요 없이 터럭만큼 미세한 부분까지 곡진하게 묘사하기 때문이다.

In recent years, literature has been prized for verisimilitude (*xingsi*). Poets perceive(*kuiqing*) the true form of landscape, and pierce through(*zuanmao*) the appearance of grass and plants. ⋯ Thus, this technique of skilled expression and precise description may be compared to the use of ink for imprinting the seal, for the copy so made reproduces the seal in its finest detail without the need for further cutting and shaping.

『문심조룡』「물색(物色)」, 제2권, p.694

상기 인용문은 새로운 시학의 핵심인 자연을 보는 독특한 방법을 보여준다. 좋은 시는 다양한 시점에서 풍경을 포착하고 세부묘사가 풍부해야 한다는 것이 당시 주된 경향이었다. 과거에는 묘사가 서정적 표현의 배경 정도였다면 이제는 시의 주체를 정의하는 제일 중요한 요소가 되었다. 이제 시에서 묘사방식은 더 이상 수사적이거나 부차적이지 않으며 처음으로 합당한 대우를 받게 된다. 백년 뒤 비평가들도 시학에서 이러한 가치들을 공감하였다. 인용문에서처럼 유협은 이러한 새로운 조류를 '핍진성(verisimilitude)'을 뜻하는 '형사(形似)'라고 하였다.1) 종영 역시 『시품』에서 감각적인 묘사가 탁월한 작가들의 문체에 대해서 '형사' 혹은 '예술적 유사성(artistic

---

1)영미비평에서 핍진성은 다양한 외연을 가지고 있지만 여기서는 세부묘사를 통해서 실제의 '유사성(semblance)'을 준다는 의미로 사용되었다. (C. Hugh Holman, *A Handbook to Literature*, 4th ed. (Indianapolis: Bobbs-Merrill, 1980), p.459 볼 것.) 이러한 묘사 개념은 미술사에서 진실주의(verism)와 비슷하다고 할 수 있다.

similitude)'을 의미하는 '교사(巧似)'라는 용어를 자주 사용하였다.2) 사령운(385-433)은 새로운 묘사방식에서 가장 두각을 나타낸 시인이었으며, <도잠을 추모하는 글(陶徵士誄)>을 지은 안연지 역시 독특한 핍진성으로 종영에게 칭찬받았다.

이 새로운 묘사방식의 진정한 정신은 풍경을 관찰하는 순수한 기쁨에 있다. 유협이 지적했듯이, 이러한 시인들은 "펼쳐진 풍경의 정취를 살피고 초목의 모습을 꿰뚫어 보았다(窺情風景之上, 鑽貌草木之中)." 따라서 시에서 정밀한 자연묘사의 증가는 당시 유행하던 풍경을 보는 새로운 방식의 반영일 따름이다. 유협은 이러한 문학현상을 다음과 같은 역사적 문맥에서 바라보았다.

宋初文詠, 體有因革, 老莊告退, 而山水方滋. … 情必極貌以寫物, 辭必窮力而追新, 此近世之所競也.

송초 문단은 문체에 큰 변화가 있었다. 노장철학이 쇠퇴하고 바야흐로 산수문학이 번성하였다. … 감성은 반드시 정밀한 모양을 염두에 두어 대상을 묘사하였고 언어는 항상 온 힘을 쏟아서 새로움을 추구하였다. 이러한 것들이 요즘 문인들이 앞다투어 섭취하려는 것이다.

In the early part of the Liu Sung, there were changes and developments in the literary style: the philosophy of Zhuangzi and

---

2) 『시품』에서 종영이 장협(張協), 사령운, 안연지, 포조를 평가한 부분을 볼 것. (p.27, p.29, p.43, p.47) 여기에 대한 세부적인 논의는 졸고, "Description of Landscape in Early Six Dynasties Poetry", *The Vitality of the Lyric voice: Shih Poetry from the Late Han to the T'ang*과 廖蔚卿, 「從文學現象與文學思想的關系談六朝巧構够形似之言的詩」, 『中國古典文學論叢』(타이베이: 群文學月刊社), pp.126-128 볼 것.

Laozi receded into the background, while literature of mountains and waters began to thrive. ⋯ Feelings in poetry must always accord with the forms of the things described; in the choice of words every effort should be made to be original and fresh. These are the things that modern writers strive to achieve.

『문심조룡』 제1권, 「명시(明時)」, p.67

중국인들은 5세기 초를 산수시의 시대로 생각하며 그 당시를 회고하면 어떤 특별한 향수를 느낀다. 특별한 취향의 세련된 귀족 문화가 절정에 달한 시대였기 때문이다. 4세기 초 동진이 무너지면서 남하한 북방 귀족들은 남방의 따뜻한 기후와 아름다운 풍경에 크게 감동하였다. 처음에는 이민족에게 빼앗긴 영토 때문에 비탄에 잠겨있었지만 곧 산수유람에서 즐거움을 찾기 시작했다. 왕희지의 <난정집서>는 유람이 점차적으로 상류계층의 최고 의례로 자리 잡았음을 보여준다. 그렇긴 하지만 애국심과 두고 온 북쪽 땅에 대한 향수가 여전히 강하게 남아있었기 때문에 이들은 여행의 기쁨을 충분히 만끽할 수 없었다. 유의경(劉義慶, 403-444)은『세설신어(世說新語)』에서 이것과 상당한 관련이 있는 사건을 기록하고 있다.

過江諸人, 每至暇日, 輒相要出新亭, 藉卉飮宴. 周侯中坐而歎曰: "風景不殊, 擧目有山河之異." 皆相視流淚. ⋯

강 건너 내려온 귀족들은 한가한 날이면 서로 불러서 신정(新亭, 남경 근처)으로 가서 나들이를 즐겼다. 주의(周顗)가 앉아 있다가 "풍경은 다를 바 없는데 눈을 들어보면 산과 강은 다르구나."라고 말하자 모두들 서로 바라보다가 눈물을 흘렸다. ⋯

On their free days those gentlemen who had crossed the Yangzi River would always invite each other to go for an outing to Xinting(near Jiankang) where they drank and feasted on the grass. Once Chou I, seated among the company, signed and said: "The scenery is just as good as in the North, but these are the wrong mountains and rivers." They all looked at each other and shed tears. ⋯3)

최고의 산수시인 사령운이 태어났을 때에는 북방에 대한 향수가 이미 사라진 지 오래되었다. 마침내 귀족들은 남방의 아름다운 경치에 안주하였던 것 같다. 다행히 사령운은 가장 세력 있는 문벌의 집안에서 태어나서 문화적, 문학적 흐름의 중심에서 살 수 있었다. 사령운은 명성이 자자한 시인이었을 뿐만 아니라고 뛰어난 서예가이자 화가였다.4) 사령운에게 유람은 여느 사치스러운 일상사와 마찬가지로 생활의 일부였다. 천성적으로 풍경을 좋아하고 여행을 유달리 즐겼던 사령운은 '유기(遊記)'라는 여행문학을 처음으로 창작하였다. 비록 부분적으로 남아있지만 (『사령운시선』, pp.219-220) 수려한 산세와 지리를 세부적으로 기술한 <유명산지(游名山志)>는 당시 사림들에게 엄청난 인기를 끌었다. 하지만 무엇보다도 사령운은 중국 최초의 산수시인이면서 동시에 가장 걸출한 산수시인이었다는 점이 중요하다. 사령운 개인의 시적 성취는 그 당시 전체의 문학 성취가

---

3) 양융(楊勇) 교주, 『세설신어(世說新語)』「교예(巧藝)」 권21, (홍콩: 大衆書局, 1969), p.71. 영역본은 Richard Mather, *Shih-shuo hsin-yu, A New Account of the World* (Minneapolis: Univ. of Minnesota Press, 1976) 볼 것.

4) 사령운의 어머니 유씨는 왕희지의 종손녀였다. 사령운은 당연히 당시 서예로 유명한 왕씨 가문에서 서예를 배웠을 것이다. 서예가, 화가로서 사령운의 성과는 예시아오쉬에(葉笑雪)의 「사령운전」(『사령운시선』, pp.185-186)을 볼 것.

되었고 당시 사람들은 사령운의 시각으로 문학을 바라본 것 같다.

每有一詩至都邑, 貴賤莫不競寫, 宿昔之間, 士庶皆徧, 遠近欽慕,
名動京師.

사령운의 시 한 편이 도시에 전해지면 귀천을 가리지 않고 모두 다투어
베꼈다. 하룻밤 사이에 관리와 서민 모두에게 전해지고 가깝고 멀고를
불문하고 모두 사령운을 흠모해서 그의 명성은 온 도시에 자자했다.

Whenever a poem by him(Xie Lingyun) got to the city, the high
and the low alike all vied with one another in copying it. Overnight
the poem would be circulated everywhere, among both officials and
commoners. People from afar and nearby all looked up to him, and
his name created a sensation in the capital.
『송서』권67, 사령운, 제6권, p.1754

진정으로 종영은 사령운의 작품을 몇 안되는 상품(上品)으로 평가
하였고 특히 그의 '교사(巧似, artistic similitude)'를 격찬하였다. 사령운
의 업적은 인생을 예술화해서 여행경험을 바로 시 구조 속의 대상으
로 만들었다는 것이다. 난정에서 펼쳐진 왕희지의 귀족 유희가 즐거
운 삶의 유유자적한 추구였다면 사령운의 산수시는 바로 예술적 창
조의 표현이었다. 앞 세대가 자연을 나들이 장소로서 즐겼다면 뒤 세
대는 자연의 아름다움 자체를 궁극적인 지향처로 생각했다. 전자가
단순히 풍경의 감상에 만족했다면 후자는 시에서 '형사'라고 하는 풍
경의 예술적 재현을 시도하였다. 바꾸어 말해서 산수에 대한 사령운
의 입장은 심미적이었으며 그의 시는 예술적 자각의 산물이었다.

이제 사령운의 묘사능력을 가장 잘 보여주는 <남산에서 북산으로 가는 도중 호수를 지나며 바라보다(於南山往北山經湖中瞻眺)>를 읽어보자.

朝旦發陽崖　　景落憩陰峯
舍舟眺廻渚　　停策倚茂松
側徑旣窈窕　　環洲亦玲瓏
俛視喬木杪　　仰聆大壑漎
石橫水分流　　林密蹊絶蹤
解作竟何感　　升長皆豊容
初篁苞綠籜　　新蒲含紫茸
海鷗戲春岸　　天雞弄和風
撫化心無厭　　覽物眷彌重
不惜去人遠　　但恨莫與同
孤遊非情歎　　賞廢理誰通

일출에 햇빛 쏟아지는 절벽을 출발하여
일몰에 그늘진 봉우리 밑에서 쉬네.
배에서 내려 멀리 물가를 바라보고
지팡이를 놓고 무성한 소나무에 기대어본다.　　　　　4
좁은 산길은 어둠 속으로 사라지고
원형 모래톱 또한 영롱하네.
위로 큰 나무 줄기를 바라보고
밑으로 깊은 계곡의 물소리를 듣는다.　　　　　8
바위가 가로누워 물길이 갈라지고
숲이 우거져 산길에 인적 끊기네.
천지가 풀리면서 어떻게 번개와 비가 되는가?
모든 성장이 풍요롭네.　　　　　12

사령운(謝靈運)의 초상화. 정진두어(鄭進鐸) 편. 『揷圖本中國文學史』.
전4권. 1932; 재판 홍콩: 商務印書館, 1961. 제1권. p.183.

죽순은 파란 잎사귀에 싸여있고
새로난 물풀은 보라꽃을 안고 있네.
기러기가 봄날 강둑을 즐기고
꿩이 부드러운 바람을 희롱하네.　　　　　　　　　　16
천지의 변화를 끌어안는 마음은 지루하지 않지만
자연을 바라볼수록 근심은 무거워져.
사람들을 멀리 떠난 것은 애석하지 않지
더불어 함께할 사람이 없는 것이 한스러울 뿐.　　　　20
외로운 여행을 탓하고 싶지는 않지만
산수의 감상과 내 불만을 누구에게 얘기할 것인가?

At dawn I set out from the sunlit cliffs,

At sunset I take my rest by the shaded peaks.

Leaving my boat, I turn my eyes upon the distant sandbars,

Resting my staff, I lean against the lush pine.

The small mountain paths are far and deep,

the ring-like islets are beautiful and pleasing.

I view the twigs of tall trees above,

I listen to the torrents in the deep valley below.

The rocks lie flat, and the river divides its flow.

The forest is dense, tracks are buried and lost.

What is the effect of Nature's "deliverance" and "becoming"?

All things growing are lush and thriving.

Young bamboos are wrapped in green sheaths,

Fresh rushes embrace their purple flowers.

Seagulls play by the springtime banks,

Wild pheasants sport in the gentle breeze.

A heart that embraces natural transformation is never bored,

Yet the more I contemplate nature, the more my concerns deepen.

I do not lament that the departed is remote,

I only regret that I have no friend as companion.

Traveling alone is not what makes me sigh,

But to whom can I convey the reasons of my appreciation and dissatisfaction?

『사령운시선』, p.90

이 시의 제목은 눈여겨 볼 필요가 있다. 제목은 실제 여정을 개괄적으로 보여주려는 새로운 방식의 묘사이다. 시녕(始寧)에 소재한 북산(北山)과 남산(南山)은 실재 지명이며 사령운 가문의 광대한 영지의 일부이다. 제목은 시인이 여행하면서 경치를 감상하고 있음을 알려준다.

처음부터 끝까지 시를 읽으면 시인은 풍경을 감상하는 어떤 특정한 체계를 가지고 있음을 알 수 있다. 사령운의 묘사과정은 명백히 산의 경치와 물의 경치를 번갈아서 표현하는 교체(alternation)의 방법을 따르고 있다.

3행: 물의 경관
4행: 산의 경관
5행: 산의 경관
6행: 물의 경관
7행: 산의 경관
8행: 물의 경관
9행: 물의 경관
10행: 산의 경관

심지어 식물과 새도 산/수의 스펙트럼 속에서 분배되고 있다.

> 13행: 야생식물(대나무)
> 14행: 수중식물(물풀)
> 15행: 물새(갈매기)
> 16행: 산새(꿩)

전체적으로 작품은 자연의 큰 장면(3-10행)에서 작은 대상들(13-16행)로 나아가고 있다. 시인은 복잡하게 펼쳐진 주위 장면들을 지속적으로 관찰하는 동시에 이들을 의미 있는 단위로 조직하면서 발생하는 인상을 적고 있다. 원경과 근경은 특정 순간 관찰자의 시점에 달려 있다. 산수시에서 '핍진성'은 이러한 다중초점의 묘사를 말한다. 당나라 시인 백거이(772-846)는 이러한 사령운의 종합적인 묘사능력을 다음과 같이 유려하게 요약하였다.

> 大必籠天海,　　　細不遺草樹

> 웅장함은 하늘과 바다를 덮었고
> 세밀함은 초목을 놓치지 않았다.

> His large images always encompass the sky and the sea;
> His small images never leave out the grass and the trees.[5]

사령운의 놀라운 묘사능력은 다양한 여행편력과 시각적 경험을

---

[5] 사령운에 대한 백거이 시를 볼 것. 꾸쉬에지에(顧學頡) 편, 『白居易集』(北京: 中華書局, 1979), 제1권, p.131, <독사영운시(讀謝靈運詩)>

반영한다. 산수시의 정밀묘사는 풍경의 연속적인 전개에서 비롯되었다. 사령운 집안에는 본래 많은 유람객들이 있었는데 그 중 특히 종조부 사안(謝安, 320-385)을 주목할 필요가 있다. 사안은 노년에 시녕에 있는 가문의 농장, '동산(東山)'으로 돌아와서 가희들의 시중을 받으며 산수유람을 즐겼다고 한다.6) 사안은 왕희지의 친구였으며 353년 난정 유희에 초대받은 손님이었다. 그러나 당시 다른 유람객들과 마찬가지로 사안은 거의 시를 짓지 않았으며 지었다고 해도 실제 여행 경험은 아니었다. 『난정집』에 실린 두 편의 시는 묘사적이라고 할 수 있는, 동진 시대의 몇 안되는 작품에 속한다.(『전한삼국진남북조시』, 제1권, p.439) 당시 문단은 현언 같은 철학적인 내용이 주류를 이루었기 때문이다.

따라서 도잠과 마찬가지로 사령운도 여기에서 완전히 벗어나지는 못했지만 최소한 현언시의 관념적인 사유방식에는 동의하지 않았다. 중국시에서 도잠이 신선하고 역동적인 표현 감각을 제시하였다면, 사령운은 묘사에 대한 심도있는 자각을 처음으로 제시하였다. 사령운의 귀족적인 성향은 당시 시대와 적절하게 맞아 떨어졌고 결과적으로 중국시는 시각적으로 더욱 묘사적이고 문체상으로 더욱 감각적으로 바뀌었다. 그러나 사령운의 모든 문학적인 독창성은 많은 창조적인 시인들이 그랬던 것처럼 전통의 범위에서 벗어나지 않았다. 그러므로 사령운의 진정한 성과를 이해하기 위해서 먼저 어떠한 선행자들이 있었으며 사령운이 어떤 방식으로 이들을 넘어섰는지를 생각해 보아야 한다.

초기시인들의 시체를 살펴볼 때 서진 시대 장협(張協, ?-307)이 사

---

6) 사안 전기는 방현령(房玄齡), 『진서』, 권79, 제7권, pp.2072-2091 볼 것.

령운에 가장 가깝다. 종영은 장협을 '형사'가 뛰어난 상품 시인으로 분류하였고 사령운과 장협은 시체상 긴밀한 관련이 있다고 보았다.

(謝靈運) … 雜有景陽(張協)之體, 故尙巧似. …

(사령운 문체는) … 장협의 문체가 섞여 있으며 그래서 교사를 숭상하였다. …

(Xie Lingyun's style) … somewhat resembles Zhang Xie's, and so he also favors the device of artful structure and verisimilitude. …

종영의 판단이 옳았는지 보기 위하여 장협의 <잡시(雜詩)> 한 편을 읽어보자.

朝霞迎白日	丹氣臨暘谷
翳翳結繁雲	森森散雨足
輕風摧勁草	凝霜竦高木
密葉日夜疎	叢林森如束
疇昔歎時遲	晚節悲年促
歲暮懷百憂	將從季主卜

아침 노을이 하얀 태양을 맞이하고
붉은 기운이 양지 바른 계곡을 채우네.
어둑어둑하더니 짙고 빽빽한 구름이 일어나더니
굵은 빗방울이 뚜두둑뚜두둑.   4
가벼운 바람이 억센 풀을 할퀴고

얼어붙은 서리가 고목에 맺혀있네.
울창했던 잎들 날로 성기어가고
우거진 숲은 한 다발의 나뭇가지 같네.　　　　　　8
예전에는 더딘 세월을 한탄했지만
노년에는 재촉하는 나이를 슬퍼하노라.
세모에 백가지 근심으로 가득한데
장차 계주(季主)를 쫓아 점쟁이가 되리라.　　　　12

Rosy morning clouds greet the winter sun,

Cinnabar vapor penetrates the Sunny Valley.

Hazily, hazily, the multitude of clouds gather,

Densely, densely, a scattering rain pours down.

A gentle wind blows on the sinewy grasses,

The frigid frost bristles on the lofty trees.

Dense leaves wither away by day and night,

Crowded trees become like a bundle of twigs.

In the past I would sigh because time passed too slowly,

Now in old age I lament that the years are hurrying by.

At year's end, my heart is filled with a hundred worries,

I shall follow Jizhu to become a fortuneteller.[7]

『전한삼국진남북조시』, 제1권, pp.393-394

---

[7] 사마계주(司馬季主)는 한대 유명한 점성술사였다. 왜 가난한 점쟁이가 되었냐고 묻자, 다음과 같이 답하였다. "선한 사람은 나쁜 사람과 똑같은 것을 추구하지 않는다. 그래서 나는 세상의 주목을 받지 않고 가난하게 살 것이다."(사마천, 『사기』, 권127) 여기서 장협의 의도는 관직에서 물러나 은둔자가 되고 싶다는 뜻.

사안(謝安)이 가희들과 동산(東山)을 여행하는 장면.
명 곽후(郭詡, 1456-1528). 국립고궁박물관 소장,
타이베이, 타이완.

이 시는 사령운 산수시와 놀라울 정도로 유사한 문체를 보여준다. 두 작가의 시는 모두 세밀한 묘사 위주로 전개되고 있다. 여기서 작중인물은 사령운 시의 통찰력 있는 관찰자처럼 정밀한 방식으로 연속적인 장면들을 훑고 있다―밝은 태양에서 구름으로, 안개에서 비로, 다 자란 풀잎에서 키 큰 나무들로(1-8행). 이와 같은 자연에 대한 사실주의적 접근은 종래의 '유선시'와 근본적인 차이를 보여준다. 장협의 시가 새로운 '사실주의' 운동을 일으키고 불멸을 추구하는 도교적 세계에서 점차 이탈하고 있는 것도 이러한 의미에서이다. 장협의 주제는 상상세계의 대단한 환타지가 아니라 일상의 실제적인 장면들이다. 장협은 산 속에 거주하면서 자족적인 은둔자의 시각으로 자연을 응시하였다. 계절에 따라 바뀌는 풍경의 변화야말로 장협에게 가장 감동적이었다. <잡시>에서 말한 것처럼, 장협에게 있어서 자연은 사람의 마음을 동요시킬 수 있는 엄청난 힘으로 인식되었다:

感物多所懷

외물에 촉발되어 느끼는 바가 많네.

Moved by natural objects(*ganwu*), my heart is filled with feeling.
<잡시(雜詩)>, 제1수

感物多思情

외물에 감동받아서 생각과 감정이 많아지네.

Moved by natural objects(*ganwu*), my thought are many.
<잡시(雜詩)>, 제6수

이러한 '물리적 자연에 대한 감성적 반응(感物)'은 자연경관에 대한 장협의 개인적 태도일 뿐만 아니라 서진 시대 시의 일반적인 경향이었다. 이 시기의 시는 점차적으로 바깥세계에 대한 관심을 표출하고 있다. "나는 느낀다"라는 식의 단순한 어투 대신에 시인은 시시각각 변하는 자연의 단계들과 그러한 것들과의 조우를 기술하고 있다. 앞 장에서 이미 동진의 도잠 역시 전형적인 감물(感物)에 해당하는 자연에 대한 깊은 감정을 보여준다. 그러나 장협과 도잠의 묘사기법에는 한가지 중요한 차이가 있다. 장협의 시가 세밀한 풍경묘사를 위주로 하고 있다면, 도잠의 자연 이미지는 대체적으로 간단하고 상대적으로 덜 구체적이다. 장협이 경치와 빛깔을 중점적으로 추구하고 있다면, 도잠의 묘사는 소나무, 귀향하는 새, 떠다니는 구름 등 종종 상징주의로 볼 수 있다. 두 시인의 시는 모두 '유선'의 신비스러운 세계와 명백히 구분되는 자연적 사실주의를 취하고 있지만 각각은 서로 명백히 구별되는 묘사를 보여주고 있다.

사령운은 자신의 친구 안연지처럼 서진 시대 시에서 여러 가지 문학적 기법들을 끌어내었으며 특히 장협의 묘사기법에서 크게 영향 받았다. 그러나 사령운은 장협의 산 위주의 풍경을 산과 물이 조화로운 풍경으로 발전시켰으며 결과적으로 강하고 역동적인 색채를 띠게 되었다. 장협의 시공간은 남쪽 지역의 강을 볼 수 없었기 때문에 작품 속 풍경묘사는 대체로 산에 국한되어 있었다. 사령운에게 풍경이 보다 회화적이고 다양하게 보였던 이유는 남방에는 항상 다양한 산과 강이 있었기 때문이다. 앞서 말한 바대로 유람은 동진 초엽에 유행한 귀족문화의 현상이었다. 사령운의 나그네의 시각에 기초한 화려한 풍경은 장협의 정적인 세계와 사뭇 다르다.

사령운의 경치묘사에서 보이는 독특한 극적 효과는 상당부분 전

인미답의 땅과 위험한 경로를 좋아하는 모험심에서 연유한 것으로
보인다. 작중 인물이 오지여행을 진행하면서 이동할 때 숨겨진 장면
들은 조금씩 드러난다. 멀리서 보면 산들은 중첩되고 나무들은 빽빽
이 우거져서 독자는 모든 것들을 한 눈에 파악하지 못한다.

連障疊巇崿　　　青翠杳深沈

줄줄이 버티고 있는 가파른 산들
푸른 비취색 속 어둑어둑 깊이 잠겨있네

The never-ending ranges of mountains are piled high and overlap,
Their greens and blues are deep and impenetrable.
『사령운시선』, p.32

근경은 점차 구불구불한 산길과 얼키설키 얽힌 물길을 세세하게 보
여준다.

逶迤傍隈隩　　　迢遞陟陘峴 …
川渚屢逕復　　　乘流翫廻轉

구불구불 산기슭을 따라서
첩첩 능선을 더디게 올라가네 …
강가는 수시로 굽이쳐 흐르니
물살을 타며 빙글빙글 노니네.

I keep to the winding path that curves around the mountain side,
I labor up treacherous slopes and hills. …

The riverbank keeps on twisting and turning,
Merrily I go round and round, following the meandering stream.
『사령운시선』, pp.92-93.

여행자는 이러한 갖가지 풍경들 속에서 즐거움을 얻는다. 시인은 계속
해서 일상적인 시야에서 가려져 있는 구석지고 호젓한 곳들을 찾는다.

連岩覺路塞　　密竹使逕迷
來人忘新術　　去子惑故蹊

늘어선 바위들이 길을 막아버리고
빽빽한 대죽들이 길을 가리고 있네.
오는 사람은 달리 새로운 수를 생각하지 못하고
가는 사람은 지나온 길을 헷갈려한다.

So craggy are the mountains, the roads seem to be blocked,
The think bamboos obscure the tracks.
Those who come cannot remember the new route,
Those who leave forget the old pah they took.
『사령운시선』, p.87

이와 같이 위험을 무릅쓴 광범위한 탐험은 끊임없는 다양성의 추
구에서 비롯되었음이 분명하다. 그래서 사령운의 시에서는 새로운
경치에 몰두하는 여행자가 종종 등장한다.

水宿淹晨暮　　陰霞屢興沒
周覽倦瀛壖　　況乃凌窮髮

물가에서 밤을 보내고 아침부터 저물녁까지 머무는데
물안개가 수시로 일어났다 사라지네.
여기저기 유람하여 해안은 **싫증이 나네**.
차라리 먼 바다로 나가볼까보다.[8]

I spend my nights on the water, and stay there from dawn till
dusk,
Dark clouds rise and withdraw intermittently.
I have toured all over this place, and am tired of the sea-coast,
So I set sail for the distant ocean.
『사령운시선』, pp.51-52, <적석에서 놀다가 배를 타고 바다로 나아가
다(游赤石進帆海)>

江南**倦**歷覽　　　江北曠周旋
懷新道轉逈　　　尋異景不延

물릴 정도로 강남을 돌아다녔지만
강북은 돌아볼 곳들이 널려있지.
새로운 여정을 생각해 보지만 길은 먼데다 복잡하고
색다른 풍경을 찾아보지만 나이가 얼마 남지 않았네.

I become weary of seeing the country in the south of the river,
It has been long since I explored the north of the river.

---

[8] '먼 바다'를 뜻하는 궁발(窮髮)은 『장자』「소요유」에 나오는 알레고리이다.
"황량한 북쪽에 천지라고 하는 검은 바다가 있다. 그 안에는 크기가 몇 천리나
되는 물고기가 있다. … 窮髮之北有冥海者, 天池也. 有魚焉, 其廣數千里. …"
(Burton Watson, trans., *The Complete Works of Chuang Tzu*, p.31 "In the bald and
barren north, there is a dark sea, the Lake of Heaven. In it is a fish which is
several thousand li across. …)

I yearn for new sights, but the roads are long and winding,
I go afar rare scenery, but time is short.
『사령운시선』, p.54 <강가 외딴 섬에 올라서(登江中孤嶼)>

위의 작품들에는 아직 발견되지 않은 새로운 지역을 가고 싶어 하는 욕구가 반영되어 있으며 반복되는 '권(倦)'자는 익숙해진 옛 풍경에 식상한 여행자의 이미지를 강조한다.[9] 떠나려는 욕구가 강한 나머지 배타고 항해하는 것이 쉬엄쉬엄 가는 도보여행보다 훨씬 매력적이다. 사령운의 많은 산수시는 선상에서 펼쳐지는 장면 전개와 이를 주시하는 인물 등 속도감 있는 도강(渡江)행위를 묘사한다.

洲島驟廻合　　　圻岸屢崩奔

섬들은 후다닥 지나갔다가 다시 모이고
해벽 아래 파도 줄기차게 무너지고 부서지고.

The islets quickly go around and close in on us,
While craggy shores repeatedly crush the swift flow.
『사령운시선』, p.114. <팽려호 입구에 들어가면서(入彭蠡湖口作)>

인용문에서 움직이고 있는 것은 배가 아니라 섬과 물인 듯한 착각에 빠지게 된다. 여행자에게 있어서 자연은 끊임없는 변화가 전개되는 일련의 장면들로 구성되고 있기 때문이다.

---

[9] 사령운 시에 나타나는 전형적인 여행자에 대해서, Hans Frankel, *The Flowering Plum and the Palace Lady: Interpretation of Chinese Poetry* (New Heaven: Yale Univ. Press, 1976), p.14 볼 것.

팽려호(彭蠡湖). 사민(謝旻), 도성(陶成) 편. 『강서통지(江西通志)』(1732) 「회도(繪圖)」. 23b 24a.

늘 위험이 도사리고 불확실함으로 점철되어 있는 여행은 산수유
람의 재미를 배가시킨다. 사령운에게 있어서 산수유람은 그 자체가
도전이며 위험한 모험을 기술하는 행위 역시 큰 기쁨이다.

溯流觸**驚**急　　　臨圻阻參錯
亮乏伯昏分　　　**險**過呂梁壑

물길을 거슬러 가다가 급류에 부딪혀 **놀라고**
암초투성이 물가에서 곤란을 겪지.
백혼(伯昏)의 기개가 부족하지만10)
험난한 여정은 여량 계곡보다 심하네.11)

Going upstream, we meet the terrifying currents head-on,
Sailing along the craggy shore, we are obstructed by a mess of
rocks.
I certainly lack the gallant spirit of Baihun,
But the perils of this journey exceed those of Luliang Gorge.
『사령운시선』, p.28, <풍요로운 봄날 물가에서(富春渚)>

사령운은 '경(驚)', '험(險)' 같은 글자들을 사용하여 종횡무진한 여행
을 보여준다. 일상생활은 좁은 범위에 묶여있지만 여행은 삶의 깊이
와 폭을 확장시킨다. 사령운은 '영웅적인' 기행을 삶의 가장 큰 자부
심은 생각하였으며 이것은 자신의 최장편시, <옛동산으로 돌아와

---

10)『열자』에서 백혼무인(伯昏無人)은 조금도 주저하지 않고 심연 가장자리까지
걸었던 매우 용감한 모험가로 알려져 있다. (A.C. Graham, *The Book of Lieh-tzu*
(London: J. Murray), p.38)
11)『열자』에서 공자는 물고기조차도 여양 계곡을 오르려고 하지 않는 것을 본
적이 있다. 상동, p.44.

안연지와 범태(范泰)에게 답하다(還舊園作見顔范二中書)>에 잘 나타
나 있다. 자전적 성격인 이 시는 자신과 조상의 영광스러운 일들을
잘 요약하고 있다.12)

浮舟千仞壑　　　總轡萬尋巓
流沫不足險　　　石林豈爲艱

천길 계곡 속으로 배를 띄우고
만심 산정을 향하여 돌진한다.(역주: 一尋=八尺)
부서지는 파도가 두렵지 않으니
어찌 석림(石林)이 험하다고 하겠는가? …

I boated down gorges ten thousand feet deep,
I galloped across peaks a hundred thousand high.
The perils of the 'surging currents' seems small to me,
And who says the 'Forest of Stones' is steep. …13)
『사령운시선』, p.75

　한 편의 모험 영화 같은 사령운의 기행은 왕희지의 난정 유희와
근본적으로 다르다. 왕희지와 그의 친구들이 먼 거리에서 산의 풍광
을 즐겼다면, 사령운은 종종 산정에 정자를 짓고 자연을 정복하려고
한다. 절강에 소재한 석문(石門) 정상을 향한 여정은 이러한 모험을
가장 잘 보여준다.

---

　12)사령운 시집에서 유일하게 역사전적을 회고하는 방식으로 자신의 삶을 세세
하게 읊은 시이다.
　13)'유말(流沫)'은 여량계곡에서 빠른 물살을 의미한다. '석림(石林)'은 현재 하
남지방에 있는 바위산이다.

躋險築幽居　　披雲臥石門
苔滑誰能步　　葛弱豈可捫

험한 산길을 올라 은둔지를 만들고
구름을 헤치고 석문에 눕는다.
이끼가 미끄러운데 누가 오를 수 있으며
넝쿨이 성긴데 누가 붙잡을 수 있겠는가?

I climb the steep mountain to build a secluded lodge,
I smooth away the clouds and rest at Stone Gate.
Who can walk on these slippery mosses?
The kudzu vines are too brittle to hold on to.
『사령운시선』, p.69, <석문에 처음 머물면서 사방 높은 산, 굽이치는
계곡과 여울목, 숲 속 빼어난 대나무를 돌아보다(石門新營所往四面
高山廻溪石瀨茂林脩竹)>

이 산수시는 끊임없이 자연과 싸우며 고난을 두려워하지 않는 원기
왕성한 인간의 모습을 생생하게 보여준다. 이러한 인생관은 사령운
문학에 강렬한 생동감을 부여해주고 있다. 사령운에게 자연은 잠깐
즐기러 들렸다 가는 곳이 아니라 직접 만지고 느끼는 곳이다.

　하지만 사령운 시에 보이는 기행편력이 정치적으로 상처받은 마
음에서 나왔다는 점은 역설적이다. 사령운의 산수시는 정치적 좌절
을 겪은 뒤에 지어졌기 때문이다. 사령운의 줄기찬 투쟁의식은 불행
한 자신의 인생을 반영한다. 그러므로 불과 몇십 년 전에 난정회 문
인들이 한가하게 자연을 즐긴 것과 다른 것은 이상한 일이 아니다.

　사령운은 정치 입문당시 이미 실패의 운명이 드리워져 있었다.
405년경 관직을 생각할 나이가 되었을 때 유유(劉裕)가 이미 정권을

잡았다. 앞 장에서 언급한 것처럼 이 시기는 도잠 또한 관직에서 완전히 물러난 때였다. 재빠른 정권획득으로 유유는 당시 귀족 문벌들의 공동의 적이 되었다. 자신들의 기득권을 방어할 목적으로 사령운의 삼촌 사혼(謝混)과 그의 친구 유의(劉毅)는 유유를 공격하였지만 412년 결국 비극적인 죽음으로 끝나고 말았다.14) 이 사건으로 유유는 귀족들에게 계속 불신을 사게 되었다.

현실적인 상황을 고려하여 사령운은 타협하기로 마음먹었다. 사령운은 유유와 교제를 유지하였고 새로운 유송 왕조의 관료로 남았다. 점차 사령운의 문학적 재능은 송무제 유유의 차남인 노릉왕(盧陵王), 유의진(劉義眞)의 관심을 받기 시작하였다. 이들의 우정은 급속도로 진전되어 곧 노릉왕을 중심으로 하는 소규모의 문학회가 결성되었다. 안연지 역시 이 모임의 핵심 인사가 되었다.

사령운과 유의진과의 교제는 이내 예상치 못한 재앙을 일으켰다. 이들의 문학회는 당시 정계의 실력자 서선지(徐羨之)의 의심을 샀고 서선지는 노릉왕을 비방하고 사령운과 그의 동료들이 정치적 모반을 꾀했다고 고발하였다. 노릉왕은 문학회의 순수한 우정을 변론하였다.

靈雲空疎, 延之隘薄, 魏文帝云, 鮮能以名節自立者. 但性情所得, 未能忘言於悟賞, 故與之遊耳.

사령운은 쓸쓸하고 소원하며 안연지는 편벽되고 중후하지 못하다. 위 문제가 "명예와 절도를 확립한 사람이 드물다."라고 한 말이 여기에 해당한다. 그러나 그들의 성품과 정서는 얻은 바가 있어서 깨닫고 감상하는데 언어를 잊지 않았다. 그러므로 (나는) 그들과 교제하였다.

---

14)사혼의 전기는 『남사』, 권20(北京: 中華書局, 1975), 제2권, pp.550-551 볼 것.

Lingyun is shallow and uninhibited; Yanzhi is prejudiced and selfish. They are no difference from those whom Emperor Wen of the Wei described as "being unable to establish themselves through honor and integrity." However, because of my natural disposition I am unable to detach myself from the worldly bond with my friends. That's why I still keep company with them.

『송서』, 권61, 제6권, p.1636

그러나 당시 상황 속에서 문학회는 시련을 겪을 수밖에 없었다. 유유가 죽은 뒤 송 소제(少帝)가 새로이 등극하면서 노릉왕은 평민으로 폄적되고 이 '위험한' 모임을 해체하기 위하여 그의 동료들을 유배 보낸다. 그래서 423년 사령운은 수도 건강을 떠나서 영가(永嘉)라는 작은 항구도시로 내려가서 관직을 맡게 된다.

이 때 사령운의 상심이 얼마나 컸을지 쉽게 짐작할 수 있다. 치욕과 분노로 가득한 사령운은 의도적으로 영가에서 맡은 관직을 등한히 하였다. 마치 사령운이 자신의 일생을 산수시 발전에 헌신하기로 예정되어 있었던 것처럼 마침 영가는 무척 아름다운 산세를 지닌 장소였다. 사령운이 여행의 즐거움을 알게 되고 정밀한 관찰과 경험의 묘사를 시노하게 한 곳은 영가지방이었다.15) 왜냐하면 오직 풍경만이 그를 평온의 세계로 인도하였기 때문이다.

---

15) 영가는 오늘날 절강성 남부에 소재한 온주(溫州)이다. 423년에 쓰여진 시의 제목들을 간단히 살펴보면 사령운은 영가지역의 유명한 모든 산들을 방문했음을 보여준다. 영문산(嶺門山), 동산(東山), 석고산(石鼓山), 석문산(石門山) 석실산(石室山), 적석(赤石), 고서(孤嶼), 백석암(白石岩), 녹장산(綠嶂山), 반서산(盤嶼山) (『사령운시선』, p.36, p.39, p.41, p.89, p.51, p.54, p.55, p.34, p.58). 영가지방에서 사령운의 재직기간은 1년밖에 되지 않았으며 424년 자신의 고향 시녕으로 은퇴한 뒤에도 계속 시녕 근교를 광범위하게 돌아다닌다.

2. 묘사적 언어

사령운은 여러 곳을 유람하며 빠르게 여정을 꾸려나갔다. 하지만 '시간이 부재하는' 환희의 순간만큼은 풍경을 관찰할 요량으로 멈추었다는 사실에 주목하여야 한다. 아름다움은 정신적으로 정적의 순간이며 그 곳에는 과거와 미래가 존재하지 않는다. 아름다운 장면을 접하게 될 때, 나그네는 시간이 변형되고 사라져버린 것 같은 상상의 공간 속에 있음을 느낀다. 나그네 앞에 펼쳐져 있는 것은 자신의 지각이 예술적으로 형성된 회화이다. 상실감에 빠져있는 시인에게 이러한 심미 경험보다 소중한 것은 없으며 그래서 사령운은 이 황홀한 순간을 놓치지 않겠다고 되뇌인다.

且申獨往意　　　乘月弄潺湲
恆充俄頃用　　　豈爲古今然

홀로 가려는 뜻을 말하노니
달빛 속에서 졸졸 흐르는 시내를 희롱하겠다.
언제나 이 짧은 순간을 충분히 만끽할 것이니
어찌 옛날과 지금이 그렇다고 하겠는가?

Let me express my desire to walk my own path,
While there is moonlight, let me play with the murmuring stream.
I shall always make the most of this transient moment;
Why worry about the then-and-now?
『사령운시선』, p.118, <화자강에 들어가니 마원 제삼계곡이네(入華子崗是麻源第三谷)>

시각경험은 이 순간을 영속화한다. 또 풍경은 우리 자신을 확장시켜 준다는 점에서 가장 큰 위안이다. 도잠이 종종 고대 성인들을 자신의 '지음'으로 삼았던 것과 다르게 사령운은 항상 '시각경험(觀)'이 고민을 삭여주는 궁극적인 휴식처라고 보았다.

羈苦孰云慰   觀海藉朝風

고된 타향살이 누가 편하다고 하는가?
바다를 **보면서** 아침바람을 맞는다.

The voyaging is hard—how do I get comfort?
By looking at(*guan*) the sea in the morning wind.
『사령운시선』, p.58

觀此遺物慮   一悟得所遣

이 풍광을 **보면서** 세상 근심 떨쳐버리고
깨달은 순간 (세상만사를) 털어낼 수 있지.

Looking at(*guan*) this scenery I can cast off the burdens of things,
Once enlightened, I let everything go its own way.
『사령운시선』, p.93, <근죽 계곡을 따라서 고개를 넘고 시내를 따라가다(從斤竹澗越嶺溪行)>

그래서 사령운의 시는 여행담으로 시작해서 산수 장면묘사로 전개되는 것이 거의 공식이며 독자들은 시의 중간에 행동중심의 이야기(action-oriented narrative)에서 대상 중심의 묘사(object-oriented description)

로 어조의 변화를 예상하게 된다.

고도의 묘사기법으로 순간의 인상을 포착하는 사령운의 시도에는 묘사에 대한 열정이 느껴진다. 앞서 말했던 것처럼, 사령운의 산수시에는 자연의 세부장면을 훑는 힘이 강하게 느껴진다. 그러나 사령운의 묘사는 무질서하게 뒤얽혀서 나타나지 않고 자신의 인상을 신중하게 선택하여 구성하고 있다. 앞에서 산과 물의 장면이 번갈아서 등장하는 표현방법이 언급되었지만 사령운 묘사론의 핵심은 지금부터 설명하려고 하는 대우(對偶, pararellism) 기법이다.

대상들을 짝으로 놓고 상보관계로 보려는 중국인의 사유방식은 '동시 묘사(synchronic description)'라고 부를 수 있는 사령운의 풍경묘사에서 가장 잘 나타난다. 실제 여행의 시간적 전개와 대조적으로 사령운 시에서 풍경의 시각적 이미지는 공시적 균형감을 잃지 않고 있다. 이러한 이유는 대상들이 적절한 상호관계 속에서 드러나고 배열되는 대우 기법을 사용하였기 때문이다. 질서정연한 응시 속에서 동일한 대우 관계로 선택된 이미지들은 아무리 이질적이라고 하더라도 인상은 필연적으로 동시발생적으로 나타난다.

예1:

林壑斂暝色　　　雲霞收夕霏
芰荷迭映蔚　　　蒲稗相因依

숲과 계곡은 어둠 속에 잠겨있고
노을 속 구름은 저녁 안개를 머금고 있네.
납가새와 수련이 무성한 가운데 서로 바라보고
갈잎과 골풀이 뒤섞여 자라네.

The forest and the valley are wrapped in dusky colors,
Rosy clouds merge into evening mist.
Caltrop and waterlily brighten each other,
Reeds and rushes grow side by side.
『사령운시선』, p.72, <석벽정사에서 호수로 돌아오다(石壁精舍還湖中)>

예2:
岩峭嶺稠疊　　　洲縈渚連緜
白雲抱幽石　　　綠篠媚淸漣

깎은 듯한 절벽이 첩첩산중
옹기종기 섬들과 연이은 모래톱
흰 구름이 외딴 바위를 감싸안고
푸른 대나무가 맑은 물결 옆에서 교태를 부리네.

Cliffs are steep, mountain ridges crowded together,
Islands wind around, sandbars are joined one after another.
White clouds embrace the secluded rocks,
Green bamboos charm the clear ripples.
HYLS, p.26, <시녕 외곽을 지나며(過始寧墅)>

비교되는 두 대상의 병치는 시간의 연속선상에서 정상적인 순서를 깨뜨린다. 두 개의 대상이 나란히 있을 때 둘 사이의 관계는 순차적이지 않고 상호조화적이다. 예1)에서 숲과 계곡은 해질 무렵 구름에 대응되고, 납가새와 수련은 갈잎과 골풀에 대응한다. 예2)에서 절벽과 섬, 흰 구름과 푸른 대나무는 서로 대응된다. 이러한 모든 병렬적인 이미지가 합쳐져서 충만하고 완전한 환상이 창조되고 우주는 수

많은 쌍으로 이루어져 있다는 기본 관념을 다시 한번 확인시켜준다.

사령운의 동시묘사는 다름 아닌 중국의 전통적인 우주론의 반영이다. 중국인들은 대우(parallelism)가 우주에 내재된 원리라고 믿었다. 시인은 자연에 이미 존재하는 이러한 관계를 발견하고 이것을 시적 대우로 조직하려고 하였다. 유협의 다음 문장은 여기에 대한 중국인의 독특한 관점을 잘 설명한다.

> 造化賦形, 支體必雙, 神理爲用, 事不孤立. 夫心生文辭, 運裁百慮,
> 高下相須, 自然成對.

> 조물주가 형체를 부여할 때 반드시 사지가 짝이 있게 했으며 신묘한 이치가 발현될 때 사건들이 고립적으로 발생하지 않았다. 마음이 문학적 수사를 만들고 백 가지 생각을 이끌어낼 때 항상 높고 낮음이 서로 대응하면서 자연스럽게 대(對)를 이루었다.

> Nature, creating living beings, endows them always with limbs in pairs. The divine reason operates in such a way that nothing stand alone. The mind creates literary expressions, and organizes and shapes one hundred different thoughts, making what is high supplement what is low, and spontaneously producing parallelism.[16]

우주의 예술적 재창조인 대우가 '형사'의 효과적인 방법으로 쓰이고 있음은 명백하다. '형사(形似)'의 자의적 의미에서 볼 때 분명히 대우 기법은 자연계의 '형상적 닮은꼴'을 만들어 내지 못한다. 그러

---

[16] 『문심조룡』「여사(麗辭)」, Vincent Yu-chung Shih, trans., *The Literary Mind and the Carving of Dragon*(rev. ed. Hong Kong: The Chinese Univ. Press, 1983), p.369. 인용문은 수정되었음.

나 완벽한 객관 묘사란 존재하지 않을 뿐더러 중국인들은 축자적 의미에서 재현을 선호하지 않았다. 장면묘사는 한 인물을 평가하는 것과 마찬가지로 정신과 교감하는 '전신(傳神)'이 가장 중요하다.17) 사령운의 묘사는 대상의 정신을 포착하는 방법이며 따라서 언어적 병렬주의(linguistic parallelism)로서 대우는 이러한 목표를 성취하는 유용한 수단이 된다.

사령운의 가장 큰 업적은 산/수의 축으로 병렬주의 골격으로 만들었다는 점이다. 산과 물을 교차시키는 방법은 산 장면과 물 장면을 일정한 연속성 속에서 번갈아 등장시키는 대칭적 평형 기법에 바탕을 두고 있다. 위에서 인용된 두 가지 대우에 관한 예문을 다시 살펴본다면 실제로 이러한 교차 원리에 따라서 시행들이 병렬되고 구조화되었음을 알 수 있을 것이다.

예1:
　제1연 : 산 장면
　제2연 : 물 장면
예2:
　제1연 상구 : 산 장면
　　　 하구 : 물 장면
　제2연 상구 : 산 장면
　　　 하구 : 물 장면

---

17)위진시대 인물평의 기능과 중요성에 대해서는 위잉스(余英時), "Individualism and the Neo Daoist Movement in Wei-Chin China", p.11와 뚜웨이밍(Weiming Tu), "Profound Learning, Personal Knsowledge and Poetic Vision", *The Vitality of the Lyric voice: Shih Poetry from the Late Han to the T'ang* 볼 것.

사령운이 최고의 시적 병렬주의를 성취한 것처럼 보이는 이유는 다른 어떤 작가보다 '기(氣)'를 아름답게 표현했기 때문일 것이다. 산/수가 병치된 사령운의 풍경과 중국인의 주요정서인 자연성장의 우주론적 의미 사이에는 종종 놀라운 관계가 발견된다. 적절한 예는 본장의 앞부분에서 인용했던 <남산에서 북산으로 가는 도중 호수를 지나며 바라보다(於南山往北山經湖中瞻眺)>에서 보인다. 시인은 다음 관찰을 하기 위하여 여행 중에 멈춘다.

解作竟何感　　　升長皆豊容

천지가 '풀리면서' 어떻게 번개와 비가 '되는가'?
모든 **성장**이 풍요롭네.

What is the effect of Nature's "deliverance" and "becoming"?
All things growing are lush and thriving.

『사령운시선』, p.90, <남산에서 북산으로 가는 도중 호수를 지나며 바라보다(於南山往北山經湖中瞻眺)>

해(解)와 작(作)은 『주역』에서 빌려온 개념으로서 천둥이 하늘에서 내리치면서 만물이 풍성해짐을 의미한다. 주에서는 다음과 같이 말한다.

天地解而雷雨作, 雷雨作而百果草木皆甲坼.

하늘과 땅이 풀려서(解) 천둥과 비가 생기고(作) 천둥과 비가 생기면서 온갖 과일과 초목의 씨앗이 모두 터진다.

When heaven and earth deliver(*jie*) themselves, thunder and rain set in(*zuo*). When thunder and rain set in, the seed pods of all fruits, plants, and trees break open.[18]

주역 철학의 핵심은 풍요로운 성장의 원동력인 이러한 원기이다. 사령운이 시에서 이러한 고대 개념을 강력하게 재창조할 때 대우 기법을 사용한 것은 무척 놀라운 사실이다.

初篁苞綠籜　　　新蒲含紫茸
海鷗戲春岸　　　天雞弄和風

죽순은 파란 잎사귀에 싸여있고
새로 난 물풀은 보라꽃을 안고 있네.
기러기가 봄날 강둑을 즐기고
꿩이 부드러운 바람을 희롱하네.
『사령운시선』, p.90, <남산에서 북산으로 가는 도중 호수를 지나며 바라보다(於南山往北山經湖中瞻眺)>

중요한 점은 시의 대우를 통하여 사령운은 철학적 입장을 미적 경험으로 변화시키고 있다는 것이다. 도에 따라서 만물이 조화롭게 성장하는 세계는 동시에 가장 아름답기 때문이다.[19] 사령운의 자연은

---

[18] Richard Wilhelm trans., *The I Ching or Book of Changes,* Cary R. Baynes 영역(Princeton: Princeton Univ. Press, Bollingen Series 19, 1967), p.585. 해괘(解卦)의 단사(彖辭)도 볼 것, p.154. (역주: 레게는 천지가 풀리는 것이 겨울이 끝났기 때문이라고 풀이하였다. James Legge, The I Ching, p.245. "When heaven and earth are freed (from the grasp of winter), we have thunder and rain. When these come, the buds of the plants and trees that produce the various fruits begin to burst.")

[19] 또 종병(宗炳)의 <화산수서(畵山水序)>를 볼 것. William Theodore de Bary

항상 푸른 잎사귀(綠簪), 보라꽃(紫茸)과 같은 생기발랄한 빛깔들로 꾸며진 매혹적인 장면들이다.

대우는 나열이 아니라 반드시 선택의 기법임을 기억해야 한다. 사령운의 통합적이고 균형적인 세계의 인상은 독특한 시각 경험을 가진 개인적 해석이 반영일 뿐이다. 때때로 사령운의 대우는 인과관계로 대상을 '해석하려는' 시도가 보인다.[20] 한 행의 후반부가 전반부의 결과로 나타나는 몇 가지 예들을 살펴보자.

日沒澗增波　　　雲生嶺逾疊

해가 지니 계곡의 물결 거세지고
구름이 일어나니 봉우리들 더욱 중첩되네.

The sun goes down, valley streams gather more ripples,
Clouds arise, mountain peaks are piled higher and higher.
『사령운시선』, p.41

崖傾光難留　　　林深響易奔

가파른 절벽 햇살은 좀처럼 머물지 못하고
깊은 숲 메아리 쉽게 울려 퍼지네.

---

comp. *Sources of Chinese Tradition* (New York: Columbia Univ. Press, 1960), 제1권, pp.253-254.

[20] 고니시진이치(小西甚一), 육조 시대 '개념적인 태도(conceptual attitude)'의 성장과 일본 고킨슈(古今集) 문체에 미친 영향에 관한 논의를 볼 것. Helen C. McCullough trans., "The Genesis of the *Kokinshū* style", *Harvard Journal of Aisiatic Studies,* vol.38, no.1 (June 1978), pp.61-170.

The cliffs are steep—difficult for the sunlight to linger,
The forest extends far down—the sound echoes easily.
『사령운시선』, p.69

澗委水屢迷   林迴巖逾密

계곡이 굽이쳐 물길을 번번히 놓치고
숲이 멀리 떨어져 우뚝선 기암들이 더욱 붙어 보이네.

The valley winds around, the stream keeps straying out of sight,
The forest is distant, the cliff cluster more and more together.
『사령운시선』, p.34

  그러나 '왜냐하면'은 행간에 숨어있으며 명시적으로 드러나지 않는다. 그리고 사령운의 '대상 중심의 대우(object-oriented parallelism)'의 힘이 있다. 한편 이러한 풍경 묘사는 분석적인 관찰자를 묵시적으로 전제하고 있으며 또 다른 한편 이미지 전경에 나타나는 것은 시인의 해석이 아니라 자연 대상들이다. 결과적으로 대상들 사이의 우연한 관계는 종종 내적 특징을 가지고 있는 것처럼 보인다. 이러한 대우는 총제적인 전체를 포괄하는 인상을 강조하기 때문에 '외적' 관계는 없는 것처럼 보인다.

  사령운의 뛰어난 대우 기법은 산수묘사에 생명력을 부여한다. 주지하다시피 대우를 구사하기 위해서는 엄청난 노력이 필요하다. 바로 이점 때문에 고대 비평가들은 예술적 기교, 솜씨를 의미하는 '교(巧)'를 사용해서 장인정신이 요구되는 대우의 특징을 설명하였다.21) 종영이

---

21)『문심조룡』「려사」, 제2권, p.589.

사령운의 교사(巧似, artistry and verisimilitude)를 칭찬한 것은 분명히 대우의 능숙한 솜씨를 염두에 둔 말이다. 이제까지 사령운의 산수시에서 형사와 대우의 상호작용이 매우 중요하다는 것을 살펴보았다.

이제 중국시의 발전과정에서 재미있는 현상을 생각해 보자. 사령운의 시에는 고도의 묘사가 나타나지만 그 이전 시들은 대우를 심각하게 생각하지 않았다. 초기 시에서 묘사는 주요 표현기법으로 여겨지지 않은 반면에 대부(大賦)에서 정밀묘사는 처음부터 중요한 장르적 특징이었다.22) 이 시점에서 다음과 같은 질문을 생각하지 않을 수 없다. 시에서 묘사에 대한 새로운 자각이 어떤 방식으로든 부에서 영향을 받았는가? 그렇지 않으면 시와 부 사이에 상호영향관계가 있었는가?

먼저 부의 특징부터 살펴보자. 한대부터 창작된 대부는 긴 편폭과 광범위한 묘사를 특징으로 하기 때문에 자연세계의 장관을 묘사하는 이상적인 양식이 되어왔다.23) 『시경』의 묘사가 연상(association), 즉 몇 가지 예를 사용하여 전체 영역을 보여주는(以少總多)24) 방법에 기초하고 있다면 부는 묘사의 극대화와 대상의 무한한 목록화를 추구한다. 유협은 「물색(物色)」에서 부의 묘사기능을 유려하게 설명하고 있다.

---

22) 왓슨(Burton Watson)은 부(賦)를 '운이 있는 산문rhyme-prose'으로 번역하지만 대부분 학자들은 이 시적인 산문 장르에 상응하는 적절한 번역어가 없기 때문에 그대로 부라고 부른다.(Frankel, *The Flowering Plum*, pp.212-213; Hightower, *Topics in Chinese Literature: Outlines and Bibliographies*, rev. ed. Cambridge: Harvard Univ. Press, 1971, pp.26-29) 부는 편폭, 산문성, 문체 등에서 따라서 다양하며 일반적으로 묘사적인 부를 대부(大賦)라고 하고 서정적인 부를 소부(小賦)라고 한다.

23) 크네티켓(David R. Knechtges), *The Han Rhapsody: A Study of the Fu of Yang Hsiung (53 B.C.-A.D. 18)* (Cambridge: Cambridge Univ. Press, 1976) pp.42-43 볼 것.

24) 『문심조룡』 「물색」, 권46, 제2권 p.694 볼 것.

… 觸類而長, 物貌難盡, 故重沓舒狀, 於是嵯峨之類聚, 葳蕤之羣積矣. 及長卿之徒, 詭勢壞聲, 模山範水, 字必魚貫. …

… 비슷한 종류가 많아지면서 대상의 모양을 정확히 표현하는 것이 어렵게 되었다. 그래서 다양한 형상들을 거듭 살피게 되었다. 이때부터 산세에 관한 온갖 용어들이 모이고 풍요와 성장에 관련되는 어휘들이 쌓이게 되었다. 사마장경의 무리들이 과장된 어세와 장황하고 수사적인 어조를 사용하여 산과 하천을 언어로 본뜨는데 글자들이 마치 엮인 물고기들처럼 정연했다. …

… Types of description had multiplied, and it was practically impossible to depict all the aspects of things with faithfulness to their nature. For it had then been found necessary to describe the same things in a variety of forms. So various terms to describe craggy height, or to describe luxuriant growth, come to be collected. Zhangqing and his group adopted a pretentious styles and extraordinary tonal patterns, and their descriptions of mountains and waters consist of strings of words in rows, like columns of fish. …[25]

따라서 '엮인 물고기(魚貫)' 같이 정교한 구성의 대우는 본래 부 작가들이 개발한 것이다. 이러한 부의 대우법이 새로운 묘사방식을 찾았던 육조 시인들에게 훌륭한 영감을 제공하였음은 재론의 여지가 없다. 실제로 당시 장르 간에 서로 영향을 주는 경향이 두드러지고 있었으며 시인들과 비평가들은 두 장르를 언급할 때 종종 동일한 비평 용어들을 사용하였다. 일예로 심약(441-513)은 사마상여의 부를 당시 시평에 쓰이는 '형사'를 빌려서 평가하고 있다.

---

[25] 『문심조룡』 「물색」, 권46, Yu-chung Shih 번역 p.350 볼 것.

相如巧爲形似之言

사마상여는 핍진한 말을 만들어 내는 데 뛰어났다.

Sima Xiangyu is skillful in inventing expressions of verisimilitude.
『송서』, 권67, 제6권, p.1778.

두 장르가 비평용어와 묘사기교를 공유하게 되면서 시는 감정 표현
(緣情)에 적합하며 부는 대상을 묘사하는(體物) 최상의 매체라는 서진
시대 육기의 주장은 더 이상 타당하지 않게 되었다.[26] 특히 유협은
종래 부에서만 언급되던 묘사적 성격인 체물(體物)이 시와 부 두 장
르가 모두 가지고 있다고 주장하기 시작했다.[27]

그렇지만 모든 부가 묘사적이라고 단정할 수는 없다. 왕찬(王粲,
177-217)이래로 전통적인 대부와 상반되는 독특한 형식의 '서정적인'
부가 독자적으로 발전해 왔다.[28] 이것은 부가 어느 정도 시의 서정
성에서 영향 받았음을 의미한다고 생각할 수 있다. 여기에 적절한
예로 앞 장에서 상세하게 논의된 도잠의 서정적인 <한정부(閑情賦)>
를 들 수 있다.[29] 하지만 새로 가미된 서정성에도 불구하고 육조 시
대 부는 여전히 묘사중심이었다. 이러한 사실에 비추어 볼 때 사령
운은 자신의 묘사위주의 시와 당시 부가 서로 영향을 주던 교차로
에서 활발하게 활동하던 문인으로 보인다.

---

[26]『문선』, 권17, 제1권 p.352, <문부(文賦)> 볼 것.

[27]『문심조룡』 p.80, p.494.

[28]왕찬, <등루부(登樓賦)> 볼 것. Burton Watson trans., *Chinese* Rhyme-Prose
pp.52-54.

[29]도잠의 또 다른 부 <귀거래사> 역시 좋은 예이다.(『도연명집』, p.159)
Hightower, "The *Fu* of T'ao Ch'ien", pp.213-230 볼 것.

시와 부의 만남을 논하기 전에 먼저 사령운 부의 대표작 <산거부(山居賦)>를 생각해 보아야 한다.[30] <산거부>는 회계현(會稽縣, 현 절강성 북부 소흥) 시녕(始寧)에 있는 가문 소유의 영지와 그 곳 풍광에 관한 작품으로서 사령운은 시녕에 423년부터 426년까지 자발적으로 은퇴하였고 428년부터 431년까지 다시 한번 머물렀다. 수려한 경치가 광대하게 펼쳐져 있는 가문의 영지는 본래 사령운의 조부 사현이 구상하였는데 산과 호수, 정원과 정자, 잘 가꾸어진 화초와 동물 등 모든 것이 충만한 현실속의 낙원이었다. <산거부>를 읽다보면 누구나 시인의 놀라운 세부묘사에 입을 다물지 못한다. 이 작품은 상당히 장편인데 이것은 명백히 기존의 대부를 본뜬 것이며 장대한 스케일의 경관과 수목, 화초, 금수를 총망라한 묘사 역시 한부를 연상시킨다.

그러나 좀 더 자세히 살펴보면 편폭은 길지만 사령운의 부는 기본적으로 자신의 산수시와 동일한 '묘사적 사실주의'에서 연원하고 있다. 한부가 종종 온갖 신화적 동물과 허구세계의 대상들을 세부적으로 이야기하고 있다면, 사령운 부는 실재 대상의 사실적인 묘사에 기초하고 있다. 한부가 다소 인위적인 궁정에서 정교한 전시물들을 서술하였던 것과 달리 사령운의 작품은 서문에서 밝힌 것처럼 산수의 '자연스러운' 경치묘사에 초점을 두고 있다. 이러한 새로운 '사실주의'의 강조는 결과적으로 한부에서 빈번했던 과장이 배제된 순전히 묘사적인 부의 탄생을 초래하였다.

좀 더 후대 작품과 비교해 보아도 사령운 부는 자신만의 독특한

---

[30]『송서』, 권67, 제4권, pp.1754-1772 볼 것. <산거부> 완역은 Francis A. Westbrook, "Landscape Description in the Lyric Poetry and '*Fu* on Dwelling in the Mountains' of Hsieh Ling-yün" diss. Yale Univ., 1973.

‘사실주의’가 확연히 두드러진다. 예를 들어 손작(孫綽)의 <유천태산부(遊天臺山賦)>와 비교해 보아도 분명히 다른데 손작의 작품은 실제 여행을 기술한 것처럼 보이지만 사실은 그림 같은 것에서 감흥을 받은 것이다.31) 뿐만 아니라 이 작품의 실질적인 주제는 태양전차의 보호를 받으며 신선세계로 여행하는 것이다. 여행 이야기는 확실히 감동적이지만 그럼에도 불구하고 사령운의 사실적 접근과는 상당히 다른 유선체이다. 사령운 작품에서 나타나는 세밀한 묘사를 읽다보면 그의 심도 있는 사실주의—즉 미적 감상뿐만 아니라 지리조건까지 아우르는 세밀한 연구—는 종래 부의 전통에서 없었던 방법임을 느낄 수 있다.

사령운 부는 자신의 산수시와 마찬가지로 산과 강의 상보적인 관계를 추구한다. 가문의 영지에 관한 전체적인 생각은 산과 물의 경치를 모두 구비한 완전함과 충만함으로 정의할 수 있다.32) 사령운은 시녕의 정원을 완전한 세계가 축소된 형태로 보려고 했음이 확실하다. 사령운은 정원의 풍경묘사를 다음과 같이 시작한다.

其居也
左湖右江
往渚還汀
面山背阜
東阻西傾

---

31)『문선』, 권11, 제1권 pp.223-227; Burton Watson, trans., *Chinese Rhyme-Prose,* pp.80-85. 이 부에 대한 논의는 Richard Mather, “The Mystical Acent of the T’ien-t’ai Mountains: Sun Ch’o’s *Yu-t’ien-t’ai-shan Fu*”(*Monumenta Serica* 20(1961), pp.226-245 볼 것.

32)또 Plaks, “The Chinese Literary Garden”, p.168 볼 것.

내가 사는 곳은
왼편은 호수 오른편은 강,
갈 때는 모래톱으로 올 때는 모래섬으로,
산을 마주보고 언덕을 등지고,
동쪽은 막혀있고 서쪽으로 기울었네.

My home is surrounded
By lakes on the left and rivers on the right,
Everywhere there are sandbars and islets,
With mountains in front and hills at the back,
The homestead is blocked toward the east, verging toward the west.
SS, 권61, 제6권, p.1757

사령운은 산과 물이 합쳐진 총체적인 시각 이미지를 구상하였고 물리적 좌표의 필요성에 대한 주를 달면서 독자의 이해를 돕고 있다.

往渚還汀, 謂四面有水, 面山背阜, 亦謂東西有山, 便是四水之裡也.

'갈 때는 모래톱으로 올 때는 모래섬으로'는 사면이 물임을 말하며 '산을 마주보고 언덕을 등지고' 역시 동서에 산이 있음을 뜻하니 두 산은 사방의 물로 둘러 쌓여있다.

"Everywhere there are sandbars and islets" means that there is water in all four directions. "With mountains in front and hills at the back" suggests that there are mountains on both the east and the west, which are again surrounded by water on all sides.

산요루관도(山腰樓觀圖), 송 소조(蕭照), 빙신(氷心) 주편,
『彩色揷圖中國文學史』(北京: 中國北平出版社, 1995), p.19.

요지는 산과 물의 장면이 번갈아 등장하지 않으면 모든 것을 망라해야 한다는 본질적인 측면을 놓치고 만다는 것이다. 이렇게 의식적으로 이루어진 미적 요소에 대하여 사령운은 자신이 개발한 것이며 이전 작가들과 완연히 다른 것이라고 자부하고 있다. 사령운이 <칠발(七發)>의 저자 매승(枚乘, ?-140 B.C.)이 상보 개념을 제대로 파악하지 못했다고 비판한 것은 이 점을 염두에 둔 것이다.

枚乘曰 "左江右湖, 其樂無有. …" 彼雖有江湖而乏山巖. …

매승이 "왼쪽에 강 오른쪽에 호수, 내 즐거움은 이루다 말할 수 없다. …"라고 하였지만 매승은 강과 호수는 있었지만 산과 바위가 부족하였다. …

Mei Sheng said: "With rivers to the left and lakes to the right, my joy is beyond description. …" But although he had rivers and lakes, he still lacked mountains and crags. …

이와 같이 사령운은 산수에 관한 자신의 부와 이전 부들과의 결정적인 차이를 지적하고 있다. 이러한 새로운 풍경 개념 이면에는 시와 부가 점차 만나고 있음을 알 수 있다.

  사령운은 분명히 두 장르를 가깝게 만든 첫번째 인물인데 이러한 결합은 결과적으로 당시 핵심적인 시학이 되었다. 두 장르의 또 다른 공통적인 기반은 묘사적 인상, 정교한 색채감, 자연에 대한 끊임없는 열정 등 당시 독특한 감각 성향이다. 그러나 명심할 점은 시와 부가 적어도 이 당시까지는 완전히 합쳐졌다고 볼 수는 없다는 것이다.

마지막으로 시학이 아무리 묘사적으로 되었다고 하더라도 표현 위주의 기능에서 벗어나지는 않을 것이다. 서정적 감성은 시의 필수 선행요소이지만 부에서는 그렇다고 할 수 없다. 이점이 아마도 양자의 가장 결정적인 차이일 것이다. 그렇기 때문에 사령운의 부에 나타나는 감정 없는 묘사와 대조적으로 그의 시는 자연의 순간적인 '지각(perception)'을 강조한다.[33] 사령운의 시에서 묘사가 압축적으로 나타난다면, 부의 구조에서는 광범위하게 나타난다. 전자가 선택의 원리에 기반하고 있다면 후자는 망라를 원칙으로 삼는다. 이 두 가지 묘사방식의 구별은 <산거부>를 <밭의 남쪽에 나무를 심어 정원을 만들고 빠른 물가에 느티나무를 심다(田南樹園激流植楥)>(『사령운시선』, p.67)와 같은 동일한 주제의 시와 비교할 때 특히 선명하게 드러난다. 겨우 20행에 불과한 사령운의 시는 세밀한 재현에 주의를 기울이고 서정적 자각의 순간에 선택의 중요성을 강조한다. 반면 오늘날 출판물로도 17쪽 가까이 되는 장편의 부에서는 총망라를 염두에 두면서도 불완전한 묘사에 대한 변언으로 가득차있다.

此皆湖中之美. 但患言不盡意, 萬不寫一耳. …

이것이 모두 호수의 아름다움이다. 단지 걱정거리는 말이 뜻을 다 표현하지 못한 것이니 만 개 중에 하나만 적었을 뿐이다. …

---

[33] 시에서 '지각'의 중요성에 대해서는 Stephen Owen, "A Monologue of the Senses", in *Toward a Theory of Description,* ed. Jeffrey Kettay, no.61, *Yale French Sudies*(1981), p.249 볼 것.

All these are the beautiful scenes of the lake. I am afraid that my words do not convey all that is my mind, and that what I have written captures less than one ten-thousandth of the charms of the place. …

『송서』, 권61, 제4권, p.1760주

그러나 두 종류의 문학 사이에는 여전히 중요한 유사성이 있으며 사령운은 두 장르의 주목적이 모두 승경(勝景)의 묘사임을 보여주고 있다. 특히 사령운의 시적 성취가 중요한 이유는 자연을 보고 해석하려는 방식이 무척 독특했기 때문이다. 무엇보다 사령운의 새로운 산수미학은 산수에 대한 확고한 열정을 새로운 시학으로 만들어내면서 시의 범위를 확장시키는 결과를 가져왔다.

3. 외로운 나그네

사령운의 풍경묘사는 아무리 정교하다고 하더라도 자아완성을 위한 출발점에 불과하다는 것을 유념해야 한다. 좀 더 정확히 말해서 사령운은 의식적인지 무의식적인지 알 수 없지만 자신의 시를 점진적인 '이야기식'로 구성한다─유람으로 시작해서 시각경험으로 발전하고 감성적 반응과 표출로 끝을 맺는다. 따라서 사령운의 산수시는 대부분 서사적(narrative)으로 출발해서 묘사적(descriptive)으로 바뀌고, 마지막에 표현적(expressive)으로 나아가는 진행과정으로 이루어진다. 여기서 중요한 점은 이러한 진행의 정확한 순서이다. 왜냐하면 시인의 내면에서 나오는 강렬한 감성은 다름 아닌 시지각(visual perception)에서 자극받기 때문이다. 그리고 종종 사령운의 시를 끝맺는 표현은

일반적인 대우의 묘사방식과는 분명히 차이가 있다. 다음 인용문은
정교한 경치묘사로 끝맺는 전형적인 예이다.

想見山阿人　　　　薜蘿若在眼
握蘭勤徒結　　　　折麻心莫展 …

산중 은자와 만남을 생각하니
그의 초의(草衣)가 눈에 선하네.
난초 한움큼 쥐어서 묶어보지만 부질없고
삼을 꺾어 보지만 마음을 열어줄 이 없네 …

I imagine seeing a mountain-hermit,

His fig-leaf jacket and rabbit-floss belt as if before my eyes.[34]

I gather a handful of orchids, but my effort in trying them is in vain,

I pluck the hemp, yet there is no one for me to open my heart to …

『사령운시선』, <근죽 골짜기에서 고개를 넘고 시내를 따라가다(從斤
竹澗越嶺溪行)>, pp.92-93, 15-18행

인용문은 시인이 '묘사'에서 '표현'으로 돌아왔음을 보여준다. 이제
시의 묘사 영역에서 보여준 유미주의는 사라졌다. 시인은 풍광의 아
름다움에서 홀연히 깨어나서 외로운 마음으로 진정한 우정을 갈망
한다. 그러나 자신을 알아주는 이상적인 친구는 찾을 길이 없고 사
령운은 산수 안에 내재된 도의 체득에서 근원적 위로를 얻는다. 그
래서 시는 강렬한 감성표현에서 다시 감정을 객관화시키는 철학적
결론으로 진행된다.

---

[34] 설라(薜蘿)는 본래 신선의 특별한 의상을 기술하는 용어였으며 (David
Hwakes, *Ch'u Tz'u: The Songs of the South*, p.43 볼 것.) 후에 모든 은자를 지칭하
는 관용어가 되었다.

情用賞爲美　　　事昧竟誰辨
觀此遺物慮　　　一悟得所遣

정으로 (자연을) 완상하는 것이 기쁨이니
모든 일이 감추어져 있는데 진정 누가 판별할 수 있겠는가?
이 풍광을 보면서 세상 근심 떨쳐버리고
깨달은 순간 (세상만사를) 털어낼 수 있지.

To appreciate (nature) with a sensitive heart is pleasure,
But the hidden truth,-who can ever discern it?
Looking at this scenery I cast off the concern with things,
Once enlightened, I let everything go its own way.[35]
『사령운시선』, 상동, 19-22행

감정에서 이성으로의 최종적인 전변은 전형적인 도가의 방식이다. 사령운에게 산수는 본래 감성적 탐닉의 수단이지만 시의 최종결과는 결코 주관적이지 않다. 왜냐하면 자신의 시를 종종 도가적 성찰로 마무리하기 때문이다.[36] 그러나 자신의 시에서 도를 이미 얻은 것처럼 말하는 도잠과 달리 사령운은 끊임없이 추구하면서 시시각각 실현되어가는 '과정'에 좀 더 관심을 갖는다. 이와 같이 산수를 매개로 삼

---

[35] 이 행은 도가의 중요개념인 '모든 것에서 벗어난다(無所不遺)'를 암시한다. 또 『사령운시선』, p.94 주20을 참고할 것.

[36] 사령운 작품의 결론부에서 일부는 불교적이다. 사령운의 불교적 관심에 대해서는 Richard Mathew, "The Landscape Buddhism of the Fifth Century Poet Hsieh Ling-yun", *Journal of Aisian Studies,* 18, Nov. 1958, pp.67-79 그리고 풍우란, *A History of Chinese Philosophy* Ⅱ, Derk Bodde trans., Princeton: Princeton Univ. Press, 1953, pp.274-284 볼 것. (역주: 풍우란의 『中國哲學史』는 한국어로 번역되었음. 박성규 역, 『중국철학사』(서울 : 까치출판사), 1999)

으면서 진행되는 내적 고민의 과정이 사령운 시의 요체이다.

물론 사령운의 모든 시가 확고한 결론으로 끝나는 것은 아니다. 사령운의 많은 작품들은 미해결된 긴장감으로 끝나고 그래서 감정에서 사색으로 이동하는 통상적인 과정을 역전시킨다. 다음 시의 결론부분이 이러한 종류의 전형적인 예이다.

心契九秋幹　　目翫三春荑
居常以待終　　處順故安排
惜無同懷客　　共登靑雲梯

가을나무 줄기에 마음이 합하고
봄에 움트는 싹을 눈요기 하네.
범상하게 살면서 돌아갈 날을 기다리고
순리대로 살면서 운명에 불만을 갖지 않네.
회포를 같이 나눌 친구가 없어서 애석하니
청운(靑雲)으로 가는 사다리를 함께 오르고 싶네.
(역주: 九秋는 가을 90, 三春은 봄 3개월을 뜻한다.)

My heart is in harmony with the trees of autumn,
My eyes luxuriate in the buds of spring.
I live a simple life and wait for my end,
I follow nature and am content with my destined lot.
My only regret is that there is no understanding friend
To climb with me this ladder to the blue clouds.
『사령운시선』, <석문 정상에 올라서(登石門最高頂)>, p.87, 제1권, 15-20연

마지막 연은 충족되지 못한 이상에 대한 깊은 유감을 드러낸다. 도잠과 마찬가지로 사령운은 자아실현에 대해서 얘기할 수 있는 진정한 친구, 지음(知音)을 찾는데 집착하였다. 도잠이 형가, 오류선생, 동방의 선비 등 역사와 허구 속에서 지음을 구현한 것과 달리 사령운의 노력은 많은 경우 실패로 끝난다. 이와 같은 선명한 대조는 두 시인의 성품, 경향, 개인적인 상황, 문학 스타일이 모두 달랐음을 보여준다는 점에서 특히 중요하다.

사령운이 여행 중 심한 외로움에 빠졌을 때 거의 항상 굴원의 시를 따라간 점은 무척 흥미롭다. <이소(離騷)>를 읽어본 독자라면 잘 알겠지만, 굴원의 좌절감은 자신의 능력을 알아주는 이상적인 군주를 찾지 못함에서 비롯되며 이러한 감정은 신선을 만나고자 했지만 실패한다는 상징적인 내용으로 나타난다.[37] 그토록 갈망했던 지음과의 만남이 끝끝내 좌절되는 것처럼 많은 경우 비관주의라는 고전적 주제가 사령운의 시를 지배한다.[38] 더욱 중요한 점은 사령운이 이상적인 친구를 '미인(美人)'으로 표현하였는데 이것은 명백히 원의 영향이다.

美人游不還　　　　佳期何綠敦

미인이 노닐다 돌아오지 않으시니
언제 다시 볼 수 있을런지 근심 뿐이네.

---

[37] David Hawkes, "The Quest of the Goddess", in *Studies in Chinese Literary Genres*, Cyril Birch ed.(Berkeley: Univ. of California Press, 1974), pp.42-68 볼 것.
[38] 예를 들어서 『사령운시선』, p.39, p.41, p.69, p.87, p.89, p.109, p.112 볼 것.

The fair one has gone roaming and does not return,
When shall I ever see him again?
『사령운시선』, p.69, <석문에 새로 지어 사는 곳은 사방 높은 산이고
굽이치는 계곡과 여울목이며 아름다운 숲과 대밭이라네(石門新營所
往四面高山廻溪石瀨茂林脩竹)>

美人竟不來　　　陽阿徒晞髮

미인이 마침내 오지 않으시니
부질없이 양지 언덕에서 머리를 말렸구나.

The fair one does not come,
In vain have I dried my hair on the Bank of Sunlight.[39]
『사령운시선』, p.89, <석문 바위에서 하루를 보내며(石門巖上宿)>

시인이 이러한 깊은 좌절감에서 헤어나지 못하면 아름다운 경치도
시인의 마음을 달래주지 못한다. 사실 자연을 바라보면 바라볼수록
(覽物) 마음의 상처는 점점 더 깊어진다. 다음 구절은 이러한 심정을
잘 드러낸다.

非徒不弭忘　　　**覽物**情邅遵

---

[39]이 연의 전고는 <구가(九歌)>에서 화자가 노래 부르는 부분이다. "함지에서
당신과 함께 머리를 감은 뒤, 양지 바른 강둑에서 당신의 머리를 말리네. 미인께
서 오시기를 기다리지만 오지 않으시니, 망연히 바람을 맞으며 한바탕 노래 부르
리라. 與女沐兮咸池, 晞女髮兮陽之阿. 望美人兮未來, 臨風怳兮浩歌. I will wash
my hair with you in the Pool of Heaven; You shall dry your hair on the Bank
of Sunlight. I watch for the fair one, but he does not come. Wildly I shout my
song into the wind." (Hawkes, trans., *Ch'u Tz'u*, p.41)

내 시름을 잊기는 커녕
자연을 바라볼수록 마음은 점점 조급해져.

Not only can I forget my grief,
But the more I contemplate nature(*lanwu*), the more feeling grows intense.
『사령운시선』, p.39, <동산군에서 끝없는 바다를 바라보며(東山郡望溟海)>

撫化心無厭　　　**覽物**眷彌重

자연 변화를 끌어안는 마음은 지루하지 않지만
자연을 바라볼수록 근심은 무거워져.

A heart that embraces natural transformation is never bored,
Yet the more I contemplate nature(lanwu), the more my concerns deepen.
『사령운시선』, p.90 <남산에서 북산으로 가는 도중 호수를 지나며 바라보다(於南山往北山經湖中瞻眺)>

사령운은 승경을 오랫동안 만끽할 수 없는 이유가 자신을 이해해주는 친구가 부재하기 때문이라고 설명한다.

風雨非攸悋　　　擁志誰與宣
儻有同枝條　　　此日即千年

비바람은 유감스럽지 않지만
가슴 속 생각을 누구에게 펼치리오?

한 가지에서 난 것 같은 친구가 있다면[40]
오늘 하루가 천년 같을 텐데.

I do not regret the wind and rain,
But my innermost feelings: to whom do I tell them?
If only I had with me a close friend branched off from the same tree,
This day would be worth a thousand years.
『사령운시선』, p.99, <산에서 여울로 돌아와 세 폭포에서 두 줄기 계
곡을 바라보다(登歸瀨三瀑布望兩溪)>

사령운은 수백 명의 수행원들을 대동했지만 진정 '외로운' 나그네
였다. 내면 속에서 도를 확신한 것처럼 보이는 도잠과 달리 사령운
은 감정보다 풍경의 탐닉에서 한시적이긴 하지만 근원적인 기쁨을
찾았다. 따라서 사령운에게 아름다움은 자연을 지각하는 순간과 그
순간을 구성하는 감정에 있었으며 사령운은 이 순간을 놓치지 않고
미적경험으로 발전시켰다. 시간의 강물에서 시인은 '이동'한다기보
다는 미적 지속(aesthetic duration)의 한 순간에서 또 다른 미적 지속의
순간으로 '도약'한다는 인상을 받게 된다. 따라서 아름다움은 항상
도전받고 재긍정되는 마음의 상태이다. 시인이 최종적으로 성취한
것은 아무 것도 없다. 사령운의 모든 시는 항상 새로운 소재가 전개
되는 과정일 뿐이며 아무리 '최종적인' 결심이라고 해도 여전히 순
간적인 것 같은 이상한 감정이 느껴진다.

사령운 시는 두 가지 모순되는 감정, 자아성취의 심미적 쾌감과
여기에 필연적으로 수반되는 따라오는 환멸감을 동시에 전제하고

---

[40] 중국문학에서 동지조(同枝條)는 좋은 친구를 의미하는 관용적인 은유이다.

있다. 이러한 상반된 감정은 풀릴 수 없는 고독의 파토스에서 비롯된 것이다. 앞에서 언급된 것처럼 그의 삼촌 사혼이 동진을 지지하다가 죽었기 때문에 사령운은 유송이라는 새로운 왕조에서 처음부터 가시밭길 같은 정치행로를 걸을 수밖에 없었다. 설상가상으로 사령운의 궁정 후원자이자 친구였던 노릉왕, 유의진이 424년 비극적으로 처형당했는데 이 사건으로 사령운의 모든 희망과 꿈은 사라져버렸다.41) 사령운이 새 왕조와 불편한 관계를 맺다가 끝내 비극적인 최후를 맞이하게 된 것은 피할 수 없는 운명이었다. 다음 장에서 살펴보겠지만, 이러한 비극처럼 당시 시국이 개인의 운명을 짓누르면서 발생하는 두려움은 우리가 통상 생각하는 것 이상으로 육조시 형성에 크게 작용하였다.

확실히 사령운의 시에서 표현된 외로움은 정치적 소외감을 면밀하게 반영한다. 더구나 사령운의 삶과 시에는 관직생활과 자발적 은거 사이에서 방황하는 모습이 역력히 드러나는데 이러한 '비극적 결함'은 결국 그를 파국으로 몰고 간다. 사령운이 판에 박힌 관직생활을 싫어하고 순수한 마음으로 은둔자의 세계를 염원했음을 알 수 있지만 한편으로 은퇴했을 때나 그렇지 않았을 때나 항상 외로움으로 괴로워했을 것이라는 생각이 든다. 사령운은 424년 관직에서 물러났지만 은둔생활에 안거하지 못하고 428년 다시 정계로 돌아왔으며 431년 마지막 파멸로 몰고 갈 정치적 위험을 잊기 위해서 다시 사퇴했다. 433년 처형 전날 쓰여진 마지막 시에서 사령운은 끝까지 은거생활을 영위하지 못하며 행복하게 죽을 수 없음을 후회하면서 다음과 같이 통렬하게 표현하였다.

---

41)사령운이 노릉왕 묘를 방문하면서 읊은 시를 볼 것. 『사령운시선』, p.80.

恨我君子志　　　　不得巖下泯 …

한스럽구나, 내 군자의 기상이여
깊은 산중에서 마치지 못하였네 …

I regert that my gentleman's sense of purpose
Could not have been fully realized off in the mountains. …
『전한삼국진남북조시』, 제2권, p.654.

죽기 전에 불안감이 엄습했던 사령운은 <의만가사(擬挽歌辭)>에서 운명을 순순히 받아들였던 도잠과 사뭇 다르다. 사령운은 거의 자각의 단계에 도달했지만 끝내 이루지 못했기 때문에 독자는 애석한 감정을 갖게 된다.[42] 그러나 문학은 죽음을 초월하는 힘을 가지고 있다. 독자들이 근본적으로 만족감을 느낀 곳은 사령운의 삶이 아니라 그의 산수시였다. 사령운의 산수시에는 육조 시대에 전형적으로 나타났던 산수에 대한 심미적 감상과 자연을 응시하는 즐거움이 처음으로 충분히 표현되어 있다. 당나라 시인 백거이는 <독사령운시(讀謝靈運詩)>에서 사령운의 패배한 인생과 승리한 문학을 다음과 같이 설명한다.

謝公才廓落　　　　與世不相遇
壯志鬱不用　　　　須有所洩處
洩爲山水詩　　　　逸韻諧奇趣

---

[42] Mather, 앞의 논문, p.73 볼 것.

사령운은 다재다능했지만
세상을 만나지 못하였네.
애석하게도 원대한 뜻은 소용없었으니
달리 발산할 곳이 있어야 했지.
분출하여 산수시가 만들어지니
표일한 운치와 독특한 취향이 합쳐지네.

Master Xie's talents were broad,
But he was at odds with his times.
His lofty ambitions, sadly, were of no use,
He needed to vent his feelings,
Once expressed, they became landscape poetry,
In which excellent taste harmonized with extraordinary imagination.[43]

마지막 말은 결국 시적 표현의 항구적 가치를 의미한다. 대부분의
강렬한 열정을 가진 중국시인들은 이 점을 잘 알고 있었고 그래서
험난한 인생을 불멸의 기록으로 남기려고 열망하였다.

---

[43] 『백거이집』, 제1권, 앞의 책, p.131.

표현의 추구

단명한 사령운의 인생과 대조적으로 그의 시는 생존 당시는 물론 이후 육조 문학에 엄청난 영향을 끼치면서 후대 작가들의 자양분이 되었다. 말하자면 육조 시는 사령운이라는 거물의 취향을 정의하고 가다듬고 보충한 것 같았다. 그 당시 시풍을 '묘사적', '귀족적'이라고 설명하는 것도 사령운 때문이었다. 이 시기는 기본적으로 사령운이라는 한 개인의 문체에 바탕하고 있으며 이러한 현상은 다른 시기에서는 좀처럼 찾아보기 힘들다.

그러나 엘리엇(T.S. Eliot)의 말처럼, "위대한 예술가는 나쁜 영향을 끼칠 수 있다."[1] 이 말은 사령운 이후 세대들이 수십년간 고민해 왔던 딜레마를 극명하게 보여준다. 시인들은 문학의 표준과 미학을 확립한 사령운이라는 거목의 그늘에 가린 나머지 개인의 문체가 가지

---

[1] T.S. Eliot, "Milton, Part4 I", *On Poetry and Poets*(1943; rpt. New York: The Noonday Press, 1961), p.156: "A man may be a great artist and yet have a bad influence."

고 있는 독특한 맛을 잃어버렸다. 구체적으로 설명하면 '사령운파' 시인들은 사령운 시의 역동성은 제쳐두고 그의 묘사력과 대우 기법에만 천착하였다. 사령운이 사망한 지 100년 뒤의 인물인 소강(蕭綱, 梁 簡文帝: 503-551)조차도 당시 사령운의 엄청난 영향력을 다음과 같이 지적하였다.

又時有效謝康樂 … 者, 亦頗有惑焉. 何者? 謝客吐言天拔, 出於自然, 時有不拘, 是其糟粕. … 是爲學謝則不屆其精華, 但得其冗長. …

또 때때로 사령운 … 을 본받는 사람들 중에 잘못된 사람들이 있었는데 그 이유는 무엇인가? 사령운은 타고난 천품에서 시를 지었기 때문에 자연스러웠지만 가끔 규칙을 고려하지 않아서 술지게미처럼 거칠었다. … 이 때문에 사령운을 공부하면 그의 정수를 얻지 못하고 그의 용장함을 답습할 뿐이다. …

Also at times there are those who try to imitate the style of Xie Lingyun … and in doing this they are very much misled. Why so? Xie creates words like a genius, which all come from natural spontaneity. But sometimes he pays no attention to the rules, and what he produces are mere dregs. … Thus, by imitating Xie's writing one does not attain its essential beauty, but rather its verbosity. …
『양서(梁書)』, 권49, 『중국역대문론선』, 제1권 p.327.

이러한 모방 일변도의 분위기 속에서 창조적인 시인이라면 자연스럽게 독자적인 문학을 생각하게 된다. 포조(鮑照, 414?-466)는 사령운을 뛰어넘어 새로운 지평을 모색했던 의식있는 젊은 작가였다. 포조

에 따르면 어떤 훌륭한 시도 한 시기 문체를 완전하게 반영할 수 없
으며 아무리 대단한 시인이라도 다른 작가의 감정표현 방식을 자기
식으로 제한할 수 없다. 도잠과 사령운은 각각 포조가 13살, 19살일
때 죽었으니 포조가 시에서 자신의 목소리를 찾을 나이가 되었을
때 도잠과 사령운은 이미 살아있지 않았다. 이제 시대는 포조에게
새로운 방식의 서정성을 요구하는 것 같았다.

포조의 독창성과 혁신성은 여러 가지 다양한 문학 장르들에 심취
되었기 때문이다. 포조는 시, 부, 악부를 가리지 않고 각 장르의 고
유한 가치에 대한 애정을 보여주었으며 동시에 다양한 문체들을 조
화시키는 데에서 기쁨을 찾았다. 포조는 끊임없는 형식 실험을 통하
여 새로운 장르를 개발하였고 여기서 다시 자기 목소리를 발견하는
과정으로 발전하였다. 이러한 모든 성취는 포조가 엄청난 문학적 역
량을 가지고 있었기 때문에 가능했다. 그래서 포조의 작품은 거의
언제나 자기 문학의 핵심인 '다양성에 대한 순수한 즐거움'을 독자
들에게 들려준다.

포조는 시와 산문, 아(雅)와 속(俗)을 가리지 않고 거의 모든 장르에
손을 대었다. 다양한 형식이 포조의 시에서 운용되고 광범위한 소재
의 혼합이 그의 부와 산문의 특징이다. 오언시가 시단을 주도했을
때 포조는 과감하게 통속가요의 전통에 기초한 칠언악부를 실험하
였다.[2] 문인들이 정형시를 추구할 때 포조는 의식적으로 정형시와

---

[2] 당시 오언시를 주도한 상황에 대해서, 『시품』이 오언시의 성취도에 따라서
시인을 평가하고 품평한 사실을 볼 것. 그러나 포조는 칠언악부 같은 다른 통속
문학에서 기원한 작품들도 많이 지었다. 조비(曹丕, 187-226)가 200년 전에 악부
형식으로 시를 지었지만 귀족 문단에서 악부가 인정받은 것은 포조가 처음이
다. 칠언시의 발전에 대해서, 왕원시(王運熙), 『樂府詩論叢』(北京: 中華書局, 1962),
pp.165-170 볼 것.

자유시를 섞어서 새로운 유행을 만들었다. 절구(絶句) 역시 포조가 채택한 악부 형식인데 통속문학과 귀족문학을 조화시키면서 문단에 새로운 바람을 일으켰다.3) 이러한 시도들은 고전 지평의 확대인 동시에 해방이다.

포조의 악부는 전체 작품 중 절반가량을 차지하고 있다. 일반적으로 포조의 가장 큰 성취로 인정받은 악부시는 직설적인 표현을 구사하면서 특히 서민들에게 큰 호응을 얻었다. 놀라운 점은 포조의 악부는 남조 뿐만 아니라 '이민족'이 세운 북조에서도 유명했다는 사실이다. 『북사』는 6세기 중엽 북위의 황실에서 일어난 재미있는 사건을 기록하고 있다.

帝內宴, 令諸婦人詠詩, 或詠鮑照樂府曰 "朱門九重門九閨, 願逐明月入君懷."

효무제(孝武帝)가 궁궐 안에서 연회를 열고 여인들에게 시를 낭송하게 하였는데 그중 한 여인이 다음과 같은 포조의 악부를 읊었다. "왕궁 안 아홉 겹 대문과 아홉 개의 내실, 바라건대 밝은 달 따라서 그대 가슴에 들어가고파."4)

The Emperor(Emperor Xiaowu) gave a banquet in the living quarter of the palace. He asked the women to recite poems, and one of

---

3)이 형식으로 지어진 악부 18수가 가장 확실한 예이다(『포참군집』, pp.205-216). 절구의 발전에 끼친 포조의 공헌에 대한 논의는 Shuen-fu Lin(林順夫), "The Nature of the Quatrain", *The Vitality of the Lyric voice: Shih Poetry from the Late Han to the T'ang* 볼 것.

4)이연수(李延壽), 『북사』(北京: 中華書局, 1974), 제1권, p.174. 궁정의 여인들이 부르던 악부의 가사는 포조의 <대회남왕(代淮南王)>이 약간 수정된 것이다.

them sang a couplet from Bao Zhao's *yüefu:* "The noble palace has nine outer doors, and nine inner chambers, I wish to follow the moonlight, and penetrate into your bosom."

따라서 북조 작가들이 포조를 이상적인 남조 시인으로 생각하면서 그의 악부체를 본받으려고 한 것은 놀라운 일이 아니다.[5]

하지만 뜻밖에도 남조 시인들과 비평가들은 처음 포조의 악부를 보았을 때 '생경하다', '비속하다'라고 생각하였다. 종영이 포조가 "청아한 분위기를 해쳤다(頗傷清雅之調)."라고 하고 '기괴하고 세속적(險俗)'이라고 한 것은 바로 포조의 대중적인 악부를 두고 한 말이다.[6] 종영은 오언시의 시학에서 바라보았기 때문에 포조의 새로운 악부체가 형식과 내용에서 심미성이 떨어진다고 하였고 포조를 따르는 사람들을 경박한 무리(輕薄之徒)라고 폄하하였다.[7] 같은 맥락에서 유협은『문심조룡』에서 포조를 완전히 무시하고 사령운과 안연지를 높이 평가하였다.[8] 전반적인 존경심이나 영향력은 사령운보다 떨어지지 않았지만 그 당시 포조가 '상품(上品)'으로 평가되지 않고 사령운처럼 많은 지지자들이 없었던 것도 같은 이유이다.[9]

---

[5] 정쥔이(曾君一),「鮑照研究」,『魏晉六朝論文集』(홍콩: 中國語文學社, 1969), p.135 볼 것.

[6]『시품』, p.47.

[7]『시품』, p.47.

[8] 유협은『문심조룡』「시서」에서 "안연지와 사령운 두 사람은 봉황의 화려함이 있다(顏謝重葉以鳳采)"라고 했지만 포조는 언급하지 않았다(Vincent Yu-chung Shih, trans., p.471).

[9] 종영은 포조를 '중품'으로 평하였다(『시품』, p.47 볼 것). 사령운이 만든 '사우(四友)'라는 문학집단에 대해서는『송서』, 권67, 제6권, p.1774 볼 것. 또 <임해군(臨海郡)의 뾰족한 산에 오르려고 처음 강중을 떠날 때 시를 지어 사촌 혜련에게 주고 아울러 양선지(羊璿之)과 하장유(何張瑜)에게 보여주어 화답하다(登臨海嶠初發疆中作與從弟惠連見羊何共和之)>를 볼 것(『사령운시선』, p.106).

그렇지만 포조의 모든 문학 작품이 동시대 문인들에게 낮게 평가되었다고 생각하면 잘못이다. 포조의 악부시가 당시 취향에 맞지 않았던 것은 사실이지만 그의 오행시는 대체적으로 문학의 흐름과 일치하였다. 포조가 혁신과 전통 두 방면으로 이해되는 것도 이러한 맥락이다. 포조의 서정적인 감정은 대체적으로 포조의 악부에서 최고 수준으로 표현되고 있지만 산수묘사는 거의 예외없이 오언시로 지어졌다. 바꾸어 말해서 포조는 악부시에서 개인적이고 서정적이었지만 시에서는 묘사 위주의 시학을 따라갔다. 따라서 종영 같은 전통적인 비평가가 자신의 시에서 포조의 묘사를 인정한 것이 그렇게 놀라운 일은 아니다.

(鮑照)善製形狀寫物之詞, 得景陽之諔詭, 含茂先之靡嫚. … 貴尙巧似.

(포조는) 사물의 형상을 포착하는 말을 잘 만들었고, 장협의 능란한 기교와 장화의 아름다운 이미지를 모두 보여준다. … 포조는 '교사'를 추구하였다.

(Bao Zhao) is skillful at creating expressions which capture the shape of things His poetry has inherited Jingyang's(Zhang Xie's) crafty style and Maoxien's(Zhang Hua's) adorned images. … He prefers artistic similitude(*Qiaosi*).
『시품』, p.47

실제로 포조의 산수시가 사령운, 안연지의 산수시를 연상시키고 문단에서 원가(元嘉) 삼대시인으로 꼽히는 이유는 '교사'라는 독특한 특징 때문이다. 핍진성은 결코 포조의 성격과 배치되지 않으며 사실 자기의 창조적 본능의 한 부분인 시각적 자극과 생생한 회화성을 만족시켜주며 오히려 묘사적인 면은 자유로운 서정성에 유쾌한 변화를 제공한다. 창작의 측면에서 보아도 포조는 다양한 묘사를 연습하면서 기존 장르를 익힐 수 있었는데, 만약 이러한 기회가 없었다면 진정한 창조적인 시는 탄생되지 않았을 것이다. 이러한 생각은 포조가 사령운의 오언시를 진심으로 좋아했다는 사실에서도 확인된다. 사령운의 시는 포조에게 묘사의 전범이 되었을 것이다.

謝五言如初發芙蓉, 自然可愛. …

사령운의 오언시는 연꽃이 처음 피어날 때처럼 자연스러워 애독할 만하다. …

Xie's five-character poems are like newly opened lotus flowers, spontaneous and lovely. …[10]

포조 작품집에서 산수시로 분류될만한 시는 30여 편이다.[11] 제목을 비롯해서 등 많은 요소들이 사령운의 산수시와 놀라울 정도로 유사한 문체적 특징을 보여주고 있다. 시각 경험, 화려한 색채 이미지, 산과 물의 병치, 대상들의 인과관계를 끊임없이 추구하는 나그네의 잦은 묘사 등으로 순차적인 여행이 전개되는데 이러한 요소들

---

[10] 인용문은 이연수, 『남사』 「안연지전」, 권34, 제3권 p.881에서 나왔다. 유사한 문장이 포조와 동시대인 종영의 『시품』에 보인다(『시품』, p.43 볼 것). 『남사』가 더 신빙성이 있어 보이지만 『시품』 역시 나름대로 옳다. 종영은 포조의 좋은 친구였으며 사령운에 대한 생각이 포조와 같았을 것이다.
[11] 『포참군집』, 권5, pp.255-320 볼 것.

은 모두 사령운에게 영향 받은 것이다. 청대 시인이자 시선(詩選) 편찬자인 심덕잠(沈德潛, 1673-1769)이 포조의 오언시가 사령운만 못하다고 한 이유는 아마 혁신적인 면이 딱히 보이지 않았기 때문인 것 같다.12) 이러한 평은 어느 정도 맞긴 하지만 포조 산수시의 진정한 매력은 다른 곳에 있다. 포조는 기존의 문체에 창조적 시각을 혼합하였는데, 구체적으로 말해서 창조적인 성향과 개인 경험에 부합하는 요소들을 부각시키는 완전히 새로운 방식을 개발하였다. 여기에 관한 논의는 다음 장에서 이루어질 것이다.

1. 풍경에서 대상으로

포조 역시 사령운처럼 일생동안 많은 곳을 돌아다녔다.13) 그러나 사령운의 목적이 산수유람 자체였다면 포조의 여행은 공직 생활 때문이었다. 하급 장교로 전전하였던 포조는 필요할 때마다 전장에 나갔으며 장군의 수행원으로서 많은 곳을 순회하였다. 다음 시는 전형적인 포조의 산수시인데 『세설신어』로 유명한 임천왕(臨川王), 유의경을 보좌할 때 지어졌다.

江上氣早寒　　仲秋始霜雪
從軍乏衣糧　　方冬與家別
蕭條背鄕心　　悽愴淸渚發
涼埃晦平皐　　飛潮隱脩樾

---

12) 심덕잠, 『고시원(古詩源)』, 『포참군집』, p.450, p.454에서 재인용.
13) 『포참군집』, pp.431-442, 「포조연보(鮑照年譜)」.

孤光獨徘徊　　空煙視昇滅
塗隨前峯遠　　意逐後雲結
華志分馳年　　韶顏慘驚節
推琴三起歎　　聲爲君斷絶

강가의 날씨는 벌써 차가와
한가을인데 눈서리가 흩날리는구나.
종군하는데 의복과 식량이 부족하고
겨울이 코 앞 인데 가족과 이별해야 하다니.
쓸쓸히 고향 생각 접어두고
처량하게 후저(역주: 남경시 외곽 양자강)를 떠나네.
차가운 먼지 강 언덕에 자욱하고
치솟는 파도에 큰 나무들이 숨어버려.
외로운 태양 홀로 배회하고
고적한 안개 피었다 사라지네.
다가오는 봉우리 따라 멀리 길은 이어지건만
마음은 남겨진 구름에 묶여 있다네.
원대한 포부는 쏜살같은 세월 속에서 조각나고
홍안은 삭아서 계절이 바뀔 때마다 놀라지.
거문고를 밀치고 연방 한숨 쉬며 말하시.
"이 음악은 당신 때문에 끊어졌다오."

On the river the air turns cold before its time,
Now in mid-autumn, frost and snow have begun to appear.
Going to join the army, I lack clothes and food,
Winter is coming, I bid farewell to my family.
Desolate, I try to put thoughts of home behind me,
Gloomy, I go out from the clear and bright sandbars.

4

Cold dust clouds over the lowlands,

Spume from the waves obscures the tall trees.   8

One lonely ray of light alone lingers,

I see the empty mist ascending and vanishing.

The road going toward the mountain peaks ahead is far,

My feelings, along with the clouds left behind, are knotted

together.   12

My great ambition crumbles through the fleeting years,

My youthful face is gloomy, startled by the changes of seasons.

I pluck the zither and sigh three times,

"This song breaks off for you."   16

『전한삼국진남북조시』, 제2권, p.692, <후저를 떠나며(發後渚)>

첫 행은 여행하기에 가장 나쁜 계절인 겨울에 종군해야 하는 상황을 묘사한다.14) 슬프지만 굳은 결심과 인내심으로 주인공은 가족에게 마지막 인사를 하고 집을 나선다(3-6행). 포조 시의 배경이 이전 시인들과 상당히 다르기 때문에 전통적인 산수시에 익숙한 독자라면 다소 의아해 할 것이다. 기존의 산수시는 시각적 즐거움과 풍경을 위한 풍경을 추구하던 유람의 결과물이지 않았던가? 절망적이진 않지만 희망이 보이지 않는 상황으로 가득찬 시를 어떻게 산수시라고 할 수 있는가?

하지만 포조 산수시의 핵심은 완전하지 않은 풍경 속에서 두려워하고 동요하며 희망을 찾는다는 것이다. 그 곳은 아름답지만 슬프고

---

14)포조 시의 상당수가 겨울철을 배경으로 한다. 『포참군집』, p.317, p.319, p.325, p.406, p.407.

영속적이면서 동시에 흘러가고 있는 실제 우리 세계와 비슷한 곳이
다. 포조의 정의에 따르면, 이것이 진정한 산수였다. 인용시의 아름
다운 경치를 정밀하게 살펴보면 시인은 마음속으로 느낀 풍경의 인
상을 표현하고 있음을 알 수 있다. 예를 들어서 다음 구절을 다시
읽어 보자.

涼埃晦平皐　　　飛潮隱脩樾
孤光獨徘徊　　　空煙視昇滅

차가운 먼지 강 언덕에 자욱하고
치솟는 파도에 큰 나무들이 숨어버려.
외로운 태양 홀로 배회하고
고적한 안개 피었다 사라지네.

Cold dust clouds over the lowlands,
Spume from the waves obscures the tall trees.
One lonely ray of light alone lingers,
I see the empty mist ascending and vanishing.
상동 7-10행

시인은 먼지[埃], 햇빛[光], 피어오는 안개[煙] 등을 묘사할 때 '추운
[涼]', '외로운[孤]', '공허한[空]' 같은 형용사를 사용하였다. '자욱하다
[晦, 7행]', '희미하다[隱, 8행]', '배회하다[徘徊, 9행]', '사라지다[滅, 10행]'
등 자연의 운행을 '표현하는' 동사들 역시 우울한 분위기를 전해준
다. 풍경은 자연을 지각할 당시 시인이 가지고 있었던 외로움 때문
에 왜곡되고 과장되어 있다.

　　포조의 독특한 묘사방식은 자신의 외로움을 보이는 대상에 전이시키는 것이다. 앞 장에서 보았듯이 사령운의 산수시는 자주 외로운 나그네의 이미지로 마무리되지만 자아표현의 결론 앞에 오는 묘사 영역은 조화롭고 활기찬 대상들로 구성되는 완전한 세계를 재현하고 있다. 그의 시에서 주인공의 슬픔은 대상들의 병렬관계가 만들어 내는 심미적 황홀감의 순간에서 깨어난 후에 시작된다. 그러나 포조는 그렇지 않다. 왜냐하면 풍경묘사는 대우 기법으로 나타나지만 짝이 되는 포조의 시 이미지들은 완전함보다 불완전함을 보여주기 때문이다. 인용시처럼 외로운 태양 빛이 적막한 안개와 만나는 등 각 행들이 대우 관계로 합쳐지면서 세계는 고립된 대상들로 가득 차 있다는 환상을 만들어 낸다. 시인의 외로움이 들짐승들에게 투사될 때 상징적으로 정경융합(情景融合)이 이루어진다.

孤獸啼夜侶　　　　離鴻噪霜羣
物哀心交橫　　　　聲切思紛紜

외로운 짐승 짝을 찾아 밤새 울고
길 잃은 기러기 차가운 서리 밭에서 친구들을 부르네.
짐승들의 울음소리 내 마음을 가로지르니
울음소리가 애절할수록 내 마음이 혼란해져.

The lonely beast cries for his mate at night,
The wandering swan calls to his companions, cold with frost.
When these creatures grieve, my heart is in turmoil,
As they cry out bitterly, my thoughts are tangled.
『포참군집』, p.307, <수도로 돌아오는 길에서(還都道)>

輕鴻戲江潭　　　孤雁集洲沚 …
短翮不能翔　　　徘徊煙霧裡

날렵한 기러기 물가에서 노닐고
외로운 갈매기들 모래섬에 모였네 …
짧은 날개로 날 수 없으니
안개 속에서 배회할 뿐.

Graceful swans play by the rivers and lakes,
Lonely geese gather on the sandy islets. …
Their wings are too weak to fly,
Aimlessly they wander in the mist.
『포참군집』, p.297, <부도조와 이별하면서 주는 글(贈傅都曹別)>

　　포조는 의식적으로 자기 감정을 시각 경험에 투영시킨다. 도잠의 시에서 청송, 떠다니는 구름(流雲), 집으로 가는 새(歸鳥) 등이 자아의 알레고리로 나타나면서 상징적인 이미지들을 생산하는 반면에 포조의 시는 변하는 장면들의 은유적인 의미에 관심을 갖는다. 빛, 색깔, 행동 등은 모두 시각적 호기심과 상상을 자극한다. 특히 즐겨 표현하는 솟구치는 파도 이미지에서 잘 드러나는 것처럼 풍경에 활력소를 불어넣는 것이 포조가 성공한 부분이다. 영원히 굽이치며 으르렁거리는 파도는 혼란스럽고 역동적인 인생을 의미하면서 최고의 시각적 변화와 활력을 불어넣고 있다.

急流騰飛沫　　　回風起江濆

급류가 포말을 흩날리며 솟구쳐 오르고
강둑에서 회오리바람이 일어난다.

The turbid waters surge forth in spume,
The whirlwind rises from the riverbank.
『포참군집』, p.307, <돌아오는 길에서(還都道)>

騰沙鬱黃霧　　　飜浪楊白鷗

짙은 황사 안개 속에서 모래가 흩날리고
솟구치는 파도 속에서 하얀 갈매기가 날개짓하네.

In flying sand, darkening yellow mist,
Among surging waves, fluttering white gulls.
『포참군집』, p.310

산문은 포조의 상상력이 최대로 발휘된 산수미학이다. 전반적으
로 산수시에서 가장 중요한 기교와 모티브는 대부분 사령운이 개발
했기 때문에 포조는 자신의 구미에 맞는 새로운 관점과 형식을 정
립할 필요가 있었다. 여기서 포조의 선택은 '산수문(山水文)'이라는
서정적인 산문 형식이다. 현재 포조의 산수문은 <대뢰 강둑을 넘으
며 여동생에게 글을 쓰다(登大雷岸與妹書)>라는 작품밖에 남아있지
않지만 후대에 끼친 영향은 산수시보다 훨씬 크다.15)

---

15)예를 들어서 청대 시인 담헌(譚獻)은 포조의 작품을 '시인의 문장(詩人之文)'
이라고 하였으며 현대 학자 리우쓰페이(劉師培)는 포조의 산문을 '유기 문학의 최
고봉(遊記之正宗)'이라고 하였다.『포참군집』, p.94; 뻬이위웬쳰(貝遠辰), 예요우밍
(葉幼明) 편,『歷代遊記選』(湖南: 人民出版社, 1980), p.411.

포조의 산문은 주로 사적인 편지 형식으로 지어졌다. 조식(曹植, 192-232) 때부터 편지는 자신의 내적 감정을 주고 받는 수단이 되어 왔으며 진정한 의미에서 가장 서정적인 장르이다.[16) 이 점에서 볼 때 편지를 받는 여동생이 포조와 문학적, 개인적 관심이 가장 잘 맞았으며 편지의 서정성은 의도적이었음을 알 수 있다. 서정적인 측면에서 본다면 포조의 편지는 기존의 전통을 따르고 있다.[17) 그러나 '산수' 묘사의 강조는 서정적인 서간문의 전통에 산수묘사가 혼합되기 시작하였다는 점에서 중요하다. 이러한 시도는 사령운을 비롯한 이전 작가들에게서는 잘 나타나지 않았었다. 물론 사령운은 '유기'의 시조로 평가 받아왔지만 부분적으로 남아있는 사령운의 <유명산지(游名山志)>를 볼 때 강한 서정적 표현보다는 세밀한 지리에 주안을 두고 있다. 따라서 후대 유기 작가들이 선호한 서정과 묘사의 혁신적인 결합은 포조에서 비롯된 것으로 보아야 한다. 포조의 영향력은 대단해서 그의 사후 10년에서 20년 동안 서간 문학이 갑자기 꽃을 피웠다.[18)

포조가 이 편지를 쓸 당시 나이는 불과 25세(439년)였다. 포조는 임천왕, 유의경 밑에서 일하기로 되어 있었으며 남경에서 강서로 가는 중이었다. 안휘성에 있는 대뢰(大雷) 강둑에서 잠시 쉬고 있는데 포조는 돌연 외로움에 휩싸이고 여동생을 그리워 하는 마음에서 붓을 잡는다. 편지는 여정의 묘사로 시작한다.

[16) 위잉스(余英時), "Individualism and Neo-Taoist Movement in Wei-Chin China", 앞의 책, p.16.

[17) 포영휘는 저명한 여류 시인이며 그녀의 작품집 『향명부집(香茗賦集)』은 남아있지 않다. 종영의 포영휘에 대한 평가는 『시품』, pp.69-70 볼 것.

[18) 예를 들어서 도홍경(陶弘景, 456-536)의 <사중서에게 답하는 글(答謝中書書)>, 오균(吳均, 469-520)의 <송원사에게 주는 글(與宋元思書)>이 있다. 뻬이위웬천(貝遠辰), 예요우밍(葉幼明) 편, 『歷代遊記選』(湖南: 人民出版社, 1980), pp.423-426.

吾自發寒雨, 全行日少. 加秋潦浩汗, 山溪猥至, 渡沔無邊. 險徑遊歷,
棧石星飯, 結荷水宿, 旅客貧辛, 波路壯闊, 始以今日食時, 僅及大雷,
塗登千里, 日逾十晨, 嚴霜慘節, 悲風斷肌, 去親爲客, 如何如何.

출발할 당시는 추운 우기였기 때문에 제대로 이동한 날이 적었단다.
게다가 가을에 큰 비가 내린 뒤 계곡 곳곳에 물이 불어서 건너는데 끝
이 보이지 않을 정도란다. 위험한 길을 가다가 절벽 아래 사다리에서
별을 보며 밥을 먹고 연잎을 얽어매어 물가에서 잠을 청했기도 했지.
나그네 생활은 고되고 가난한데 파도치는 고생길은 까마득하기만 하
구나. 오늘 밥 먹을 즈음 비로소 대뢰에 겨우 도착했으니 지나온 길이
천리이고 벌써 열흘이 넘었구나. 차가운 서리가 계절을 겨울로 몰아가
고 쓰라린 바람이 살을 에이는구나. 친한 이들과 떨어져 나그네가 되
었으니 어떻게 해야 하겠니, 어떻게 해야 하니?

Since I set out there has been cold rain, and few of the days have
been spent entirely in travel. Moreover, the autumn rains fall in
torrents, and the mountain streams overflow. I cross the boundless
waters against the current, and travel along dangerous paths. On
the cliff-side roads I eat my meals under the stars; I spend my
nights on lotus beds by the water. As a traveler, I am distressed
and toilworn. The rivers and roads are broad and immense. Thus,
by meal time today, I had only reached Dalei. I have traveled on
this road for a thousand *li;* my journey has taken more than ten
days. There is severe frost in this merciless season; the grievous
wind bites my flesh. To be parted from the loved ones and to
become a wanderer—what, oh what, can be done?
『포참군집』, p.83, <대뢰 강둑을 넘으며 여동생에게 글을 쓰다(登大雷
岸與妹書)>

어떤 문장도 추운 날 고되고 험난한 여행을 이보다 더 박진감있게 표현하지는 못할 것이다. 곤궁함에 처한 시인은 괴로움에 몸부림치며 다시 한 번 고립무원의 무기력함에 빠진다. 시인은 미관말직 때문에 집을 떠나고 싶지 않았지만 주어진 운명의 힘을 거부할 수 없었다. 포조에게 여행은 종신 '유배'와 다름없었으며 여동생에게 편지를 보내고 싶었던 이유는 바로 이러한 감정에서 비롯되었다.

> 遊神淸渚, 流睇方曛, 東顧五洲之隔, 西眺九派之分, 窺地門之絶景, 望天際之孤雲.

> 깨끗한 모래섬 쪽으로 멀리 바라보니 어두운 석양이 눈에 들어오는구나. 동쪽으로 띄엄띄엄 떨어진 다섯 섬들을 돌아보고 아홉 물줄기가 갈라지는 서쪽을 바라보다가. 대지의 절경을 살피고 하늘 저편 한 조각 구름을 물끄러미 쳐다보았지. (역주: 지문(地門)은 고대에 '대지의 입구'를 의미했지만 여기서는 대지의 뜻임)

> Looking far away to the clear and bright sandbars, I let my eyes wander at dusk. To the east I see the Five Islands' straits; to the west I gaze at the Nine Streams' parting. I spy the extraordinary scenery of the earth's gateway; I view the lone clouds at the sky's edge.

『포참군집』, pp.83-84.

다음은 가장 독특한 산수묘사인데, 색채 변화와 강한 활력은 포조의 강렬한 감정을 반영한다.

西南望廬山	又特驚異
基壓江潮	峯與辰漢相接

上常積雲霞　　　雕錦綩

若華夕曜　　　巖澤氣通

傳明散綵　　　赫似紫天

左右靑靄　　　表裡紫霄

從嶺而上　　　氣盡金光

半山以下　　　純爲黛色 …

其中騰波觸天　　　高浪灌日

呑吐百川　　　寫泄萬壑

輕煙不流　　　華鼎振渣 …

回沫冠山　　　奔濤空谷

礧石爲之摧碎　　　碕岸爲之鼇落 …

서남쪽으로 여산을 바라보며
다시 한번 경이로움에 잠긴다.
산줄기가 강과 호수에 잠겨있고
봉우리는 은하수에 닿아있구나.　　　　　4
정상은 노을 속 구름에 잠겨있는데
꽃무늬가 새겨진 비단 벽걸이 같구나.
활짝 핀 꽃처럼 석양이 빛나고
절벽 아래 연못에 산기운이 일어난다.　　　　　8
빛이 옮겨가면서 화려한 비단이 펼쳐지고
붉게 빛나며 하늘을 물들이는구나.
좌우 수평으로 푸른 기운
안팎으로 맞닿은 보랏빛 하늘.　　　　　12
고개를 따라 올라가는데
산안개가 금빛으로 물들어가네.
산의 밑둥은
검은 물에 통째로 잠겨있다. …　　　　　16

그 속에서 파도가 솟구쳐
높은 물결이 태양까지 솟아오르네.
백 개의 하천을 삼켰다 토해내며
만 개의 계곡을 뿜어내는구나.   20
가벼운 안개가 고여 있으니
화려한 솥이 물을 끓이는 것 같다. …
소용돌이 포말이 산을 덮어 버리고
굽이치는 파도가 계곡을 쓸어버리니,   24
딱딱한 바위가 바스러지고
굽은 강둑이 무너져 버리는 구나. …

To the southwest I look at Mount Lu,
Again I am struck by how extraordinary it is.
Its base presses down on the river's tide,
Its peaks touch the stars and the Milky Way.
Above it, rosy clouds often gather,
Wrought into an ornamental tapestry.
Evening radiant as the flowers of the *jo* tree,
Mists pass between cliffs and marshes.
The emerging light scatters varicolored silk,
So red, it seems to redden the sky.
To the left and right, blue vapors
Form a complement to the Purple Sky Peak.
From the ridges up,
Mists are full of golden brilliance.
At the bottom half of the mountain,
Is is completely sea blue …
In it soaring billows leap up to touch the sky,

High waves pour onto the sun.

They swallow and disgorge a hundred rivers,

Rushing and churning up ten thousand ravines.

Light mists lingering,

Water boiling in the splendid cauldron ⋯

Swirling foam caps the mountains,

Rushing billows empty the valleys.

Hard rocks are smashed by them,

Curving banks are crushed and collapse ⋯

『포참군집』, p.84, 상동

인용문에서 주목한 점은 다양한 농도의 색깔과 빛깔에 대한 정밀 묘사로 시작하면서 온갖 형상의 구름, 산봉우리와 재미있는 대조를 이루고 있다는 것이다. 풍부한 시각 묘사는 거의 꿈에 나온 듯한 광경이다. 묘사는 전 우주를 위협하며 용솟음치는 거대한 파도 이미지에서 절정에 달하는 데 변화무쌍한 파도는 모든 아름다운 대상들이 가지고 있기 마련인 변덕을 상기시켜준다. 포조는 이러한 묘사과정에 무척 만족스러워 하는 것 같은데 포조의 풍경은 역동적인 시각 탐험(visual exploration)이기 때문이다. 보다 구체적으로 포조가 생생하게 묘사한 거센 파도는 포조 자신의 고양된 감정에 해당하는 것 같다.

仰視大火　　俯聽波聲
愁魄脅息　　心驚慓矣

우러러 대화성(大火星)을 바라보는데
발밑으로 파도 소리가 들려온다.

포조의 여산(廬山) 묘사: "그 속에서
파도가 솟구쳐, 높은 물결이 태양까지
솟아오르네. 其中騰波觸天, 高浪灌日"

두려운 나머지 벌벌 떨며 숨을 가누고
마음은 놀라고 두려울 뿐.

I look at the Big Fire Star above,
And listen to the sound of the waves below.
Shivering, I hold my breath,
My heart is startled.
『포참군집』, p.84

그러나 포조는 관찰자처럼 수수방관하지 않았고 아무리 갈 길이 험
해도 계속 전진해야 한다고 생각한다. 편지는 여행 중 어떤 고난이
발생하더라도 무사히 목적지에 도착할 것이라고 여동생에게 약속하
면서 끝맺고 있다.

風吹雷颲, 夜戒前路, 下弦內外, 望達所屆. 寒暑難適, 汝專自愼. 夙
夜戒護. 勿我爲念. …

바람이 몰아치고 벼락이 내리치지만 밤에는 앞길을 조심할 것이다. 달
이 반쯤 줄 때쯤 목적지에 도착할 것으로 여겨진다. 추위와 더위가 견
디기 어렵지만 스스로 몸을 보살피거라. 아침저녁으로 몸조리 잘 하시
고 내 걱정은 하지 말거라. …

The wind blows in the thundering gale, and I shall be very careful
on the road at night. Around the time of the half-moon, I hope I
will have arrived at the appointed place. It is difficult to adjust to
changes of climate; you must take special care of yourself. Guard
yourself well morning and night, and do not worry about me. …
『포참군집』, p.84 상동

이와 같이 포조의 산문에는 서정의 표현과 인상 묘사가 성공적
으로 결합되어 있다. 장면 묘사를 생각해 볼 때 포조의 모든 오언
시가 산문보다 떨어지는 것은 아니다. 여기에 대하여 필자가 한 가
지 중요한 단서를 단다면 대관산수(大觀山水)에서는 포조의 산문이
무척 혁신적이고 효과적이지만 대상의 세부묘사에서는 오언시가
뛰어나다는 것이다. 환언하면 포조의 시에는 그 당시에는 없었던
새로운 시각이 엿보인다. 이러한 새로운 경향은 결코 전통적인 시
학에서 벗어난 것은 아니며 산수시 본래의 미적 기준인 핍진성에
기초한다.

예를 들어서 <산행중 만난 외로운 오동나무(山行見孤桐)>를 읽어
보자.

桐生叢石裡　　根孤地寒陰
上倚崩岸勢　　下帶洞阿深
奔泉冬激射　　霧雨夏霖霪
未霜葉已肅　　不風條自吟
昏明積苦思　　晝夜叫哀禽
棄妾望掩淚　　逐臣對撫心
雖以慰單危　　悲凉不可任
幸願見雕斲　　爲君堂上琴

바위더미에 오동나무 한그루
차가운 땅에 외롭게 뿌리 박았지.
위로는 무너질 듯 가파른 절벽에 기대고
밑으로는 깊은 골짜기로 뻗어있네.　　　　　　　　　4
겨울에는 샘물이 세차게 흘러나오고
여름에는 안개비와 장마비에 젖어있지.
서리가 내리기도 전에 잎새가 시들고
바람 불지 않아도 혼자 구슬피 우네.　　　　　　　　8
밤낮으로 쌓이는 괴로운 생각
자나깨나 울어대는 새들의 울음소리.
버림받은 여인이 눈물 흘리며 바라보듯
쫓겨난 신하가 가슴을 쓸어내리며 대하듯.　　　　　　12
외롭고 힘든 마음을 달래보지만
슬프고 처량한 마음 감당할 길 없어.
"차라리 새겨지고 깎여져서
님 위한 대청 위 거문고가 되고 싶소."　　　　　　　16

A *tong* tree grows amidst a cluster of rocks,
Its roots are buried alone beneath the cold, dark earth.

Above, it leans against the receding bank,

Below, it reaches deep into the cave.

Rapid torrents shoot forth violently in the winter,

Fog and rain are incessant in the summer.

Before the autumn frost its leaves are already withered,

Even without wind its branches moan by themselves.

At dusk and in broad daylight sad thoughts pile up,

Day and night, sorrowful birds call.

The abandoned woman, looking at it, will cover her face and weep,

The exiled official, facing it, will press his heart and sigh.

Though it gives comfort to solitary and brave souls,

Its own grief and loneliness cannot be borne.

"I wish to be carved and hewn,

To become a zither in your hall."

『포참군집』, p.410

모든 묘사는 위치, 모양, 흐느낌, 심지어 실용적인 용도 등 오동나무에 맞추고 있다. 장면에서 장면으로 이동하는 카메라와 다르게 시인은 한 대상의 다양한 측면에 전념하고 있다. 시선 집중이 강렬한 클로즈업 같은 효과이다. 시인이 나무에 감정을 이입하는 과정도 대상에 몰입하면서 이루어지고 있기 때문에 놀라운 효과를 창출한다. 한 대상을 꾸준히 오랫동안 바라보면 스스로 그 대상과 동일시하고 싶어진다. 이러한 경험에는 항상 조용하고 정적인 어떤 것이 있는데 이것이 바로 포조 영물시에서 보이는 묘사 방식의 특징이다.[19)

이와 같이 하나의 대상에 모든 공력을 기울이는 방식은 전혀 새

[19)다른 영물시는 『포참군집』, pp.392-397, p.409, p.411 볼 것.

로운 것은 아니며 '영물부(詠物賦)'에서 이미 개발되어왔다.[20] 한대 이후로 영물부는 대부와 함께 나란히 발전해 왔는데 전자가 개별 대상에 초점을 둔 반면에 후자는 대규모의 산수에 관심을 가져왔다. 포조는 영물부를 선호하였는데 이러한 사실은 그의 전해지는 작품 가운데 영물부는 많지만 대부는 한 편도 없다는 사실만 보아도 쉽게 알 수 있다. 여기에서 바로 포조와 사령운이 서로 상이한 묘사방식을 가지고 있다는 것을 잘 알 수 있다. 사조와 포조 두 시인은 각각 대부와 영물부의 특징을 파악한 뒤 자기 취향에 맞는 독특한 시체로 발전시킨 것이다. 두 가지 경우 모두 시에서의 핍진성은 묘사적인 부의 미적 원리에 기초한다.

상술한 바와 같이 포조의 혁신성은 다양성의 추구이다. 포조는 당시 문단의 주류를 이루었던 묘사방식에 영향 받아서 시각적인 이미지를 추구하였다. 하지만 타고난 개성과 활력의 소유자였던 포조가 자연 대상을 단순히 묘사하는 선행자들에게 만족하지 못했음은 당연한 일이다. 그러나 대상에 전념하는 묘사적 열정과 상호관계 속에서 삶을 파악하는 힘은 다른 것이 아니며 모두 포조의 시에서 인간세계를 창조하는 원동력이다. 결론을 내리자면, 영물시의 기교는 포조가 인간을 미적으로 파악하는 바탕이 되었고 대상의 정밀 묘사는 이제 여성의 아름다움에 관한 감각적인 묘사로 발전하게 된다.

2. 묘사와 서사

포조의 다음 시는 두 명의 미인을 만나는 이야기이다.

---

[20] 예를 들어 『문선』, 권13, 권14, 제1권, pp.270-290 볼 것.

北風十二月　　雪下如亂巾
實是愁苦節　　惆悵憶情親
會得兩少妾　　同是洛陽人
嬋緣好眉目　　閑麗美腰身
凝膚皎若雪　　明淨色如神
驕愛生盼矚　　聲媚起朱唇
衿服雜緹繢　　首飾亂瓊珍
調弦俱起舞　　爲我唱梁塵
人生貴得意　　懷願待君申
幸值嚴冬暮　　幽夜方未晨
齊衾久兩設　　角枕已雙陳
願君早休息　　留歌待三春

북풍이 몰아치는 12월
찢어진 수건처럼 눈이 쏟아지네.
실로 근심 가득한 겨울철
정든 님 보고픈 맘 달랠 길 없어.　　　　　　　　　4
우연히 만난 두 명의 젊은 아가씨.
모두 (나와 같은) 낙양 출신이라 하네.
비단 같이 화사한 눈과 눈썹
매끈하게 빠진 허리선.　　　　　　　　　8
피부는 눈 같이 보얗고
선녀 같이 밝고 깨끗한 모습이네
그윽한 눈빛에서 매혹적인 사랑이 일어나고
붉은 입술에서 유혹의 목소리가 흘러.　　　　　　　　　12
화려한 색상의 비단 치마와 저고리
머리는 진귀한 보석으로 장식했네.
현악기를 연주하며 함께 춤추며

나를 위하여 아름다운 노래(梁塵)를 부르네.   16
"인생살이는 자신의 뜻을 이루는 것
그대의 뜻이 펼쳐지기 바라고 또 바랍니다.
다행히 엄동설한 저녁
깊은 밤중이고 새벽은 멀었습니다.   20
예쁜 수 두 점을 놓은 이불을 가지런히 하고
베개 두 개를 짝으로 놓았습니다.
원컨대 일찍 이부자리에 누우십시오.
노래는 봄을 기다리며 남겨놓겠습니다."   24

North wind in the twelfth month,

Snow falls like a scattering kerchiefs.

This is truly a miserable season,

In heavy spirits I think of my loved ones.

By chance I met two young women,

Like me, they are both from Luoyang.

Beautiful and pleasing, they have good-looking eyes and brows,

Graceful and refined, their waistlines are delicate.

Their fine complexions are as white as snow,

Bright and radiant, they appear like goddesses.

From their long glances emerge enticing looks,

From their red lips comes a seductive voice.

Their lapels and garments are rich in colorful designs,

Their jewelry replete with precious stones.

Striking a chord, they both began to dance.

And sing for me songs to shake the rafters:

"What's important in life is to realize our goals,

Our long cherished hope will be achieved through you.

Luckily in this severe winter evening,
The night is deep, it is not yet dawn.
We have already put out two colorful quilts on the bed,
With two decorated pillows side by side.
We hope you rest early,
We will save our song for the spring."
『포참군집』, p.410, <옛 것을 배우다(學古)>

이 시는 인생이라는 농염한 무대에서 한 개인이 경험하는 낭만적인 만남과 기쁨을 보여준다. 화려한 이미지들이 이야기 속에서 흘러나오면서 자연스럽게 감각적인 풍격을 만들어 내는 점이 독특하다. 이러한 낭만과 모험의 요소는 자신의 영물시와 상당히 다르다. 하지만 좀 더 자세히 살펴보면 이 시의 묘사 방식은 대상을 정밀하게 묘사한 포조의 영물시와 다르지 않다는 것을 알 수 있다. 단지 대상의 성격과 묘사의 배경이 다를 뿐이다. 시인은 미인의 눈썹(眉目, 7행), 허리(腰身, 8행), 붉은 입술(朱脣, 12행)과 매혹적인 목소리(聲媚, 12행), 우아한 복장(袨服, 13행), 각종 보석(瓊珍, 14행) 등에 초점을 맞추고 있다. 포조의 특유의 감각적인 접근이 새로운 묘사적 사실주의를 열어준 것은 그렇게 놀라운 일은 아니다. 포조는 자연적 사실주의(natural realism)와 화려한 감각주의(ornate sensualism)가 결합된 문체를 시도하였다. 처음부터 포조는 순수한 풍경 묘사보다 대상과 혼합된 경치를 선호하였다. 『시품』에서 종영이 지적한 것처럼 포조는 본래 장협에서 시작된 풍경 묘사와 장화의 우아하고 감각적 문체를 결합하고 싶어했다.

포조가 문학에 끼친 영향력은 묘사 영역 뿐이 아니었다. 인용시에서 알 수 있듯이, 서사 구조 역시 포조의 묘사 만큼 상당히 독특하다. 이야기는 간단한 편인데 현실 세계에서 일어난 특정 사건의 내적 행동과 외적 행동을 다루고 있다. 추위에 떨고 향수병에 시달리는 나그네가 잠시 감각적인 즐거움을 찾을 요량으로 쉴 곳을 찾았는데 거기에는 마침 동향 출신의 두 명의 매력적이고 교양있는 아가씨들이 기다리고 있었다. 포조의 대다수 시가 그러하듯이 이 시는 놀라운 시각성과 청각성을 연출하고 있다. 시간적인 예술인 음악이 매 순간들의 고유한 가치를 일깨워 주고 서사 흐름을 효율적으로 강화시켜준다. 한 남자와 한 여자가 각각 자기 삶의 한 지점에서 우연한 만남을 갖고 하루가 지나면 다시 자신들의 삶으로 돌아간다. 이들의 짧은 만남은 여인들의 농염한 음악으로 더욱 가슴 저리게 다가온다.

그렇지만 이들의 만남은 육체적인 유혹이라기보다 정신적인 교제로 보아야 한다. 포조의 시에서 등장하는 여성들은 이전 시들보다 생동감이 넘치고 의사 표현에 능숙하다. 포조는 기본적으로 여성의 능력에 대한 신뢰감이 있으며 여성을 구체적인 한 사람으로서 이해하는 것 같다. 결과적으로 포조는 이전 시들이 표현하지 못한 여성의 이미지를 만들어 내었다. 이제 여자는 남자를 이해하는 이상적인 친구(知音)으로 다가온다.21)

포조의 시에서 지음으로 등장하는 여인은 거의 언제나 서정적인 노래로 내적 감정을 표현하는 음악가들이다. 포조의 시를 읽다보면 음악이 시의 분위기를 지배하고 있다는 사실에 놀라게 된다. 하지만 연주하는 음악의 가치는 음악 자체보다 감수성이 풍부하며 멋을 알

---

21)물론 도잠의 <한정부>에 등장하는 여인이 이러한 이미지와 비슷하다고 할 수 있다. 하지만 도잠은 <한정부> 외에 다른 작품에서 별다른 진전이 없는 반면 포조의 시에서 여인은 지음의 이미지가 두드러진다.

고 이해심 깊은 여성연주가의 본심에 있다. 음악으로 표현하는 문화
적 정화와 부드러운 감정이 깔려있기 때문이다. 음악가 내면의 감정
을 파고들수록 아름다운 선율이 더욱 잘 이해된다. 바꾸어 말해서
포조의 진정한 음악은 소리 너머에 있다. 이러한 포조 생각은 다음
시에서 잘 알 수 있다.

冬夜沉沉夜坐吟　　含聲未發已知心
霜入幕　　　　　　風度林
朱燈滅　　　　　　朱顔尋
體君歌　　　　　　逐君音
不貴聲　　　　　　貴意深

겨울 밤, 깊고 깊은 밤 앉아서 읊조리네
소리는 나오지 않았지만 이미 당신의 마음을 이해해.
서리가 장막 안으로 들어오고
바람이 숲에서 웅웅거려.　　　　　　　　　　　　　　　　　4
붉은 등 꺼지면
당신의 붉은 얼굴 더듬어.
당신의 노래를 몸으로 느끼며
당신의 목소리를 따라가네.　　　　　　　　　　　　　　　　8
중요한 것은 소리가 아니라
깊은 뜻.

The winter night is deep; deep in the night you sit and chant,
Before you begin to sing, I already know your feeling.
Frost entering the curtain,
The wind blowing round the trees.

The rosy lamp is extinguished,
Your rosy face I seek,
I understand your song,
I follow your voice,
Not valuing the sound,
But valuing its deep meaning.
『포참군집』, p.252, <밤을 앉아 읊조리다(代夜坐吟)>

여성을 지음으로 보는 생각은 이별, 특히 아내와의 오랜 이별을 소재로 삼은 작품에서 독창적으로 표현되어 있다. 앞서 언급한 것처럼 포조는 오랜 기간 공무 특히 군역으로 집에서 떨어져 있었다. 포조가 살던 시절 징집은 수시로 일어났으며 오랜 이별과 죽음은 포조가 각오해야 하는 현실이었다. 상당수를 차지하는 포조의 사회시는 이러한 경험을 바탕으로 서민들에게 인간적으로 다가갈 수 있었고 대중들의 폭넓은 호응을 받게 되었다. 그래서 오늘날까지도 포조는 중국에서 '인민의 시인'으로 불린다.22)

문학사적으로 볼 때 포조가 전대 시인들과 달랐던 이유는 단지 '사회적 사실주의(Social Realism)' 때문은 아니다 무자비한 징집 때문에 발생하는 이별의 테마는 『시경』까지 올라가며 변경에 있는 남편을 그리워하는 내용은 동한 시대부터 내려온 악부의 오랜 전통이었다. 필자의 생각으로 포조의 혁신성은 기존의 규방 여인의 한탄이 남성의 시점으로 전이되고 있다는 점이다. 이제 가족에 대한 강한 그리움을 보여주는 것은 아내가 아니라 남편 자신이다. 여기서 다시 한번

---

22) J.D. Frodsham and Ch'eng Hsi, trans., *An anthology of Chinese Verses: Han Wei Chin and the Northern and Southern Dynasties*(Oxford: Clarendon Press, 1967), p.142.

남성 주인공이 묘사한 여성 이미지가 우리의 관심을 끈다. 진정으로 여성을 이해한 시인만이 다음과 같은 시를 쓸 수 있을 것이다.

衒淚出郭門　　撫劍無人逢
沙風暗空起　　離心眷鄕畿
夜分就孤枕　　夢想暫言歸
孀婦當戶歎　　繰絲復鳴機
慊款論久別　　相將還綺闈
歷歷簷下涼　　朧朧帳裡暉
刈蘭爭芬芳　　採菊競葳蕤
開奩奪香蘇　　探袖解纓微
夢中長路近　　覺後大江違
驚起空歎息　　恍惚神魄飛
白水漫浩浩　　高山壯巍巍
波瀾異往復　　風霜改榮衰
此土非吾土　　慷慨當告誰

눈물을 머금고 외성을 나서
칼을 만지며 빈 길을 따라가네.
모래 폭풍이 어둠 속에서 일어나니
집 떠난 마음이 고향 땅을 그리워하네.　　　　　　　　4
밤에 베개 하나 끌어안고 자다가
꿈 속에서 잠깐 집으로 돌아가게 되었지.
(졸지에) 청상과부가 된 아내, 집에서 탄식하며
명주실을 뽑는데 물레가 따라 우네.　　　　　　　　8
애정을 확인하고 긴 이별을 얘기하면서
함께 비단으로 수놓은 침실에 들어가네.
차가운 처마 아래 공기

장막 사이로 들어오는 몽롱한 달빛.   12
난초를 따 아내의 향기와 다투게 하고
국화를 꺾어 아내의 미모와 견주어 보네.
화장품 상자를 여는 순간 향초보다 진한 향이 흐르고
소매를 잡아당기며 허리띠를 풀었지.   16
꿈속에서는 먼 길이 가깝게만 보였는데
깨어나 보니 큰 강이 가로막고 있네.
놀라 일어나니 하릴없이 긴 한숨이 나오고
황홀했던 정신이 산산이 흩어져.   20
하얀 강이 끝없이 펼쳐지고
높은 산은 하늘에 우뚝.
파도는 또 다시 밀려왔다 사라지고
바람과 서리 속에서 영화는 쇠락하고 말지.   24
여기는 남의 땅
북받쳐 오르는 원통함을 누구에게 털어놓겠는가?

With streaming tears I leave the outer city gate,
Holding my sword, I set out on the empty road.
The desert wind arises out of the dark sky,
My nostalgic heart longs for my home town.
At midnight, I sleep on a solitary pillow,
I dream that for a moment I have returned home:
My widowed wife sighs at the door,
She draws silk from cocoons, or else clacks her loom.
Joyfully reunited we speak of the long separation,
Together we return to the beautiful bedchamber.
Chilly, the cold air beneath the eaves;
Hazy, the moon beams through the curtains.

Cut orchids vie with her for fragrance,

Picked chrysanthemums compete with her beauty.

She opens her toilet case, more fragrant than sweet-smelling herbs;

I tug at her sleeve, and untie her tasselled belt.

In my dream the road far away was near,

After awakening the great river blocks my way.

Startled, I get up and sigh in vain,

In confusion, my spirits flies away.

The white water is vast and boundless,

The high mountains are lofty and majestic.

Billows ebb and flow, forever changing,

Wind and frost turns the flourishing to decay.

This land is not my land;

My heart is full: to whom, now, do I tell it?

『포참군집』, p.384, <꿈에서 고향으로 돌아가다(夢歸鄕)>

이 시에서 가장 가혹한 현실은 변경에서 수자리 서는 군인과 두고 온 아내와의 대화가 꿈속에서 이루어지고 있다는 점이다. 꿈속에서 밖에 아내를 찾을 수 없는 주인공의 상황은 무기력한 현실을 여실하게 보여준다. 여기서 주목할 점은 시인의 사회정의 의지가 직접적인 비판이 아니라 아내와 상봉하는 감동적인 꿈 이야기로 표현되고 있다는 점이다. 더욱 중요한 점은 꿈의 서술이 아내의 행동을 부각시키는 정밀 묘사 속에서 이루어진다는 것이다(8-16행). 심지어 화자는 부부간의 애정을 보여주는 침실 장면까지 거침없이 보여준다 (15-16행). 포조의 시각적 상상은 작품 속 이야기에 구체적이고 이미지즘(imagism)적인 매력을 던져준다.

대화와 직접인용은 이야기를 서술하는 중심이며 매순간 극적 긴

장감을 유지시켜 준다. 이와 관련된 적절한 예로 포조의 유명한 악부 한 편을 읽어보자.

春禽啮啮旦暮鳴　　最傷君子憂思情
我初辭家從軍僑　　榮志溢氣干雲霄
流浪漸冉經三齡　　忽有白髮素髭生
今暮臨水拔已盡　　明日對鏡復已盈
但恐羈死爲鬼客　　客思寄滅生空精
每懷舊鄉野　　　　念我舊人多悲聲
忽見過客問向我　　寧知我家在南城
答云我曾居君鄉　　知君遊宦在此城
我行離邑已萬里　　今方羈役去遠征
來時聞君婦　　　　閨中孀居獨宿有貞名
亦云朝悲泣閒房　　又聞暮思淚霑裳
形容憔悴非昔悅　　蓬鬢衰顔不復妝
見此令人有餘悲　　當願君懷不暫忘

봄날 아침저녁으로 지저귀는 새들
군자의 심란한 마음에 상처를 주는구나.
처음 집 떠나 종군할 때만 해도
공명욕과 기운이 하늘을 찔렀지만　　　　　　　　4
유랑하면서 삼년을 갉아먹으니
어느새 머리카락과 수염이 희끗희끗.
오늘 저녁 물가에서 모조리 뽑아버려도
내일 아침 거울을 보면 다시 생겨나 있겠지.　　　　8
이역 땅에서 객사해 떠돌이 귀신이 될까 두려워
나그네 마음은 사라져 정기만 허공에 떠돌겠지.
매번 고향땅을 생각할 때마다

옛 친구들이 떠올라 탄식이 쏟아지네.   12
지나가던 사람이 갑자기 내 연고를 묻기에
"내 집이 남성(南城)에 있는 줄 어찌 아는가?" 물어보니
"한때 그대의 마을에 있었소."하고 답하네.
"그대가 여기서 벼슬산다는 말을 듣고   16
마을을 떠나 만리를 걸어왔고
지금도 부역에 매여 먼 길을 가는 중이지.
출발할 때 들기로, 그대의 부인이
규방에서 독수공방해서 정절로 소문났으며,   20
어떤 이는 아침저녁으로 규방에서 슬피 운다고 하며
또 어떤 이는 저물녘 애타는 마음으로 눈물이 치마를 적신다 하네.
모습은 초췌하여 예전에 웃던 모습이 아니며
헝클어진 머리와 여윈 얼굴이지만 화장은 다시 안한다네.   24
그대의 부인을 보면 누구라도 슬픔에 쌓이니
마땅히 그대는 한시도 잊어서는 안 되네."

Spring birds are chirping days and nights,
They most afflict a worthy's troubled thoughts.
When I first left home to join the army,
My glorious ambition, my zealous spirits, reached as high as the
clouds.
Three years have drifted by slowly since we wandered from place
to place,
Suddenly I found my hair and beard turning white.
In the evening by the riverside I had plucked out all the white hair,
But the next day in the mirror, I saw it think again.
I feared I would die on the road and be a wandering ghost,
My mind disappearing into Nothingness, reduced to Essence in the

Great Void.23)

Whenever I thought of my homeland,

I groaned with dismay as I remembered my old acquaintances.

Suddenly there came a passing stranger, asking me who I was.

"Can it be that you know my family back in Southern Town?"

He answered: "I once lived in your town,

And knew you were serving in office here.

I have traveled thousands of miles from that city,

And still I am on the road to distant assignments.

Before I set out I heard that your wife

Lived alone in her chamber like a widow, her chastity well-known.

Some said she wept bitterly in her quiet room in the morning,

Others told how she grew mournful at night, her tears soaking her
robes.

Her face was haggard, unlike her former cheerfulness,

With her hair disheveled, her face grown thin, she never again
adorned herself.

Looking at her makes one sad,

I hope you will never forget her."

『포참군집』, p.239

11행에서 갑자기 7언에서 5언으로 바뀌면서 화접은 독백에서 대화
로 전이된다.24) 작품은 서정적 표현으로 시작하다가 화자와 제삼자

---

23)『도덕경』 21장: "도라는 것은 어렴풋하고 불분명하다. 분명하지 않고 어둑어
둑하며 그 속에 상(象)이 있다. 어렴풋하고 불분명하며 그 속에 사물(物)이 있다.
그윽하고 어두우며 그 속에 정(情)이 있다. … 道之爲物, 惟恍惟惚. 惚兮恍兮, 其中
有象, 恍兮惚兮, 其中有物. 窈兮冥兮, 其中有精. …"

24)이 점 때문에 이 시가 본래 각기 다른 두 수였다고 보는 학자들도 있다. 종치
(鐘祺), 『中古詩歌論叢』(홍콩: 上海圖書公司, 1965), pp.97-99 볼 것.

사이에 벌어지는 대화놀이로 전개된다. 이러한 극적 전환은 오랜 이
별 속에서 절망감에 빠져있는 외로운 군인을 보여주는 동시에 똑같
은 사회적 모순으로 집에서 괴로워하고 있는 부인을 알려준다는 점
에서 중요하다.

　시점의 변화는 한대 악부에서 자주 사용되던 익숙한 기법이다.[25]
그러나 포조의 시에서 더욱 중요한 것은 처음부터 시인 내면의 깊
은 감정을 보여주는 서정적인 목소리가 나온다는 점이다. 시점의 변
화 같은 극적인 요소들은 불행한 개인이 궁극적으로 시대의 산물임
을 강조하지만 자아와 세계를 통일시켜주는 것은 서정적 중심이다.
서정적 자아는 모든 인간 군상들을 경험한 인생의 중년기에서 말하
는 것 같다. 좀 더 정확히 말하면 포조는 서사적 요소, 묘사적 요소,
혹은 강렬한 극적 요소를 서정적으로 융합시켰다고 보아야 한다. 또
이러한 성취는 다양한 인간군상의 깊은 자각에서 나오고 있다는 점
도 잊어서는 안 된다.

3. 서정적 자아와 세계

포조의 시는 외부 세계와 개인의 세계를 연결해 준다. 포조는 자기
경험을 시에 반영하는 동시에 다양한 삶의 현상들 속에서 자신을
객관화시키는 데에 탁월했다. 포조는 항상 자아와 세계의 관계에 대
해서 질문을 던졌다. 자기 반성적(self-reflecting)인 개인이 외부 세계
에서 어떻게 행동해야 하는가? 아무런 의심 없이 자신의 운명을 받

---

[25]Hans Frankel, "Six Dynasties *Yüeh-fu* and Their Singers", *Journal of the Chinese Language Teachers Association,* 13 (1978), pp.192-195 볼 것.

아들여야 하는가, 아니면 사회 부조리에 맞서야 하는가? 이러한 질
문들에 대해서 포조는 만족스러운 대답을 갖고 있는 것 같지는 않
다. 하지만 적어도 포조는 독자들과 공유하고 싶은 자기만의 경험과
교훈이 있다고 자신한다. 흥미롭게도 포조는 가슴 속에 담아둔 내용
을 이야기뿐만 아니라 노래로도 전하고 싶어 한다. 그래서 <의행로
난(擬行路難)>, 제1수는 열정적인 노래로 시작한다.

…

願君裁悲且減思　　　聽我抵節行路吟
不見柏梁銅雀上　　　寧聞古時淸吹音

…

원컨대 그대는 슬픔을 멈추고 고민을 거둘지니
내 ‘나그네 길’이라는 절절한 노래를 들어보소.
그대는 박량탑과 동작탑을 보지 못하였소?
어떻게 지금 그 옛날 청아한 피리 소리를 들을 수 있겠소?

…

I wish you would stop grieving and brood no more,
And listen to my songs of "the Hardships of Travel".
Have you not seen the Cypress Beam Tower and the Bronze Bird
Tower?[26]
Where can you find the pure music of these ancient flutes now?
『포참군집』, p.224

---

[26] 장안의 박량탑은 108년 한 무제 때 지어졌다. 당시 황제와 관료들이 박량대
에 모여서 시를 지으면서 만들어진 박량체 때문에 유명해 졌다. 동작탑에 대해서
는 이 책, 4장 4절을 볼 것.

작품은 악부 형식을 사용하여 효과를 극대화하고 있다. 악부는 본래 음악의 가사(歌詞)였으며 여기에 악보가 딸려있다. 고대 이래로 음악은 서정시와 유사하게 생각되었다. 음악의 서정성은 그 음조를 아는 (知音) 청자에게 '감동을 주는' 힘에서 나온다. 마찬가지로 포조에게 악부는 자기를 알아주는 청중에게 자신의 내적 감정을 전달하는 가장 효과적인 가창 형식이다.27)

당시 음악이 일실되었기 때문에 포조 악부의 음악적 측면은 더 이상 다룰 수 없지만 적어도 포조가 선택한 악부가 상당히 독창적인 장르라는 것을 알 수 있다. 시의 기준으로 보더라도 악부체는 어법이나 문법이 완전히 구어적이다. 특히 악부는 내적 감정을 자유롭게 표현하기 때문에 길이가 불규칙한 행들이 자주 사용된다. 이러한 이유 때문에 포조의 악부시에서 서정성은 상당히 직설적이다. 몇몇 전통적인 비평가들이 지적했듯이 두보가 포조를 칭찬한 이유가 여기에 있는 것 같다.28)

이제 포조의 시체에 보이는 재미있는 현상을 주목해 보자. 포조의 산수시는 기본적으로 사령운의 묘사 전통을 따라가는 반면에, 그의 악부시는 오히려 도잠의 강렬한 서정성을 표출시킨다. 앞서 언급한 형사는 당시에 매우 유행하였기 때문에 포조가 묘사의 전문가인 사령운을 따라간 것은 이상한 일이 아니다. 그렇지만 도잠은 문학의 전범은 커녕 문단에서 오랫동안 외면 받아 왔다.29) 그렇다면 포조는

---

27) 우리가 아는 한 완적, 좌사, 곽박, 도잠은 악부를 짓지 않았으며 혜강, 육기, 사령운은 악부를 지었지만 시보다 수준이 많이 떨어졌다. 이들과 달리 포조는 악부에 가장 능통하였다. 이 주제에 대한 세부적인 논의는 리즈팡(李直方), 『謝宣城詩注』와 합본된 『謝朓詩研究』(홍콩: 萬有圖書公司, 1968년), pp.4-5 볼 것.

28) 두보, <봄날 이백을 생각하다(春日懷李白)> "포조 같이 뛰어나고 표일하네. 俊逸鮑參軍" 여기에 대한 후대 비평가들의 견해는 『포참군집』, p.281 볼 것.

어떤 의미에서 도잠의 기법을 본받으려고 하였는가? 그리고 포조와 도잠은 어떤 관계인가?

현존 자료로 볼 때 포조는 도잠을 처음으로 존경한 시인이다. 452년 포조가 38세가 되었을 때 <학도팽택체(學陶彭澤体)>라는 시를 쓰면서 도잠의 위대한 문학성을 존경하는 마음을 그대로 드러내었다(『포참군집』, p.362). 포조가 조식, 완적, 육기 등 유명한 시인들을 모방한 경력을 생각해 볼 때(『포참군집』, p.172, p.361, p.165) <학도팽택체>는 엄청난 사건은 아니었지만 적어도 대단한 일임에는 틀림없다. 얼마뒤 젊은 강엄(江淹, 444-505)이 포조를 이어서 도잠에 관한 시를 썼다(『전한삼국진남북조시』, 제2권, p.1047). 문학사적으로 볼 때 당시 도잠의 문학을 처음으로 공감하며 기존의 도잠 평가를 수정한 포조의 역할은 상당히 중요하다.

포조의 악부에는 자연스러운 구문, 구어의 의도적인 사용, 빈번한 수사적 질문과 대화법 등 도잠 시에 나타나는 많은 특징들이 발견된다. 1장에서 이미 설명한 것처럼, 5세기 문단에서 이러한 요소들은 시적이지 않다는 이유로 경시되었다. 확실히 대상을 상상적으로 묘사할 때, 포조는 고도의 감각적 차원을 보여 주었으며 이것은 도잠이 소박한 심상와 상반되는 것 같다. 하지만 수사적인 면에서 볼 때, 포조는 분명히 당시 유행보다 도잠의 시체를 선호했다. 사상적인 면에서 보아도 많은 포조의 작품들이 도잠의 독특한 철학과 사유방식을 따라갔다. 이제 도잠과 포조의 작품을 함께 읽고 비교해 보자.

[29)] 현존하는 사령운 작품에서 도잠이 한번도 언급되지 않는 점은 흥미로운 사실이다.

天地長不沒　　山川無改時
草木得常理　　霜露榮悴之
謂人最靈智　　獨復不如玆

하늘과 땅은 사라지지 않고
산과 강은 바뀌는 법이 없지.
초목은 일정한 이치에 따라서 성장하고
서리와 이슬은 이를 북돋아주고 시들게 하네.
사람이 영묘하고 지혜롭다고들 하지만
홀로 이와 같지 않네.

Heaven and earth last without end,
Mountains and rivers never change.
Grass and trees keep the natural rhythm—
Frost and dew make them flourish or wither.
I say man is the most sentient and wisest of all,
Yet he alone is not like this.
『도연명집』, p.35, <형체가 그림자에 주는 말(形贈影)>

君不見河邊草
冬時枯死春滿道
君不見城上日
今暝沒盡去
明朝復更出
今我何時當得然
一去永滅入黃泉

그대는 보지 못하였는가? 강가의 풀들은
겨울에 말라죽지만 봄이면 길가에 가득하지.

그대는 보지 못하였는가? 성위로 떠오르는 태양은
오늘 밤에 사라져도
내일 아침이면 다시 떠오르지.
지금의 나는 언제쯤 그럴 수 있으려나?
한번 떠나가면 영원히 황천행이지.

Have you not seen the grass by the riverside?
In winer it withered and died; in spring it filled the roads.
Have you not seen the sun above the city wall?
At night it retreats, and vanishes from sight,
Yet, next morning, it comes out again.
How can I ever be like them?
Once I die, I shall descend to the Yellow Springs forever.
『포참군집』, p.230

두 시 모두 끊임없는 자연의 생성과 유한한 인간을 선명하게 대조
하면서 죽음의 문제, 즉 피할 수 없는 인생의 종말을 어떻게 받아들
여야 할지 고민하고 있다. 도잠은 <의만가사>에서 "갑자기 무덤 입
구가 닫혀 버리니 천년 동안 다시는 햇빛을 보지 못하겠기(幽室 己
閉, 千年不復朝)"라고 하였는데 포조도 똑같은 감정을 자기의 악부
에서 표출한다.

一去無還期
千秋萬歲無音詞

한 번 가면 돌아오지 못한다네
천년만년 무소식이지.

Once gone, we can never return,

A thousand autumns, ten thousand years, there will be no word
from us.

『포참군집』, p.237

죽음에서 벗어날 수 없다는 두려움은 이미 3세기 만가(輓歌) 문학에
서 심심찮게 나타난다.[30] 도잠과 포조는 이렇게 오래전부터 익숙한
소재를 5세기에 부활시켜 새로운 의미를 부여하고자 하였다. 포조
는 이 주제를 다룰 때 특히 도잠의 영향을 많이 받았다. 예를 들어
죽음의 문제에 대해서 포조는 "괴롭고 짧은 인생, 술 마시는 것 외
에 무슨 할 일이 있겠는가?(人生苦短, 不飮何爲)"와 같은 도잠의 방
식을 제안한다. 포조의 <의행로난>은 이러한 충고로 결론을 맺고
있다.

對酒叙長篇　　　　窮途運命委皇天
但願樽中九醞滿　　莫惜牀頭百個錢 …

술을 앞에 두고 장편시를 지으며
궁핍하게 걸어온 운명을 하늘에 맡기지.
술잔에 아홉 번 빚은 술을 채울 뿐
침상 앞 돈더미를 아까워하지 말게. …

With wine before us, we compose long verses,

Leave our miserable lot with heaven.

---

[30] 이 주제 대하여 Susan Cherniack, "The Eulegy for Emperor Wen, and Its
Generic and Biographical Contexts"(미발간 원고, 1984) 볼 것.

Let us fill our goblets with the best brews,
And not grudge the hundred cash lying at the beds. ⋯
『포참군집』, p.243

　도잠과 다른 사회관으로 볼 때 포조는 도잠의 영향력에서 완전히 벗어났음을 알 수 있다. 도잠이 자연과 조화를 이루면서 자아실현을 지향했다면 포조의 관심사는 사회였다. 도잠이 주로 독백이었다면 포조는 자신의 동료들, 특히 사회에서 인정받지 못하는 친구들에게 말을 건네고 노래를 들려주었다. 이러한 직설적인 수사로 포조의 문학은 이전에 볼 수 없었던 독특한 서정성을 갖게 된다. 포조는 독자들에게 자신의 감정을 전부 토로하고 싶지만 감히 그럴 수 없다고 했는데, 여기에는 표현의 자유를 제한한 당시 사회에 대한 불만이 은연 중에 나타난다.

　　心非木石豈無感　　　　吞聲躑躅不敢言

마음이 목석이 아닐진대 어찌 감정이 없겠는가?
소리를 삼키고 주저하며 감히 말을 꺼내지 못하겠네,

My heart is not made of wood or stone—how can I have no feeling?
Yet I repress my anger, hesitate, and dare not speak.
『포참군집』, p.229

　포조의 신세타령에 사회 비판이 숨겨져 있는 것은 놀라운 일이 아니다. <의행로난>이라는 포조의 유명한 악부시는 험난한 삶을 은유한다. 옛날 악곡에서 제목을 빌려온 <의행로난>은 총 18수인데 한결같이 불행한 삶의 모습을 노래한다. 시인에 따르면, 인생에서 가장 견디기 힘든 것은 이별과 가난인데 대부분 사회 부조리에서 비롯되었다. 군인들은 아무런 보상 없이 변경에서 모든 위험에 맞서야 하고 정숙한 부인들은 본의 아니게 버림받고 가난한 사람들은 출세할 가능성이 없다. 포조는 신분에 따라서 개인의 장래가 결정되는 육조 시대의 병폐를 잘 알고 있었지만 어찌할 도리가 없었다. 그래서 포조는 대놓고 항의하지 못하였다. 다음 시에는 시인과 좌절한 관리의 목소리가 합쳐져 있다.

對案不能食　　　拔劍擊柱長嘆息
丈夫生世會幾時　　安能蹀躞垂羽翼
棄置罷官去　　　還家自休息 …

탁자에 앉아보지만 음식은 넘어가지 않고.
검을 뽑아 기둥을 내리치니 긴 한숨만 푹푹.
사내대장부로 태어나 얼마나 사는가?
무엇 때문에 날개를 접고 비틀거려야 하는가?
이제 연연하지 않고 관직을 박차고 나가
집으로 돌아가 마음껏 쉬리라. …

Facing the table, I cannot eat,
I draw my sword, strike the pillar, and heave a long sigh.
How long can a man live?
How can I allow myself to stumble about with folded wings?
Let me give up all this, leave my post and go,
Back to my family to take my rest. …
『포참군집』, p.231

포조는 송 왕조나 당시 사회를 거리낌 없이 말할 수 없었다. 위진 시대 이래로 혜강(嵇康), 장화(張華), 반악(潘岳), 곽박(郭璞), 사령운 등과 같은 거물 시인들이 직접적인 사회비판으로 목숨을 잃었던 사례들을 너무 잘 알고 있었기 때문이다. 그러나 개인의 고생을 운명의 탓으로 돌리는 것은 무방했으며 이러한 최종적인 성찰 속에서 마침내 환멸감이 느껴지면서도 반어적인 어조가 생겨난다.

人生自有命　　　安能行嘆復坐愁

인생은 본래 명이 있는 법
무슨 이유로 가면서 탄식하고 또 앉아서 근심하는가?

Our life is guided by Fate,
Why should we sigh as we walk, grieve as we sit?
『포참군집』, p.229

諸君莫嘆貧　　　富貴不由人

세상 사람들아, 가난을 한탄하지 말게.
부귀는 사람 일로 되는게 아니라네.

Gentlemen, do not sigh over your poverty,
Wealth and high position are not man's to decide.
『포참군집』, p.243

　때로는 함축적이고 때로는 직설적인 포조의 사회비판은 도잠의 선구자로 평가받는 서진의 좌사를 연상시킨다.31) 좌사 역시 포조

처럼 한미한 집안 출신이며 사회 부조리에 대해서 쓴소리를 자주
하였다. 한나라 때부터 능력보다 가문의 명망이 개인의 성공을 결
정하는 사회가 되었는데, 좌사는 <영사시(詠史詩)>중 한 수에서 은
유적인 기법으로 이러한 신분 위주의 사회를 공개적으로 비판하
였다.

鬱鬱澗底松　　離離山上苗

以彼徑寸莖　　蔭此百尺條

世胄躡高位　　英俊沈下僚

地勢使之然　　由來非一朝

金張藉舊業　　七葉珥漢貂

馮公豈不偉　　白首不見召

계곡 밑에는 울창한 소나무
내려다보는 산꼭대기 어린 나무.
저 한뼘짜리 묘목
백척이나 되는 이 소나무 가지에 그림자를 드리우네.　　4
세족의 후손이 높은 자리에 오르니
영웅과 인재는 밑에서 부하가 될 수 밖에.
지세(地勢)가 이렇게 만들어 놓았으니
하루아침의 일이 아니지.　　8
금씨와 장씨가 옛 업적을 믿고서
한나라 고관대작을 칠대에 걸쳐 해먹었네.
풍당(馮唐)이 어찌 위대하지 않으리오마는
흰 머리가 나도록 불러주질 않네.　　12

---

31)『시품』, p.41. 종영은 도잠의 서정적 힘(lyrical forcefulness, 風力)이 좌사에
서 나왔다고 지적한다.

Lush and green, the pine trees at the valley's depths,

Drooping down, the small sprouts atop the mountain.

Though their stalks are only one inch thick,

They overshadow the hundred-foot pines.

Sons of prominent families mince their way to the top,

While brilliant men sink to lowly offices.

The terrain of the earth brings this about,

It is not the work of one day.

The Jin's and Zhang's rely on their ancient heritage,

For seven generations they wore the official sable of the Han.

Master Feng, was he not great?

Though his hair had turned white, he was still not summoned.[32]

『전한삼국진남북조시』, 제1권 p.385, <영사시(詠史詩)>

포조가 좌사의 이 시를 알고 있었는지 지금으로선 알 도리가 없다. 중요한 점은 포조 본인 스스로 한미한 집안에서 출세하는 것이 얼마나 힘든지 잘 알고 있었던 좌사에 비유하였다는 것이다. 이것은 송 효무제(孝武帝)가 포조에게 친여동생 포령휘(鮑令暉)에 대해서 물었을 때 재미있게 답변한 내용에서 잘 나타난다. 포조의 답변에서 보이는 좌사에 대한 친밀감은 무의식적일 수도 있지만 어느 정도 의식적으로 보인다.

臣妹才自亞於左芬, 臣才不及太沖爾.

여동생의 재주는 당연히 좌분(左芬)보다 뛰어나지 않으며 신의 능력은 좌사에 미치지 못합니다.

---

[32] 풍당은 한 문제에서 무제때까지 살았던 인물이다.

My younger sister's talent is of course not as great as Zuofen's, and
my ability is inferior to Taichong's(Zuoshi's)[33]

포조는 사회 현실에서 물러나거나 외면하지 않고 반대로 정면으로
부딪혔다. 포조의 시를 읽다보면, 당시 사건들이 포조에게 영향을 끼
친 정도가 과거 시인들보다 훨씬 강했던 것 같다. 특히 <버려진 성
(蕪城賦)>을 읽으면 포조가 역사에 얼마나 직접적이고 강렬한 애착을
가지고 있었는지 알 수 있다. 작품은 자아정의라는 시적 행위가 역사
의 전개와 병행될 때의 순간들을 이야기한다. 작품의 이야기는 오늘
날 강소성 양주에 해당하는 광릉(廣陵)의 몰락에 관한 것이다. 광릉은
한대 이래로 북방과 남방의 전략적 요충지이자 재화의 중심지였다.
그런데 459년 갑자기 송 효무제의 형제인 경릉왕(竟陵王) 유탄(劉誕)이
광릉에 군대를 주둔시키고 있다가 반란을 일으켰다. 화가 난 효무제
는 반란자를 즉시 처형하고 광릉 전체를 모조리 파괴하라고 명령하
였다. 이것으로 3,000명이 넘는 무고한 민간인들이 학살당했고 하룻
밤 사이에 광릉은 잿더미가 되어 버렸다. 이 사건이 지나고 몇 달 뒤
포조는 광릉을 방문하면서 파괴된 건물들을 목격한다.

澤葵依井　　　　荒葛冒塗
壇羅虺蜮　　　　階鬪麏鼯 …
若夫藻扃黼帳　　歌堂舞閣之基
璇淵碧樹　　　　弋林釣渚之館
吳蔡齊秦之聲　　魚龍爵馬之玩

---

[33]잘 알려진 여류 시인인 좌분(左芬)은 좌사의 여동생이다. 『시품』, pp.69-70
볼 것.

皆薰歇燼滅　　　光沈響絶
東都妙姬　　　　南國麗人
蕙心紈質　　　　玉貌絳脣
莫不埋魂幽石　　委骨窮塵 …

축축한 이끼 우물에 피어있고
거친 등나무 길에 얼기설기.
단상 위 독사와 들짐승이 엉켜있고
사향노루와 날다람쥐 계단에서 으르렁대네. …
화려한 입구와 호화로운 장막
춤추고 노래부르던 연회장 자리,
벽옥으로 장식한 연못과 나무
사냥하고 고기잡으며 놀던 곳,
오나라, 채나라, 제나라, 진나라 노래소리
물고기, 용, 제비, 말 모양의 그릇,
이제 모두 타버리고 사라졌으니
빛은 잠기고 메아리는 끊어져 버린 꼴이지.
동도의 신비한 여인
남국의 아름다운 여자,
가슴에 난초, 몸에는 하얀 비단
옥 같은 외모 붉은 입술,
모두 검은 바위 밑에 매장당해
뼈만 남아 먼지 속에서 뒹구네. …

Damp mosses cling to the well,
Tangles of kudzu vine snare the path;
Halls are laced with vipers and crawling things,
Musk deer and flying squirrel quarrel by the stairs. …

The painted doors, the gaily stitched hangings,
Sites where once were halls of song, pavilions of the dance,
Jasper pools, trees of jadeite,
Lodges for those who hunt in woods, who fish the shores,
Music of Wu, Cai, Qi, Qin,
Vessels in shapes of fish and dragon, sparrow and horse—
All have lost their incense, gone to ash,
Their radiance engulfed, their echoes cut off.
Mysterious princess from the Eastern Capital,
Beautiful lady from a southern land,
With heart of orchis, limbs of white lawn,
Marble features, carmine lip—
None whose soul is not entombed in sombre stone,
Whose bones do not lie dwindling in the dust. ⋯34)

당시 정밀 묘사와 사회적 사실주의이 혼합되어 표현되는 경우가 많았기 때문에 포조의 묘사성과 사실주의는 시대의 산물이라고 할 수 있다. 대다수의 한부가 도시의 사치와 번영을 공들여 서술하고 과장하였던 것과 대조적으로35) 포조의 부는 을씨년스러운 공포 분위기를 의도적으로 조성하고 있다. 포조의 사실주의는 좌사와도 다르다. 좌사의 <삼도부>가 역사적, 지리적 정확성을 추구하였다면36) 포조의 관심은 장면에 대한 시각적인 인상과 감성적인 반응이다. 가령 <버려진 성>는 좌사의 부와 비슷하게 볼 수도 있겠지만, 인지하는 순간의

---

34)Burton Watson, trans., *Chinese Rhyme-Prose,* pp.93-94.
35)예를 들어 반고(班固, 32-92)와 장형(張衡, 78-139)이 장안을 묘사한 부를 볼 것. Knechtges, trans., *Wen xuan,* pp.93-336.
36)Knechtges, 앞의 책, pp.337-477.

서정 심리에 비중을 두고 있기 때문에 부라기보다 시에 가깝다.

　송 효무제의 양민 학살에 대한 포조의 간접적인 비판은 더욱 중요하다. 포조는 사건이 일어나기 전 번성했던 광릉 분위기를 누구보다 잘 알고 있었다. 임천왕(臨川王), 형양왕(衡陽王), 시흥왕(始興王) 등 많은 포조의 상관들이 광릉을 다스렸으며 이들을 보좌했던 포조는 광릉에서 현지인들을 접촉할 기회가 많았다. 하지만 반란이 진압된 후 사람은 거의 남아있지 않다. 광릉 사람들이 가장 두려워했던 북방의 이민족들에게 침략당하지 않고 지배 계층간의 권력다툼 속에서 희생된 것은 정말 믿기지 않는 일이다. 광릉 사람들과 깊은 공감대를 형성하고 있었던 포조는 이러한 비극을 두 눈으로 확인하면서 누구보다 가슴이 아팠을 것이다.

凝思寂聽　　　　心傷已摧

적막함 속에서 생각에 잠겨
슬퍼 가슴이 찢어질 것 같구나.

Dwell on it, listen in silence—
It wounds the heart, breaking it in two.[37]

　하지만 포조는 작품에서 황제나 반역자의 이름은 물론, 도시가 광릉이라고 감히 말할 수 없었다. 모든 것을 말하고 싶어하는 포조의 사실주의적 충동은 여기에서 다시 한번 좌절된다. 그래서 포조는 이 무자비한 살육의 책임을 하늘의 탓으로 돌린다.

---

[37]Burton Watson, trans., 앞의 책, p.94.

天道如何　　　　呑恨者多

천도는 어떠하길래
한을 삼킨 자들이 이렇게 많은가?

What is Heaven's way
That so many should swallow their hatred?
『포참군집』, p.13

<무성부>의 마지막은 하늘에게 자신의 원망을 들어보란 듯, 다음과
같이 끝맺는다.

千齡兮萬代　　　　共盡兮何言

천년 동안 만대 동안
모두 사라져 버릴 텐데 구태여 무엇을 말하겠는가?

A thousand ages, ten thousand generations,
All perish together like this— What more is there to say?
『포참군집』, p.14

우연이라면 우연이랄까 포조는 이 작품을 쓴 뒤 또 다른 반란에 연
루되어 살해된다.38) 포조는 자신의 시에 나오는 예언을 실현시키기
라도 하듯이 도시의 파멸과 함께 사라진다.

---

38) 반란은 포조가 보좌하던 임해왕(臨海王)이 466년 형주(荊州)에서 일으켰다.

풍경의 내적 전회

479년 유송 왕조가 망하면서 건강(현 남경)은 달라졌다. 건강은 이제 정치 수도뿐만 아니라 문화 중심지로 거듭나게 되었다. 남조 궁정이 정치와 문학의 중심이 되면서[1] 중국문학사에서 말하는 제량 시기가 시작된다. 물론 317년 수도가 된 이래로 건강은 줄곧 번성해 왔으며 지배 계층은 화려한 궁전 속에서 바깥의 정치적 부침에 상관없이 사치스러운 생활을 즐겼었다. 그러나 건강의 문학이 갑자기 꽃피우면서 조탁적인 문풍이 유행하는 것은 제나라 무제(武帝) 때부터이다. 무왕과 그의 두 아들 소자량(蕭子良, 竟陵王: 460-494), 소자룡(蕭子龍, 이후 荊州 隋王: 474-494)은 모두 시적 감수성이 뛰어났으며 새로운 문학 흐름을 주도하였다. 경릉왕은 특히 사교시 모임을 만든 것으로 잘 알려져 있으며 당시 전도유망한 시인들은 사실상 모두 여기에서 활동

---

[1] 이것은 육조 시대에서 제량 시기만을 말한다. 명말 남경의 발전상황은 이때와 상당히 다르다. 예를 들어 F. W. Mote, "The Transformation of Nanking: 1350-1400", *The City in Late Imperial*, ed. G. William Skinner(Stanford: Stanford Univ. Press, 1977), pp.101-153 볼 것.

하였다. 건강의 계농산(雞籠山) 자락에 소재한 서저(西邸)에서 시회가
열리면서 재능 있는 많은 시인들이 경릉왕의 품 안으로 자연스럽게
몰려 들었고 새로운 미적 경향이 개발되었다. 이 모임에서 가장 뛰
어난 여덟 사람을 '경릉팔우(竟陵八友)'라고 했는데 당시 문단의 중심
이었다.[2]

  15세 때부터 이미 문단의 주목을 받아온 사조(464-499)는 '경릉팔
우' 중에서도 가장 출중했다. 사조는 시의 르네상스, 문화적 중흥을
위해서 태어난 사람처럼 보인다. 사조의 가문은 당시 최고 귀족이었
는데 아버지는 사령운과 같은 집안이었고 할머니는 유명한 역사가,
범엽(范曄)과 남매지간이었으며 어머니는 유송의 장성공주(長星公主)였
다. 마치 중국문학사가 사조에게 새로운 도시 문화의 존재이유(*raison
d'être*)를 부여해주기라도 한 것처럼 사조는 건강성 안에서 태어났으
며 자연스럽게 궁정 생활의 분위기를 체득하였다.

  그렇지만 무엇보다도 사조의 시가 새로운 사교시 모임의 생활과
예술이 열망하던 자아-절제(self-containment) 의식을 표출하기 시작했다
는 점이 중요하다. 좀 더 정확히 말해서 예술적 의식은 문인의 정원
으로 물러나기 시작했으며 이 안에서 인생은 예술과 동일한 것으로
여겨지게 된다. 사조의 <후원에서 노닐며(遊後園賦)>는 사교시 모임이
추구하는 예술적 본질이 어떠한 것이었는지 생생하게 보여준다.

積芳兮選木   幽蘭兮翠竹
上蕪蕪以蔭景   下田田兮被谷
左蕙晼兮彌望   右芝原兮寫目
山霞起而削成   水積明以經復

---

[2] 이들의 이름은 이연수, 『남사』, 권6, 제1권, p.168 볼 것.

於是敝風闈之藹藹	聳雲館之苕苕
周步檐以升降	對玉堂之沈寥
追夏德之方暮	望秋淸之始飆
藉宴私而遊衍	時晤語而逍遙
爾乃日棲楡柳	霞照夕陽
孤蟬已散	去鳥成行
惠氣湛兮惟殿肅	淸陰起兮池館涼
陳象設兮以玉瑱	紛蘭藉兮咀桂漿
仰微塵兮美無度	奉英軌兮式如璋
藉高文兮淸談	預含毫兮握芳
則觀海兮爲富	乃游聖兮知方

그윽한 향기, 화려한 정원수
숨은 난초, 푸른 대나무.
위로 울창한 녹음의 짙은 그림자
아래로 잘 가꾸어진 골짜기.　　　　　　　　　　　4
왼쪽 뜰로 향초가 넓게 펼쳐져 있고
오른쪽 들은 영지가 눈길을 끄네.
산은 구름처럼 일어나 깎아지른 듯
호수는 빛을 머금고 밀려왔다 밀려가네.　　　　　　8
이제 바람이 속삭이는 어두운 궁문을 지나
구름까지 올라간 예쁜 건물을 바라보네.
난간을 오르내리며
깊고 웅장한 옥당을 마주하네.　　　　　　　　　　12
한창 기승을 부리던 더위가 접어드니
화창한 가을바람을 기대해 보네.
그대의 연회 덕분에 유유히 돌아다니며
만나서 대화하며 여유롭게 활보하네.　　　　　　　16
아침에 떠오른 태양이 느릅나무와 버드나무에 깃들더니

어느새 노을 속에서 석양이 흘러나오네.
외로운 매미들이 흩어지고
새들이 열을 맞추어 떠나네.   20
산들바람이 몸을 감싸면서 궁궐이 적막해지고
시원한 그늘 펼쳐져 연못 옆 별관이 서늘하네.
상아 장식, 옥 노리개 함께 진열되고
난초로 화려한 자리에서 계화주를 마시지.   24
단아한 그대의 풍취, 아름답기 그지없고
영민한 행동거지, 옥처럼 반듯하지.
고상한 문학을 얘기하면서 청담을 즐기고
붓을 놀리고 꽃을 집네.   28
바다를 바라보면 마음이 풍요로워지고
성현과 노닐면 앞길을 내다볼 수 있지.

Dense flowers, choice trees,

Secluded orchids, verdant bamboos.

Above, their lushness makes ample shade,

Below, row on row, they cover the valley.

To the left, fields of fragrant plants as far as the eye can see,

To the right, plains of aromatic grasses fill the view.

Mountains rise like rosy clouds, and are sheered off,

Waters are brilliant, they ebb and flow.

Now the dimness of the spacious open-air chambers,

And the loftiness of the cloud-high lodge.

Wandering around winding corridors up and down,

Facing the deep, wide jade halls,

I ponder hot summer's end,

I look for the first breezes on clear autumn days.

His special favor lets us wander freely,

Meeting, talking, and strolling about at leisure here.

Now the morning sun rests on elms and willows,

Rosy clouds reflect the setting sun.

Lonely cicadas disperse,

Departing birds fly in rows.

Gentle breezes abound, the curtained hall is quiet,

Soothing shadows rise, the water pavilion is cool.

Ivory utensils are laid out, along with jade ornaments,

We eat with orchid-patterned wares and drink cassia wine.

I look up at his noble bearing, beautiful beyond measure,

I revere his distinguished manner, as fine as jade.

Relying on his lofty command of literature, we engage in pure
conversation,

As we prepare to chew our brushes and hold our pens.

This is as rich as looking at the boundless sea,

To visit the sage is to know our direction.

『사선성집』, p.64

작품의 제제는 경릉왕의 서저에 있는 정원으로 보인다. 영명(永明, 483-493) 시기 동안 서저에서는 호화 연회, 음악회, 시회 같은 각종 모임들이 끊이지 않았다.3) 부의 시작은 사령운의 <산거부>를 연상시

---

3) 경릉왕이 자신의 정원에 대해서 인용시와 같은 제목으로 지은 시가 있다.『전한삼국진남북조시』, 제2권 p.753에 있다. 또 요사렴(姚思廉),『양서』, 권21,「유운전(柳惲傳)」(北京: 中華書局, 1973), 제2권 p.331 볼 것. 그러나 모든 학자들이 이 정원의 위치에 동의하는 것은 아니다. 예를 들어서 우슈탕(吳叔儻)은 사조의 부가 경릉왕의 다른 정원을 묘사하고 있다고 생각한다. 일본 학자 아미유지(網祐次郞)는 형주 수왕의 정원으로 보는데 사조는 그곳에서 490년에서 493년까지 비슷한 사교시 모임을 즐긴 바 있다(『사선성집』, p.65, p.69 볼 것). 본서에서 주요한 관심

킨다. <산거부>보다 훨씬 짧지만 <후유원부> 역시 사유지에 마련된 산수공간 속에서 자아-절제감이 중시되고 있다. 사령운과 마찬가지로 사조 역시 상하좌우 같은 기본적인 방향과 위치를 제시하면서 형사의 방식을 운용하고 있으며(3-6행) 산과 물의 병치(7-8행) 역시 유사하다. 하지만 그 다음부터는 더 이상 비교할 수 없다. 이제 오르내리는 회랑과 옥으로 장식된 저택이 등장하고(11-12행) 점차 궁의 내부로 진입하면서 부유한 귀족들이 가지는 연회를 목격한다(15-22행). 옥 장식품, 계화주, 왕의 화려한 등장 등 어느 곳에서나 귀족적 정취가 물씬 풍긴다(25-26). 부의 마지막이 이르러서야 연회가 시인들이 회합이라는 것을 알게 된다.

이렇게 시회에 초대받은 손님들은 당시 재위 중이던 무제의 통치 연호를 따서 영명 시인이라고 불린다. 초대받은 문인들은 자유롭게 황제의 정원을 돌아다녔다는 점에서 장거리 산수유람과 비슷한 면이 있다. 이 점에서 보면 사조가 사령운의 '유연(游衍: 즐겁게 활보하다)'을 빌려서 황실의 정원을 거닌 경험을 묘사한 것은 이상한 일이 아니다.4) 그렇지만 사조의 나들이 장소는 사령운과는 엄연히 다르다. 사령운 집안의 원유(園囿)가 온갖 동식물이 모인 실제 자연이라는 인상을 주는 반면 사조가 방문한 황실의 정원은 고상하고 예술적이다. 경릉왕의 사교시 모임으로 사용되었던 이 정원은 자연과 문화가 집약된 형태이다. 이러한 정원으로의 상징적인 '도피(retreat)'는 인위적인 분위기가 물씬 풍긴다. 이제 정원은 더 이상 도피처가 아니라 예술적 탐구의 중심이 된다.

사는 정원의 묘사이며 위치에 대한 논쟁은 아니다.
4) 사령운이 사용한 유연(游衍)은 예를 들어서 『사령운시선』, p.58 볼 것.

1. 귀족 문단과 형식주의

형식주의가 이 당시 문학 지평을 연 것은 우연이 아니다. 시회가 개최된 정원이 모든 아름다운 것을 구비하고 있는 것과 마찬가지로 문학도 이제 자체적으로 조절 가능하고 완전한 세계이다. 제나라 시풍은 귀족적이고 폐쇄적이었다. 시인들은 운이 있는 글을 문(文)이라고 하고 운이 없는 글을 필(筆)이라고 해서 장르의 범위를 정의하려고 하였다.5) 이러한 구분은 본래 문학과 문장의 뜻을 모두 가지고 있었던 문(文, pattern)의 개념을 세분하려는 의도였다.6) 이와 같은 문의 형식적 구분은 영명 시인들에게 새로 등장한 문의 개념, 기준, 범위를 정의하는데 안성맞춤이었다. 정교한 아름다움의 표현에서 출발한 형식주의 운동은 마침내 의식적인 문학 개혁으로 발전하였고 중국문학의 모든 분야에 영향 주었다. 이러한 형식개량주의로 유발된 논쟁은 르네상스 시대에 일어났던 시의 논쟁보다 더 심하지는 않았지만 흡사한 면이 있었다.

사조는 운율이 문(文)의 시적인 필수 요소라고 생각하는 집안에서 성장하였기 때문에 운의 유무로 순문학을 정의하는 형식적 구별이 전혀 새롭지 않았다. 시령운이 면밀하게 구목한 음율와 운율의 효과는 사조에게 생생한 영감을 불러 일으켰다. 더구나 『후한서』의 저자인 종조부 범엽은 특히 음율의 식별로 이름이 높았다고 한다. 범엽

---

5) 문(文, belleslettres), 필(筆, plain writing)은 유약우(James J. Y. Liu, 1975, p.8)의 영문 번역을 따랐다. 또 유협, 『문심조룡』(Vincent Yu-chung Shih, trans., p.327) 볼 것. 이 주제에 관한 좀 더 자세한 논의는 루어껀저(羅根澤), 『中國文學批評史』(上海: 古典文學出版社, 1957-1961), pp.140-144; 꾸어샤오위(郭紹虞), 『中國文學批評史』(1956; 홍콩: 宏智書局, 1970 재판), pp.58-65 볼 것.

6) 유약우, 1976, p.8.

이 감옥에서 조카들에게 쓴 편지는 사씨 가문 내에서 중요한 가르
침이 되었을 것이다.[7]

性別宮商, 識淸濁, 斯自然也. 觀古今文人, 多不全了此處. 縱有會
此者, 不必從根本中來. 言之皆有實證, 非爲空談. … 手筆差易, 文
不拘韻故也.

사람은 궁음과 상음, 청음과 탁음을 본래 자연스럽게 식별한다. 그러
나 고금 문인들을 보면 이 점에서 온전하지 못한 경우가 많았다. 가령
이것을 이해한다고 하더라도 반드시 근본을 이해하고 나온 것이 아니
었다. (나의) 말은 모두 구체적인 증거에서 나온 말이며 빈 말이 아니
다. … 문장이 떨어진다면 그 이유는 운을 고려하지 않았기 때문이다.

It is only natural that we have the inborn ability to discriminate
between the musical notes of *kung and sang* and to recognize clear
and turbid sounds. But I have observed that most of the ancient
and present authors do not completely comprehend this point. Even
if there are some who understand this, they do not always follow
the fundamental rules. All of my words can be proved by concrete
examples, and are not empty talk. … When writings are inferior, it
is because they do not obey the rules of rhymes.
『송서』, 권69, 제6권, p.1830

따라서 사조가 경릉왕의 사교시 모임에 참가하였을 때 그들이 추구하
는 새로운 음율과 운율에 곧바로 관심을 갖게 된 것은 당연한 일이다.

---

[7] 당시 선성 태수였던 범엽은 446년 반란에 연루되어서 감옥에서 처형당한다.

왕융(王融, 468-494), 심약(沈約, 441-513)은 당시 음율의 형식 미학을 주도한 선구자들이다. 특히 심약은 30년 넘게 제량 시회의 중심인물로 활동하면서 평생 동안 형식 이론을 옹호한 중요한 인물이었다. 심약이 개발한 작시법은 '사성팔병(四聲八病)'인데 '사성'은 크게 평성(平聲)과 측성(仄聲)으로 구분되고 측성은 다시 상성(上聲), 거성(去聲), 입성(入聲)으로 세분된다.8) 팔병은 음율과 운율에 관한 잘못된 여덟 가지 사항이다.9) 이러한 작시법은 기본적으로 한 행에서, 행과 행 사이에서 평성과 측성의 관계이다. 심약과 동료 시인들은 새로 개발한 규칙이 오늘날까지 이상적인 한시로 여겨지는 당 율시의 초석이 되리라고는 생각하지 못했을 지도 모른다. 하지만 영명 시인들과 이들의 추종자들은 자신들의 발견이 전례 없는 중요한 사건이며 진정한 '혁신(新變)'이라고 생각하였다.10)

---

8)평성은 현대 중국어의 1성, 2성에 해당하며 상성, 거성은 각각 3성, 4성에 해당한다. 입성은 다른 세 가지 평성, 상성, 거성에 편입되면서 현대 중국어에서 사라졌다. 오늘날 중국인들이 이러한 성조를 구별하는 것은 어려운 일이 아니지만 심약이 사성을 처음 소개하였을 때 이해하지 못하는 중국인들도 적지 않았다. 심지어 '경릉팔우' 중의 한 사람이며 후에 양 무제가 되는 소연(蕭衍)은 상성과 거성의 차이를 구별할 수 없었다고 한다(공해(空海), 『문경비부론(文鏡秘府論)』, pp.31-32; 유사렵『양서』 권13, p.240). 사실 세세는 남소에서 변형된 북방 낙양어에 기초한 것으로 보이며 이 언어는 남조 궁정에서 공식적으로 사용되었고 문어의 기초가 되었다. Richard B. Mather, "A Note on the Dialects of Lo-lang and Nanking During the Six Dynasties", *Wen-lin, Studies in the Chinese Humanities*, ed. Tse-tsung Chow(Madison: Univ. of Wisconsin Press, 1968), pp.247-256. 또 천인꺼(陳寅恪), "東晋南朝之吳語"(『천인꺼선생문사논집』, 제2권, pp.143-148)

9)공해, 『문경비부론』, pp.179-197. 심약이 팔병 전체를 만들지 않았을 수 도 있다. 펑츠엉지(馮乘基), 「論永明聲律-八病」, 『중국문학사논문선집』, pp.637-649 볼 것. 일본 시학이 팔병설의 영향을 받은 것은 흥미롭다. 예를 들어서 후지와라노하마나라(藤原濱成), 『카쿄효시키(歌經標式)』(722년 추정) 볼 것. 佐佐木信網 편, 『日本歌學大系』(동경: 1956), 제1권, pp.1-17. 여기에 대해서 라비노비치(Judith Rabinovitch)에게 도움을 받았다.

10)유견오(庚肩吾)의 전기는 요사렴, 『양서』, 권39, 제3권 p.690에 나와 있다.

'사성팔병설'은 광범위한 영향을 끼쳤지만 동시에 몇몇 비평가들의 반대에 부딪혔다. 488년 사조와 시에 대해서 논쟁을 벌였던 종영은 문단의 혁신자들이라고 자임한 이들에게 동조하지 않았다.11) 종영은 『시품』 서문에서 심약, 왕융, 사조를 신랄하게 공격하였으며 자연스러운 조화에서 나오는 청각적 효과가 최고라는 생각으로 "단지 소리가 부드럽게 흐르도록 하고 입과 입술이 조화를 이루면서 함께 움직이면 충분하다."12)라고 하였다. 종영은 새로운 시학이 과연 필요한지 회의적이었다.

시에서 음악적 효과를 만들어 내는 전통적인 방법들이 만족스러웠다면 혁신주의자들은 무슨 이유로 갑자기 사성 체계를 지지하였는가? 이 것은 진지한 중문학도라면 간과해서는 안 될 매우 중요한 문제이다.

현대 역사학자 천인꺼(陳寅恪)는 영명 시대에 제시된 사성의 혁신은 당시 건강 지역의 불교도들 사이에서 유행하던 불경의 낭송 방법에서 직접적인 영감을 받은 것이라고 본다.13) '신성(新聲)'이라는 성독 방법은 승려들이 고안한 것으로 삼성(三聲)에 이론적인 바탕을 두고 있는데 삼성은 산스크리트어나 팔리어 경전을 독송할 때 사용하는 인도의 '스바라(svara: pitch-accent)' 개념을 본 딴 것이다.14) 후대 언어학자들은 시인들의 새로운 사성 체계가 중국어에 나타나는 음소의 구별에 기초하고 있음을 증명했지만15) 천인꺼(陳寅恪)의

---

11) 『사선성집』, 서문, pp.5-6; 『시품』, p.48 볼 것.

12) Knechtges, "Introduction", *Wen xuan*, p.13에서 재인용.

13) 천인꺼(陳寅恪), "四聲三問", 『陳寅恪先生文史論集』, 제1권, pp.205-218.

14) 천이꺼(陳寅恪), 앞의 책, p.205.

15) 몇몇 역사언어학자들에 따르면, 중국어는 한대 전후에는 성조가 없었는데 당시 몇 개의 변별적 음소들이 사라지면서 이를 보충하기 위한 방편으로 성조를 고

독창적인 이론은 영명 시기 문화적 토양에 대한 새로운 영감을 던져준다.

우리의 관심을 끄는 부분은 시회를 주도한 경릉왕 자신이 바로 '신성'의 최대후원자였다는 사실이다. 독송에 깊이 간여한 경릉왕의 이야기는 현존하는 몇몇 불교 텍스트에 명확하게 기록되어 있으며16) 이중 가장 중요한 문헌인 『남제서』는 487년부터 서저를 중심으로 이러한 활동이 일어났다고 적고 있다.17)

(永明)五年 … 移居雞籠山邸, 招致名僧, 講語佛法, 造經唄新聲, 道俗之盛, 江左未有也.

497년 계농산 자락, 서저(西邸)로 옮겨서 명망 있는 승려를 불러들여 불법을 강론하고 경전을 편찬하고 새로운 독송법을 만들어 내니 양자강 유역에서 이처럼 불교가 번성한 적이 없었다.

In 487 … he moved into his residence on Jilong Mountain, where he invited famous monks to expound Buddhist doctrines and invent new ways of chanting sutras. Buddhism had never been so popular in the south of the Yangtze before.
권40, 제3권 p.689

이와 같이 대규모로 이루어진 실험과 혁신은 2년 뒤 경릉왕이 언어

안하였으며 심약의 발견은 사실상 이러한 현상을 관찰한 것이라고 본다. 이러한 관점은 F. W. Mote에게 도움을 받았으며 또 루어창페이(羅常培), 『漢語音韻學徒論』(홍콩: 太平書局, 1970), pp.54-57.

16) 천인꺼(陳寅恪), 앞의 책, pp.208-210 볼 것.

17) 『남제서』, 권40(北京: 中華書局, 1972), 제3권 p.689.

학적 소양을 갖춘 저명한 승려들을 남경에 데려와 전례 없는 독송회를 열면서 절정에 달한다.18) 이 행사는 대중들에게 신성의 음악적 특징을 보여주기 위한 목적이었음을 쉽게 알 수 있다.

심약과 동료 시인들은 동시대 승려들이 만든 '신성(新聲)'의 음조를 알고 있었을까? 현재로서 이 문제를 증명할 자료는 충분하지 않다. 그러나 이들의 문학적 후원자인 경릉왕이 신성에 정통했기 때문에 어떤 방식으로든 여기에 고무되었을 것이다. 여하간 '사성팔병'과 신성은 영명 시기의 수도, 건강이라는 동일한 문화적 토양에서 만들어진 것은 확실하다.

영명 시인들은 이전 시인들이 직관적으로 이해한 방법에서 벗어나 운율에 맞는 작시법을 체계화하였는데 이것은 승려들이 '스바라'라는 외국어에서 삼성 독송법을 확립한 것과 같았다. 『사성보(四聲譜)』의 핵심개념인 사성은 일상적인 구어에서 나왔다고 여겨지지만19) 성조에 이름을 매기면서 한시의 형식을 구상한 것은 바로 혁신적인 영명 시인들의 공이다. 이들의 의도는 오음 체계의 음악에 영향받지 않는 독자적인 작시법을 만들어 내려는 것이다. 오음 체계는 이전 시인들이 운율감을 살리기 위해서 정밀하지는 않지만 항상 염두에 두었었다.20) 음악에서 벗어나려는 시도로 문학 장르는 보다 정교해

---

18)이 집회는 영명 7년(489년) 2월 19일 건강에서 열렸다. 승변(僧辯)의 전기를 볼 것. 천인꺼(陳寅恪), "四聲三問", p.208에서 재인용.

19)이러한 견해에 대하여 공해, 『문경비부론』(北京: 人民文學出版社, 1975), pp.33-34에 소개된 자료를 볼 것. 새로운 사성체계를 반대했던 종영은 「국풍(國風)」에서 이미 '봉요(蜂腰)'와 '학슬(鶴膝)'을 피했다고 하였다. (Knechtges, *Wen xuan*, Vol. 1, p.13) 볼 것.

20)꾸어샤오위(郭紹虞), 『中國文學批評史』, pp.73-74. 물론 사성체계가 음악의 오음 체계에서 영향 받았을지 모르지만(공해의 많은 인용이 잘 보여준다) 새롭게 정련된 체계라는 사실은 부정할 수 없다.

졌으며 성조와 운율은 새로운 기준으로 분류되었다. 종영은 이러한 변화의 근본 원리를 이해하지 못하고 음악 위주의 시학에서 벗어나지 못했기 때문에 단순한 질문을 던질 수밖에 없었다.

今旣不披管絃, 亦何取於聲律耶?

이제 시를 음악에 맞추지 않으면 또한 성율에서 무엇을 얻을 것이 있겠는가?

Now that we no longer set our poems to music, what have we to benefit from tonal prosody?
『시품』, p.5

하지만 바로 이 점, 즉 문학 외의 영역에 의지하지 않고 이론과 창작 두 측면을 모두 만족시키려는 독자적인 시학의 개발이 새로운 평측법의 존재이유(*raison d'être*)이다.[21]

새로운 평측법은 심약의 공으로 인정받고 있지만 성률을 자신의 시에 직접 응용한 사람은 사조이다. 그래서 수백 년 뒤 평측법을 고도로 발선시킨 낭나라 시인들은 사조를 시의 모범으로 받들었다.[22] 사조의 형식주의는 기존의 한시에서 완전히 탈피하였으며 사조는 본인의 시도가 가장 완벽한 시학체계인 당시로 이어질 것이라고는

---

[21] 그렇다고 이러한 시도가 음악 형식인 악부시에 적용되었다고 생각해서는 안 된다. 성당까지 창작된 악부시는 새로운 성조에 기초하는 시학과 무관하게 생각하여야 한다.

[22] 이백과 두보 모두 사조가 운율이 뛰어난 시를 지었다고 칭찬한다. 왕기(王琦) 편, 『이태백전집(李太白全集)』(北京: 中華書局, 1977), 제1권 p.450; 구조오(仇兆鰲) 주, 『두시상주(杜詩詳注)』(北京: 中華書局, 1979), 제3권 p.1262.

스스로도 예측하지 못하였다. 심약의 입장에서 본다면 자기 이론을 받아들여서 창작하면서 다른 새로운 면을 제시한 젊은 시인의 놀라운 활동이 고마울 따름이었다. 이러한 와중에 두 사람의 사귐은 깊어 갔고 둘의 우정은 당시 시단에 커다란 자극을 주었다. 새로운 시학을 향한 열정은 다양한 실험들로 이어졌고 그것들 중 상당수는 당나라 근체시의 중요한 바탕이 되었다.

이들의 형식 실험은 본래 복잡하지만 여기서는 새로운 평측법의 골격만 간단히 얘기할 것이다.

우선 각 행에서 평측 관계를 알아보자. 앞서 얘기한 것처럼 사성에 따라서 한시를 창작하는 목적은 평(○)과 측(×)의 상호 대립 관계에 있다. 영명 시인들은 평측을 체계적으로 배열하면서 한문의 성조 체계에서 가장 운율감 있는 창작을 시도하였다. 다음 여섯 개 형식은 사조 오언시에서 빈번하게 사용되는 방식이다.[23]

(1) ○ ○ ○ × ×

(2) ○ ○ × × ○

(3) × × × ○ ○

(4) × × ○ ○ ×

(5) ○ ○ × × ×

(6) × × ○ ○ ○

(1)~(4)는 나중에 당 율시의 네 가지 기본 형식이 된다.[24] 한 연에서 두 행 사이의 평측 관계는 더 복잡하고 의견이 통일되어 있지 않

---

[23] 홍순룽(洪順隆), 「謝朓生平及其作品硏究」, 『사선성집』, pp.22-25.

[24] François Cheng, *Chinese Poetic Writing*, trans., Donal A. Riggs and Jerome P. Seaton(Bloomington: Indiana Univ. Press, 1982), p.48.

다. 사조의 시에서도 팔병(八病)을 어긴 경우가 쉽게 발견된다. 예를
들어서 다음 사조의 유명한 구절은 2행의 처음 두 글자가 1행의 처
음 두 글자의 평측과 달라야 한다는 팔병의 첫 번째 규칙을 위반하
고 있다.

O O O X X
O O X O O

江南佳麗地　　　金陵帝王州

강남은 아름다운 땅
남경은 제왕의 터
『사선성시』, p.6

당연히 사조의 시는 율시로 발전하는 과정에서 실험적인 초기 단계
에 해당하며[25], 팔병의 몇 가지 규칙은 당시에서 제외되었다. 그러
나 당나라 시인들이 볼 때, 영명시는 새로움의 추구가 목적이고 형
식이 곧 표현이었던 황금시대의 산물이었다.[26] 영명시는 후대에 '신
체시(新體詩)'라고 불리게 된다.
　압축미의 증가는 신체시의 또 다른 형식적 발전이며 이러한 미적
경향은 명백히 당시에 영향을 주었다. 현존하는 사조의 시는 130여
수인데 이중 3분의 1 가량이 팔행시이며 팔행으로 된 당나라의 율시

---

[25] 초당 시인들의 율시에서도 종종 평측의 오류가 있다.

[26] '신체시'라는 용어는 왕카이윈(王闓運), 『팔대시선(八代詩選)』에서 처음 사용
되었으며 이 때부터 영명시를 지칭하는 용어가 되었다.(리우따지에(劉大杰), 『中
國文學發展史』(上海: 中華書局, 1957-1958), 제1권, p.287; 루간루(陸侃如), 펑위엔
쥔(馮沅君), 『中國詩史』(北京: 作家出版社, 1957), 제2권, p.382.

와 놀라울 정도로 흡사하다. 사조 시의 구조적인 압축미가 동시대 젊은 독자들에게 깊은 호소력을 가졌다고 생각해 볼 수 있는 곳이 여러 군데에서 발견된다. 후에 양 무제가 된 소연(蕭衍)은 편폭이 아니라 문학성으로 가장 뛰어난 두 사람으로 신체시를 전공한 두 젊은 시인, 사조와 하손(何遜, ?-약 535)을 꼽았다.27) 소연의 아들, 소강(蕭綱)은 사령운의 중언부언하는 단점을 지적하였지만 사조와 심약은 "진실로 문장의 제왕(實文章之冠冕)"이라고 극찬하였다(『중국역대문론선』, 제1권, p.328). 종영 역시 새로운 평측법을 좋아하지 않았지만 사조의 시가 당시 젊은 세대들에게 동경의 대상이었음을 인정할 수밖에 없었다(『시품』, p.48). 이러한 모든 사실들은 시가 새로운 구조적 기반을 가지게 되면 독자들 역시 새로운 비평 기준을 개발한다는 일반적인 믿음을 재확인시켜 준다. 제량시에서 독자들의 미적 선호도는 짧은 시였음이 분명하다.

사교시 모임에서 탄생한 팔행시에 대하여 좀 더 자세히 연구할 필요가 있다. 현존하는 작품들을 살펴보면 대부분 8행으로 되어 있으며 또 연회석상에서 놀이의 일종으로 지어진 영물시가 많았는데, 시인들은 각각 주어진 시제(詩題)에 따라서 특정 대상을 노래하였다.28) 사조가 참가한 시회의 시제들은 다음과 같은 것들이 있다.

---

27) 요사렴, 『양서』, 권49, 제3권, p.693.

28) 200년 뒤 일본 나가야(長屋) 왕의 시회가 이러한 영물시와 유사한 창작방식을 발전시켰다. 고니시진이치(小西甚一)에 따르면 나가야 왕은 경릉팔우에 대해서 알고 있었고 의도적으로 중국을 따라가려고 했다. 고니시진이치(小西甚一), *A History of Japanese Literature, Vol.1, The Archaic and Ancient Ages,* Chapter 9 "The Composition of Poetry and Prose in Chinese", trans. Aileen Gattan and Nicholas Teele, ed. Earl Miner(Princeton: Princton Univ. Press, 1984), pp.377-392.

(1) 同詠樂器 악기에 대해서 함께 시를 짓다
(2) 同詠坐上器玩 앉은 자리에서 장식물에 대해서 함께 시를 짓다
(3) 同詠坐上所見一物 앉은 자리에서 보이는 어떤 사물에 대해서 시를 짓다

이러한 종류의 시작 행위는 사회적 목적으로 이루어 졌음이 명백하며 사실 모임은 처음부터 사교가 목적이었다. 사교시 모임의 규모가 커질수록 광범위한 교제가 형성되었다.

영물시에서 가장 중요한 점은 형식과 내용의 상징적인 일치이다. 여덟 줄로 이루어진 압축적인 형식은 모든 것이 집약되어 있는 세계를 반영하는 것 같다. 상류 생활을 반영하기 위해서 의식적으로 새로운 형식이 만들어 졌다고 보기는 힘들지만 간결한 팔행시 형식은 귀족적인 분위기에 안성맞춤이었고 점점 기존의 시와 다른 형식적 특징을 갖게 되었다. 팔행시는 사소한 내용과 엄격한 형식이라는 기묘한 조합이었지만 점점 형식화를 추구하면서 문체로서 독자적인 정체성을 확보하게 되었다.

어느 연회석상에서 지어진 사조의 시는 이러한 특징을 분명하게 보여준다.

洞庭風雨榦　　龍門生死枝
雕刻紛布濩　　沖響鬱淸危
春風搖蕙草　　秋月滿華池
是時操別鶴　　涳涳客淚垂

동정호의 비바람을 겪은 나무
용문산에서 태어나 죽은 가지[29]

아름다운 조각 곳곳에 새겨져 있으며
감미로운 음악이 맑고 강렬하게 울려퍼지네.   4
봄바람이 향초를 깨우고
가을 달이 화사한 연못에 풍덩.
어디선가 '떠나는 학'이 연주하니
슬픈 나머지 좌장은 울음바다.   8

This is a tree trunk that endured the storms of Lake Dongting.
This is a branch which grew and died on Mt. Longmen.
A piece of wood is carved with intricate designs,
Its sound reverberates, pure and sharp.

When spring breezes stir the fragrant grass,
The autumn moon fills the luxuriant pond,
At this time someone plays the "Departing Crane",
And the guests' tears fall down like rain.
『사선성시』, p.159, <거문고(琴)>

"악기에 대해서 함께 시를 짓다(同詠樂器)"라는 시제에 맞추어 지어진 시이다. 이러한 시는 통상 묘사적이다. 먼저 악기의 재료를 설명하고 다음으로 악기 형태와 소리를 묘사하고 마지막으로 청중에게 선사하는 감동을 적고 있다. 대상의 정밀 묘사를 시도하는 사조는 오동나무를 소재로 지은 포조 영물시의 클로즈업 기법을 생각나게 한다. 흥미롭게도 포조 역시 오동나무의 위치, 모양, 소리, 사람을 감동시키는 잠재력 등에 초점을 맞추고 있다.30) 포조의 나무가 사조의

---

29)동정호와 용문산은 모두 거문고를 만드는데 가장 좋은 재료인 오동나무 생산지로 알려져 있다.

시에서 거문고로 만들어진 나무와 동일한 오동나무라는 점도 재미 있으며 더욱 놀라운 점은 포조의 시에서 외로운 오동나무는 주목받 는 거문고가 되고 싶다고 외치고 있다는 것이다.

幸願見雕斲　　　爲君堂上琴

차라리 새겨지고 깎여져
님을 위한 당상의 거문고가 되고 싶소.

"I wish to be carved and hewn,
To become a zither in your hall."
『포참군집』, p.410

사조의 시는 포조의 작품에서 어느 정도 영향 받은 것으로 보이 며 최소한 두 시는 시의 묘사방식을 보여주는 예로 함께 연구해 볼 수 있다. 그렇지만 새롭게 등장한 사교시의 풍격을 보다 깊이 이해 하기 위해서는 두 시의 유사성보다 차이점에 주목해야 한다. 사조의 시에는 몇 가지 새로운 기법들이 보인다. 첫째, 묘사 대상의 크기가 상당히 작아졌다. 더 이상 큰 나무가 아니라 사람의 손―아마도 여 성 연주자의 손일 것이다―안에서 연주되는 작은 거문고이다. 둘째, 관심 대상이 거친 자연에서 화려한 연회장으로 이동하였다. 이쯤에 서 사조의 시가 그 당시 시대 분위기에서 예외적이지 않았음을 확 인하기 위하여 사교시 모임에 참가한 시인들의 제목들을 살펴보자.

---

30) 포조의 <산행중에 만난 외로운 오동나무(山行見孤桐)>는 이미 3장 1절에서 이미 논의되었다. 나무를 악기의 재료로 보려고 하는 생각은 혜강(嵇康, 223-262) 의 <금부(琴賦)>같은 초기 부에서 발견된다.

<대나무 피리에 대해서(詠篴)>, 심약

<비파에 대해서(詠琵琶)>, 왕융

<검은 가죽으로 싼 안석에 대해서(詠烏皮隱几)>, 사조

<대나무 받침대에 대해서(詠竹檳榔盤)>, 심약

<휘장에 대해서(詠幔)>, 왕융

<발에 대해서(詠簾)>, 우염(虞炎)

<자리에 대해서(詠席)>, 사조

<자리에 대해서(詠席)>, 유운(柳惲)

<대나무 화로에 대하여(詠竹火籠)>, 사조

<대나무 화로에 대하여(詠竹火籠)>, 심약

<등잔대에 대하여(詠燈臺)>, 사조

<등에 대하여(詠燈)>, 사조

<초에 대하여(詠燭)> 사조

이러한 시들은 같은 팔행시 형식으로 지어졌기 때문에 포조의 십육행시보다 더욱 형식적이다(『사선성집』, p.449-461).

 하지만 팔행시가 사교시 모임에서 아무리 인기가 있었다고 하더라도 문학적으로 인정받으려면 가벼운 내용을 극복해야 했다. 좀 더 정확히 말하면, 팔행시라는 새로운 매체는 시인들이 그 안에서 서정성이라는 개인적인 목소리를 개발해야 인정받게 된다. 새로운 형식은 시회의 사교적 분위기가 아니면 만들어지지 않았다. 그러나 자아를 반영하는 시로 재탄생하기 위해서는 최종적으로 모방일색의 분위기에서 벗어나야 했으니 이것은 실로 대단한 아이러니이다. 그리고 이것이 바로 사조가 이룩한 것이다. 사조는 26세에 경릉왕의 모임에서 떠나면서 영물시에서 벗어나 점차 서정적인 문학을 추구한다.

2. 감정의 구조

사조는 물론 이 모든 것을 예상하지 못했다. 490년 '문학(文學)'이라
는 수왕의 전속 문인으로 임명되면서 당시 건강만큼 번성하였던 서
쪽 형주(현 호북성)로 가게 되었다. 좋은 자리에 등용되어서 즐거웠지
만 동료 문인들과 이별해야 하는 심정은 대단히 견디기 힘들었을
것이다. 흥겨운 평소 분위기와 달리 전별연은 헤어짐에 대한 슬픔으
로 내내 침울하였다. 사조는 많은 동료들의 송별시에 화답하는데 그
중 한 수를 읽어보자.

春夜別淸樽　　　江潭復爲客
歎息東流水　　　如何故鄕陌
重樹日芬葛　　　芳洲轉如積
望望荊臺下　　　歸夢相思夕

봄날 밤 맑은 술을 따르며 이별한 뒤
강과 연못의 나그네로 돌아왔지.31)
동쪽으로 흐르는 강물을 보며 탄식하며
고향의 밭편은 어떨까 생각해 보네.　　　　　　　　　4
아름드리 나무는 하루가 다르게 울창해지고
꽃이 만발한 섬들이 퍼져가네.
형주의 누각에서 멀리 바라보며
돌아갈 날을 꿈꾸며 저녁을 보내지.　　　　　　　　　8

---

31)이 행의 전고는 『초사(楚辭)』, <어부사(漁父辭)>에서 나왔다. "굴원이 추방되
어 강과 연못에서 거닐었고 물가에서 노래를 부르고 돌아다녔다. 屈原旣放, 游於
江潭, 行吟澤畔."

On this spring night, we take leave, pure wine in our goblets,

I shall become a wanderer by the river's banks and marsh's edge.

I can only sigh at the river flowing east,

Imagine how fields have grown in my homeland—

Crowded trees flourish day by day,

Fragrant islets multiply in heaps.

When I look down from the pavilion in Jingzhou,

I dream at night about returning home.

『사선성시』, p.107, <심우솔 등의 송별시에 답하며(和別沈右率諸君)>

동일한 연작시에서 모든 송별시들이 팔행의 궁체시풍으로 지어진
것은 수긍이 간다. 그러나 영물시와 다르게 무척 서정적인 어조이
다. 사조의 시는 대상 중심의 묘사보다 서정성이 짙으며 시인의 내
면 공간에 전념한다. 물론 이러한 서정시가 영명 시인들이 처음부터
지었던 서정적인 팔행시라고 단언할 수는 없지만 전체적인 시가의
계열에서 그들이 주력했던 영물시와 상징적인 단절로 볼 수 있다.

　사조에게 송별시는 새로운 서정 구조를 자각하는 시작일 뿐이다.
놀랍게도 이 시에는 이미 당시(唐詩)의 전범이 되는 특징이 나타난다.
당 율시에서 가장 중요한 규칙은 팔행으로 이루어진 4연 중에서 2연
과 3연은 대우를 이루고 4연은 언제나 대우를 이루지 않으며 1연도
통상 대우를 이루지 않는다는 것이다. 이러한 형식 구조는 '시간―
공간―시간'으로 전개되는 서정의 진행과정을 활발하고 상징적으로
보여준다.

　(1) 대우가 없으며 시간성이 있는 불완전한 세계(1연)에서 대우가 있으
　　　며 시간이 부재하는 완전한 세계(2연, 3연)로 이동

(2) 완전한 세계에서 다시 대우가 없는 불완전한 세계로 복귀(4연)

이렇게 정형화된 순환 구조에서 당나라 시인들은 당시가 형식과 내용에서 모두 자기 충족적인 우주의 본질을 포착했다고 느낀 것 같다.

실제로 사조의 시는 당시의 삼형식(1연: → 비대칭 구조, 3연: 대칭 구조 → 4연: 비대칭 구조)과 동일한 구조를 가지고 있다.32) 그의 서정시는 개인의 감성과 외부 장면 사이에 질서정연한 균형감이 나타나는 점이 색다른데 이것은 비병렬주의와 병렬주의의 관계로 생각해 볼 수 있다. 490년 형주 여행으로 사조가 갑자기 강렬한 자아 반영의 의지를 갖게 되었다는 사실은 수긍하기 어려운 점이 있긴 하지만 형주행은 반복되는 일상사, 사치와 향락 등 몇 가지와의 완전한 단절을 의미한다. 건강에서의 생활은 나름대로는 열정적이었지만 무료함에서 벗어나지 못했다. 그러나 형주의 생활은 예측할 수 없었고 다른 관료들과 일하는 법을 배워야 했다. 서쪽 형주로 가기 전날 밤 사조는 건강에 있는 어떤 탑에 올라서 자신의 두려움과 슬픔을 남김없이 고백하고 있다.

徘徊戀京邑　　躑躅躞曾阿
陵高墀闕近　　眺迥風雲多
荊吳阻山岫　　江海含瀾波
歸飛無羽翼　　其如離別何

---

32)대우나 유사 대우가 시의 중심부에 위치하는 경향은 이미 위진 시대부터 보이기 때문에 이러한 시의 구조가 사조 당시에 갑자기 등장한 것은 아니다.

돌아다닐수록 남경이 생각나
비틀거리면서도 산골짜기를 누벼.
언덕은 높고 대궐은 가까운데
멀리 바라보니 바람 불고 구름만 자욱하네.　　　　　　　　4
산들이 형주와 오땅을 갈라놓으며
강과 바다는 소용돌이와 거센 파도로 위협하지.
날아 돌아오고 싶지만 날개가 없으니
헤어짐을 어떻게 감내해야 하는가?　　　　　　　　　　8

Lingering, I long for the capital,
Faltering, I walk along the layered mountain slope.
The hill is high, the palace seems near,
I look out afar, winds and clouds are numerous.
Jingzhou and Wu are separated by mountain peaks,
Rivers and seas are filled with billows and waves.
I have no wings to fly back,
This parting—what can be done?
『사선성시』, p.33, <석두를 떠나기 전 봉화루에 올라서(將發石頭上烽火樓)>

이 시에서 눈여겨 볼 점은 사조가 감정과 자연 경관을 조직하는 방
법이며 사조는 이러한 방식은 이후 사조 팔행시의 독특한 풍격이
되었다. 부연하면 1연은 감성적인 태도로 시작해서 2연, 3연은 자연
묘사로 진행되고 4연은 알 수 없는 미래를 상상하며 감성적인 분위
기로 돌아온다. 여기서 다시 한번 사조의 형식이 당 율시와 놀라울
정도로 유사하다는 것을 알 수 있다. 생각해 보면 감정과 형식이 고
도로 복합된 팔행시는 간단한 구조처럼 보이지만 종래의 어떤 시체
보다 독창적이다. 팔행시는 서정적 시각과 자연과의 상호 관계를 동

시에 보여주는 최고의 형식이다. 서정적 눈빛은 자연의 온갖 경관을 바라보는 동안 자신이 삼라만상을 포용하는 실로 거대하고 어마어마한 풍광의 한 가운데 있음을 깨닫는다. 이것은 황홀한 경험일 수도 있고 두려운 경험일 수도 있지만 여기에는 항상 장엄한 자연경관에 대한 인식이 바탕에 깔려있다. 그러나 '나'는 결국 자연 세계에서 물러나서 인간 세계로 돌아와야 한다. 팔행시에는 이러한 모든 과정이 가장 효율적인 방식으로 이루어져 있다.

물론 사조의 팔행시는 아직 형식적 제약이 엄격하지 않으며 율시는 당대에 완성된다. 그렇지만 사조는 집약된 전체성(miniature totality)에 처음으로 관심을 가진 시인이다. 사조는 모든 가능한 형식을 실험하면서 시 안에 모든 것이 구비된 하나의 세계를 표현하려고 했다. 사조의 시도는 내용과 형식을 상호연관시키고 이를 다시 최소 구조 속에 집약시키는 방법을 찾는데 중요한 공헌을 했다. 사조는 사람들에게 이상적인 시의 개념을 직유의 방법으로 설명하였다.

好詩圓美, 流轉如彈丸.

좋은 시란 원형미가 있어야 하니, 흘러 돌아다니는 것이 공 같아야 한다.

Good poetry should be round and beautiful; it should roll and turn like a ball.[33]

공은 모든 것이 충만한 원형 이미지이다. 원형은 음율의 조화와 구조적 완전성을 의미하며 어떤 결함도 없다. 좋은 시란 무엇보다도 움직

---

[33]이연수, 『남사』, 권22, 제2권, p.609.

이는 작은 공처럼 외부의 힘을 받지 않고도 무한성을 구현해야 한다.

형주에 도착한 사조는 스스로 타고난 시인이기도 했던 수왕의 관심을 한 몸에 받았다. 수왕 역시 경릉왕처럼 아름답고 생기 넘치는 원유(園囿)를 만들고 문인회를 거느리고 있었다. 하지만 수왕의 산수유람은 경릉왕에게는 없었던 새로운 요소가 있었는데 수왕은 한 개인의 충만한 기쁨 외에 공동의 참여라는 두 가지 의미를 부여하였다. 사조의 시는 봄나들이에서 본 정원의 그림 같은 경치를 한껏 표현하고 있다.

方池含積水	明流皎如鏡
規荷承日泫	彩鱗與風泳
上善叶淵心	止川測動性
幸是芳春來	側黠游濠盛

네모난 연못에 물이 가득
깨끗한 물결이 거울처럼 흐르네.
둥그런 연잎 햇빛 받은 이슬이 빛나고
날렵한 물고기떼 바람과 노니네.   4
물은 최고의 선이며 사람의 본성에 맞으니[34]
고요한 시내에 어지러운 마음을 살필 수 있지.[35]

---

[34] 여기서 '상선(上善)'이라는 물의 개념은 『도덕경』 8장에서 나왔다. "최고의 선은 물과 같다. 물은 만물을 이롭게 하는데 능숙하면서도 다투지 않으며 여러 사람들이 싫어하는 곳에 처한다. 그러므로 도에 가깝다고 할 수 있다. 거처할 때 땅을 잘 선택해서 마음을 잘 다스릴 수 있다. … 上善若水. 水善利萬物而不爭, 處人之所惡, 故幾於道. 居善地, 心善淵. …"

[35] 공자는 장자에게 다음과 같이 말했다. "사람은 흐르는 강에서 자신을 비출 수 없지만 고요한 물에서는 할 수 있다. 고요한 것만이 다른 고요함들을 고요하게 할 수 있다. 人莫鑑於流水, 而鑑於止水, 唯止能止衆止." Watson, trans., *The*

다행히 꽃피는 봄이 돌아왔으니
걸음걸음 님을 모시면서 아름다운 호강(濠江)을 즐기리라.36)　　　8

The square pond is filled with water,

Its clear flow as bright as a mirror.

Round lily pads receive the sunlit dew,

Colorful fish swim with the currents of the wind.

Water, the highest good, harmonizes with our innermost heart,

The still river gives fair warning to our easily aroused nature.

Luckily fragrant spring has arrived,

So I can accompany my lord in the gand stroll along the Hao River.

<수왕을 모시며 화답하다(奉和隨王殿下)>, 제8수

　사조가 수왕에게 화답한 16수 중의 하나이다(『사선성집』, pp.409-412). 사조의 16수는 형주 생활을 잘 보여준다. 작품들은 철마다 독특한 수왕의 동산을 화려하게 묘사했을 뿐만 아니라 당시 자신의 은밀한 생각들을 표출하고 있다.

　16수 중에서 10수는 팔행시이며 나머지 6수 중 3수는 십행으로 되어 있다. 사조의 다른 시들과 비교하면 팔행시 비율이 가장 높으며 신체로 지어졌다는 것이 확실하게 느껴진다. 필자의 생각으로 이러한 사실은 형주 시기에 지어진 사조 시의 중요한 특징을 보여준다. '문학(文學)'이라는 사조의 관직은 수왕과 다른 문인들의 문체에 영향을 끼칠 수 있는 중요한 자리였다. 당시 관행에 비추어 볼 때 사

Complete Works of Chung Tzu, Chapter Five, p.69.
　36)호강(濠江)은 장주와 혜시가 물 속에서 노니는 물고기가 행복한지에 대해서 토론을 벌였던 장소이다. Watson, 같은 책, pp.188-189.

조가 응수했던 수왕의 작품 역시 사조와 같은 편폭이며 같은 운으로 지어졌을 것으로 보여진다. 만약 그렇다면 사조의 영향으로 수왕 역시 팔행시를 좋아하게 되었을 것이라고 생각해 볼 수 있다. 더구나 현존하는 수왕의 시는 팔행이 아니라 십행이라는 점만 제외하면 신체로 지어진 사조의 작품과 놀랄 정도로 유사하다.(『전한삼국진남북조시』, 제2권, p.754).

사조는 형주에서 벼슬살이 하면서 팔행시에서 감정과 풍경을 융합시키는 기술을 가다듬기 시작했다. 형주 수왕의 생활은 특히 사조의 시공부와 시풍에 많은 도움이 되었다. 시인이라기보다 후원자에 가까웠던 경릉왕과 달리 수왕은 본인 자신이 재능 있고 성실한 시인이었으며 많은 시간을 시작에 할애하였다. 이러한 분위기에서 사조가 수왕과 밤낮으로 시를 주고받고 이야기하며 그의 가장 좋은 벗이 되었던 것은 당연한 결과이다.[37] 사조는 수왕과 교제하면서 정적이고 진솔한 감정을 표현하였는데 이것은 오락 차원이었던 경릉왕과의 사귐과 대조적이다. 더구나 수왕의 천석고황은 사조의 묘사적 감수성을 촉발시켰고 결과적으로 사조 시의 기교적 측면을 풍요롭게 하였다. 실제로 이 당시 사조의 시는 세련된 시각적 묘사 속에서 자연스럽게 감정이 배어나온다.

年華豫已滌	夜艾賞方融
新萍時合水	弱草未勝風
閨幽瑟易響	臺迥月難中
春物廣餘照	蘭萱佩未窮

---

[37] 소자현(蕭子顯), 『남제서(南齊書)』 「사조전」, 권47, 제3권, p.825.

화려한 날 씻겨 사라져 버리고
그윽한 밤의 정취 속으로 빠져 들어.
갓난 부평초 수시로 물살에 쓸려 다니고
연약한 풀잎 바람을 견디지 못해.   4
규방은 깊어 거문고 소리 잘 울려 퍼지고
누각은 멀어 달빛 머무르기 어렵네.
봄날 만물이 달빛에 물들 때
난과 원추리로 장식하면 부족할 게 없지.   8

The gaiety of youthful years is washed away and gone,
The night is long, I am enjoying this nocturnal scene.
Young duckweeds often flow with water,
The fragile grass cannot stand in the wind.
The chamber is secluded—the zither's sound echoes easily,
The terrace is remote—the moon finds it hard to focus on it.
All things in spring are illuminated by the moonlight,
I shall wear orchids and day-lilies forever.
『사선성시』, p.151, <수왕 시에 대작하며(和隨王殿下)>, 제15수

빈봉시에는 달빛 떨어지는 평온한 장면 배후에 자아의 감정이 은밀하게 반영되어 있다. 감정은 직접적인 기술이 아니라 자연의 이미지를 통하여 은연중에 전달된다. 시의 목소리는 다소 내향적으로 느껴진다.

시인의 마음과 의도는 정확히 어떤 것인가? 『남제서』「사조전」을 보면 사조와 수왕의 교제가 몇몇 동료들에게 질투와 시기를 유발하였음을 알 수 있다. 사조는 정치에 연루되면서 치러야할 대가가 어떤 것인지 난생 처음으로 알게 되었다. 사조의 뛰어난 문학 기교와 수려한 용모는 과거에는 상당한 무기였지만 이제 갑자기 자신을 시

샘하는 동료들로 때문에 화근의 소지가 되었다. 시가 유일한 안식처였던 사조는 시라는 매체를 통하여 우울한 감정을 표현하고 싶은 충동을 느낀다. 그러나 완성된 시는 뜻밖에도 달빛으로 물든 영상적인 시이다. 하지만 다시 한 번 시를 읽어본다면 자연의 이미지들과 번민하는 시인의 마음 사이에서 연관성을 느낄 수 있을 것이다. 시인은 바람에 힘없이 쓰러지는 강둑 위 풀잎 같으며(3-4행) 갖은 비방 속에서도 달빛처럼 말이 없고 향기로운 난처럼 순수하다(5-8행). 이것이 시인의 의도라고 증명할 방법은 없지만 바로 이 모호함이 시의 매력이다. 작품은 상상 작용으로 자연 묘사가 생생해지고 끝없는 연상이 일어난다. 사조 시의 가장 중요한 특징은 이러한 이미지의 암시성이다.

　493년 어느 날 갑자기 무제가 사조를 건강으로 소환하면서 형주의 위기는 절정에 달한다. 이러한 배후에는 수왕을 보좌했던 장사(長史) 왕수지(王秀之)의 투서 사건이 있었는데, 왕수지는 사조가 지나치게 수왕에게 영향력을 행사한다고 무왕에게 밀고하였다.38) 무제는 이 소식에 경악하였고 수왕과 사조를 떨어뜨려 놓기로 결심하였다. 사조는 여기에 큰 충격을 받았고 할 수 없이 즉시 형주를 떠나야 했다.

　서정시인으로서 위대한 사조의 면모는 급박한 재난을 겪으면서 유감없이 발휘된다. 건강으로 돌아오면서 사조는 일생일대의 걸작으로 평가받는 <갑자기 수도로 내려오라는 부름으로 밤에 신림(新林)을 출발하여 남경에 도착하였을 때 서부의 동료에게 글을 쓰다(暫使下都夜發新林至京邑贈西府同僚)>를 짓는데 첫구는 다음과 같이 감동적으로 시작한다.

---

38)『남제서』「사조전」, 권47, 제3권, p.825.

大江流日夜　　　客心悲未央

큰 강은 밤낮으로 흐르고
나그네 마음 슬픔은 끝없어.

The great river runs day and night,
The traveler's heart is sorrowfull without end …
『사선성시』, p.40

거리낌 없는 서정의 흐름이 인상적이며 이 속에서 기운은 흐르는 강물처럼 끝없이 분출하고 있다. 외로운 나그네는 모든 자연 현상을 자신의 불행한 처지에서 바라보고 있다. 대자연의 기쁨과 인간의 고통 사이에 생기는 모순은 어떻게 발생하는가? 인간은 자연처럼 모든 위협과 불확실에서 벗어나 자신을 경영하고 확장할 수 있는가? 이러한 질문들은 반드시 풀어야할 숙제이다. 하지만 여기서 자연은 평온한 존재가 아니라 인간의 유한하고 절박한 현실을 악화시킬 뿐이다. 양자강은 괴로움이 지속되는 시인의 심정을 확인시켜주는 것처럼 유유히 말없이 흐를 뿐이다. 사조가 건강에 도착한 시간은 어두움 속에 또 다른 어둠이 존재하는 칠흑 같은 밤이었다.

秋河曙耿耿　　　寒渚夜蒼蒼
引領見京室　　　宮雉正相望
金波麗鳷鵲　　　玉繩低建章

동틀녘 은하수가 빛나고
차가운 섬들 밤의 장막 속에 잠겨.
목을 빼고 남경 황실을 바라보니

웅장한 궁벽들이 마주 보고 있네.
금빛 달의 물결 까치탑을 적시고
별들은 궁전아래까지 내려왔네.
(역주: 옥승(玉繩)은 본래 별이름이지만 여기서는 군성(群星)의 의미)

The Milky Way at dawn glimmers,

The cold islets at night are dark,

I stretch my neck to get a glimpse of the capital—

Its palace walls face each other.

The moon's golden waves brighten Magpie Tower,

The Jade Cord stars sink below Jienzhang Hall.

사조는 낮 익은 성을 마주하면서 더 이상 수왕이 있던 형주로 돌아
갈 수 없음을 직감한다. 시간적으로 공간적으로 모두 돌이킬 수 없
는 이별인 것이다.

驅車鼎門外　　　思見昭丘陽

馳暉不可接　　　何況隔兩鄉

風雲有鳥路　　　江漢限無梁

마차가 (남경의) 남문 아래까지 내달릴 때까지도
양지바른 조왕(趙王)의 무덤을 생각하네.39)
(형주의) 강렬한 햇빛 이제 볼 수 없거늘
갈라진 두 지역은 말할 필요도 없지.
바람과 구름 사이에도 새들이 다니는 길이 있는데
양자강과 한강으로 갈라진 땅에는 다리가 없구나.

---

39)초나라 조왕(趙王)의 무덤은 형주에 있다.

My carriage hastens to the Southern Gate,

As I long to see the sunlit tomb of King Chao.

I cannot see the galloping sunlight,

let alone those separated from me by the barriers of two regions.

In the wind-tossed clouds there are paths for the birds,

Yet men are barred by the Yangzi and Han-no bridge to get across.

마지막은 자각의 순간이며 현실에 구애받지 않는 긍정적 희망이 솟아난다. 과거는 단지 과거일 뿐이며 미래는 자신에게 달려있다. 그래서 시의 마지막은 자유 선언처럼 끝난다.

寄言罽羅者

寥廓已高翔

전하노라. 나를 옭아매는 자들이여,

나는 드넓은 하늘 속으로 비상하였노라.

I send my message to those who set nets:

"I have flown away into the depths of the sky."

그러나 자유는 결국 오지 않았다. 건강에서는 모든 사람을 공포의 도가니로 몰아넣은 권력투쟁이 벌어졌다. 사조가 수도에 도착한지 얼마 안되어 무제가 서거하였다. 그 뒤 왕위계승, 모반, 암살 등 각종 문제들이 줄줄이 터지고 2년이 안되는 사이에 정권이 세 번이나 물갈이 되는 등 궁정은 파국으로 치달았다. 수도에서 예술과 교양을 도야했던 사교시 모임은 흔적도 없이 사라졌으니 제일 먼저 왕융이 처형되었고 다음으로 경릉왕이 걱정과 분노를 이기지 못하고 사망했다. 494년 형주에서 수왕이 시해되는 또 다른 참사가 일어났다. 이러한 사건을 겪으면서 사조는 절망에 빠지게 된다.

잔인무도한 정국을 목격하면서 사조는 현실적인 지혜를 터득하게 되었다. 진정한 은둔자는 될 수 없다 하더라도 한적한 시골 어디선가 반쯤 은퇴한 상태로 지낼 수는 있을 것이다. 하지만 어디서 그리고 어떻게?

은거의 기회는 495년 제 명제(明帝, 495-498 재위)가 사조를 선성(宣城) 태수로 임명하면서 찾아온다. 선성은 안휘성에서 아름다운 산과 강으로 이름난 곳이며 사조의 종조부 범엽이 태수로 있으면서 불후의 명저인 『후한서』를 탄생시킨 곳이기도 하다. 선성은 관직에 있으면서 동시에 은퇴한 것과 똑같은 효과를 누릴 수 있는 이상적인 장소였기 때문에 현실과 타협하기에 안성맞춤이었다.

既歡懷祿情　　復協滄洲趣
囂塵自茲隔　　賞心於此遇
雖無玄豹姿　　終隱南山霧

녹을 받는 즐거움에다가
더불어 시골 물가의 정취를 즐길 수 있지.
이제 소음과 먼지에서 저절로 격리되니
내 마음은 여기에 흡족해.
흑표범의 화려한 자태는 없지만
드디어 남산 연무 속에 몸을 숨기게 되었구나.

I can enjoy both official salary
And delightful walks along the rustic waterside.
Noise and dust are blocked out from now on,

My heart's content will here be fulfilled.
Though I lack the beauty of a panther,
At last I can retire into the South Mountain mist.[40]
『사선성시』, p.53, <선성군으로 가는 중 신림포를 지나 판교로 향하다
(之宣城郡出新林浦向板橋)>

사조는 곧 여기야말로 자신에게 이상적인 장소라는 것을 알았고 선성을 산수도(山水都)라고 이름 지었다. 여기에서 사조는 이백을 비롯한 수많은 당나라 시인들의 상상력을 사로잡은 걸출한 산수시들을 완성한다.

3. 예술적 경험으로서 풍경

사조가 자신의 선조이자 산수시의 선구자였던 사령운을 존경하면서 따라간 것은 당연한 일이다. 선성에 1년 6개월간 있었던 사조가 산수기행에 많은 시간을 할애한 것만 보더라도 사령운의 생활방식을 떠올리게 된다. 선성에서 사조의 산수유람은 <선성군 산에 올라 바라보다(宣城郡內登望)>, <삼호를 바라보며(望三湖)>, <산을 유람하며(遊山)>, <경정산을 노닐며(遊敬亭山)>, <동쪽 들판을 걸으며(遊東田)> 같은 작품들에서 잘 나타난다. 사조가 울퉁불퉁한 바위산과 굽이치는 시내 같은 흥미진진한 장면을 추구하는 사조의 모습 역시

---

[40]남산의 표범은 얼룩피부와 털에 윤기를 내기 위해서 며칠 동안 음식을 먹지 않으며 짙은 안개의 습기를 빨아들인다고 한다(『사선성시』, p.54, 주6 볼 것). 사조는 반쯤 은퇴한 상태에서 자신의 도덕성을 함양하고 싶었기 때문에 이러한 전고는 매우 적당하다고 할 수 있다.

사령운의 천석고황을 떠올리게 한다.

幸菈山水都　　復值淸冬緬
凌崖必千仞　　尋溪將萬轉
堅嶠旣崚嶒　　迴流復宛澶

다행히 산과 물의 고장에 와서
다시 한번 깨끗한 겨울철을 맞는다.
천길 넘는 벼랑을 헤쳐 올라가며
만번 휘감기는 계곡 속으로 들어가네.
곧추선 절벽 험준하기 그지없고
굽이치는 물결 완만했다가 다시 솟구치네.

Luckily I've come to this town of mountains and rivers,
And come at the time of clear winter.
I labor up a crags, never less than eight thousand feet high,
I follow streams with ten thousand turns.
Solid cliffs are towering and craggy,
Meandering currents curve and twist.
『사선성시』, p.64, <산을 유람하며(遊山)>

　　사조가 사령운과 달랐던 점은 벼슬살이 하면서 은둔하는 '조은(朝
隱)'을 취했다는 것이다.41) '산수의 도시(山水都)', 선성에서의 관직생
활은 살벌한 수도의 정계에서 떨어질 수 있는 최고의 선택이었다.
은둔자로서 유유자적한 생활을 즐길 수 있었으며 동시에 관료 생활

---

41) 왕야오(王瑤), 『中國文人生活』(上海, 1951; 홍콩: 中流出版社, 1973 재판), p.107.

을 공개적으로 비판할 필요도 없었다. 이러한 생활에 만족하는 모습은 친구 심약에게 보내는 시에 잘 나타난다.

況復南山曲　　　　何異幽棲時

이제 남산 계곡으로 돌아왔으니
어찌 은둔 하는 것과 다르겠는가?

And now that I reside in this coign of the South Mountain,
Is this different from leading a recluse's life?
『사선성집』, p.383

심약의 화답시도 마찬가지로 사조의 태도에 전적으로 동의하고 있다.

從宦非宦侶　　　　避世不避喧

녹을 먹고 살지만 벼슬에 연연하지는 않지
세상을 피하지만 시끄러운 소리는 함께 한다네.

To Serve, yet not befriend authorities,
To withdraw from the world, but not from worldly noise.
『문선』, 권30, 제1권 p.672

　벼슬살이 하면서 반쯤 은거하겠다는 사조의 입장은 관직과 은퇴 사이에서 고심했던 사령운의 딜레마에서 크게 발전한 것이다. 2장에서 논의된 것처럼 이 문제는 사령운을 평생괴롭혔는데 사실상 당시 지식인들의 고민거리였다. 사령운은 은둔의 여유를 즐기는 성격이지만 한편으로 화려한 고관대작의 지위도 갖고 싶어 했다. 그래서 사령운은 관직 생활 중에는 은퇴를 생각하였고 고향으로 돌아오면 다시 입궐을 열망했다. 결과적으로 사령운의 인생은 관직과 은퇴 사이를 배회한 꼴이 되고 말았다. 사령운은 한두 번 관직에 있으면서 은둔자처럼 살려고 했지만 곧 큰 죄책감을 느끼고 만족하지 못했다. 사령운은 스스로 영가(永嘉) 지방의 벼슬에서 물러나면서 관직과 은퇴가 조화롭지 못했음을 인정하였다.

顧己雖自許　　　心迹猶未幷

돌이켜 보면 스스로 (은퇴를) 약속했지만
내 바램은 뜻대로 되지 않았네.

Looking back, I see I was committed to withdrawal
But unable to act according to my wish.
『사령운시선』, p.62

그러나 사조에게 은거는 물리적인 공간이 아니라 마음 상태의 문제였다. 종종 시에서 은퇴의 뜻을 비추었지만 이것은 자신이 열렬히 추구하였던 자유의 문제로 보는 것이 옳다.[42] 실제로 여유 있어 보이는 선성 생활은 이상적인 은둔 생활을 떠올리게 한다. 사조의 다음 시는 전망 좋은 자신의 서재에서 바라본 경치를 기분 좋게 묘사한다.

---

[42] 왕야오, 앞의 책, pp.108-109.

結構何迢遞　　　曠望極高深
窗中列遠岫　　　庭際俯喬林
日出衆鳥散　　　山暝孤猿吟
已有池上酌　　　復此風中琴
非君美無度　　　孰爲勞寸心
惠而能好我　　　問以瑤華音
若遺金門步　　　見就此山岑

서재는 높은 곳에 외떨어져
저 멀리 고산(高山)과 심학(深壑)이 바라다 보이지.
창속으로 먼 봉우리들 늘어서고
정원으로 키다리 나무들 내려다보이네.　　　　　　4
해가 떠올라 새들 놀라 흩어지고
어둠이 산을 감싸면 외로운 원숭이의 울음소리.
연못가에 술자리 한판 벌였으니
이제 바람 쐬며 거문고를 연주해야지.　　　　　　8
훌륭하기 그지없는 당신이 아니라면
누구를 위해서 내 마음을 수고롭게 하겠는가?
다행히 나에 대한 애정으로
옥소리 같이 아름다운 시 한 수를 보내니　　　　12
금문(金門)에서 걸어 나와
나를 보러 이 산봉우리까지 온 것 같구나.

How secluded and lofty is this building,
I gaze into the distance, and see heights and abysses.
My windows frames remote peaks,
Tall trees bow their heads around the courtyard.
When the sun rises, flocks of birds disperse,

When the mountains darken, lonely apes cry.

I have drunk some wine by the pond,

And now I play the zither in the wind.

If not for you, most virtuous man,

For whom would I tax my soul?

Out of gracious affection for me,

You have sent me a poem, melodious as the sound of jade—

It is as though you had come out from your Golden Gate,

And visited me at this mountain peak.

『사선성시』, p.100, <선성 높은 서제에서 한가롭게 바깥을 내려보며 여법조에게 답하다(郡內高齋閑望答呂法曹)>

이 시의 핵심은 제목에 있는 '한적(閑)'에 있다. 서두를 것이 없는 한가로움은 은둔자에게 시간의 유한함 너머에 있는 충만함을 선사한다. 충만함은 공간적으로도 파악되는데 시인이 높은 산과 깊은 계곡을 응시할 때 거리감은 느껴지지 않는다(1-2행). 바로 이 순간 모든 감각적인 인상은 창문의 구도 속에서 예술적으로 응축된다(3행). 모든 것이 구비된 이 세계에는 진정한 평온함이 깃든다. 새들은 조용한 일출에 놀라서 날아가 버리고 원숭이 울음소리만 들린다(5-6행). 이상적인 풍경, 술, 음악, 그리고 이제 시 쓰는 즐거움 등 모든 것이 변치 않으며 충만하다(7-10행).

그래서 사조는 산수를 훌륭하게 내화(internalization)시키면서 물러남의 미학과 고독하지만 부족함 없는 자아의식을 만들어 내고 있다. 이러한 완전한 평정심에 감동받은 이백은 사조를 도잠과 함께 이상적인 시인으로 생각하였다.

宅近青山同謝脁　　　門垂碧柳似陶潛

집 가까이 청산(青山)은 사조와 같고
문 앞 늘어진 푸른 버들은 도잠의 집이라네.

My house is near the blue mountain, like Xie Tiao's,
At my door green willow branches hang down, like Tao Qian's.[43]

하지만 사조의 경치는 창문의 '닫힌 구도'라는 점에서 도잠의 경치
와 다르다. 사조의 내향성과 물러남의 미학으로 인위성은 자연과 다
를 바 없다. 명시적이건 암묵적이건, 의식적이건 무의식적이건, 거의
모든 사조의 작품에서 구조와 정련의 의지가 반영되어 있다.

　사조의 팔행 산수시는 이와 같이 구조적인 틀 속에 풍경을 가두
려는 욕망에서 탄생되었다고 볼 수 있다. 앞서 언급된 것처럼 팔행
시 중간에 두 연은 통상 묘사 원칙에 따라서 대우를 이루고 있다.
중간의 두 연은 이제 자연 묘사에서 한 단계 발전해서 구체적인 '산
수'의 묘사로 나아간다. 다음 시를 읽어보자.

山中上芳月　　　故人淸樽賞
遠山翠百重　　　迴流映千丈
花枝聚如雪　　　蕪絲散猶網
別後能相思　　　何嗟異封壤

산중에 향기로운 달 떠올라
옛 친구 찾아와 맑은 술 한잔 권하네.

---

[43] 왕기(王琦), 『李太白全集』(北京: 中華書局, 1977), 권25, 제2권, p.1156.

먼 산은 비취빛으로 수백 번 겹쳐지고
돌아 흐르는 시내는 천길 속이 들여다보이네.   4
꽃이 만발한 가지들 수북이 쌓인 눈 같고
무성한 잡초들 그물처럼 널려있네.
헤어지면 당신이 그리워질 텐데
임지가 다른 것이 안타까울 뿐.   8

From the mountain rises the fragrant moon,

Old friend, you've come with a jug of pure wine.

By the distant ridges, a hundred of layers of green,

In the winding streams, ten thousand feet of reflections.

Blossoming branches pile up like snow,

Wild weeds scatter like webs.

How I will think of you after we part!

How sad that we serve in different parts of the country!

『사선성시』, p.73, <강우(江祐)와 함께 물가에서 노닐다(與江水曹至
濱干戱)>

3행은 산의 장면이고 4행은 강의 장면이다. 제2연은 원경이고 제3연
은 근경이다. 이러한 교차의 방법은 사령운 산수시의 기본적인 방식
을 생각나게 한다. 하지만 사령운의 나열적인 묘사와 다르게 사조는
최소의 행으로 모자이크처럼 이미지들을 구성하고 있다. 결과적으
로 사조의 시는 사령운과 다른 차원의 존재, 즉 모든 것이 갖추어진
세계를 성취하였는데 이것은 창문의 구도 속에서 펼쳐진 장면과 비
교할 만 하다. 즉 이러한 시도에는 새로운 제약, 효율성, 형식주의로
의 후퇴 등이 내포되어 있다.

그렇다고 선성에서 지은 사조의 모든 산수시가 압축적인 팔행시

는 아니다. 사실 절반 이상이 '고체(古體)'로 쓰여졌다.[44] 사조의 산수 시에서 명백히 새로운—남제의 형식주의를 표현한다는 의미에서— 젊은 풍경의 이미지들을 집약하려는 경향이다. 이러한 경향은 계속 발전되어서 마침내 당나라 자연시의 기본 풍격으로 발전하였다.

4. 최소 형식의 미학

사조는 창조적인 작업을 계속하였다. 이 시기 사조가 개발한 또 다른 소형식인 사행시는 중국문학에 중요한 공헌하였다. 팔행시와 마찬가지로 사행시는 사교시 모임에서 자기 영역을 확보하게 되었다.

'산수의 도시(山水都)', 선성에서 사조는 처음부터 혼자 여행하지 않았다. 사령운 산수시의 특징인 외로움은 사조의 산수시에는 부재한다. 대신 사조의 산수유람에는 친구들과 술 마시고 어린애처럼 놀이를 즐기는 풍요로움이 묘사되어 있다. 선성 태수로서 사조는 젊은 시절 참가하였던 사교시 모임과 비슷한 문인회를 조직하였다. 차이라면 사조의 문인회는 시짓기 뿐만 아니라 수려한 경치도 찾아다녔다는 것이다.

경릉왕의 시인들은 돌아가며 영물시를 지었을 때 팔행시를 선호하였다. 이와 달리 사조와 동료 문인들은 산수유람하며 함께 시를 지을 때 '연구(聯句)'라는 새로운 형식을 이용하였다. 시인들이 차례대로 사행시를 짓고 나면 전체적으로 시 한 편이 이루어지는 형식

---

[44] '고체(古體)'는 당대의 '고체시(古體詩)'와 혼동의 소지가 있다. 고체시는 당대 시인들이 근체시와 고전적인 방식으로 쓴 시를 구별하기 위하여 만들어 졌으며 당 이전에는 없었다.

이 연구이다. 후대 일본에서 유행한 '렌가(連歌)'와 비슷하지만 형식이 그다지 복잡하지 않다.45) 중국에서 연구는 사조가 처음 개발하였지만 기원은 진(晉)나라까지 올라간다.46) 도잠이나 포조 같은 시인들은 왕왕 친구들과 시잇기 놀이를 즐겼다. 그러나 연구가 사행의 형식성을 갖추게 된 것은 사조의 공이다. 사조 이전의 연구들은 편폭이 일정하지 않았다. 더욱 중요한 점은 사조와 동료 문인들이 사교적 성격이 짙은 연구에서 풍경 위주의 독특한 묘사방식을 개발하였다는 것이다. <경정로 가는 중에(往敬亭路中)>이라는 사행 연구는 여기에 관한 좋은 예이다(『사선성시』, p.171).

1. 사조:

山中芳杜綠　　　江南蓮葉紫
芳年不共遊　　　淹留空若是

산속 은은한 팔배나무는 푸른 빛
강남에 활짝 핀 연잎은 보랏빛
꽃향기 만발한 지금 함께 나들이 가지 않으면
옹색해지고 허무해지지.

In the mountain fragrant pollia are green,
South of the Yangzi lotus leaves are purple.

---

45) 일본의 렌가에 대해서는 Earl Miner, *Japanese Linked Poetry: An Account with Translations of Renga and Haikai sequences*(Princeton: Princeton Univ. Press, 1979) 볼 것.

46) 루어건저(羅根澤), 『絶句三源』(北京: 五十年代出版社, 1955), pp.28-53. 당대 절구에 대해서는 Stephen Owen, *The Poetry of Meng Chiao and Han Yu.*(New Heaven: Yale Univ. Press, 1975), pp.116-136 볼 것.

If we don't make merry together in our sweet years,
We'll be left stranded, and feel so empty.

2. 하종사(何從事, 종사(從事)는 관직명):
綠水豐漣漪　　　青山多繡綺
新條日向抽　　　落花紛巳委

푸른 물가 잔물결 사방에서 일어나고
청산에 볼거리 허다하네.
새로 난 가지 태양으로 뻗어 나가고
떨어진 꽃잎들 어지럽게 깔려있네.

The green water is rich in ripples,
The blue mountain abounds with ornamental patterns.
New branches are growing everyday,
Fallen flowers have withered one by one.

3. 제거랑(齊擧郎, 거랑(擧郎)은 관직명):
弱葵旣青翠　　　輕莎方霏靡
翳鴎沒而遊　　　麕麃騰復倚

물오른 나무 푸른 비취빛을 띠고
모래밭 사초들 보송보송하게 자랐네.
갈매기들 사라졌다가 날아오고
어린 사슴들 뛰어놀다가 멈추네.

Young trees are bluish green,
Light grasses are just becoming lush.

The gulls have departed to wander,
Small deer sport and rest.

4. 진랑(陳郎, 랑(郎)은 존칭):

春岸望沈沈　　　淸流見瀰瀰
幸藉人外遊　　　盤桓未能徙

봄날 강둑 끝없이 바라보이고
맑은 물결 세차게 흐르네.
다행히 사람들 따라서 바깥 나들이 하지만
이쪽저쪽 기웃거리느라 앞으로 나가질 못하네.

I gaze at the spring bank—it extends endlessly,
I see the clear river overflow.
Luckily, because of you, I have come for this outing,
Strolling and lingering, I am too happy to move on.

5. 사조:

鷖枻把瓊芳　　　隨山訪靈詭
榮楯每嶙峋　　　林堂多碕礒

노를 저으며 향내 가득한 꽃들을 따고
산에 다니며 산신령 만나지.
화려한 난간 가파른 절벽이 둘러싸고
숲 속 정자 주변 여기저기 치솟은 바위.

Boating swiftly down the river, we grasp fragrant flowers,
Following the mountain, we visit spiritual beings.

The beautiful railing is surrounded by many rugged hills,
In the forest, so many jagged rocks.

각각의 시들은 전체로 엮어지면서 묘사적인 장편 산수시가 된다. 이러한 구성은 다음과 같이 요약할 수 있다.

    제1수 : 산과 물   (제1연)
            산수유람의 서곡   (제2연)
    제2수 : 산과 물   (제1연)
            나무와 꽃   (제2연)
    제3수 : 나무와 꽃   (제1연)
            새와 짐승   (제2연)
    제4수 : 물 장면   (제1연)
            유람에 대한 평 (제2연)
    제3수 : 유람에 대한 평 (제1연)
            산 장면   (제2연)

제1수와 제4수는 예외적으로 미약하게 나타나지만 전체적으로 모든 연들은 대우를 맞추고 있다. 따라서 이러한 종류의 사행시에서 대우는 전형적인 특징이라고 할 수 있다. 또 한 편만 제외하고 현존하는 모든 연구들은 사조가 선성에 봉직했을 때 지어졌기 때문에 연구는 사조가 문인회를 조직한 이후에 유행하였다고 생각할 수 있다. 연구의 사교적인 성격으로 생각해 보건데 사조와 동료 문인들은 대우 기법을 향상시키려고 습작 삼아서 사행의 연구를 지었던 것으로 보인다. 따라서 산수 지형에서 나타난 자연스러운 병렬 구조는 모든 산수시인들이 추구하는 본보기가 되었음에 틀림없다.

한편 개별적인 사행시가 각기 다른 장소에서 지어진 후 나중에 합쳐져서 하나의 연구가 되는 경우도 있다(예, 『사선성집』, p.469). 사행시가 동료들의 사행시와 합쳐서 연구가 되지 못하면 '잘려진 것' 이라는 의미에서 절(絶)이 된다.[47] 이러한 창작 분위기가 이어지면서 양나라 때 '절구(絶句, 잘려진 시)'라는 용어가 탄생하였는데, 후대 모든 사행시의 기준이 되었다.

사행시는 정식 문체로 명명되기 훨씬 전부터 오랫동안 악부시에서 사용되어 왔다. 사행시가 육조 시대에 급속히 발전하면서 통속가요의 주형식이 되었고 일반 서민들 사이에서 성행하였다. 그럼에도 불구하고 사행시는 오랫동안 식자층에서 홀대 받아왔다. 이러한 와중에 새로운 장르에 골몰하던 포조가 통속가요를 본따서 재미있는 사행시를 짓기 시작했다.

梅花一時豔　　竹葉千年色
願君松柏心　　采照無窮極

매화의 교태는 한 때
대나무 잎은 천년동안 색이 바래지 않아.
원컨대 그대는 소나무의 마음을 지녀서
끝없이 광채가 펼쳐지시길.

Plum blossoms dazzle just one season,
Bamboo leaves are beautiful for a thousand years.
I hope your heart is like the pine and cypress,
Shinning forever without end.
『포참군집』, p.216, <중흥의 노래(中興歌)>

---

[47] 루어껀저(羅根澤), 앞의 책, p.43.

사조는 다소 조야한 사행시 형식에 정밀한 구조를 선사하였다. 사조는 별다은 어려움 없이 팔행시의 형식들을 통속 장르에 적용시켜서 매우 집약적인 새로운 형식을 창조하였다. 사조에게 사행시는 '소시(小詩)'였으며 소시의 압축성은 자족적인 서정성을 구현하는데 가장 적당하였다.

사조의 연구가 묘사적인 것과 대조적으로 소시는 서정성이 두드러진다. 다음 시는 최소 형식에 통달한 사조의 놀라운 재능이 잘 나타나 있다. 분량이 적을수록 더 많은 것을 전달한다는 사조의 철학은 이 시 하나로 충분히 증명된다.

落日高城上　　餘光入繐帷
寂寂深松晚　　寧知琴瑟悲

높은 성 위로 해가 떨어져
남은 햇빛 장막에서 부서지네.
저녁 무렵 깊은 곳의 소나무
어찌 거문고의 한탄을 알겠는가?[48]

The setting sun above the lofty city wall,
Its dim light penetrates into the curtain.
Quiet and lonely stand the pine trees deep at night,
How can they know the lament on the zither(*qinse*)?
『사선성시』, p.28, <청동새의 한탄(銅爵悲)>

---

[48] 금슬(琴瑟)은 본래 칠현금과 25현금이며 결혼한 부부를 의미하기도 한다. 이 행에는 조조의 처첩에 대한 슬픔이 암시되어 있다.

시는 일몰의 생생한 이미지로 시작해서 슬픈 정조의 질문으로 끝맺는다. 언뜻 보면 단순히 대상의 순간적인 지각을 다룬 것처럼 보이며 실제로 그러한 차원에서 보아도 무방하다. 그러나 사실상 묘지에서 바라본 해넘이이기 때문에 일상적인 일몰은 아니다.

묘지 중에서도 평범한 묘가 아니라 무자비한 권력자, 조조(曹操, 155-220)의 무덤이기 때문에 역사적 의미와 인문적인 요소가 풍부하게 내포되어 있다. 조조는 중국 역사는 물론 소설에서도 유명한 영웅으로 동한 말기에 처음으로 북조를 통일하였으며 전중국을 정복한 뒤 자신의 왕조를 세우고자 했던 야심가였다. 그러던 중 208년 조조는 호북성의 적벽대전에서 대패한 뒤 고전하면서 양자 유역을 포기할 수 밖에 없는 상황에 놓이게 된다. 민간 전설에 따르면 적벽대전으로 마침내 천하가 조조의 위(220-265), 유비(221-263)의 촉한, 손권(222-280)의 오로 삼분되었다고 한다. 조조는 난생 처음 자신의 한계를 절감하였으며 야망이 꺾인 뒤 밀려오는 외로움을 느끼게 된다. 조조는 다른 방법으로 자신의 위대함과 불멸의 이미지를 강구하기 시작하였고 210년 마침내 업도(鄴都, 현 하남성) 서쪽 외곽에 하늘을 찌를 듯한 큰 탑을 짓고 탑 꼭대기에 한 마리 거대한 청동새를 세워 놓았다. 조조의 강한 야망을 영원히 상징하는 새는 항상 하늘로 솟아오를 채비가 되어 있다. 조조는 자신이 죽으면 근처 언덕에 묻혀서 무덤이 동작탑을 바라보도록 하고 싶었다. 그의 수많은 처첩들은 120개의 방이 있는 탑에 살면서 조조의 무덤을 바라보아야 했고 매월 보름이면 조조의 아들이 탑에 올라가 봉분을 바라보는 동안 무희들이 탑에서 노래를 불러야 했다.[49]

---

[49] 이러한 이야기는 『鄴都故事』(『악부시집』, 권31, 제2권, p.454)에 실려 있다.

사조의 사행시 악부 <청동새의 한탄(銅爵悲)>은 독자를 조조의 비극으로 직접 인도한다. 개인의 영광을 위한 인공 축조물은 그 자체로 공허함과 불완전함의 상징이다. 위대한 조조였지만 그 역시 죽음을 넘어설 수는 없었다. 이러한 가운데 조조는 현세를 넘어서 불멸성이라는 환상에 자신을 남기고 싶어 했다. 사조 시의 매력은 본질적으로 덧없는 시간의 한 순간을 포착할 수 있는 능력이다. 해는 이내 져버리고 어둠이 곧 탑과 묘를 감쌀 것이다. 이 순간 독자는 희미한 여광이 장막 속을 기어오르는 것을 보며 탑에서 슬픈 음악이 연주되는 것을 듣게 된다. 조조의 여인들은 여전히 영웅의 죽음을 슬퍼하지만 무언의 소나무들이 에워싸는 무덤에서 조조은 영원히 깨어 나오지 못할 것이다. 조조는 자신의 위대성은 물론 인간의 감정도 느낄 수 없다.

이러한 모든 의미들이 암시적인 이미지 속에 구현되어 있는데 시는 단지 네 줄이다.[50] 시의 말미는 질문 형식으로 의미심장한 여운을 남기고 있다. 이러한 질문으로 시인은 시의 즉자적인 한계와 조조라는 역사적 인물을 넘어서는 어떤 초월적인 면에 시선을 던지고 있는 것 같다. 이제 독자는 인생이라는 보편적인 비극과 그것이 담고 있는 함의에 대하여 고민하게 된다. 이러한 효과로 시는 끝났지만 아직 끝나지 않았다는 인상을 받게 된다.

사조의 또 다른 종류의 사행시는 부정적 진술로 끝나지만 역시 의미심장한 여운을 남긴다.

---

[50] Shuen-fu Lin은 이러한 시적 효과를 "섬세함의 미학(the aesthetics of subtlety)"이라고 했다. "The Nature of the Quartrain", *The Vitality of the Lyric voice: Shih Poetry from the Late Han to the T'ang* 볼 것.

綠草蔓如絲　　　雜樹紅英發
無論君不歸　　　君歸芳已歇

녹색 잡풀들이 명주실처럼 쑥쑥
온갖 나무들이 붉은 꽃을 터트려.
그대가 오지 않는다 해도 상관없어
돌아와도 꽃은 이미 저버릴 테지.

The green grass is dense like silk,
All kinds of trees put forth their crimson blossoms.
Don't bother to tell me you won't return—
Even if you return, the flowers will have withered.
『사선성시』, p.27, <왕자의 나들이(王孫遊)>

시의 강한 끝맺음은 근심이 계속되고 있다는 생각을 들게 한다. 새로운 마음 상태로 이어주는 가교 역할이다.

사조의 사행시는 주의를 환기시키는 자연물의 이미지로 시작한 뒤 질문이나 부정적 진술 등 강한 감정 표현으로 끝맺는 것이 일반적이다. 이러한 사조의 문체상의 특징은 후대 절구의 중요한 관용적인 수법으로 발전한다.[51] 끝없는 여운의 미학은 바로 중국문학에서 최고의 표현 개념으로 치는 '언어 바깥의 의미(言外之意)'이다.

사조가 단명하지만 않았다면 혁신적인 시학은 계속 개발되었을 것이다. 35세 되던 해 사조는 아무런 근거 없는 친구의 모함에 연루되면서 생을 마감한다. 사행시처럼 사조의 인생은 후대 시인들에게

---

[51] Yu-kung Kao and Tsu-lin Mei, "Ending Lines in Wang Shih-chen's Ch'i-chüeh: Convention and Creativity in the Ch'ing", in *Artists and Traditions*, ed. Christian F. Murck(Princeton: Princeton Univ. Press, 1976), p.134.

슬픔의 고통만 남겨준 채 불완전한 상태에서 멈춘다. 중국인들은 시에 강한 애착을 보이는 것 같지만 시인의 대우는 박하다.

사조가 죽은 지 겨우 3년 만에 경릉팔우 중의 한 사람이었던 소연(蕭衍)이 수도에 진격해 조카를 하야시키고 502년 양(梁) 왕조를 창건한다. 왕조의 교체과정에서 일어나는 격변 속에서 문학은 다시 한번—이번에는 더욱 강한 생명력으로—성숙한다.

양 무제 초상화. 작자미상. 비단에 채색. "황제와 황후들의 초상화들"
국립고궁박물관 소장, 타이베이, 타이완.

시인의 시인

1. 문학의 내부와 궁정의 바깥

소연(蕭衍)이 양 무제로 등극하면서 남조 문학은 절정에 달한다. 전례 없는 황제의 장수—사조와 같은 해 태어났지만 사조보다 50년을 더 살았다—로 중국인들은 평화와 안정을 되찾았고 문학은 크게 융성하였다. 직접 시를 짓는 작가로서 양 무제는 특별히 궁정에 문학적 분위기를 조성하는데 관심을 기울였다. 그래서 젊은 인재를 선발하고 시짓기를 장려하는 문덕(文德)과 수광(壽光)이라는 부서를 새로 설치하였다. 한편 사조와 왕융을 제외한 경릉왕의 사교시 회원들이 여전히 생존하면서 왕성한 활동을 하고 있었다. 특히 심약은 수시로 벌어진 문인들의 궁전 연회에서 황제와 정기적으로 시를 주고받았다. 문학을 장려한 후덕한 무제는 궁정 뿐 만 아니라 자기 형제들인 지방의 번왕들에게 유사한 성격의 문학회를 구성하도록 하였다.1)

---

1)John Marney, Liang Chien-wen Ti(Boston: Twayne Publications, 1976), pp.60-75.

이러한 분위기 속에서 사교시 문화가 중국에서 처음으로 성황을 이루게 된다.

경릉왕이 주로 문학의 형식적 측면에 관심을 가졌던 것과 달리 무왕은 당시 남조에서 유행하던 낭만적이고 통속적인 악부시에 큰 관심을 가졌다. 가희들이 관능적인 사랑을 노골적으로 표현했던 당시 악부는 기존의 한위 악부와 상당히 달랐다. 가장 유행했던 악부는 오가(吳歌)와 서곡(西曲)인데 모두 사행시이며 건강과 형주 지방에서 각각 성행하였다. 무제는 젊은 시절 형주를 다스린 경험이 있었고 건강에서 오랫동안 생활하였기 때문에 누구보다 이 두 도시의 문화와 관습에 정통하였다.

양나라 사람들이 '근대(近代)' 가곡이라고 부른 새로운 악부는 제나라 영명 시기 이후로 번영해온 도시문화 때문에 가능했다.[2] 『남사』는 도시가 발전하면서 사람들이 새로운 오락 형식을 즐기게 되는 과정을 설득력 있게 설명하였다.

> 永明繼運, 垂心政術. … 十許年間, 百姓無犬吠之驚, 都邑之盛, 士女昌逸, 歌聲舞節, 袨服華妝, 桃花淥水之間, 秋月春永之下, 無往非適.

영명 시기 이후 계속 번영하였고 무제는 국정에 전력을 기울었다. … 십년동안 (도둑 때문에) 개가 짖어서 사람들이 놀라는 일이 없었고 도시들이 번성하였다. 선비와 여인들이 풍족하고 여유가 생기면서 가무를 즐겼으며 화려한 의복을 입고 진한 화장을 하였다. 복숭아꽃과 푸

---

[2] '근대(近代)'라는 용어는 서릉(徐陵, 507-583) 편, 『옥대신영(玉臺新詠)』, 권10 볼 것. 이러한 가곡의 출현과 당시 사회 관습의 관계에 대해서는 리야오웨이칭(廖蔚卿), 「南朝樂府與當時社會的關係」, 루어리엔티엔(羅聯添), 『中國文學史論文選集』(타이베이: 學生書局, 1978), pp.569-589 볼 것.

른 물이 있는 자연 속에서 가을바람이 불고 달빛 쏟아지는 봄날이면 흥겨운 마음을 마음껏 표출하였다.

The Yongming reign continued to thrive, and (Emperor Wu) devoted himself to affairs of government. ⋯ For more than ten years the people were never started by a dog barking at a thief. The cities were prosperous, and men and women lived in abundance and leisure. Everywhere one could hear singing voices and rhythms of dancing steps, and see dazzling costumes and elaborate make-ups. Along the peach-blossom bank, by the green water, in the autumn wind, under the spring moon—there was no place where one could not have one's desire fulfilled.
『남사』, 권70, 제6권, pp.1696-1697

도시에서 유행한 사랑 노래들이 가희들의 인생을 읊은 것은 놀라운 일이 아니다. 짙은 화장과 화려한 의상을 과시한 여성들은 가벼운 사랑의 대상이 되었는데, 이들은 다음과 같은 노래로 손님들을 즐겁게 해주었다.

青荷蓋渌水　　芙蓉葩紅鮮
郎見欲採我　　我心欲懷蓮

푸른 연잎들 파란 물을 덮었고
물오른 붉은 연꽃 활짝 피었네.
님은 나를 따지 못해 안절부절
내 마음은 어서 연을 끌어안고파.

Green lily pads overspread the azure water,
Lotus in full bloom, pink and fresh.
Seeing me, the man desires to pluck me,
My heart longs to embrace the lotus(lien).
『악부시집』, 제2권, p.646, <여름 노래(夏歌)>

무제는 짧은 악부을 무척 좋아하였으며 악부체를 본떠서 황실에서
직접 사행시를 짓기 시작했다.

江南蓮花開   紅光覆碧水
色同心復同   藕異心無異

강남에 연꽃이 활짝
붉은 빛이 푸른 물을 덮었네.
빛깔이 같으면 마음 또한 같아
뿌리는 달라도 마음은 다르지 않다네.

Lotus(lien) flowers bloom in the South of the Yangzi,
Their pink spread over cerulean water.
Their colors are one as their hearts are one,
Though their roots are apart, their hearts are together.
『악부시집』, p.649, <봄노래(春歌)>

연(蓮)과 연(戀)이라는 쌍관어의 사용 등 시어와 주제로 놓고 볼 때,
황제의 시는 가희들의 노래와 비교해도 손색이 없다. 대중 가요를
따라간 황제의 악부시는 새롭게 유행하던 당시 문학 경향을 정확하
게 보여준다.

‘오가’와 ‘서곡’은 이미 양나라 이전에 몇몇 황제들의 마음을 사로
잡았었다. 예를 들어 유송 무제는 오가를 모방해서 다음과 같은 시
를 지었었다.

督護北征去　　相送落星墟
帆檣如芒樫　　督護今何渠

방위 대장님께서 북으로 정벌나가시니
낙성대 터에서 배웅 인사드리네.3)
커다란 돛대 흐느끼는 버드나무처럼 펄럭여
대장님, 오늘은 어디로 운항하시려나.

The Chief Commandant is on a northern expedition,
I bid him farewell at the ruins of Fallen Star Tower.
His ship's mast is like a large weeping willow,
Chief Commandant, where are you headed today?
『전한삼국진남북조시』, 제2권, p.580, <정독호가(丁督護歌)>

경릉왕이 부친인 제 무제 역시 서곡으로 사행시를 지었다.

昔經樊鄧役　　阻潮梅根渚
感憶追往事　　意滿辭不叙

옛날 종군했던 번과 등을 지나며
매근강 유역에서 험한 물살을 만났네.

---

3) 낙성대(落星臺)는 3세기 오나라 때 지어졌으며 오늘날 남경 근처에 있다.

싸우던 그 때가 생각나니 감회가 새로워
가슴이 벅차오르는데 형용할 길 없네.

Long ago, campaigning through Fan and Deng,[4]
We were stopped by the turbulent tide at the Meigen sandbar.[5]
Now, full of emotion, recalling the past events,
My heart overflows with feelings no words can express.
『악부시집』, 제3권, p.699, <나그네의 노래(估客樂)>

드물긴 하지만 이전 황제들의 시도는 양 무제가 통속가요에 관심을
갖게 되는 계기를 만들어 주었다는 점에서 중요하다. 하지만 양 무
제의 접근방식은 상당히 독특한 면이 있다. 이전 황제들이 불렀던
노래들이 전장의 묘사와 같이 주로 지위에 걸맞은 주제였던 반면에,
양 무제는 아름다운 여성의 세계에 대해서 쓰고 있다. 이전의 어떤
중국 황제도 자신의 시에서 여성에 대한 정념을 터놓고 표현한 적
은 없었다.

무제는 여성을 제재로 하는 노래를 만들었지만 당시 통속가요와
한 가지 다른 점이 있다. 서곡, 오가와 달리 무제의 사행 악부시에는
여성에 대한 감정적인 내용이 나타나지 않는다. 무제는 개인적인 감
정을 거의 표출하지 않았고 여성의 아름다움을 객관적으로 관조하
고 있다. 무제의 작품에서 또 다른 특징은 여성에 대한 여성 자신의
응시가 아니라 남성의 응시라는 것이다. 무제의 <자야가(子夜歌)>는
여기에 관한 전형적인 예이다.

---

[4] 두 장소 모두 현재 호북성에 있다.
[5] 안휘성에 있는 매근강(梅根江)의 물살은 빠르고 험하다고 알려져 있다.

朝日照綺窻　　　光風動紈羅
巧笑蒨兩犀　　　美目楊雙蛾

아침 해가 화려한 창으로 들어오고
빛에 섞여온 바람이 그녀의 흰 비단옷을 타고 올라가네.
매혹적인 미소 속에서 환해진 사원
아름다운 눈 위로 눈썹이 올라가네.(역주: 楊은 揚과 통용)

The morning sun shines upon the open-worked window,
A light breeze caresses her fine silk garment.
A captivating smile brightens her temples,
Her pretty eyes heighten her delicate eyebrows.
『전한삼국진남북조시』, 제2권, p.853

　　무제의 시체는 포조에게 영향 받은 흔적이 역력하다. 3장에서 보
았듯이 포조는 다양한 형식의 악부를 지었던 문인이었다. 대부분 포
조의 노래는 장편의 정통 악부로 쓰여 졌으며 사회 비판이나 개인
적인 불만사항을 담고 있다. 하지만 포조 역시 당시 유행가에 맞추
어서 사행시를 짓기도 하였는데 현재 13편이 남아있다.6) 포조의 다
음 시는 무제의 전형적인 묘사 중심의 사행시를 연상시킨다.

白日照前窻　　　玲瓏綺羅中
美人掩輕扇　　　含思歌春風

---

6) 포조의 오가와 <중흥의 노래(中興歌)>라는 일련의 악부시를 볼 것.『포참군
집』, pp.206-207, pp.213-216.

밝은 태양이 앞 창문으로 쏟아지는데
비단의 영롱한 빛으로 몸을 감싼
미인이 작은 부채로 얼굴을 가리며
봄바람 맞으며 그리움의 노래를 부르네.

The bright sun shines on the front window,
Charming in her silk dress,
A beauty covers her face with a light fan,
Full of longing, she sings in the spring wind.
『포참군집』, p.214, <중흥의 노래(中興歌)>

여기에서 보이는 기본적인 묘사가 남제 이래로 유행한 영물시의
방식과 유사한 것은 우연이 아니다. 앞 장에서 논의한 것처럼, 경릉왕
의 사교시 모임에서 가장 두드러진 특징은 좌중의 다양한 사물들을
연작 팔행시로 표현했다는 점이다. 양 무제가 된 소연은 경릉왕의 시
회에 참가하였던 경험을 살려서 영물시를 짓는 분위기를 유지하였는
데, 단지 차이가 있다면 팔행시보다 사행시를 선호하였다는 것이다.
사행시가 유행하였다는 증거는 다음 시에서 쉽게 찾을 수 있다.

柯亭有奇竹　　　含情復抑揚
妙聲發玉指　　　龍音響鳳凰

가정(柯亭)의 아름다운 대나무
정을 머금은 선율 높낮이가 다채로워.7)

---

7) 가정(柯亭)은 절강성 소흥에 있다. 시인 채읍(蔡邕, 133-192)이 여행하다가 여
기에서 하룻밤을 보내는데 정자 근처에서 자라고 있는 아름다운 대죽을 보고 피
리로 만들어서 가장 아끼는 물건으로 삼았다고 한다.

하얀 손가락 위로 아름다운 음악이 흐르고
용의 가락이 봉황의 노래와 울려 퍼지네.

Near Ke Pavilion, there is a rare bamboo,
Full of feeling, its sound is rich in melody.
Sweet music now comes from her jade fingers,
Dragon melodies echo the songs of phoenixes.
『전한삼국진남북조시』, 제2권, p.869, <피리(詠笛)>

이 시는 피리 뿐 만 아니라 여성 연주자의 아름다운 손가락(玉指)에
주목한다.8) 이러한 관심의 전이는 사교시 모임에서 여성이 반드시
필요한 존재가 되었다는 것을 보여주기 때문에 상당히 중요하다. 결
과적으로 여성은 시인이 가장 선호하는 대상이 되었으며 묘사적인
시에서 여성의 외모와 동작들은 주요 소재가 되었다.

이러한 시에서 여성이 다른 '대상' 보다 훨씬 생동감있게 보이는
이유는 '대상'으로서의 여성이 움직이기 시작하면서 공연 장면이
자연스럽게 제시되기 때문이다. 무희를 묘사한 무제의 시는 여기에
대한 적절한 예이다.

腕弱復低擧　　　身輕由回縱
可謂寫自歡　　　方與心期共

가녀린 팔 내려왔다 올라가며
가벼운 몸 부드럽게 원을 그린다.

---

8) 무제는 경릉의 사교시 모임에서 지었던 심약의 초기시에서 이미지를 빌려왔
을 수도 있다(『사선성집』, p.450).

위진 시대 궁녀들이 사용하던 동경

쉬웨이청(徐惟誠) 주편,『中國文物大典』, (北京: 中國大百科全書出版社, 2001), 제1권.

스스로 즐거워한다고 할 만하니
비로소 마음이 더불어 흡족해지네.

Delicate arms flutter up and down,
Her body light, turning freely round and round.
Truly she let herself go,
Only then does she fulfill her heart's desire.
『전한삼국진남북조시』, 제2권, p.868, <춤(詠舞)>

이 시에서 잘 나타나는 것처럼 궁정시는 묘사적인 풍격을 유지하면서도 건강과 형주에서 유행하던 낭만적인 악부시처럼 여성의 관능미를 추구하였다. 여기에서 육세기 초엽 궁정의 사교시는 통속가요와 활발하게 교류하였음을 알 수 있다.

소연이 양 무제로 등극할 당시 38세였는데, 50세가 되면서 주색과 음악을 멀리하고 독실한 불교 신자로 변하는 등 전혀 새로운 사람이 되었던 것 같다.9) 무제의 놀라운 변신은 만년에 직접 지은 다량의 불교시에 잘 나타난다. 경박한 쾌락을 추구하던 황제가 나이 지긋한 현자로 변모하면서 염정시 바람을 일으킨 사교시 모임은 이제 모임의 지지 기반을 잃게 된다.

양 무제가 불교에 심취하는 사이에 소명태자, 소통(蕭統, 501-531)은 조금씩 성숙해 간다. 소통 역시 화려하고 감각적인 당시 문학보다 정통문학과 고전을 좋아했기 때문에 무제의 새로운 문학관에 잘 부합하였다. 소통은 15세에 이미 동궁에 많은 학자와 시인들을 불러들여 엄청난 열정으로 각종 문학 활동을 전개하였다. 또 대규모 연구

---

9) 요사런, 『양서』, 권3, 제1권, p.97.

실을 만들어 뛰어난 동료 시인들의 초상화를 걸게 하고 서적 편찬
과 각종 문학 사업을 전개하였다.[10] 몇 년 뒤 소통은 동료들과 함께
한나라부터 양나라까지 장르별로 작품을 선별하고 편집하여 『문선』
이라는 유명한 선집을 편찬한다.[11] 중국문학사에서 유례를 찾아볼
수 없는 거대한 선집 사업은 그 당시 유행하던 경박한 문학 경향을
부정하는 반작용으로 볼 수 있다. 소통은 스스로 두세 편의 영물시
를 지었지만 묘사적인 영물시와 농염한 악부는 선집에서 제외시켰
다.(『전한삼국진남북조시』, 제2권, p.878). 그러나 이상하게도 사혜
련(謝惠連)의 <설부(雪賦)>, 사장(謝莊)의 <월부(月賦)> 등 다량의 영물부
는 『문선』에 포함시키고 있다. 작품 선별이 일관적이지 못한 소통의
태도를 어떻게 이해해야 할 것인가? 아마도 소통은 영물의 표현은
부 장르에 국한되어야 한고 시는 반드시 서정의 범위에서 표현되어
야 한다고 생각했던 것 같다. 하지만 이러한 보수적인 견해는 동시
대 자유주의자들이 반기지 않았을 것 같다.

이제 기존의 평가가 바뀌었다는 점에서 문학적 수정주의(literary
revisionism)라고 부를만한 재미있는 사례를 살펴보자. 소통은 모든
과거의 문인들 중에서 가장 이상적인 시인으로 도잠을 지목하였다.
한 세기 동안 잊혀져 왔던 도잠에게 소통은 무한한 경의를 표하고
손수 그의 문집을 편찬했다.

其文章不羣, 辭彩精拔, 跌宕昭彰, 獨超衆類, … 加以貞志不休, 安
道苦節 … 余愛其文, 不能釋手, 尙想其德, 恨不同時. …

---

[10] 유효작(劉孝綽)의 전기는 요사련, 『양서』, 권33, 제2권, p.480 볼 것.
[11] Knechges, *Wen xuan,* vol. 1 볼 것. 8권으로 계획된 『문선』 완역의 제1권이다.

도잠의 문장은 다른 문인들이 감히 넘볼 수 없는 경지이다. 언어의 수사가 유려하고 거침없으면서도 화려해서 모든 문체에서 독보적이다. … 게다가 굳은 절개를 버리지 않았고 가난 속에서도 도를 즐겼다. … 나는 도잠의 글을 무척 사랑해서 (한 번 잡으면) 손에서 뗄 수 없었고 그의 덕성을 우러르며 같은 시대에 태어나지 않은 것을 한탄하곤 했다. …

His literary works are never common, and his verbal embellishments are refined and distinguished. Unrestrained and splendid, his writings are unique and supreme in all genres. … Moreover, he always held on to his integrity, and was at ease with hardships. … I have a special fondness for his writings; when reading them I can never put them down. I think of his virtue with admiration, and regret that I did not live in his time. …
『도연명집』, p.10

소통의 문학관은 일종의 독립선언이 되었다. 도잠이 평이한 어법과 '고상한' 내용으로 당시 문단에서 벗어났던 것처럼, 소통 역시 자신만의 고유한 풍격을 만들어서 범인들의 수준을 넘어설 수 있었다. 실제로 소통은 모든 남녀상열지사를 부적절한 것으로 간주한 경건주의자였다. 그래서 소통은 <한정부>의 주제가 자유분방한 감정의 부정이긴 하지만 도잠의 시에서 옥의 티(白璧微瑕) 같은 작품이라고 평하였다.

소통이 최초로 편찬한 도잠의 문집은 당시 시인들과 독자들에게 도잠 바람을 불러 일으켰다. 그렇지만 독자들은 그의 시풍보다는 훌륭한 인격에 크게 감동받았다. 이들은 도잠에게서 삶에 대한 평정심을 배우려고 하였지 '덜 다듬어진' 시에는 큰 관심이 없었다. 예를 들어 소통의 동생, 소강(蕭綱, 503-551)은 도잠을 매우 흠모하였지만 자신의 시는 여전히 기교적이고 농염한 풍격이었다.12) 소강이 당양왕(當陽王)에게 보내는 편지에는 도덕적 수양을 추구하는 삶과 감각적 향락을 찾는 문학이 독특하게 혼합되어 있다.

立身之道, 與文章異. 立身先須謹重, 文章且須放蕩

입신의 도는 문장의 도와 다릅니다. 입신은 모름지기 신중하고 침착해야 하지만, 문장은 방탕한 면이 있어야 한다.

The way of cultivating the self is different from the process of writing. To cultivate oneself one must first of all be prudent and sober. But in writing one should be wanton and untrammeled.13)

소통과 소강은 형제였지만 시의 풍격은 상극이었다. 왕위 계승자인 소통은 경건하게 변한 부친의 계도를 받으며 궁정에서 성장하였다. 대조적으로 소강은 6살부터 여기저기 옮겨 다니면서 지방의 음악적 토양을 접할 기회가 많았다. 소강은 처음부터 오가와 서곡에 타고난 감각을 발휘하였으며 특히 그의 풍부한 언어 표현은 천부적이었다. 소강의 작품은 아버지 양 무제의 젊은 시절을 연상시키지만 사실 소강은 태어날 때 이미 아버지보다 훨씬 더 많은 특권을 누렸었다. 예를 들어 소강은 황제의 아들로서 유년 시절부터 당대 최고의 석

---

12) 안지추(顔之推, 531-591), 『안씨가훈(顔氏家訓)』, 제9장, Deng Siyu trans., *Family Instruction of the Clan*(Leiden: Brill, 1968), p.107.

13) 구양순(歐陽詢), 『예문유취(藝文類聚)』, 권23(上海: 古籍出版社, 1982), 제1권, p.424.

학들에게 수업을 받았다. 유견오(庾肩吾, 약 487-551), 서이(徐摛, 472-551)는 소강의 스승이자 당시 최고의 시인들이었기 때문에 소강의 모든 공식행사와 사교시 모임을 후원하였다. 성인이 된 소강은 서곡이 탄생한 형주에서 멀지 않은 옹주(雍州)를 7년간 다스리게 된다. 임지에서 소강은 통속가요를 들으며 감각적 사실주의(sensory realism)를 익혔으며 결과적으로 소강이 주도하는 사교시 모임도 규모와 영향력에서 급성장하였다.14)

왕조의 계승자인 소통이 돌연 사고사를 당한 531년을 기점으로 사태는 급변한다. 소강은 즉시 궁정으로 돌아와 27세에 왕위 계승자로 임명된다. 새로운 후계자가 등극하면서 궁정 문학은 만년의 무제가 주도했던 아정한 문학에서 다소 악명 높은 궁체시(宮體詩)로 전변하게 되었다.

궁체시의 상당부분은 양 무제의 초기 시와 비슷하다. 그러나 무제는 궁정에서 선풍적인 인기를 몰고온 궁체시에 반대하였다. 진노한 무제는 바로 그의 스승이었던 서이를 불러들여 잘못 가르친 책임을 물었다.15) 그리고 그 자리에서 무제는 불교를 포함해서 서이의 학문적 소양을 시험하였는데 놀랍게도 서이는 모두 정확한 대답을 하였다. 무제는 다시 한번 서이를 존경하는 마음으로 받아들일 수밖에 없었고 그 이후로 다시는 소강의 교육에 대한 책임을 묻지 않았다고 한다.

소강과 그의 동료들은 자신들이 이룩한 궁체시를 일종의 '신변(新變)'이라고 하였다. 이렇게 말한 데에는 자신들의 성취가 몇 십 년

---

14)유견오의 전기는 이연수, 『남사』, 권30, 제4권, p.1246 볼 것.

15)서이의 전기는 요사련, 『양서』, 권30, 제2권, p.447 볼 것.

전 심약이 성률에서 이룩한 혁신적인 성과만큼 중요하다는 의도가 담겨있는 것 같다. '신변'은 이제 궁체시에 꼬리표처럼 붙어 다니는 단어가 되었다. 소강이 동궁에 입궐한지 얼마되지 않아서 친동생 소역(蕭繹, 梁 元帝: 508-554)에게 당시 건강 문학이 진부하고 정체되어 있다고 불평하였다.16) 문장에 능했던 소역은 형의 문학론에 동조하면서 <입론(立論)>이라는 중요한 문론을 완성하고 자신의 문집, 『금루자(金樓子)』에 싣는다. 소역은 문학을 새롭게 이해하면서 보다 정교한 방식으로 문(文, 순문학)과 필(筆, 실용문)을 구분하였다. 당시 문필의 구별은 운의 사용 유무가 유일한 기준이었는데, 소역은 이것을 좀 더 정교하게 발전시켰다. 소역에 따르면, 문은 감정[情], 화려함[采], 운율[韻] 세 가지를 갖추어야 한다.17) 바꾸어 말해 궁체시는 순문학의 입장에서 기존의 운율이라는 음악적 요소에 감정과 화려한 수사를 추가한 것이다. 이중에서 특히 '정(情)'은 기존의 논의와 완전히 다르다는 점에 주목해야 한다. 여기서 '정'의 개념은 주로 남녀간의 에로틱한 감정을 말하며 따라서 궁체시인들은 사령운의 시 같은 전통문학에서 말하는 '정'을 시큰둥하게 생각하였다.18)

그렇지만 21세기의 독자들이 보기에, 궁체시는 차갑지는 않지만 그렇게 정열적으로 느껴지지 않는다. 감각적인 암시가 나타나긴 하지만 기본적으로 궁체시는 객관적인 묘사 형식이다. 궁체시의 관심사는 짙은 화장, 화려한 의상, 매끈한 허리 등 궁중 여인들의 눈부신 미모를 세세하게 묘사하는 것이다. 물론 정념을 유발시키는 대상들

---

16)『중국역대문론선』, 제1권, p.327, <상동왕에게 보내는 글(與湘東王書)>. 또 Marney, *Liang Chien-wen Ti*, p.80 볼 것.

17)여기에 관한 자세한 논의는 루어껀저(羅根澤), 1961년, 앞의 책, p.143 볼 것.

18)소자현(蕭子顯), 『남제서전론(南齊書傳論)』, 『중국역대문론선』, 제1권, pp.264-265.

을 정밀하게 묘사한 작품이 '정'과 아무런 관련이 없다고 말할 순 없다. 그러나 여기서 정은 개인 속에서 발현된 것이 아니기 때문에 시가 만들어주는 인상은 심지어 성행위를 묘사한 경우라도 객관적인 재현이다.[19]

궁체시에서의 대상은 대부분의 경우 미인이며 궁체시인들은 작가의 감정에 영향 받지 않는다는 의미에서 대상의 독립성(autonomy)을 추구하였다. 현존하는 소강의 시를 살펴보면 많은 경우 시제에 '미인(美人)', '여인(麗人)'이 포함되어 있음을 알 수 있다.[20] 아름다움 자체가 시의 관심거리라는 것은 암암리에 궁체시의 미적 태도를 보여준다. 여기서 '미적(aesthetic)'이라는 것은 감정의 자극이 배제된 상태이다. 감정이 개입은 순수한 의미에서 결코 미적이라고 할 수 없기 때문이다. 서구 미학자들이 말하는 초연한 관조(disinterested contemplation)의 미학은 궁체시인들의 창작 활동을 잘 설명해주는 말인 것 같다.

소강에게 시는 예술을 위한 예술이었으며 현실적인 삶과는 무관했다. 소강에 따르면 시의 효용은 아름다움을 나타내는 것이며 여기서 아름다움은 자신의 현실과 존재이유를 구현하는 미적 특징을 의미한다. 이러한 입장은 그림에 대한 시에서 가장 잘 드러나는데 소강의 <그림을 보는 미인(詠美人看畫)>를 읽어보자.

殿上圖神女　　　宮裡出佳人

---

[19] 예를 들어서 소강의 잠자고 있는 여인의 매력에 관한 시나 동성 연애를 하고 있는 미소년에 관한 비교적 자세한 기술을 볼 것. 『전한삼국진남북조시』, 제2권, p.910, p.911.

[20] 『전한삼국진남북조시』, 제2권, p.908, p.910, p.919, p.920, p.932..

可憐俱是畫　　誰能辨僞眞
分明淨眉眼　　一種細腰身
所可持爲異　　長有好精神

궁벽에 걸려있는 그림 속 신녀(神女)
궁전 안에서 나타난 미인.
모두 그림이라니 안타까울 뿐
누가 진짜와 가짜를 가려낼 수 있을까?
모두 눈과 눈썹이 또렷하고
호리호리한 몸매라네.
단지 다른 점이 있다면
하나는 정신이 영원하다는 것이지.

In the hall a portrait of a divine woman,
From the palace a splendid woman emerges.
So lovely, both are painted beauties,
Who can separate reality from art?
Each has sharply defined eyes and brows,
Their slender waistlines are one and the same.
The only difference between them:
One forever has that lively spirit.
『전한삼국진남북조시』, 제2권, p.920.

그림 속의 궁중 여인과 여신의 조심스러운 비교는 재미있다. 시인은 두 개의 예술품을 면밀하게 관찰하고 있는 것 같다. 시의 모든 내용은 미인의 외모에 초점을 맞추면서 외부 세계와 인위적인 분리를 시도한다. 특히 마지막 구는 예술의 항구적인 가치에 대한 소강의 믿음을 적절하게 보여준다. 말하자면 실제 여인이 덧없는 존재라면 그림 속의 미인은 영원불멸하다.

그렇지만 이러한 시가 어떤 문학적 가치를 지니고 있는가? 동시대인들의 이러한 반문에 대답하기 위해서 소강은 궁체시에도 고전적인 전범이 있었다는 것을 보여주려고 서이의 아들, 서릉(徐陵, 507-583)에게 고대부터 양나라까지 여인을 제재로 하는 시를 편찬하도록 한다. 『옥대신영(玉臺新詠)』은 바로 이러한 야심만만한 결과물이며 전10권 중에서 제7권, 제8권은 소강 자신과 가족, 동료들의 궁체시에 할애하였다.21)

모든 면에서 『옥대신영』은 소통의 『문선』과 정반대이다. 『문선』이 사후 작가들의 작품만 다루었기 때문에 결과적으로 당시 영물시와 감각적인 노래를 배제했던 것과 다르게 『옥대신영』은 그동안 금기시 되어왔던 주제와 그것의 선례들을 다루고 있다. 『옥대신영』은 『문선』처럼 모든 장르를 포괄적으로 다루고 있지는 않지만 당시 취향을 반영하고 있다는 장점이 있다. 531년 처음 세자로 책봉되었을 때만해도 소강은 황제가 되기까지 다시 18년을 기다려야 했으리라고는 꿈에도 생각하지 못했을 것이다. 그러나 무제가 549년까지 장수하면서 양나라를 경영하는 18년 동안 소강은 안락한 생활 속에서 궁체시의 흥성을 목격하였기 때문에 헛된 시간은 아니었다. 궁체시는 단순히 외견상의 성공 뿐 만 아니라 무궁무진한 가능성을 의미한다. 문학비평가들은 이 시기의 문학적 성과를 부정적으로 보지만 중국문학에 새로운 개념들을 촉진시켰다.

---

21)『옥대신영』의 영역본은 Anne Birrell, *New Songs from a Jade Terrace*(London: Allen & Unwin, 1982) 볼 것.

2. 인습과 혁신

당대 최고의 시인인 유신(庾信, 513-581)은 모든 점에서 시대가 만들어
낸 최고의 걸작품이다. 유신의 부친, 유견오는 소강의 스승이었기 때
문에 유신은 교육, 사회, 정치 등 모든 분야에서 특권을 누릴 수 있었
다. 12세 연상인 황태자 소통과 14세까지 동문수학한 것이 비근한 예
이다. 따라서 531년 소강이 동궁에 입궐하였을 때 유신의 문재와 학
식을 한 눈에 알아본 것은 당연한 일이다. 그 후로 20년간 유신, 유견
오 부자와 서릉, 서이 부자는 왕실의 총애를 받으며 궁정문학을 주도
한다. 이들 가운데 가장 나이가 어린 유신은 궁정 바깥의 대중들에게
도 인기가 많았고 문학적 명성은 북조까지 알려지게 되었다. 중국 역
사상 이처럼 통치 계급의 전반적인 지지와 환대를 받은 시인은 드물
었다. 운명은 시인에게 많은 행복과 불행을 동시에 가져다주었는데
이러한 과정 속에서 유신은 천부적인 재능을 발휘하였다.

유신의 초기 작품은 명백히 부친, 유견오와 소강의 시에서 영향
받았다. 이 당시 궁정에는 가무가 유행하였는데 귀족적인 분위기에
서 여유있게 자란 유신은 뛰어난 감수성으로 노래와 춤에 관한 작
품들을 짓기 시작했다. 유신은 궁정 생활의 '공연적인' 측면에 관심
을 가지고 있었기 때문에 그의 궁체시는 독특한 매력을 발산하였다.
유신의 생생한 묘사 속에서 궁전은 극장의 무대로 둔갑하고 모든
선율과 춤동작 하나하나에 수준 높은 예술성이 표출되는 공연이 펼
쳐진다.

洞房花燭明　　　燕餘雙舞輕
頓履隨疎節　　　低鬟逐上聲

步轉行初進	飄衫曲未成
鸞回鏡欲滿	鵠顧市應傾
已曾天上學	詎似世中生

외딴 방, 꽃무늬 초 타올라
무희 한 쌍이 가볍게 조비연 춤을 추네.22)
느린 음악을 맞추어 발을 구르다
높은 음에서 가채 두른 머리를 숙이네.　　　　　　　　　　　4
한 바퀴 회전하면서 진행을 시작하고
소매가 팔랑이니 곡은 아직 끝나지 않았지.
난새가 몸을 돌리니 옆모습이 거울에 가득차고
학이 한번 돌아보니 마을 사람들 모두가 빨려들어가.23)　　　8
진정 하늘에서 배워왔으니
누가 이 세상에서 태어났다고 하겠는가?

In a cloistered chamber floral candles are radiant,

The dancers perform light steps of Feiyan.

They stamp their heels in time with the slow beat of music,

Lower their coiffures, and keep pace with the high notes.

Making a rapid turn, they begin to dance in rows,

Their sleeves flutter as the music goes on.

When the phoenixes turn, their profiles fill the mirror,

---

22) 한 성제(成帝)의 황후였던 조비연은 날씬한 몸매와 날렵한 춤으로 유명했다.

23) 고대 전설에 따르면, 춘추시대 무왕이 자신의 딸을 호구산(虎丘山)에 묻으려고 할 때 백학(白鶴)이 도성 근처에서 춤추게 하였다. 학춤에 빠져든 수천 명의 사람들이 학을 따라서 무덤 속으로 들어갔고 마침내 공주와 함께 묻혔다고 한다.(탄정비(譚正璧), 지후후와(紀馥華), 『유신시부선(庾信詩賦選)』(上海: 古典文學出版社, 1958), p.134, 주8 볼 것)

When the crane looks back, the whole town will surely follow and
fall.
Truly their dancing was learned from Heaven,
Who would think that they are born of this world?
『유자산집』, 제1권, p.261, <잡시(雜詩)>

유신은 문학의 독립성을 주장한 소강의 신념을 확장시켜서 모든
예술은 본질적으로 자기 안에 모든 것을 갖추고 있다고 하였다. 유
신에 따르면, 예술은 핍진성의 원리를 넘어서 자기 자신의 진실과
정체성을 창조하여야 한다. 시인의 작업은 인생을 예술로 전변시키
는 것이다. 총 24수로 지어진 유신의 유명한 작품, <병풍의 그림(詠
畵屛風)>은 유신의 이론을 정확하게 보여준다. 유신은 날카로운 관
찰과 고도의 상상력으로 각자 개개의 **구도**와 독자적인 세계를 갖춘
24편의 그림을 재창조하였다. '묘사'나 '사실주의'의 작품에서는 이
와 같이 외부의 간섭을 받지 않는 독자적인 세계가 존재하지 못한
다. 유신의 예술론은 키이츠(John Keat)는 <그리스 항아리에 대한 송
가(Ode on a Grecian Urn)>와 비교해 볼 만한데, 키이츠의 작품에
등장하는 단지에는 생명과 에너지가 시간이 얼어붙은 사물들 속에
갇혀있는 모습이 그려져 있다.24)

유신의 연작시에서 등장하는 그림들 대부분은 황궁이 배경이
다.25) 특히 제6수는 전형적인 황궁을 모습을 보여준다.

---

24)*John Keats: Selected Poetry and Letters,* ed. Richard Harter Fogle(San
Francisco: Rinehart Press, 1969), pp. 249-250 볼 것.

25)어떤 작품들은 협객을 제재로 삼기도 한다. James J. Y. Liu, *The Chinese
Knight-Errant,* p.60.

高閣千尋起　　　長廊四注連
歌聲上扇月　　　舞影入琴絃
澗水纏窓外　　　山花卽眼前
但願長歡樂　　　從今盡百年

높은 누각 천길 높이로 솟아오르고
긴 회랑 사방으로 이어져.
노래 소리 부채꼴 모양의 달까지 울려 퍼지고
춤추는 그림자 거문고의 가락으로 들어오네.
계곡 물 창문 바깥으로 흐르고
산꽃은 내 눈 앞까지 들어와.
단지 바라노니, 즐거움과 기쁨이 이어져
지금부터 백 년 동안 다하거라.

Towering pavilions rise ten thousand feet high,
Long corridors are joined on all sides.
Singing voices soar up toward the fan-shaped moon,
Dancers' shadows blend into the zither's melody.
Valley streams are just outside the window,
Mountain flowers are before my very eyes,
I wish happiness to us always,
From now until the limit of our mortal span.
『유자산집』, 제1권, <병풍의 그림(詠畫屛風)>

시인의 상상 속에서 그림과 현실의 경계는 사라진다. 단편이지만 작
품에서 묘사된 그림은 모든 것이 구비된 충만한 세계를 창조한다.
그림 속에는 높은 누각과 긴 회랑(1-2행), 음악과 춤(3-4행), 산과 물
의 장면이 있다(5-6행). 시적 상상력으로 무한하게 펼쳐진 공간 속에

서 시인은 행복한 상태가 지속하기를 바라지만 이러한 소망은 예술에서만 가능하다.

유신의 연작시는 귀족층에서 산수화의 기교가 중요한 문화 현상이었음을 보여준다. 그 때 당시 유명한 산수화가로 소강의 동생이며 552년 황제로 등극한 『금루자(金樓子)』의 저자, 소역(蕭繹)과 궁정 여인들 사이에서 작은 산수화가 그려진 둥근 부채를 유행시킨 제 경릉왕의 손자, 소분(蕭賁, 530년 전후 활동) 두 명을 꼽을 수 있다. 후대 예술 비평가들이 설명하는 작은 그림의 미학은 상당히 설득력 있다.

> 咫尺之內, 而瞻萬里之遙
> 方寸之中, 乃辯千尋之峻

> 지척의 거리에서 아득히 만리의 경치를 조망하고
> 한뼘의 공간에서 천길 벼랑 끝을 식별하네.

> Within a foot measure, one can view the scenery as far as three thousand miles.
> Within an inch square, one is able to discern eight-thousand-foot cliff.[26]

이러한 논평은 유신의 연작시에 똑같이 적용해 볼 수 있다. 산수화와 새로운 경향의 육세기 중국시는 매우 긴밀한 관계를 가지고 있다.

---

[26] 요최(姚最), 『속화품(續畫品)』. 동슈예(童書業), 「中國山水畫起源考」, 『山水畫史之研究』(춘추이슈에서(存萃學社) 편, 『中國畫論叢』(홍콩: 大東圖書公司, 1978), 제1권), p.30에서 재인용.

유신의 시에는 궁체시를 넘어서는 그 무엇이 있었다. 인용시처럼 궁정 여인의 묘사는 유신의 시에서 중요한 부분이지만 보다 중요한 것은 궁정 여인이 그림의 한 부분일 뿐이라는 사실이다. 연작시에서 24개 그림들이 각각 세속의 번뇌가 사라진 은둔 세계를 구현하고 있다는 점을 생각해 볼 때 유신의 관심사는 유토피아의 창조였음을 알 수 있다. 유신의 작품을 보면 마치 도잠의 이상향인 <도화원>을 새로운 예술 형식으로 번안하였다는 인상을 받게 된다.

逍遙遊桂苑　　　寂絶到桃苑

계수나무 동산을 소요하다가
소리가 끊어진 도화원에 이르렀네.

I roam freely to the cassia park,
To the quiet and secluded Peach Blossom garden.
『유자산집』, 제1권, p.354.

그러나 유신의 유토피아는 그림으로 축소되어서 훨씬 작은 공간에 집약되었다는 사실에 유념해야 한다.

많은 유신의 작품들은 정치한 구조와 운율의 균형미를 갖추고 있다. 유신은 사조 보다 당 율시에 더욱 근접하였다. 현존하는 유신의 시에서 반 이상이 팔행시이며 <병풍의 그림(詠畫屛風)>만 보더라도 제23수, 제24수만 빼면 모두 팔행시이다. 더구나 평측과 대구의 측면에서 생각해 보면 유신의 시는 당 율시로 보아도 손색이 없다.[27]

---

[27] 예를 들어서 <배 위에서 달을 보다(舟中望月)>(『유자산집』, 제1권, p.347)는 완전한 율시라고 볼 수 있다. 연작시의 제11수와 제15수는 3행, 5행, 7행의 두 번

이러한 생각이 물론 시간적인 순서에 맞는 것은 아니지만 여기서는 형식과 성율에서 성공한 유신이 어떻게 당나라 시에 영향을 주었는지 생각해 볼 필요가 있다.

순전히 우연이긴 하지만 유신은 심약이 죽은 해에 태어났다. 심약의 죽음과 함께 당시 모든 성율주의자들은 사라졌으며 유신은 이들의 상징적인 계승자로 볼 수 있다. 실제로 유신은 서릉과 함께 엄밀하게 평측을 따라가면서 성율운동을 부흥시키려고 했던 젊은 궁정시인들이었다. 무제는 젊은 시절 경릉 문단에서 활동하였지만 그럼에도 불구하고 사성체계를 좋아하지 않았다.[28] 시인으로서 소강은 아버지보다 성율에 민감했지만 일부 작가들의 맹목적인 성율 추구에는 반대하는 입장이었다.[29] 이러한 분위기 속에서 유신의 궁체시에는 정련된 성율과 농염한 감각주의의 통합이 나타난다.

유신의 창조적인 노력은 중국문학에 새로운 유행을 몰고 온 또 다른 형식을 개발하였다. 이제 시 형식에 영향받은 부는 시의 하위 장르처럼 여겨진다. 2장에서 논한 것처럼 5세기 시의 특징인 핍진성은 부의 영향을 받았다는 흔적이 역력하였다. 그러나 100년이 지난 지금은 시가 도리어 부에게 새로운 형식을 제시하였다. 장르간 경계가 없어지는 새로운 현상은 형식 실험에 관심이 많았던 유신 개인의 성향을 반영한다고 볼 수 있다. 그러나 결국 유신의 작업은 후대 중국문학에서 서로 다른 문체들이 영향을 주고받는 발판을 마련해 주었다.

중국문학에서 운율은 중요하다. 부는 운을 사용하였지만 산문 효

째 글자의 평측이 전행의 두 번째 글자와 같아야 한다는 점(黏)의 규칙을 지키지 못했기 때문에 율시라고 하기에는 부족하다.

[28] 요사련, 『양서』, 권13, 제1권, p.243. 또 앞 장의 주8 볼 것.

[29] 여기에 관한 논의는 Marney, 앞의 책, pp. 82-83 볼 것.

과를 내기 위해서 한행이 짝수로 끝난다. 유신이 살던 시대의 부는 후대에 사육문(四六文)이라고도 하는 병문(騈文)의 영향을 받아서 사언이나 육언으로 고정되었다. 따라서 운율 면에서 보면 육조 시의 병부(騈賦)는 사언, 육언이기 때문에 오언시, 칠언시와 완전히 반대이다. 시인들은 특히 함축적인 오언시를 선호하였다. 불과 다섯 글자이지만 짝수 리듬과 홀수 리듬은 한 행에서 길항작용을 일으키면서 유사성 안에서 비유사성의 미학 원리를 반영한다. 바로 이러한 다양한 운율 체계 속에서 만들어 진 것이 당대 율시이다.

분명히 유신은 부와 시의 운율상의 차이—부는 산문적이며 시은 운문적이다—를 유념하고 있었다. 그러나 유신의 풍부한 상상력은 홀수 행을 부에 첨가해서 '시적' 분위기를 부의 운율에 부여하려고 시도하였다. 예를 들어서 <봄노래(春賦)>는 칠언으로 시작한다.

宜春苑中春已歸	7
披香殿裡作春衣	7
新年鳥聲千種囀	7
二月楊花滿路飛	7
河陽一縣併是花	7
金谷從來滿園樹	7
一叢香草足礙人	7
數尺遊絲卽橫路	7

의춘원에 어느새 봄 찾아들어
피향전에서 봄옷을 만드네.30)

---

30) 의춘원(宜春苑)은 장안 의춘궁(宜春宮)에 있으며 진 황제가 순유할 때 사용된 임시 거처였다. 피향전(披香殿)은 한대 궁녀들의 거처이다.

올해 날아온 새들은 온갖 소리로 울어대고
이월 버드나무 꽃 길가에 가득하네.
하양이 온통 꽃으로 물드니
금곡의 정원은 본래 나무가 가득했지.[31]
한 무더기 향초가 발걸음을 방해하고
긴 거미줄 길을 가로질러.

In the Yichun Garden spring has returned,
In the Pixiang Palace spring garments are made.
The new-year birds chirp in a thousand variations,
The second-month poplar blossoms drift all over the road.
Throughout Heyang Country there are flowers,
As always, Jingu Park is full of trees.
One thicket of fragrant grass does get in the way,
Gossamer, a few feet long, blocks the road.
『유자산집』, 제1권, p.74, <봄노래(春賦)>

그리고 칠행과 오행을 섞어서 작품을 마무리한다.

三日曲水向河津	7
日晚河邊多解神	7
樹下流杯客	5
沙頭渡水人	5
鏤薄窄衫袖	5
穿珠帖領巾	5

---

[31] 하양(河陽) 지방은 복숭아꽃으로 유명하며 현재 하남성에 있다. 금곡은 가희 녹주(綠珠)를 헌신적으로 사랑한 유명한 거상인 석숭(石崇, 249-300)의 정원이다.

百丈山頭日欲斜　　　　　　　　　7
三晡未醉莫還家　　　　　　　　　7
池中水影懸勝鏡　　　　　　　　　7
屋裡衣香不如花　　　　　　　　　7

삼월 삼일 곡수날 나루터[32]
저녁 강가에서 신령님께 여러 차례 치성 드리네.
나무 밑에서 잔을 띄우는 손님
모래밭 물을 건너는 사람.
화려한 무늬가 소매에 새겨져 있고
진주가 엮어진 목도리는 아름다워.
천길 산꼭대기로 해가 넘어가니
초저녁 아직 취하지 않았다면 집에 갈 생각말게
(역주: 포(晡)는 신시(申時, 오후 3시-5시), 신시는 다시 삼포 즉 상포(上晡), 중포(中晡), 하
포(下晡)로 나누어진다.)
연못에 비치는 물빛 거울보다 반짝거리고
집안의 옷 향기 꽃만 못하지.

On the third day they go to the ferry for the 'winding water'
ceremony,

In the evening, by the riverbank, with many offerings to the gods.

Under the trees some float wine cups,

By the sandbank others are waiting to cross.

Sleeves are decorated with colorful patterns,

Collars are adorned with strung pearls.

---

[32] 곡수 의식은 전통적으로 3월 3일에 열린다. 봄날 물가에서 몸을 씻으면서 의
식을 치르는데 참가자는 곡수 위쪽에 술잔을 띄우고 아래로 내려와 술잔을 건져
서 마신다.

Behind the ten-thousand-foot mountaintop, the sun sets,
Unless you are drunk at dusk, do not go home!
Reflections in the pond shimmer more than in a mirror,
Garments indoors are not as fragrant as the flowers.
『유자산집』, 제1권, p.78, 상동

이와 비슷한 예가 <등부(燈賦)>, <대촉부(對燭賦)>, <경부(鏡賦)>, <원앙부(鴛鴦賦)>, <탕자부(蕩子賦)> 등 현존하는 유신의 초기 부에서 발견된다. 유신의 혁신적인 시도로 궁정에서 시의 운율을 가진 부가 유행하였다.[33]

유신이 운율을 고려한 이유는 그 당시 일반적인 시의 풍격을 따라가면서 부에서도 새로운 '형식적 사실주의(formal realism)'를 적용시키려고 했기 때문이다. 유신의 부는 영물시나 궁체시 방식이었다. 바꾸어 말해서 유신은 부에서도 동시대 시풍과 마찬가지로 감각적인 대상을 농염하게 추구하였다. 이제 부는 시의 음악성이 강화되면서 새로운 고도의 운율미를 갖추게 되었고 육조 시인들은 새로운 부체를 높이 평가하였다. 그러므로 새로운 부의 형식에는 전변하는 시대정신이 잘 반영되어 있다.

유신은 거의 완벽한 시대의 구현자였다. 하지만 유신 개인의 환경은 무척 예외적이었기 때문에 종종 벗어날 필요가 있었다. 유신이 호화로운 궁정 안에서 벗어나게 되는 기회는 545년 무제의 명으로

---

[33] 물론 유신이 시의 운율법을 혼용하여 부를 지은 첫 번째 시인이라고 증명할 방법은 없다. 그러나 대부분의 비평가들은 청나라 때 유신의 문집을 편찬한 예번(倪璠)의 주에 기초해서 유신이 이러한 풍격의 선구자라고 생각한다. 이러한 주장은 아직 확정적이진 않지만 유신이 궁정에서 이러한 형식의 작품을 가장 많이 지었다는 것은 틀림없다.

북조의 동위(東魏)로 사신 가면서 찾아왔다. 그 당시 북조는 정치적 분열을 거듭하고 있었다. 북조는 긴 내전을 겪다가 534년 북위는 업(鄴, 현 하북성 남쪽) 땅의 동위와 장안 지역의 서위로 갈라진다. 분열된 두 개의 이민족 왕조는 남조와 대립하던 것처럼 자기네끼리 서로 반목하였다. 그런데 두 왕조에게는 한 가지 공통적인 면이 있는데 모두 선진 문화를 배울 목적으로 남조에게 유신과 같은 문인들을 문화 사절로 파견해 달라고 수시로 요청하였다.34) 양 무제는 정치적 필요성과 개인적인 취향에서 북조와 문화 교류를 가졌으며 직접 북조의 승려들을 자신의 황궁으로 초청하기도 하였다.35)

유신이 동위로 사신을 가게 된 시기는 적절했다. 32세에 이미 북조에서도 중국 최고의 시인으로 알려진 유신은 동위의 수도에 도착하자마자 대대적인 환대를 받았다. 북조 사람들은 유신의 놀라운 시재(詩才)와 뛰어난 학식에 탄복하였고 궁정에서는 각종 연회를 베풀면서 극진한 대우를 하였다. 생각해 보면 어떤 이민족 왕실에서도 타국에서 온 시인이나 사신을 이처럼 융숭하게 대접한 적은 없었을 것이다. 이윽고 양나라와 동위 간에 화친이 체결되었고 유신은 작별의 순간에 감사이 뜻으로 다음과 같은 송별시를 지었다.

```
…  交歡値公子      展禮覿王孫
    何以譽嘉樹      徒欣賦采蘩
    四牢盈折俎      三獻盡罍樽
    人臣無境外      何日欣此言
```

---

34) Peter Bear, "The Poetry of Yü Hsin"(diss. Yale Univ., 1969), p.11.

35) Arthur R. Wright, *Buddhism in Chinese History*(Stanford: Stanford Univ. Press, 1959), pp. 50-51.

風俗旣殊阻	山河不復論
無因旅南館	空欲祭西門
眷然惟此別	夙期幸共存

… 당신과의 만남은 즐거웠습니다.

의전에서 왕손들도 예방하였습니다.

어떻게 해야 당신의 아름다운 나무를 칭송할 수 있겠습니까?[36]

기쁜 마음으로 「채빈」을 노래할 뿐 입니다.[37]

좋은 고기 썰어서 접시에 담아주시고[38]

세 번 술잔을 건네주셨습니다.

사신은 본래 타국에서 융숭한 대접을 받지 못하는데

어떻게 이러한 대화를 즐길 수 있겠습니가?

풍속이 이미 다르며

산과 강은 말할 필요도 없습니다.

이제 남관(南館)에 머물 인연은 없지만

---

[36] 이 행은 직역하면 "어떻게 아름다운 나무를 칭찬할 수 있는가?"이다. 여기에는 『좌전』의 유명한 전고가 사용되었다. 주인의 환대에 감사를 표하기 위하여 한 선자(韓宣子)가 연회장에 있는 아름다운 나무를 칭찬하였는데 여기서 나무는 후덕한 주인을 뜻한다.(『유자산집』, 주5, 제1권, p.199 볼 것.)

[37] '번(繁)'은 『시경』에 나오는 시이다. 한 여인이 왕자에서 구애하기 위해서 왕궁에서 풀을 뜯었다고 한다. (Bernhard karlgren, trans., *The Book of Odes*(Stockholm: The Museum of Far Eastern Antiquities, 1974), p.8, 제13수 볼 것. (역주: 주자는 여인이 제사를 목적으로 풀을 뜯고 있다고 보았다.『시경』「소남(召南)」 <채빈(采蘩)>: "흰 쑥을 캐네, 연못에서 물가에서. 쓰려 하네, 공후(公侯)의 제사에. 흰 쑥을 캐네, 산중 계곡에서. 쓰려 하네, 공후(公侯)의 궁에서. 머리장식 공경스럽게 하고, 새벽부터 밤늦도록 묘소에 있다네. 머리장식 위의(威儀)있게, 돌아간다네. 于以采蘩, 于沼于沚. 于以用之, 公侯之事. 于以采蘩, 于澗之中. 于以用之, 公侯之宮. 被之僮僮, 夙夜在公. 被之祁祁, 薄言還歸.")

[38] 고대 중국에는 신분에 따라서 예법이 달랐는데 고기 음식 역시 빈객의 지위에 따라서 선별적으로 접대되었다. 여기에 나온 '사뢰(四牢)'는 네 번째 등급이며 공(公)과 후(侯)가 먹는 음식이다.

부질없이 서문(西門)에서 예식을 가져보길 기대합니다.

아쉬운 마음으로 이별을 맞이하며[39)

하루 빨리 함께할 날이 돌아오길 기원합니다.

··· Happily I made your acquaintance, dear sirs,

I met all these princes in your grand reception.

How can I praise the fine tree of your graciousness?

Only by reciting joyfully the Song of Herbs.

With choice dishes of fine meat, you feasted me,

Three times you filled my goblet and drank to me.

No common official can tread on a foreign land.

How could I ever have this happy gathering with you?

Our customs are set apart,

Let alone the mountains and rivers.

No reason to stay in the Southern Lodge again

Or to expect offerings at your Western Gate.

With loving thoughts, I bid you farewell,

Best wished to you all!

『유자산집』, 제1권, p.198, <업도로 가는 명을 받으며(將命至鄴)>

유신은 다른 양나라 시인들처럼 궁체시에 심하게 구속받지 않았
다. 오히려 시에서 나타나는 강한 서정성과 평이한 어법은 도잠의
시를 강하게 연상시킨다. 풍격과 주제는 항상 관련이 있기 때문에
이러한 사실은 그렇게 놀라운 일은 아니다. 유신은 남조의 문학에서

[39)이것은 전국시대 검부(黔夫)의 이야기에서 나왔다. 조나라 사람들은 검부를
매우 존경한 나머지 서문(西門)에서 신에게 제물을 바치는 것과 똑같이 검부에게
하였다고 한다.

벗어날수록 자신의 시 세계는 점점 넓어졌다. 유신의 문학적 특징이 미사어구와 감각주의라고 한다면 그것은 양나라 궁정생활을 재현한 작품에서만 그러하다. 더욱 흥미로운 점은 표현의 목소리를 내려고 할 때마다 의식적으로 고전적인 수사기법을 활용하려고 하였다는 것이다. 풍부한 전고를 사용한 인용시만 보아도 전고를 기피하는 일반적인 궁체시와 상당히 다르다는 것을 알 수 있다.

3. 서정성의 재확립

유신의 안락한 생활과 평화로운 당시 분위기는 오래가지 않았다. 유신이 동위 방문을 성공리에 마치고 돌아온 지 3년 만에 양나라는 국가적 위기를 맞게 되었다. 548년 동위에서 양으로 망명했던 후경(侯景)이 갑자기 반란을 일으켜 무제에게 대항한 것이다. 유신이 건강령(建康令)의 수비하고 있던 수도 건강은 순식간에 반란군의 손아귀에 들어가고 3년 동안 수도는 살인과 죽음으로 얼룩진다. 무제가 서거하고 소강이 간문제(簡文帝, 550-551 재위)가 되었지만 양나라는 이미 후경의 손에서 놀아났다. 그러던 중 소강은 돌연 죽음을 당하였다. 평생을 안락하게 살았던 소강은 후경의 자객에게 살해되고 그의 친척이 제위를 계승하였다. 극심한 정치적 혼란 속에서 유신의 집안에도 세 아들의 죽음 같은 불행이 찾아온다. 다행히 유신은 소강의 동생, 소역이 후경에게 저항하고 있던 강릉(江陵, 현 호북성 형주)으로 피신할 수 있었다. 552년 마침내 후경의 반란은 진압되었고 소역은 제위에 올라서 원제(元帝)가 된다. 당시 황실 도서관은 건강에서 강릉으로 이전한 상태였는데 유신은 궁정의 문학 업무를 관장하라는 명을 받는다. 후경의 반란 이후 처음으로 유신은 궁정 문학에 간여할 수 있었다. 554년 오월 유신은 다시 한번 북조에 사신으로 가게 되는데 이번에는 서위(西魏)였다. 이 당시만 하더라도 유신이 북쪽에서 가서 다시는 고국의 땅을 밟지 못하리라는 것을 누구도 예측하지 못하였을 것이다.

유신이 북조에 도착하지 얼마 지나지 않아서 서위는 남쪽으로 내려와 양나라의 새 수도 강릉을 공격하였다. 이 때 양 황실은 다시 한번 살인과 배신으로 얼룩지는데 원제는 당시 적국에 망명해 있던 조카, 소찰(蕭詧)에게 살해당하고 만다. 이러한 정치적 격변 속에서 마침내 원제의 군사를 다스리던 진패선(陳覇先)이 557년 양나라를 무너뜨리고 진(陳)이라는 새로운 왕조를 세웠다. 유신이 조국을 떠난 지 3년 만에 비운의 양 왕조는 역사 저편으로 사라졌다.

유신은 망국의 슬픔으로 비탄에 잠겼지만 남쪽으로 돌아갈 수 없었다. 양나라가 망하기 수 년 전인 554년 서위가 양나라를 약탈한 뒤 많은 귀족과 관리들을 반강제로 데리고 올라갔는데 볼모로 잡혀온 인질들 속에는 다행스럽게도 유신의 가족들이 있었다. 사실상 북조는 유신에게 최고의 대접을 하였다. 유신은 많은 중요한 호칭을 받았고 항상 존경 받았다. 557년 문화계의 지도자였던 우문각(于文覺)이 장안의 권력을 장악하고 새로운 왕조인 북주(北周)를 세웠을 때에도 유신은 오히려 실권이 있는 더 높은 자리를 임명받는다. 우문(宇文)씨는 중국 문화를 상당히 흠모하였기 때문에 남조 최고의 시인이 자기 수하의 관료가 되었을 때 당연히 대단히 즐거워하였다. 시간이 지나면서 유신은 조금씩 북위의 관료들과 교분을 쌓아갔으며 문학이라는 공통 관심사는 비탄에 빠진 유신에게 어느 정도 위로를 주었던 것으로 보인다.

하지만 유신은 대격변 속에서 벌어진 조국의 멸망을 결코 잊어버릴 수 없었으며 이민족의 왕조에서 살아가는 한족으로서 치욕과 무력감에 사로 잡혀 지냈다. 지금부터 살펴볼 유신의 시에는 '서정성의 확장(expanded lyricism)'이라고 할 수 있는 새로운 시각이 보이는데 말하자면 한 작품 안에 두 개의 질서체계—개인적인 것과 정치 역사적인 것—가 공존한다.

유신의 유명한 연작시인 <의영회(擬詠懷)>는 북쪽에 간 첫 해에 지어진 것으로 보인다.40) 작품 제목에서 알 수 있듯이 유신은 자기 자신을 <영회(詠懷)>라는 유명한 작품을 지은 완적(阮籍)과 동일시하였다. 완적이 그랬던 것처럼 유신은 영회시에서 자기감정—자유로운 표현을 갈망하는 내적 자아의 감정—을 자유롭게 표출하려고 하였다. 그러나 두 시인 모두에게 있어서 문제가 되는 감정은 자아와 정치 세계의 상호작용의 하나로 정의할 수 있을 뿐이다.41) 유신의 영회시과 북쪽에서 쓰여진 시들은 풍부한 전고를 사용하면서 문화사나 정치사 같은 복잡한 현상을 기술하고 있다는 인상을 준다. 하지만 복잡한 현실을 완전한 개인의 목소리로 조화시키는 서정시에는 항상 자아의 내적 통일이 있다. 시인은 역사와 정치를 이야기하지만 거기에 대한 자신의 생각을 드러낼 정도 이상은 아니다. 역사적 방식으로 쓰여진 서정시에서 가장 중요한 것은 주관적인 감정의 역할이다.

매우 오랫동안 유신은 과거—조국인 양나라의 지나간 역사—에 집착하며 살았다. 유신이 원제와 동료들을 구하기 위해서 할 수 있는 것이라고는 아무것도 없었다. 하지만 유신은 자신이 북쪽에 사신으로 있는 동안 서위가 강릉을 대대적으로 약탈하였다는 사실 때문

---

40)이 연작시의 번역은 William T. Graham, Jr. and James R. Hightower, "Yü Hsin's 'Songs of Sorrow'", *Harvard Journal of Asiatic Studies,* 43, No.1(1983), pp.5-55 볼 것.

41)완적의 시에서 나타나는 이러한 특징은 Holzman, *Poetry and Politics* 볼 것.

에 무척 괴로워 하였다. 유신 영회시의 주내용이 불행한 사건에 대한 비탄이라는 것은 상당히 공감이 간다. 유신의 <의영회시> 제23수를 읽어보자.

鬪麟能食日　　戰水定驚龍
鼓鞞喧七萃　　風塵亂九重
鼎湖去無返　　蒼梧悲不從
徒勞銅雀妓　　遙望西陵松

싸우는 기린은 태양을 삼킬 듯
물 위의 전투는 용을 경악시켜.
북소리가 전사의 사기를 진작시키고
먼지 섞인 바람이 아홉겹 궁문에 휘날리네.42)　　　　　　4
정호(鼎湖)에 갔다가 돌아오지 못하고
창오(蒼梧)에 따라가지 못함을 슬퍼하네.43)
부질없이 동작(銅雀)을 부른 가희를 물어보다가
멀리 서릉(西陵)의 소나무를 바라보네.　　　　　　8

The fighting unicorns could eclipse the sun,
The naval battle was sure to startle the dragons.
War drums raised the alarm for the Seven Regiments,
Wind blown-dust troubled the ninefold imperial gate.

---

42) 구중(九重)은 황제 자신을 의미한다. 이 행은 양 황제가 궁전에서 도망쳐 나올 수밖에 없었던 상황에서 느꼈던 치욕과 모멸감으로 괴로워했음을 암시한다.(風塵亂)

43) 정호(鼎湖)는 황제가 하늘로 올라갔다고 추정되는 장소에 한 무제가 지은 호수이다. 전하는 이야기에 따르면, 순 임금이 창오(蒼梧)에 묻혔을 때 슬퍼하는 두 아내가 순을 따라가지 못했다.

From Tripod Lake Palace he had departed, never to return,
At Cangwu they grieved they could not follow him.
In vain they had asked the singers of Bronze Bird Tower
To look out at the pines on the Western Mound.
『유자산집』, 제1권, p.246, <의영회(擬詠懷)>

사활이 걸린 듯한 강릉 전쟁의 묘사(1-4행)는 물론 상상의 산물이다. 특히 생기 넘치는 시각적 이미지가 시인이 연출한 극적인 요소와 감정을 동반하는 것이 흥미롭다. 유신의 묘사는 구체적이진 않지만 대상의 시각 묘사가 두드러진다. 이러한 묘사력은 구체적이면서도 깊이 있는 표현을 가능하게 해준다. 같은 이유에서 유신의 풍격은 다소 모호한 완적의 시보다 훨씬 진솔하다.44)

그래서 이 시는 다량의 전고를 사용하면서도 당시 정치풍토의 본질을 엿보여준다. 유신은 전쟁에 패배한 비극적인 결과를 이야기 하고 있다. 원제가 비참한 죽음을 맞이했지만 아무도 그의 무덤 앞에서 밤을 지새우며 애도하는 사람은 없다. 사후에도 자신의 첩과 가희들이 성대한 의식 속에서 노래를 불렀던 조조와 비교해보면 원제는 처량하고 외롭기 그지없다. 충직한 신하였던 유신은 원제의 무덤 앞에서 당연히 애통해 해야 하면서도 그렇게 할 수 없었던 자신의 상황 때문에 괴로워한다. 결국 자신을 길러주고 재능을 펼칠 수 있게 해준 곳은 양나라가 아니었던가. 예측할 수 없는 반전이 계속되면서 유신은 자신을 키워준 조국에 대한 은혜를 저버릴 수밖에 없는 상황을 비통해 한다. 유신의 또 다른 시는 이러한 자신의 불안함과 고뇌를 숨김없이 토로하고 있다.

---

44)Holzman, *Poetry and Politics,* pp.1-33.

疇昔國士遇　　　生平知己恩
直言珠可吐　　　寧知炭可吞
一顧重尺璧　　　千金輕一言
悲傷劉孺子　　　悽愴史皇孫
無因同武騎　　　歸守灞陵園

얼마전 국사(國士)로서의 대접

한평생 잊지 못할 은덕.

옥구슬을 물어와 보답하겠다고 말하지만[45]

잿물까지 마실 줄 어찌 알았겠는가?　　　　　　　　　　　　4

한 번의 눈길이 커다란 옥석보다 귀중하고

천금이 한마디 말만 못하지.[46]

유영을 생각하면 슬픈 나머지 가슴이 저리고

한 무제의 황손, 사(史)를 불쌍히 여기네.[47]　　　　　　　　8

(사마상여처럼) 무기(武騎)를 맡을 인연이 없구나.

돌아가 패릉원(灞陵園)을 관리하고 싶네[48]

---

[45] 수나라(隋)의 한 제후가 부상당한 뱀의 목숨을 구해주자 뱀이 밤중에 진주를 물어다주며 보답하였다. 예양(豫讓)은 제왕에게 극진한 대접을 받았는데 후에 제왕의 죽음을 복수하기 위해서 자신을 알아보지 못하도록 잿물을 마셨다. 탄정비(譚正璧), 지후후와(紀馥華), 『유신시부선(庚信詩賦選)』(上海: 古典文學出版社, 1958), p.48, 주5; p.122, 주2 볼 것.

[46] 이 연의 해석은 그레함(William T. Gramham Jr), 하이타워(James R. Hightower), 앞의 논문, pp.21-22에 근거하였다.

[47] 유씨 황실의 계승자(劉孺子)는 꼭두각시 황제로 세웠다가 나중에 왕망(王莽)에게 시해당한 유영(劉嬰, A.D. 6-8년 재위)을 말한다. 사(史)는 한 무제의 손자이며 부모와 함께 사형 당했다. 유신은 자신의 조국, 양나라의 정치 상황이 한나라와 유사하다고 보고 있다.

[48] 이 연은 한나라의 유명한 시인인 사마상여가 무기(武騎)로 근무하다가 한 문제가 묻힌 패릉원(灞陵園) 관리로 임명된 이야기에서 나왔다.

Some time ago I was honored as the nation's most distinguished man,
I always treasured the true friendship of my lord.
It was thought I would spit out pearls in return,
Who would have known I would swallow lye for him?
One glance was worth more than a foot-wide piece of jade,
A thousand in gold less than a single word.
I grieve for the heir of the Liu Clan,
And bemoan the Emperor's grandson Shi,
Yet I cannot be like the Cavalry Guard,
To go back and care for the Paling Park.
『유자산집』, 제1권, p.232, 제6수

시인은 마지막으로 처절한 비탄과 깊은 외로움을 표출한다. 상처 받은 시인의 마음은 결코 아물어 질 수 없으며 누구도 시인 내면을 이해하지 못한다. 아마 완적만이 유신의 슬픔을 이해할 수 있을 것 같다.

唯彼窮途慟　　　知余行路難

오직 완적만이 막다른 길목에서 통곡하였으니
내 나그네 길의 험난함을 알리라.

Only Yuan, wailing at the end of his road,
Can know the hardship of my traveling.
『유자산집』, 제1권, p.231

　그러나 무엇보다도 유신은 식물인간처럼 마비된 채로 살고 있는 북쪽의 타향살이 때문에 고통스러워했다. 유신은 죽어가는 홰나무의 이미지를 빌려서 자신의 감정을 보여준다.

懷愁正搖落　　　中心愴有違
獨憐生意盡　　　空驚槐樹衰

근심으로 시들시들
슬픔으로 원망하는 마음 뿐.
애석하게도 살려는 의지가 사라졌으니
죽어가는 홰나무도 놀라운 일은 아니지.

Afflicted with sorrow, the tree begins to decay,
In its heart, it seems anguished and reluctant.
What a pity, the will to live is gone,
No wonder, the locust tree is dying.
『유자산집』, 제1권, p.244

홰나무의 이미지는 "늙은 홰나무 살려는 의지가 없네(槐樹婆娑, 無
復生意)"라는 말했던 동진의 유명한 인물이었던 은중문(殷仲文)의 고
사에서 나왔다.[49] 단지 은중문의 홰나무는 특별히 깊은 뜻은 없는
것 같지만 유신의 홰나무는 작품에서 가장 중요한 상징이다. 고향을
등지고 북방에서 살 수 밖에 없는 유신은 이떤 곳도 갈 수 없다는
생각으로 괴로워하고 있다. 자신의 내적 존재를 지지해 주던 정신력
은 이제 사라져 버렸다. 시인은 시들어 가는 나무에 집착하고 있으
며 심지어 조각난 산을 고목에 비유하고 있다(『유자산집』, 제1권,
p.324). 나무 이미지에 몰두하는 시인은 잘 알려진 <고수부(枯樹賦)>

---

[49] 양용(楊勇), 교전(校箋), 『世說新語』(홍콩: 大衆書局, 1969), 권28, p.650 볼 것.
영역본은 Richard Mather, *Shih-shuo hsin-yu, A New Account of the World*
(Minneapolis: Univ. of Minnesota Press, 1976), p.453 볼 것.

에서 절정을 이룬다. 이 작품은 유사한 알레고리를 보여주는 당나라 작품의 전범이 되고 있다.[50]

  불행한 환경 속에서 유신은 주어진 현실을 깨닫고 성실하게 살기로 결심한다. 유신은 한 개인의 소중한 가치를 유지하면서 동시에 공인의 역할을 다하는 법을 배운다. 유신의 선택은 사조가 선성에서 그랬던 것처럼 관직에서 은둔을 찾는 조은(朝隱)이었다. 유신은 항상 관직에 있었지만 최소한 마음속에서는 은둔자로 사는 법을 배운다. 이러한 면모는 장형(張衡), 소광(疏廣), 소수(疏受), 그리고 특히 도잠 같은 은둔자들에 관한 전고의 빈번한 사용에서 알 수 있다.[51] 유신은 소박한 현재 생활이 도잠에 비견할만하다고 자처하면서 자신을 정당화하고 있다.

野老時相訪　　山僧或見尋
有菊翻無酒　　無弦則有琴

시골 늙은이 때때로 만나러 오고
산중 스님 간혹 찾아오네.
국화가 있지만 술이 없고[52]
줄은 없지만 거문고는 있다네.[53]

---

[50]Stephen Owen, "Deadwood: The Barren Tree from *Yü Hsin to Han Yü*", *Chinese Literature: Essays, Articles, Reviews*, 제1권(1979), pp.157-179.

[51]예들 들어서 『유자산집』, 제1권, p.305, p.279, p.280, p.283, p.306, p.362.

[52]중국인들은 9월 9일, 중양절에 악귀를 물리치기 위해서 국화주를 마신다. 전설에 따르면 도잠은 국화 꽃잎을 따왔지만 집에 남은 술이 없어서 꽃잎을 들고 꽃이 만발한 숲 속에 오랫동안 앉아 있었다. 그러던 중 갑자기 강주자사(江州刺史) 왕홍(王弘)이 좋은 술을 가져온 덕분에 그날 술을 마실 수 있었다고 한다.

[53]도잠은 음악을 잘 몰랐다. 하지만 줄이 없는 거문고를 가지고 있다가 술기운으로 종종 '연주'하였다.

Old farmers visited me at times,
Monks from mountain call on me now and then.
I have chrysanthemums, but lack wine,
Strings are missing, yet it is still a zither.
『유자산집』, 제1권, p.283

그리고 <소원부(小園賦)>에 나오는 유신의 허름한 집(敝廬)은 도잠의
가난한 거처를 연상시킨다.

余有數畝敝廬
寂寞人外
聊以擬伏臘
聊以避風霜

약간의 밭뙈기와 허름한 집
세상 바깥 적막한 곳에 있지.
복날 더위와 섣달 추위를 면하고
바람과 서리를 막을 수 있는 정도.

I have a few acres, a shabby hut,
Lonely and still, beyond the world of men,
Enough to fend off the worst of summer and winter,
Enough to shelter me from wind and frost.[54]

그렇지만 유신이 작은 정원(小園)에 은둔했다는 것을 글자 그대로

---

[54] Watson, *Chinese Rhyme-Prose,* p.203에서 인용.

받아들여서는 곤란하며 자족하는 개인을 상징하는 정도로 보아야 한다. 유신은 극단을 피하는 현실주의자였으며 위험한 상황에 처하지 않고 자아를 보호하려는 성품을 가지고 있었다. 세상사에 만족할 수 없었지만, 유신은 내적 평정심을 잃지 않았고 시적 상상을 향한 열정은 확고부동했다. 어떠한 경우에서도 유신에게 최우선사항은 외면적인 아름다움과 깊은 의미를 모두 가지고 있는 자연이었다. 유신은 불행한 현실에서 비롯된 슬픔을 초극해서 자기 자신 안에서 자유로운 시 세계를 창조하였다.

그래서 유신의 시에는 자연, 특히 시시각각 변하는 자연의 단계들을 발견하는 새로운 감수성이 보인다. 유신은 타고난 감수성으로 계절마다 나타나는 현상들을 포착하는 침착한 화가와도 같았다. 유신을 매료시킨 자연은 북방과 남방의 풍토적인 차이에서 비롯되는 대조적인 자연 경관이었다.[55] 여기에 관한 좋은 예는 매화를 제재로 한 작품이다. 남쪽에 있는 매화나무는 겨울만 되면 항상 꽃이 피기 때문에 시인이 매화의 아름다움을 찬미하는데 오랫동안 기다릴 필요가 없다. 그러나 북쪽의 매화나무는 봄이 되어도 여전히 눈 속에 쌓여서 꽃을 보여주지 않는다.

當年臘月半　　　已覺梅花闌
不信今春晚　　　俱來雪裡看
樹動懸氷落　　　枝高出手寒
早知覓不見　　　眞悔著衣單

---

[55] 우찌다미찌오(內田道夫), 「江南的詩和朔北的詩」, 『東洋學集刊』(1966), 제16집, pp.1-8.

이제 12월 한창인데
벌써 시들어 가는 매화꽃.
올 봄은 늦다는 말이 미덥지 않아서
모두 눈밭에 나가보니
나무가 흔들리니 고드름 떨어지고
높은 가지에 손을 뻗으니 한기가 느껴져.
찾아도 볼 수 없다는 것을 이제서야 알았으니
홑옷만 걸친 것이 뼈저리게 후회되네.

In those days, in the middle of the twelfth month,
The plum blossoms already seemed to be withering.
Hard to believe the flowers bloom so late this year,
All of us come out in the snow to look for them.
The trees stir, and icicles fall down,
The branches are high, our reaching hands feel cold.
I wish I knew these blossoms are nowhere to be found!
Truly I regret I am not dressed warm enough.
『유자산집』, 제1권, p.364, <매화(梅花)>

설경은 유신의 시에 진어 새로운 그림을 선사한다. 시인은 웅웅거리는 바람과 함께 몰아치는 눈보라에 매료된 것 같기도 하고 비애감을 느끼는 것 같기도 하다. 이러한 시각적 사실주의(visual realism)는 따뜻한 강남으로 영원히 갈 수 없는 시인의 외로운 감정을 전달하는 것처럼 보인다.

유신은 모든 이미지들을 과거에 대한 회상과 직접적으로 연관시키려고 하였다. 연상 작용만으로도 시인은 기억 속에 존재하는 장면들을 놀라운 생동감으로 재연할 수 있었다. 북방에 살면서 남방의 과일, '빈랑(檳榔)'을 우연히 발견한 뒤 흥미진진하게 적어내려간 다음 작품은 여기에 관한 가장 전형적인 예이다. 시인은 남방에서 수입된 열대과일을 보고 즉시 이 과일 나무가 우거진 숲을 떠올린다.

綠房千子熟　　　紫穗百花開
莫言行萬里　　　曾經相識來

파란 꼬투리에 천 개의 빈랑이 무럭무럭
보라색 이삭에 꽃 백송이가 활짝.
만리를 걸어왔다고 말하지 말게
언젠가 한번 만난 적이 있지.

In green pods, a thousand nuts are ripe,
A hundred purple flowers burst into bloom.
Don't tell me you have come thousands of miles away,
We have met before.

『유자산집』, 제1권, p.381, <우연히 본 빈랑(忽見檳榔)>

　북조에서 지어진 묘사적인 시체는 초기 시에서 보이는 화려한 감각주의와 상당히 다르다는 인상을 받는다. 하지만 종래의 학계에서 보던 것과 달리 유신의 초기 시와 후기 시는 선명하게 구분되지 않는다. 유신의 후기 시는 분명히 궁체시의 영역을 훨씬 뛰어 넘었다. 그러나 유신의 후기 시는 사실상 초기 시의 묘사기법인 감각적 유사함(sensory similitude)에 상당부분 의존하고 있다. 몇몇 후기 시는 초기 시와 비슷하게 읽혀지기도 하며 특히 이러한 면은 자신의 좋은 친구였으며 영민한 조왕(趙王) 우문초(宇文招)에게 회답하는 몇 편의 시에서 잘 나타난다.56) 다음 시는 여기에 관한 적절한 예이다.

綠珠歌扇薄　　飛燕舞衫長

琴曲隨流水　　簫聲逐鳳凰

細縷纏鐘格　　圓花釘鼓床

懸知曲不誤　　無事畏周郎

노래하는 녹주(綠珠)의 부채 가볍게 날리고
춤추는 조비연 옷자락이 나풀나풀.
거문고 가락이 흐르는 물 따라가고
퉁소 소리 봉황을 쫓는다.　　　　　　　　　　　　4
섬세한 실은 종을 수놓고
꽃무늬 못은 북 받침대를 고정시켰지.
곡이 틀리지 않았으니
주랑을 두려워 할 일이 없네.57)　　　　　　　　　8

Lüzhu sings, her fan is delicate,
Feiyan dances, her gown is long.
The zither melody follows the flowing water,
The flute music soars to pursue the phoenixes.
Bells are strung up with fine threads,
Drums decorated with round and flowery pins.
I believe this music is flawless,
No need to be afraid of Zhou Yu
『유자산집』, 제1권, p.341, <조왕의 '기녀를 보다'에 답하며(和趙王看伎)>, 제1수

---

56)『유자산집』, 제1권, pp.259-260, p.374 볼 것.
57)주유(周瑜, 175-210)는 음악에서 미세한 결점도 찾아내는 능력을 가졌다고 한다(『유자산집』, 제1권, p.342, 주4 볼 것).

사실 유신이 북주(北周) 황실에 강한 인상을 심어준 것은 다름 아닌 궁체시였다. 조왕과 그의 형제인 명제(明帝, 宇文毓), 등왕(滕王, 宇文逌) 등 모두 남조의 궁체를 다투어 모방하려고 하였다. 『주서(周書)』는 조왕이 "문학을 좋아하였는데 유신의 시체를 배워서 시어가 경박하고 감각적이었다(好屬文, 學庾信體, 詞多輕艶)."라고 하였다.[58]

북조 황실은 결코 가벼움과 화려함(輕艶)을 배척하지 않았으며 오히려 끊임없이 남조의 기교적인 문풍을 배우려고 들었다. 따라서 이미 상당한 유명세를 얻은 유신이 북주에 살면서 자신의 궁체시 기법을 의도적으로 버렸을 것 같지는 않다. 그러나 개인의 가치를 새롭게 강조한 유신이 새로운 다소 혼합적인 시체를 개발한 것은 중요하다. 새로운 시체에는 넓은 의미에서 사실주의와 수사적인 언어 기교가 혼합되어 있으며 직설적인 서정성과 감각적인 묘사가 합쳐져 있다.

유신이 감각적 사실주의를 새로운 시체로 전환시키는 과정을 살펴보기 위해서 경박하지 않는 주제를 다룬 시 한편을 읽어보자.

大夫參下位　　司職渭之陽
富平移鐵鎖　　甘泉運石梁
跨虹連絶岸　　浮黿續斷航
春洲鸚鵡色　　流水桃花香
星精逢漢帝　　釣叟直周王
平隄石岸直　　高堰柳陰長
羨言杜元凱　　河橋獨擧觴

---

[58] 영고덕분(令孤德棻), 『주서(周書)』(北京: 中華書局, 1971), 권13, 제1권, p.202.

물 관리는 낮은 관직
담당할 곳은 위강 남쪽.
부평에서 철광석을 나르고
감천에서 석재와 목재를 운반하네.   4
무지개가 넘어가듯 두 언덕을 연결하고
자라가 헤엄치듯 끊어진 해안을 이어주네.
봄날 섬들 앵무새처럼 화려하고
흐르는 물에 복숭아꽃 향기 감돌아.   8
별의 여신 황제 앞에 나타나고
고기잡는 늙은이 주왕을 만나네.59)
낮은 강둑에 바위 언덕 곧추서고
높은 제방에 버드나무 그림자 드리워져.   12
두예(杜預)를 얼마나 흠모하였던가?
황제가 다리 위에서 홀로 술잔을 드네.60)

The Hydraulic Grandee holds a low position,
I perform my job on the south of Wei River.
Metal parts were shipped from Fuping,
Stones and beams are from Ganchuan.
Like a rainbow, the bridge joins the isolated banks,
Like a floating tortoise, it links the divided shore.
Spring islets the color of parrots,
Flowing waters fragrant as peach blossoms.

---

59) 전설에 따르면, 한 무제는 감천 가는 길에 별의 여신이 위수에서 물놀이를
즐기는 것을 보았다. 10행에 나오는 늙은 어부는 여상(呂尙)을 말한다. 주공이 위
수 남쪽에서 사냥하고 돌아오다가 여상을 만났는데 후에 자신의 핵심 참모로 중
용하였다.

60) 진나라 두예(杜預)는 맹진(猛津)의 새로운 교량 건설을 감독하였다. 다리가
완성된 뒤 황제는 두예에게 감사의 마음으로 술을 권했다.

Once the Star-goddess presented herself to the Han Emperor here,
And the old fisherman met with the Duke of Zhou.
By the level dike the stone bank is sheer,
Along the high levee the shadows of the willows are long.
How I envy Du Yuankai—
At the Bridge, the emperor drank a toast to him alone.
『유자산집』, 제1권, p.269, <사수하대부로서 위수의 교각 보수를 관리하면서 몇 자 적다(忝在司水看治渭橋)>

이 시는 557년 유신이 사수하대부(司水下大夫)로 임명되어서 위강 동쪽에 있는 다리를 보수할 때 지어졌다. 작품은 때로는 명시적으로 때로는 은연중에 경치 묘사와 개인적인 감정을 융합하고 있는데 특히 후반부가 그러하다. 이러한 기법은 묘사가 중심이며 감정은 유보되던 초기 시에서는 나타나지 않았다. 작품에서 묘사 방식과 표현 방식은 서로 균형을 유지하면서 각각 전체적인 시의 효과에·기여한다.

새로운 문맥에서 전체적인 효과는 다르지만, 어휘와 어법적인 면에서 볼 때 후기 시의 묘사 기법은 궁체시에 바탕을 두고 있다. 첫째, 7-8행에서 알 수 있는 것처럼 색과 향에서 감각적인 즐거움을 찾고 있는데 이러한 태도는 그렇게 낯설지 않다.

春洲鸚鵡色　　　流水桃花香

봄날 섬들 앵무새처럼 화려하고
흐르는 물에 복숭아꽃 향기 감돌아.

Spring islets the color of parrots,
Flowing waters fragrant as peach blossoms.
상동, 7-8행

이 구는 물론 전형적인 봄 장면이다. 푸른 숲이 우거진 작은 섬에서 독특한 점은 그다지 보이지 않는다. 강가 사람들은 봄이 올 때마다 복숭아꽃 향기가 물에 실려오는 것을 느낀다. 그러나 이렇게 평범하게 아름다운 장면은 양나라까지는 그다지 중요하게 여겨지지 않았고 문인들의 시에서는 더욱 그러하였다. 젊은 유신은 이처럼 복숭아꽃이 활짝 핀 장면을 묘사하는데 특별한 재주가 있었다. 다음 행은 유신의 초기 작품인 <병풍의 그림(詠畫屛風)>에서 인용한 것이다.

流水桃花香   春洲桃花色

흐르는 물에 복숭아꽃 향기 감돌아
봄날 섬은 복숭아꽃 빛깔이라네.

Flowing waters the color of peach blossoms,
Spring islets fragrant as sweet.
『유자산집』, 제1권, p.355, <병풍의 그림(詠畫屛風)>

이 구를 읽으면 누구나 <사수하대부로서 위수의 교각 보수를 관리하면서 몇 자 적다(忝在司水看治渭橋)>에서 아름다운 위강을 묘사한 부분의 원형이라는 것을 쉽게 짐작할 수 있다. 단어들은 거의 그대로 반복되었으며 묘사의 풍격도 동일하다. 하지만 두 시의 배경은 완전히 다르다. <병풍의 그림(詠畫屛風)>에서는 아름다운 여성이 밤

중에 배회하고 있다면, 후대에 지어진 시는 새로 보수한 위수교에서 풍경을 보면서 즐거워하는 사수하대부의 시각에서 지어졌다.

　좀 더 살펴보면 버드나무가 그늘진 위강 강변의 묘사 역시 초기 시에서 나왔음을 알 수 있다. 다음 두 구를 비교해 보자.

(1)
上林春徑密　　　浮橋柳路長

상림에 봄길 깊어가고
배다리에는 버드나무 늘어져.

In the Shanglin Park the spring trails are dense,
By the floating bridge the willow-paths are long.
『유자산집』, 제1권, p.358, <병풍의 그림(詠畵屛風)>

(2)
平隄石岸直　　　高堰柳陰長

낮은 강둑에 바위 언덕 곧추서고
버드나무 그림자가 드리워져 있는 높은 제방.

By the level dike the stone bank is sheer,
Along the high levee the shadows of the willows are long.
<사수하대부로서 위수의 교각 보수를 관리하면서 몇 자 적다(忝在司水看治渭橋)>, 상동

(1)은 <병풍의 그림(詠畵屛風)> 제16수에서 인용하였으며 (2)는 바

로 앞에서 나온 위수의 경치를 노래한 시에서 논의하였다. 여기서도 두 시의 주제는 완전히 다르지만 인용된 부분만 놓고 보면 상당히 흡사한 장면을 연출하고 있다. 이와 비슷한 예는 다른 곳에서도 많이 찾아볼 수 있다. 후기 시에서 유일하게 새로운 점은 이미지를 강하게 보여주는 초기 시의 감수성이 세련된 표현과 혼합되는 독특한 방식이다.

유신의 서정성이 가장 진솔하게 표현된 장르는 절구이다. 4행이지만 유신의 서정적인 목소리에는 개인적이며 진솔한 내용이 담겨있다. 시인은 소형식에서 어떻게 훌륭한 내용을 끌어낼 수 있는지를 알고 있었다. 이미 앞 장에서 살펴본 바와 같이 절구는 함축적인 내용으로 개인적인 감정을 주고받을 수 있는 최고의 방법이다. 북쪽에서 살 수 밖에 없었던 유신은 남쪽의 친구들과 서신을 교환하고 싶은 마음이 간절하였다. 유신은 사행의 형식에서 자신도 미처 몰랐던 서정성을 발견하였다. 따라서 절구는 유신의 목적에 가장 부합되는 장르였다. 다음으로 볼 두 작품은 왕림(王琳)과 서릉(徐陵)에게 보내는 서신이다.

(1)
玉關道路遠　　金陵信使疎
獨下千行淚　　開君萬里書

옥관으로 가는 길은 멀기만 해
금릉의 서신은 좀처럼 오지 않네.
홀로 눈물 줄기 천번 흘러 내리네
만리 밖에서 온 그대의 편지를 뜯으니.

Beyond the Jade Pass, the road is far,
Few couriers come from Jinling.
Alone, I shed a thousand lines of tears,
When I opened your letter from thousands of miles away.
『유자산집』, 제1권, p.368, <왕림에게 보내다(寄王琳)>

(2)
故人倘思我　　　　及此平生時
莫待山陽路　　　　空聞吹笛悲

친구여, 내가 보고 싶으면
살아있을 때 그리워하게.
(혜강이 죽은 후 상수가 그랬던 것처럼)
산양로에서 기다리지 말게
부질없이 슬픈 피리 소리를 잠기면서.

Old friend, if you think of me,
Do so while I am still alive.
Don't wait until you pass the Shanyang road,
Listening in vain to the sad flute melody.
『유자산집』, 제1권, p.367, <서릉에게 보내며(寄徐陵)>

처음 시는 명백히 왕림에게 보내는 답장이다. 역사적으로 볼 때, 왕
림은 557년 진과의 전쟁에서 죽은 양나라의 충신이다. 왕림과 유신
의 서신 교환은 554년에서 557년 사이, 정치적 혼란 속에서 국사가
존폐의 기로에 서있었던 양나라 말엽에 이루어 졌을 것이다. 유신이
전장으로 나가는 소중한 친구에게서 편지를 받았을 때 얼마나 상심

하였을지 충분히 상상할 수 있다. 시인은 자신의 감정을 명료하게 전달하고 싶었겠지만 마침내 최종적으로 완성된 작품은 뜻밖에도 왕림의 편지를 열어보는 순간만을 흥미진진하게 이야기하는 짧은 절구이다.

조정의 오랜 동료이자 막역한 사이였던 서릉에게 보내는 사행시 역시 절박한 부탁을 하고 있지만 왕림에게 보내는 편지처럼 암시적이다. 친구에게 부탁하는 유신의 시를 이해하려면 혜강(嵇康)과 상수(向秀)의 유명한 일화를 알아야 한다. 262년 혜강이 억울하게 처형되면서 상수는 혜강의 불행한 죽음을 애도하는 부를 짓는다(『문선』, 제1권, pp.330-332). 이 부는 도저히 주체할 수 없는 슬픔을 서정적으로 표현하였다. 혜강은 이미 죽었지만 당시 정치 상황 속에서 혜강에 대한 애정을 공개적으로 드러내는 것은 위험한 일이었다. 그래서 상수는 서문에서 이 부를 지은 이유를 설명하였다. 상수가 산양에 있는 자신의 옛 거처를 지나가다가 피리 연주를 들었는데 음악이 너무 훌륭한 나머지 옛날 혜강과의 즐거웠던 일들이 생각났으며 이것이 계기가 되어 작품에서 당시 일들을 적었다고 하였다. 유신은 작품에서 혜강과 상수의 전고를 자신의 서정성에 맞추어 각색하였다. 유신은 훨씬 직접적이고 절박하다. "산양로에서 기다리지 말게, 부질없이 슬픈 피리 소리를 잠기면서(莫待山陽路, 空聞吹笛悲)." 시는 전체적으로 간단한 전언이며 특별한 내용은 없다. 하지만 이 내용은 근심을 덜어낸다기 보다 오히려 더 많은 아픔을 준다. 시에서 부탁하는 어조는 불안한 현재 상황과 불확실한 운명을 잘 드러내준다.

이러한 강한 서정성은 궁정 문인들 사이에서 유행하던 대상 위주의 영물시에서 거의 나타나지 않는다. 유신의 후기 시에는 상당히 독특한 자아표현과 자아인식이 대거 등장한다. 유신의 작품에는 사조 시에서 종종 등장하는 전지적 관찰자 시점이 나타나지 않는다. 그래서 사조의 사행 악부시와 비교할 때 유신의 절구는 훨씬 개인적이다. 역사적으로 볼 때 유신의 서정성은 개인적인 전향이었지만 절구가 주요한 서정 장르로 발전하는데 결정적인 공헌을 하였다.

그러나 서정시 방면에서 유신의 가장 큰 공헌은 무엇보다 개인의 감정을 역사적인 관심—궁극적으로 시인의 협소한 자아를 초월한다—과 통일시킨 것이다. 유신의 만년에 지어진 <강남의 슬픔(哀江南賦)>은 내용과 정서에서 이러한 서정적 경험의 깊이를 가장 잘 보여준다. 부의 주제는 양나라의 비극적인 종말이지만 이야기는 동진부터 양나라까지 남조 왕조의 흥망성쇠로 시작한다. 이 시기를 이해하는 시인의 태도는 처절한 비애감이며 시인은 자신의 슬픔이 후대까지 전해지기 바라고 있다.

追爲此賦
聊以記言
不無危苦之辭
惟以悲哀爲主

추억 속에서 이 부를 지으니
기록의 말이라고도 할 수 있지.
위험하고 힘들었다는 말 뿐
끊임없이 흐르는 비애의 감정.

So looking back I wrote this fu
That it might serve as a record;

Not without words of fear and suffering,
It is still, at the core, a lament.[61]

대부분의 친구들이 이미 죽은 인생의 황혼기에서 유신은 어떤 절박
감 속에서 예전부터 생각해 오던 역사적인 시를 지어야겠다고 생각
한다.

日暮途遠　　　人間何世 …
零落將盡　　　靈光巋然 …

날이 저물고 길은 멀어
사람들에게서 떨어진지 얼마나 되었나? …
모두 시들어 지려고 하는데
영광전이 홀로 우뚝 서 있구나. …
(역주: 영광전(靈光展)은 산동성 곡부시 동쪽에 있으며 한나라 경제(景帝)의 자식 노공왕
(魯恭王)이 지었다.)

The sun is setting, my road is long;
How long have I left among men? …
The rest have almost all withered and fallen,
And, another Lingguang, I alone remain …[62]

　시적인 면과 역사적인 면을 모두 보여주는 이 작품을 충분히 이
해하기 위해서 먼저 역사 속에 자신의 말을 남겨서 불멸을 얻으려
는 '입언(立言)'을 이해하여야 한다. 현실에서 좌절당한 모든 중국의

---

[61]William Graham, 앞의 책, p.53.
[62]William Graham, 앞의 책, p.53, p.101.

지식인들이 그러했던 것처럼 유신은 위대한 문학 작품을 후세에 남
겨서 자신의 고통을 보상받으려고 하였다. 이것이 바로 문인이 추구
하는 자아의 정체성이다. 문인은 정치적 행로보다 훨씬 영속적인 매
체를 통해서 자신을 보다 정확하고 완전하게 이해되고 싶어 했다.
도잠이 마침내 송나라 소식에게 발견된 것처럼, 유신은 역사를 초월
하여 200년을 기다린 끝에 자신을 진정으로 이해해 주는 당나라 두
보를 만났다. 두보는 만년에 유신의 노년기 풍격을 따라가면서 유명
한 송가를 지었는데 내용은 위대한 육조이었던 시인인 유신에 대한
영원한 찬사이다.

支離東北風塵際　　漂泊西南天地間
三峽樓臺淹日月　　五溪衣服共雲山
羯胡事主終無賴　　詞客哀時且未還
庾信生平最蕭瑟　　暮年詩賦動江關

먼지 자욱한 바람 속에서 동북 지방을 돌아다니고
서남 땅에서 표류하네.
삼협의 누각 위에서 밤낮으로 서성이며
오계에서 의복을 갖추고 운산에 함께 살았네.63)
고분고분하던 오랑캐들 무뢰한 본색을 드러내니64)

---

63)오계(五溪)는 중국의 남서쪽, 귀주성과 호남성 사이에 있으며 '오계만(五溪
蠻)'이라는 부족이 거주한다. 여기 사람들은 특히 화려한 색의 옷을 좋아하였다.
'구름과 산을 함께 한다(共雲山)'는 것은 함께 산다는 뜻이다.
64)오랑캐(羯胡)는 548년 무장 봉기를 일으킨 후경(侯景)을 말한다. 학자들은 대
체적으로 이 행은 두보 생존 당시 안녹산의 난을 암시한다고 생각한다. 여기에 관
한 세부적인 논의은 천인꺼(陳寅恪), 『천인꺼선생문사논집』, 제1권, pp. 201-203.
또 Hans Frankel, *The Flowering Plum and the Palace Lady,* p.120 볼 것.

시인들은 시대를 슬퍼하지만 세월은 돌아오지 않지.
평생 쓸쓸하게 살았던 유신의 삶
만년 시부는 강과 요새마저 감동시키지.65)   8

He wandered in the northeast in windblown dust,

Drifted in the southwest between heaven and earth.

By the Three Gorges, he roamed in towers and terraces for days

and months,

At Five Streams he shared clouds and mountains with the brightly

dressed natives.

That barbarian, serving the ruler, after all was a rascal,

The poet, lamenting the times, has not yet returned.

All his life Yu Xin was most forlorn,

In his old age his poetry touched rivers and passes.

<옛 고적을 읊다(詠懷古跡)>, 제1수

   유신은 자신을 불행한 삶 속에서도 불후의 명작 『사기』를 남긴
사마천과 동일시하였다. 나라를 잃고 북방에 살 수밖에 없었던 유신
은 지옥스러운 서세를 밍만 사마친과 같은 심정이었을 것이다 유신
은 사마천과 자신이 매우 비슷했기 때문에 <강남의 슬픔(哀江南
賦)>에서 말한 것처럼 역사적인 작품을 지어야 한다고 생각하였다.

生世等於龍門   辭親同於河洛
奉立身之遺訓   受成書之顧託

---

65)두보, 『두시상주』, 앞의 책, 제4권, p.1499.

내 인생은 용문의 사마천에 비길만하니
사마천이 하락(河洛, 현 낙양)에서 그랬던 것처럼 부모님과의 이별하였지.
입신양명 하려는 아버지 뜻을 받들었고
책을 완성하라는 부탁을 받았지.

My life is similar to that of the man of Longmen,
My parting with my father was the same as that in Loyang:
We both attended to our fathers' death-bed wish to gain achievement,
And were entrusted with the task of completing their works.
『유자산집』, 제1권, p.141

　　<강남의 슬픔(哀江南賦)>은 유신이 죽기 3년 전인 578년에 지어
진 것으로 보인다.[66] 좀 더 살펴 보면, 창작연도인 578년은 유신이
낙양(洛陽)에 1년간 근무하다가 장안으로 돌아온 해이며 낙양은 몇세
기전 사마천이 부친의 유언을 받은 곳이다. 낙양은 본래 유신이 양
나라에서 사신간 적이 있었던 동위(東魏, 435-557)의 땅이었지만 20년
동안 동위를 무너뜨린 북제의 영토가 되었다. 577년 북주가 북제를
제압하면서 북조를 통일하였을 때 유신은 낙양의 군사를 관리하는
요직을 임명받았다. 나이 지긋한 시인이 된 유신은 그동안 반복되는
왕조의 흥망성쇠를 여러 차례 경험하였다. 남조는 양나라에서 진나
라로 교체되었고 북조에서는 북제와 북주가 동위와 서위를 각각 정
복하였지만 얼마 후 서로 다투었다. 유신은 이러한 정치적인 부침을
항상 강렬하게 받아들였고 같은 일을 당한 사람들과 느낌을 공유하

----

[66] 천인꺼(陳寅恪), 「讀哀江南賦」, 『천인꺼선생문사논집』, 제2권, p.340. 또 Graham,
앞의 책, pp.173-174 볼 것.

려고 하였다. 예를 들어서 569년 유신이 북제로 사신 가게 되었을 때 자신처럼 나라 잃은 옛 동료들을 생각하지 않을 수 없었다.

故人儻相訪
知余已執珪

옛 친구들이 방문하면
내가 이미 북주의 관리라는 것을 알게 되겠지.

If my old friends call on you,
They will know I have already become a Zhou official.
『유자산집』, 제1권, p.318

유신이 마침내 낙양의 군사를 관리하게 된 것은 일생에서 가장 큰 아이러니이다. 왜냐하면 낙양은 서진이 무너질 때까지 선조의 고향이었기 때문이다. 그 뒤 유신의 집안은 남쪽으로 내려와 동진에서 벼슬을 살았다. 이제 다시 선조의 땅으로 돌아왔지만 시인은 전보다 더욱 불안한 심정이다. 이미 노년이 되었지만 부친이 바라던 일을 이루지 못했기 때문이다. 그래서 이때부터 유신은 일생일내의 대작인 <강남의 슬픔(哀江南賦)>을 쓰기로 결심한 것으로 보인다. 이러한 가설은 낙양 시절의 작품에서 유신은 사마천이 같은 사람이 되고 싶다고 분명하게 말하고 있기 때문에 설득력 있다.

留滯終南下   惟當一史臣

종남산 자락에 머물며
역사가로 자임하리라.

I would stay at Mt. Zhongnan,
Just to be a historian.
『유자산집』, 제1권, p.183

<강남의 슬픔(哀江南賦)>에서 서정적으로 역사를 접근하는 참신함은 분량과 주제는 다르지만 포조의 <무성부(蕪城賦)>을 생각나게 한다. 두 시인에게는 모두 무기력한 감정과 정치적 격변에서 나오는 환멸감이 보인다. 그러나 유신의 부가 포조보다 훨씬 개인적으로 다가오는 이유는 왕조의 변천사 속에서 자신의 삶은 물론 조상의 일들까지 중요하게 다루었기 때문이다. 유신은 궁정 내부인사들과의 직접적인 접촉과 정치적 불안으로 야기된 수많은 개인적인 비극들을 경험하면서 이전이나 이후 어떤 시인들도 갖지 못한 강렬한 인생을 살았으며 이로 인해서 정치사와 개인사의 융합이 가능했다.

포조처럼 유신은 강한 수사적 장치로서 하늘에게 도움을 청하였다. 그러나 포조의 비판이 항상 은연중에 드러난 반면에 유신은 명백히 비판적인 어조로 포폄하려고 하였다. 멸망한 왕조의 망명객으로서 유신은 표현의 자유를 얻을 수 있었던 같다. 따라서 유신은 왕조가 멸망한 원인들을 냉정하고 자세하게 분석하였으며 또 어떤 때에는 개인적인 비탄의 감정을 거리낌 없이 직접 표출하였다.

窮者欲達其言
勞者須歌其事
陸士衡聞而撫掌
是所甘心
張平子見而陋之
固其宜也

가난한 사람은 자신의 말로 드러내려고 하고
고생하는 사람은 힘든 일을 노래하려고 하지.
육기는 이를 듣고 손바닥 치며 웃었다고 하니
마음에 맞는 바가 있고
장형은 이를 보고 하찮게 여긴다면
진실로 마땅하도다.[67]

An unhappy man will express himself in words,
As the weary must sing of their toil.
If Lu Ji laughs on hearing it,
I shall be content;
If Zhang Heng looks on it with disdain,
That is only right.

<강남의 슬픔(哀江南賦)>은 결과적으로 이 시기 역사를 가장 서정적이고 자세하게 기술한 작품이 되고 말았다. 시인은 후경의 난을 둘러싼 비극적인 배경을 이야기하면서 순식간에 반란이 성공할 수 밖에 없었던 인재(人災)을 탓하고 있다. 무제는 종교적 집착과 궁정 문화에 대한 지나친 욕심 때문에 후경을 요수인물로 제대로 파악하시 못하였고 관리들의 태만한 전쟁 준비도 제대로 수습하지 못하였다. 이러한 모든 치명적인 상황들은 유신의 가슴을 악몽처럼 짓눌렀다.

嗚呼
山嶽崩頹
既履危亡之運

---

[67] William Gramham, 같은 책, p.57.

春秋迭代
必有去故之悲
天意人事
可以悽愴傷心者矣

오호라!
산들이 무너지는 가운데
위태로운 운명을 헤쳐 나왔지.
이제 시대가 바뀌어
지나간 일들을 슬퍼하네.
하늘의 뜻과 사람이 빚어낸 일이
내 마음을 처절하게 하는구나.

Alas!
When mountains crumbled,
I passed through danger and destruction,
And now, as the season pass,
I always grieve for what is gone.
Whether it was heaven's will or man's doing,
It breaks my heart.[68]

그러나 유신이 무엇보다 가장 아팠던 것은 양나라의 멸망이 후경의 난 때문이 아니라 내부 분란으로 통제력을 상실하였기 때문이라는 사실이다. 첫째, 무제의 조카이자 양자로 들어온 소정덕(蕭正德)이 반란을 일으켰고 오랑캐를 데려와 건강의 황실을 공격하였다.[69] 두 번

---

[68] William Graham, p.57.
[69] 소정덕은 양자로 들어올 때 자신이 제위를 이을 것이라고 생각했는데 무제

째로 전쟁이 진행되는 동안에도 왕자들은 반란 진압에 주력하기보다 왕권을 놓고 자기네들끼리 계속 다투었다. 원제가 마침내 반란을 평정하였을 때 왕조는 회복되는 기미를 잠시 보이는 것 같기도 했다. 그러나 황제와 친척들 간의 끊임없는 분쟁으로 왕조는 마침내 비극적인 종말을 맞이한다. 소통의 아들이자 자신의 조카, 소찰이 비밀리에 서위(西魏)와 모의하여 수도 강릉을 함락시켜버린 것이다.70) 조국의 마지막 운명을 이야기하면서 유신의 분노와 슬픔은 극에 달한다.

惜天下之一家　　　遭東南之反氣
以鶉首而賜秦71)　　天何爲而此醉

애석하도다. 천하를 호령하던 제국이여
동남쪽에서 반란의 기운이 터졌구나.
순수(鶉首) 지역을 진에게 주다니
하늘은 무엇 때문에 이토록 술에 취했는가?

What a pity that a unified empire
Should have met with an uprising in the southeast,
And to have given the Quail Head land to Qin!
What is Heaven doing, acting so drunk?

가 소통을 태자로 세우자 원한을 가지기 시작한 것으로 보인다. Marney, *Liang Chien-wen Ti,* 앞의 책, p.43 볼 것.

70) 소찰(蕭詧)의 불만도 계승 문제와 밀접한 관련이 있는 것으로 보인다. 소명태자의 아들이었던 소찰은 531년 아버지 소통이 갑자기 죽었을 때 자신의 삼촌인 소강보다 자기 형제중의 한 사람이 황태자가 되어야 한다고 생각하였다.

71) 순수(鶉首)는 진의 영토를 관장한다고 전해지는 별자리 이름이다. 전설에 따르면, 하늘의 임금이 진 목공(穆公)과 연회를 즐기다가 취한 나머지 진나라 땅을 주고 말았다.

시인이 필사적으로 남조의 영혼을 불러보지만 남조는 영원히 사라졌다.72)

<강남의 슬픔(哀江南賦)>의 마지막은 돌고도는 인생의 아이로니컬한 면을 강렬하게 풍자하면서 중국의 정치적 중심이 북쪽으로 돌아갈 것이라고 예상하는 결론을 내리고 있다.

且夫天道迴旋　　生民預焉
余烈祖於西晉　　始流播於東川
泊余身而七葉　　又遭時而北遷 …

하늘의 도는 돌고 도는데
사람이 여기에 참여하지.
내 빛나는 선조, 서진에서
처음 동천(東川)으로 내려온 이래로
나 때 이르러 칠대가 되었지.
이제 다시 때를 만나 북쪽으로 돌아가는구나. …

The heavens move in circles
And man joins in them.
My illustrious ancestor in the Western Qin
First was driven away to the Eastern River.
Now with me, in the seventh generation,
The time had come to return to the north. …73)

---

72)<강남의 슬픔(哀江南賦)>이라는 제목은 초나라 시인 송옥(宋玉)의 <초혼(招魂)>의 "영혼이여, 돌아오라! 슬픈 강남이여.(魂兮歸來哀江南)"에서 나온 것으로 보인다. 유신은 자신을 송옥과 동일시 했음이 분명하다. 유신의 조상이 남쪽으로 내려와 정착한 곳이 옛날 초나라 땅이자 송옥의 고향인 강릉이었기 때문이다.

73)William Graham, 앞의 책, p.101.

어떠한 경우에서도 유신은 항상 육조 정신의 살아있는 표현이라고 자임하고 있다. 유신은 317년 남북으로 갈라진 육조 시대의 상징적 종착역인 581년까지 살았다. 581년은 수나라를 세운 양견(楊堅)이 장안에서 반란을 일으켜서 북조와 남조로 분리되어 왔던 기나긴 정치적 분열을 종결시킨 해이다. 문학적으로 육조 시기는 정치적 분열에도 불구하고, 혹은 정치적 분열 때문에 시 방면에서 위대한 혁신의 시대가 될 수 있었으며 이 시기 중국의 서정시는 한껏 발전하였다.

역자후기

　　거인의 그림자는 길었던 것일까. '문학의 자각 시대'라는 루쉰(魯迅)의 지적은 위진 문학에 대한 관심을 일으켰지만 동시에 당송 문학으로 넘어가는 과도기 문학이라는 선입관을 심어준 것도 사실이다.[1] 하지만 위진 문학은 다기(多岐)하고 독특한 풍격을 자체적으로 보여준다. 호한(胡漢)이 병존했던 독특한 시대 상황, 도교와 불교가 몰고 온 유미주의와 허무주의의 바람, 무엇보다 위나라(魏, 220-265)에서 진나라(陳, 557-589)까지 369년은 과도기로 보기에 너무 긴 시간이다.

　　『난세를 꽃피운 시인들』은 이러한 문제의식 속에서 출발한다. 다양한 문화적 맥락에서 입체적으로 접근하는 저자의 시도는 이미 구미 학계에서 인정받았을 뿐만 아니라 중역본 역시 중화문화권에서도 폭넓은 관심을 받고 있다.[2] 각 장의 내용을 간단히 소개하면,

---

[1] 루쉰(魯迅), 「魏陳風度與酒」, 『而已集』, 『魯迅全集』(북경: 人民文學出版社, 1981), 제3권, 504.

[2] 본서에 대한 구미학계의 관심은 The Journal of Asian Studies (1987), Vol. 46, 634-636에 실린 서평에 잘 나타나 있다. 중화권에서는 대만에서 이미 번역되

저자와 역자의 사진*

도잠과 유신을 다룬 1장과 5장은 위진 문학의 역사적 맥락 속에서 정치와 문학의 함수 관계를 다루고 있다. 특히 문단의 비주류로 생을 마감하였던 도잠이 수백 년 뒤 송대 문인, 소식과 조우하면서 중국문학 최고의 수퍼스타로 등극하는 과정은 상당히 흥미롭다. 문학과 미술, 특히 중국의 산수미학에 관심이 있다면 사령운과 사조를 연구한 2장과 4장을 읽으면 도움이 될 것이다. 또 악부시, 영물시, 영회시, 절구, 유기 등 다양한 양식이 궁금하다면 포조를 소개한 3장을 읽으면 된다.

본서의 저자, 순캉이(孫康宜, Kang-i Sun Chang) 교수는 위진 문학에서 청대 문학까지 폭넓게 연구하고 있는 구미학계의 대표적인 중문학자. 상당한 연구 실적 때문에 세상과 담을 쌓고 전공에만 천착하는 학자라고 생각한다면 오산이다. 2003년 가을, 번역이 인연이 되어서 저자를 만나게 되었는데 저자는 예술가적 소양이 풍부했고

었고 ─종전전(鐘振振), 『抒情與描寫: 六朝詩歌概論』(타이베이: 充晨文化, 2000)─ 중국에서도 현재 간자체로 재번역되고 있다.

*사진은 현 듀크 대학 총장이며 당시 예일대 부총장이었던 브로헤드(Richard Brodhead)와의 우연한 만남으로 촬영되었다.

활달한 성격의 소유자였다. 평소에는 박학하게 연구하다가 집필을 시작하면 일체 활동을 끊고 집필에만 매달린다고 하시는데 무척 까다로운 주제를 다루고 있는 본서 역시 2달 만에 완성했다고 하니 저자의 엄청난 집중력을 알 수 있다. "우리는 중국문학을 연구한다기보다 문학을 공부한다는 생각을 가지고 있어야 합니다."라는 본인의 말처럼 저자는 실제로 비교문학과 창작 방면에서도 활발하게 활동하고 있다. 한편 북경 출생, 대만 이주, 국민당의 탄압, 미국으로의 유학과 성공 등 저자의 일생은 다사다난한 중국현대사의 한 부분이자 동시에 아름다운 인생 이야기이기도 하다.[3)]

번역은 2003년 여름 3개월간 집중적으로 이루어 졌는데 부모님의 도움이 없었다면 힘들었을 것이다. 기획에서 마무리까지 천안외국어대 민경삼 교수님께서 도와주셨으며 동국대 한의대 본과에 재학 중인 홍성욱과 고려대 중어중문학과 대학원에 재학 중인 정욱진, 홍은빈, 김희경, 김미현 동학께서 꼼꼼히 읽어주셔서 책으로 나올 수 있었다. 또 책 잘 만들기로 소문난 '이회'에서 출판되고 예쁘게 편집해 주신 최미옥 선생님을 만난 것도 행운이라고 생각한다. 이 자리를 빌어서 모두 감사드린다.

2004년 4월

튤립축제가 한창인 마운트버논(Mt. Vernon)에서

역자 배상

[3)] 여기에 관한 내용은 『走出白色恐怖』(타이베이: 充晨文化, 2002)라는 제목으로 출판되었다.

참고문헌

Ami Yūji 網祐次. *Chūgoku chūsei bungaku kenkyū: Nan sei Eimei jidai o chūshin to shite* 中国中世文学研究―南齊永明 時代を中心として. Tokyo: Shinjusha, 1960.

Bear, Peter. "The Lyric Poetry of Yü Hsin." Yale Univ. 1969

Bielenstein, Hans. *The Bureaucracy of Han Times.* Cambridge: Cambridge Univ. Press, 1980.

Birch, Cyril. ed. *Studies in Chiness Literary Genres.* Berkeley: Univ. of California Press, 1974

Birrell, Anne, trans. *New Songs from a Jade Terrace.* London: Allen & Unwin, 1982.

Bloom, Harold. *The Anxiety of Influence: A Theory of Poetry.* New york: Oxford Univ. Press, 1973

______, *A Map of Misreading.* New York: Oxford Univ. Press, 1975.

______, *Poetry and Repression: Revisionism from Blake to Stevens.* New Haven: Yale Univ. Press, 1976.

Bodman, Richard W. "Poetics and Prosody in Early Medieval China: A Study and Translation of Kūkai's *Bunkyō Hifuron.*" Diss. Cornell Univ. 1978.

Bush, Susan. "Tsung Ping's Essay on Painting Landscape and the

‘Landscape Buddhism’ of Mount Lu.” In *Theories of the Arts in China,* ed. Susan Bush and Christian Murck. Princeton: Princeton Univ. Press, 1983, pp.132-164.

Chan Ying 詹鍈. *Wen-hsin tiao-lung te fung-ke hsüeh* 文心雕龍的風格學. Peking: Jen-min wen-hsüeh ch’u-pan-she, 1982.

Chang, H.C. *Chinese Literature, Vol.2: Nature Poetry.* New York: Columbia Univ. Press, 1977.

Chang, K. C. *Art, Myth and Ritual: The Path of Political Authority in Ancient China.* Cambridge: Harvard Univ. Press, 1983.

Chang, Kang-i Sun. “Chinese ‘Lyric Criticism’ in the Six Dynasties.” In *Theories of the Arts in China.* Ed. susan Busan Bush and Christian Murck. Princeton: Princeton Univ. Press, 1983.

______, “Description of Landscape in Early Six Dynasties Poetry.” In *ESP.*

______, “Su Shih snd the Evolution of the *Tz’u* Genre.” In her *The Evolution of Chinese Tz’u Poetry: From Late T’ang to Northern Sung.* Princeton: Princeton Univ. Press, 1980, pp.158-206.

Chang P’u 張溥. *Han Wei Liu-ch’ao pai-san-chia chi t’i-tz’u [chu]* 漢魏六朝百三家集題辭[注]. Ed. Yin Meng-lun 殷孟倫. Peking: Jen-min wenhsüeh ch’u-pan-she, 1981.

Chao I 趙翼. *Nien-erh shih cha-chi* 廿二史箚記. 2 vols. Rpt. Taipei: Shih-chieh shu-chü, 1973

Chaves, Jonathan. *Mei Yao-ch’en and the Development of Early Sung Poetry.* New York: Columbia Univ. Press, 1976.

Chen, Shih-hsiang. “The Genesis of Poetic Time: The Greatness of Ch’ü Yuan, Studied with a New Critical Approach.” *The Tsing Hua Journal of Chinese Studies,* New Series X, No. 1(June 1973), 1-43

______, “The *Shih-ching*: Its Generic Significance in Chinese Literary History and Poetics.” In *Studies in Chinese Literary Genres.* Ed. Cyril Birch.

Berkeley: Univ. of California Press, 1974, pp.8-41.

Ch'en Yin-k'o 陳寅恪. "Ssu-sheng san-wen" 四聲三問. In his *CYK*, I, 205-218.

______. "T'ao-hua yüan chi p'ang cheng" 桃花源記旁證. In his *CYK*, I, 183-193.

______. "T'ao Yüan-ming chih ssu-hsiang yüch'ing-t'an chih kuan-hsi 」陶淵明之思想與清談之關係. Inhis *CYK*, I, 381-407.

______. "Tu Ai chiang-nan *fu*" 讀哀江南賦. In his *CYK*, II, 339-345.

______. "Tung-Chin Nan-ch'ao chih Wu-yü" 東晉南朝之吳語. In his *CYK*, II, 143-148.

______. "Yü Hsin Ai chiang-nan gu yü Tu Fu Yung-huai ku-chi shih" 庾信哀江南賦與杜甫詠懷古跡詩. In his *CYK*, I, 201-203.

Ch'en Yüan 陳桓. *Erh-shih shih shuo-jun piao* 二十史朔閏表. 1925; rpt. Taipei: I-wen yin-shu-kuan, 1958.

Ch'in Yüan-lung 陳元龍, ed. [yü ting] *li-tai fu hui* [御定]歷代賦彙. 140 chüan. Preface 1706.

Cheng, François. *Chinese Poetic Writing*. Trans. Donald A. Riggs and Jerome P. Seaton. Bloomington: Indiana Univ. Press, 1982.

Cherniack, Susan. "The Eulogy for Emperor Wen, and Its Generic and Biographical Contexts." Draft, 1984.

Chiang Liang-fu 姜亮夫. *Li-tai jen-wu nien-li Pei-chuan tsung-piao* 歷代人物年里碑傳綜表. Rpt. Taipei: Hua-shih ch'u-pan-she, 1976.

Ch'ien Chung-lien 錢仲聯. "Pao Chao nien-piao" 鮑照年表. In his *PTCC*, pp,431-442.

Ch'ien Chung-shu 錢鍾書. *Kuan-chui pien* 管錐編. 4 vols. Peking: chung-hua shu-chü, 1979.

______. *T'an I lu* 談藝錄. 1948; rpt. Hong Kong: Lung-min shu-chü, 1965.

Ch'ien Mu 錢穆. *Chung-kuo hsüeh-shu ssu-hsiang shih lun-ts'ung* 中國學術思

想史論叢. Vol.Ⅲ. Taipei: Tung-ta t'u-shu yu-hsien kung-ssu, 1977.

______. *Chung-kuo t'ung-shih ts'an-k'ao tzu-liao* 中國通史參考資料. Introd. Yü Ying-shih 余英詩. Taipei: Tung-sheng ch'u-pan shih-yeh kung-ssu, 1982.

Chou, Chao-ming. "The Beholder in *Shan-shui* Poetry." Unpublished paper, 1983.

Chou Chen-fu 周振甫. *Shih-tz'u li-hua* 詩詞例話. Rev. ed. Peking: Chungkuo Ch'ing-nien ch'u-pan-she, 1979.

Chou, Shan. "Beginning with Images in the Nature Poetry of Wang Wei." *Harvard Journal of Asiatic Studies,* 42, No. 1(1982), 117-137.

Chou Shao-hsien 周紹賢. *Wei Chin ch'ing-t'an shu-lun* 魏晉清談述論. Rpt. Taipei: Commercial Press, 1966.

Chow, Tse-tsung. "Ancient Chinese Views of Literature, the Tao, and Their Relationship." *Chinese Literature: Essays, Articles, Reviews*, 1, No. 1(1979), 3-29.

______. "The Early History of the Chinese Word *Shih*(Poetry)." In *Wen-lin, Studies in the Chinese* Humanities. Ed. Tse-tsung Chow. Madison: Univ. of Wisconsin Press, 1968, pp.151-209

Ch'ü T'ui-yüan 瞿蛻園, ed. *Han Wei Liu-ch'ao fu hsüan* 漢魏六朝賦選. Rev. ed. Shanghai: Ku-chi ch'u-pan-she, 1979.

Ch'ü Yüan 屈元, et al. *Ch'u tz'u* 楚辭. Commentary by Wang I 王逸. Rpt. Hong Kong: Kuang-chih shu-chü, n. d.

Chuang Tzu 莊子. *Chuang Tzu* [chi-shih] 莊子[集釋]. Ed. Kuo Ch'ing-fan 郭慶藩. Peking, 1961. Rpt. in one vol. Taipei: Ho-lo t'u-shu ch'u-panshe, 1974.

Chung Ch'i 鍾祺. *Chung-ku shih-ko lun-ts'ung* 中古詩歌論叢. Hong Kong: Shanghai Book Co., 1965

Chung Hsing 鍾惺 and T'an Yüan-ch'un 譚元春, eds. *Ku-shih kuei* 古詩歸.

Perface 1617.

Chung Jung 鍾嶸. *Shih-p'in* [*chu*] 詩品[注]. Commentary by Ch'en Yenchieh 陳廷傑. Hong Kong: Commercial Press, 1959.

Chung-kuo mei-hsüeh shih tzu-liao hsüan-pien 中國美學史資料選編. Ed. Dept. of Philosophy, Peking University. Peking: Chung-hua shu-chü, 1980.

Chung Yu-min 鍾優民. *T'ao Yüan-ming lun-chi* 陶淵明論集. Human: Jenming ch'u-pan-she, 1981.

Davis, A. R. *T'ao Yüan-ming: His Works and Their Meaning*. 2 vols. Cambridge: Cambridge Univ. Press., 1983.

De Bary, William Theodore, et al., comp. *Sources of Chinese Tradition*. New York: Columbia Univ. Press, 1960. Vol. Ⅰ.

De Woskin, Kenneth. "Early Chinese Music and the Origins of Aesthetic Terminology." In *Theories of the Arts in China*. Ed. Susan Bush and christian Murck. Princeton: Princeton Univ. Press, 1983, pp.197-214.

______. *A Song for One or Two: Music and the Concept of Art in Early China* Michigan Papers in Chinese Studies, No. 42. Ann arbro: Univ. of Michigan, 1902.

Eberhard, Wolfram. *The Local Cultures of South and East China*. Leiden: E. J. Brill, 1968.

Egan, Ronald C. "Poems on Paintings: Su Shih and Huang T'ing-chien." *Harvard Journal of Asiatic Studies*, 43, No. 2(1983), 413-451.

Eliot, T. S. *On Poetry and Poets*. 1943; rpt. New York: The Noonday Press, 1961.

Elliott, Robert C. *The Shape of Utopia: Studies in a Literary Genre*. Chicago: Univ. of Chicago Press, 1970.

Eoyang, Eugene. "Moments in Chinese Poetry: Nature in the World and

Nature in the Mind." In *Studies in Chinese Poetry and Poetics*. Ed. Ronald C. Miao. Vol. Ⅰ. San Francisco: Chinese Materials Center, 1978, pp.105-128.

______. "The Solitary Boat: Images of Self in Chinese Nature Poetry." *Journal of Asian Studies*. 32, No. 4(1973), 593-621.

Fang, Achilles, Trans. "Rhymeprose on Literature, the *Wen-fu* of Lu Chi(A.D. 261-303)." In John L. Bishop, ed. *Studies in Chinese Literature*. Cambridge: Harvard Univ. Press, 1966, pp.3-42.

Fang Hsüan-ling 房玄齡, et al. *Chin shu* 晉書. 10 vols. Ed. Editorial Board of Chung-hua shu-chü. Peking: Chung-hua shu-chü, 1974.

Feng Ch'eng-chi 馮承基. "Lun Yung-ming shung-lü—pa Ping" 論永明聲律—八病. In *CKWH*, pp.637-649.

Fichter, Andrew. *Poets Historical: Dynastic Epic in the Renaissance*. New Haven: Yale Univ. Press, 1982.

Fong, Wen C. "Images of the the Mind." In *images of the Mind*. By Wen C. Fong et. al. Princeton: Princeton Univ. Press, 1984, pp.1-212.

Frankel, Hans. H. "Classical Chinese." In *Versification: Majou Language Types*. Ed. W.K. Wimsatt. New York: New York Univ. Press, 1972, pp.22-37.

______. "The Development of Han and Wei Yüeh-fu as a High Literary Genre." In *ESP*.

______. *The flowering Plum and the Palace Lady: Interpretations of Chinese Poetry*. New Haven: Yale Univ. Press, 1976.

______. "Poetry and Painting: Chinese and Western Views of Their Convertibility." *Comparative Literature* 9(1957), 289-307.

______. "Six Dynasties *Yüeh-fu* and Their Singers," *Journal of the Chinese Language Teachers Association*, 13(1978), 189-196.

______. "*Yüeh-fu* Poetry." In Cyril Birch, ed. *Strdies in Chinese Literary*

Genres. Berkeley: Univ. of California Press, 1974.

Frodsham, J. D. *The Murmuring Stream: The Life and Works of the Chiness Nature Poet Hsieh Ling-yün*(385-433), *Duke of K'ang-lo*. 2 vols. Kuala Lumpur: Univ. of Malaya Press, 1967.

______. "The Nature Poetry of Pao Chao." *Orient/West*, 8, No. 6(1963), 85-93.

______. "The Origins of Chinese Nature Poetry." In *Asia Major*(n.s.), 8, No. 1(1960), 68-104.

______ and Ch'eng Hsi, trans. *An Anthology of Chinese Verse: Han Wei Chin and the Northern and Southern Dynasties*. Oxford: Clarendon Press, 1967.

Fujiwara no Hamanari 藤原濱成. *Kakyō hyōshiki* 歌經標式. In *Nihon kagaku taikei* 日本歌學大系. Ed. Sasaki Nobutsuna 佐佐木信綱. Tokyo: Kazma shobō, 1956, I, 1-17.

Fung Yu-lan. *A History of Chinese Philosophy*. Trans. Derk Bodde. Vol. II. Princeton: Princeton Univl. Press, 1953.

Gernet, Jacques. *A History of Chinese Civilization*. Trans. J. R. Foster. Cambridge: Cambridge Univ. Press, 1982.

Gimatti, A. Bartlett. *The Earthly Paradise and the Renaissance Epic*. Princeton: Princeton Univ. Press, 1966.

Gibbs, Donald A. "Literary Theory in the *Wen-hsin tiao-lung*, Sixth Century Chinese Treatise on the Genesis of Literature and Conscious Artistry." Diss. Univ. of Washington 1970.

Graham, A. C., Trans. *The Book of Lieh-tzu*. London: J. Murray, 1960.

______., trans. *Chuang-tzu: The Seven Inner Chapters and Other Writings from the Book Chuang-tzu*. London: Allen and Unwin, 1981.

Graham, William T., Jr., trans. *The Lament for the South: Yü Hsin's "Ai Chiang-Nan Fu."* Cambridge: Cambridge Univ. Press, 1980.

______ and James R. Hightower. "Yü Hsin's Songs of Sorrow." *Harvard Journal of Asiatic Studies*, 43, No. 1(1983), 5-55.

Hawkes, David, trans. *Ch'u: The Songs of the South, An Ancient Chinese Anthology*. London: Oxford Univ. Press, 1959.

______. "The Quest of the Goddess." In *Studies in Chinese Literary Genres*. Ed. Cyril Birch. Berkeley: Univ. of California Press, 1974, pp.42-68.

Helsinger, Elizabeth K. *Ruskin and the Art of the Beholder*. Cambridge: Harvard Univ. Press, 1982.

Henricks, Robert G., trans. *Philosophy and Argumentation in Third-Century China: The Essays of Hsi K'ang*. Princeton: Princeton Univ. Press, 1983.

Hervouet, Yves. *Un Poéte de cour sous les Han: Sseu-ma Siang-jou*. Paris, 1964.

Hightower, James R. "Allusion in the Poetry of T'ao Ch'ien." In *Studies in Chinese Literary Genres*. Ed. Cyril Birch. Berkeley: Univ. of California Press, 1974, pp.108-132.

______. "The *Fu* of T'ao Ch'ien." In *Studies in Chinese Literature*. Ed. John L. Bishop. Cambridge: Harvard Univ. Press, 1966, pp.45-106.

______. "Literary Criticism through the Six Dynasties." In his *Topics in Chinese Literature*. Rev. ed. Cambridge: Harvard Univ. Press, 1971, pp.42-48.

______. *The Poetry fo T'ao Ch'ien*. Oxford: Clarendon Press, 1970.

______. *Topics in Chinese Literature: Outlines and Bibliographies*. Rev. ed. Cambridge: Harvard Univ. Press, 1971.

______. "The Wen Hsüan and Genre Theory." *In Studies in Chinese Literature*. Ed. John L. Bishop. Cambridge: Harvard Univ. Press, 1966, pp.142-163.

Holman, C. Hugh. *A Handbook to Literature*. 4th ed. Indianapolis:

Bobbs-Merill, 1980.

Holzman, Donald. "Confucius and Ancient Chinese Criticism." In *Chinese Approches to Literature from Confucius to Liang Ch'i-ch'ao*. Ed. Adele Austin Rickett. Princeton: Princeton Univ. Press, 1978, pp.21-41.

______. "La Poésie de Ji Kang." *Journal Asiatique*, 268(1980), 107-177, 323-378.

______. *La Vie et la Pensée de* Hi K'ang. Leiden: Brill, 1957.

______. "Literary Criticism in China in the Early Third Century A.D." *Asiatische Studien*, 28, No. 2(1974), 113-149.

______. *Poetry and Politics: The Life and Works of Juna Chi, A.D. 210-263*. Cambridge: Cambridge Univ. Press, 1976.

______. Rev. of *The Lament of the South: Yü Hsin's "Ai Chiang-nan fu,"* by William T. Graham, Jr. *Chinese Literature: Essays, Articles, Reviews*, 4, No. 2(1982), 255-258.

Hsiao I 蕭繹. *Chin-lou tzu* 金樓子. In *Ss-k'u ch'üan-shu chen-pen pieh-chi* 四庫全書珍本別輯. Taipei: Commercial Press, 1975.

Hsiao Ti-fei 蕭滌非. *Tu shih san cha-chi* 讀詩三札記. Peking: Tso-chia ch'u pan she, 1957

Hsiao T'ung 蕭統. [*Chao ming*] *wen hsüan* [昭明]文選. Commentary by Li Shan 李善. 2 vols. Rpt. Taipei: Ho-lo t'u-shu ch'u-pan-she, 1975.

Hsiao Tzu-hsien 蕭子顯. *Nan-Ch'i shu* 南齊書. Ed. Editorial Board of Chung-hua shu-chü. 3 vols. Peking: Chung-hua shu-chü, 1972.

Hsieh Ling-yün 謝靈運. *Hsieh K'ang-lo shih* [*chu*] 謝康樂詩[注]. Ed. Huang Chieh 黃節. 1924; rpt. Taipei: I-wen yin-shu kuan, 1967.

______. *Hsieh Ling-yün shih hsüan* 謝靈運詩選. Ed. Yeh Hsiao-hsüeh 葉笑雪. Shanghai: Ku-tien wen-hsüeh ch'u-pan-she, 1957.

Hsieh T'iao 謝朓. *Hsieh Hsüan-ch'eng chi* [*chiao-chu*] 謝宣城集[校注]. Ed.

Hung Shun-lung 洪順隆. Taipei: Chung-hua shu-chü, 1969.

______. *Hsieh Hsüan-ch'eng shih* [*chu*] 謝宣城詩[注]. Ed. Lee Chik-fong 李直方. Hong Kong: Universal Book Co., 1968.

Hsü Fu-kuan 徐復觀. *Chung-kuo wen-hsüeh lun-chi* 中國文學論集. 2nd ed. Taipei: Student Book Co. 1974.

Hsü Ling 徐陵, ed. [*Chien-chu*] *Yü-tai hsin-yung* [箋注]玉臺新詠. Commentary by Wu Chao-i 吳兆宜. Rpt. Taipei: Kuang-wen shu-chü, 1967.

Hsü Shih-tseng 徐師曾. *Wen-t'i ming-pien hsü-shuo* 文體明辨序說. Printed with *Wen-chang pien-t'i hsü-shuo* 文章辯體序說. by Wu Na 吳訥. Peking: Jen-min wen-hsüeh ch'u-pan-she, 1962.

Hu Kuo-jui 胡國瑞. *Wei-chin Nan-pei-ch'ao wen-hsüeh shih* 魏晉南北朝文學史. Shanghai: Wen-i ch'u-pan-she, 1980.

Hui Chiao 慧皎. *Kao seng chuan* 高僧傳.(ca. A.D. 519) Collected in the Taishō shinshū daizōkyō 大正新修大藏經. Tokyo: Society for the Publication of the Taishō Edition of Tripitaka, 1924-1932, vol. 50, pp.322-423(Text no. 2059)

Hung Shun-lung 洪順隆. "Hsieh T'iao sheng-p'ing chi ch'i tso-p'in yen-chiu" 謝朓生平及其作品研究. In *HHCC*, pp.1-35.

______. *Liu-ch'ao shih-lun* 六朝詩論. Taipei: Wen-chin ch'u-pan-she, 1978.

Ikkai Tomoyoshi 一海知義, trans. *Tō En-mei* 陶淵明. *Chūgoku shijin senshū* 中國詩人選集, No. 5. Tokyo: Iwanami, 1965.

Kao, Yu-kung. "The Esthetic of the Lü-shih." In *ESP*.

______ and Tsu-lin Mei. "Ending Lines in Wang Shih-chen's Ch'i-chüeh: Convention and Creativity in the Ch'ing." In *Artists and Traditions*. Ed. Christian Murck. Princeton: Princeton Univ. Press, 1976, pp.131-135.

______ and Tsu-lin Mei. "Syntax, Diction and Imagery in T'ang Poetry." *Harvard Journal of Asiatic Studies*, 31(1970), 49-136.

Karlgren, Bernhard, trans. *The Book of Odes*. Stockholm: The Museum of Far Eastern Antiquities, 1974.

Keats, John. *John Keats: Selected Poetry and Letters*. Ed. Richard Harter Fogle. Rev. ed. San Francisco: Rinehart Press, 1969.

Kittay, Jaffrey, ed. *Towards a Theory of Description*. Yale French Studies, No. 61. New Haven: Yale Univ. Press, 1981.

Knechtges, David R. *The Han Rhapsody: A Study of the Fu of Yang Hsiung (53 B.C. - A.D. 18)*. Cambridge: Cambridge Univ. Press, 1976.

______. A Journey to Morality: Chang Heng's *The Rhapsody on Pondering the Mystery. In Essays in Commemoration of the Goledn Jubilee fo the Fung Ping Shan Library(1932-1982)*, pp.162-182.

______. Rev. of *The Lament of the South: Yü Hsin's "Ai chiang-nan fu,"* by William T. Graham, Jr *Harvard Journal of Asiatic Studies*, 42, No. 2(1982), 668-679.

______. *Two Studies on the Han fu*. Seattle: Far Eastern and Russian Institute, Univ. of Wahington, 1968.

______, trans. *Wen xuan, or Selections of Refined Literature, vols. 1: Rhapsodies on Metropolises & Capitals*. Compiled by Xiao Tong(501-531). Princeton: Princeton Univ. Press, 1982.

---------- and Jerry Swanson. "Seven Stimuli for the Prince: The *Ch'i-Fa of Mei Ch'eng.*" *Monumenta Serica*, 29(1970-1971), 99-116.

Konishi Jin'ichi 少西甚一. "The Genesis of the *Korinshū* Style." Trans. Helen C. McCullough. *Harvard Journal of Asiatic Studies*, 38, No. 1(1978), 61-170.

______. *A History of Japanese Literature. Vol. I, The Archaic and Ancient Ages*. Trans. Aileen Gattan and Nicholas Teele. Ed. Earl Miner. Princeton: Princeton Univ. Press, 1984.

Kroll, Paul W. *Meng Hao-Jan*. Boston: Twayne Prblishers, 1981.

______. "Portaits of Ts'ao: Literary Studies on the Man and the Myth." Diss. Univ. of Michigan 1976.

______. "Verses From on High: The Ascety of T'ai Shan." In *ESP*.

KūKai 空海. *Bunkyō hifuron* 文鏡秘府論. Peking: Jen-min wen-hsüeh ch'u-pan-she, 1975.

Kuo Mao-ch'ien 郭茂倩, comp. *Yüeh-fu shih-chi* 樂府詩集. Ed. Editorial Board of Chung-hua shu-chü. 4 vols. Peking: Chung-hua shu-chü, 1979.

Kuo Shao-yü 郭紹虞, ed Chung-kuo *li-tai wen-lun hsüan* 中國歷代文論選. Rev. ed. 4 vols. Shanghai: Ku-chi ch'u-pan-she, 1979-1980.

______. *Chung-kuo wen-hsüeh p'i-p'ing shih* 中國文學批評史, 1956; rpt. Hong Kong: Hung-chih shu-chü, 1970.

Lau, D. C., trans. *Lao Tzu: Tao Te Ching*, 1963; rpt. New York: Penguin Books, 1983.

Ledderose, Lothar. "The Earthly Paradise: Religious Elements in Chinese Landscape Art." In *Theories of the Arts in China*. Ed. Susan Bush and Christian Murck. Princeton: Princeton Univ. Press, 1983, pp.165-183.

Lee Chik-Fong 李直方. *Hsieh T'iao shih yen-chiu* 謝朓詩研究. Printed with *Hsieh Hsüan-ch'eng shih chu* 謝宣城詩注. Hong Kong: Universal Book Co., 1968,

______. *Han Wei Liu-ch'ao shih lun-kao* 漢魏六朝詩論稿. Hong Kong: Lung Men Book Store, 1967.

Levy, Ian Hideo. *Hitomaro and the Birth of Japanese Lyricism* Princeton: Princeton Univ. Press, 1984.

Li, Ch'i. "The Changing Concept of the Recluse in Chinese Literature." *Harvard Journal of Asiatic Studies*, 24(1962-63), 234-247.

Li Po 李白. *Li T'ai-po ch'üan-chi* 李太白全集. Commentary by Wang Ch'i 王

琦. 3 vols. Peking: Chung-hua shu-chü, 1977.

Li Tse-hou 李澤厚. *Mei te li-ch'eng* 美的歷程. Peking: Wen-wu ch'u-pan-she, 1981.

Li Yen-shou 李延壽. *Nan shih* 南史. Ed. Editorial Board of Chung-hua shu-chü, 1975.

______. *Pei shih* 北史. Ed. Editorial Board of Chung-hua shu-chü. 10 vols. Peking: Chung-hua shu-chü, 1974.

Liang Ch'i-ch'ao 梁啓超. *T'ao Yüan-ming* 陶淵明. 1923; rpt. Shanghai: Commercial Press, 1947.

Liao Wei-ch'ing 廖蔚卿. "Nan-ch'ao *yüeh-fu* yü tang-shih she-hui te kuanhsi" 南朝樂府與當時社會的關係. In *CKWH*, pp.569-589.

______. "Ts'ung wen-hsüeh hsien-hsiang yü wen-hsüeh ssu-hsiang te kuanhsi t'an Liu-ch'ao ch'iao-kou hsing-ssu chih yen te *shih*" 從文學現象與文學思想的關係談六朝巧構形似之言的詩. In *Chung-kuo Ku-tien wen-hsüeh lun-ts'ung* 中國古典文學論叢. Vol. Ⅰ. Taipei: Chung-wai wen-hsüeh yüeh-k'an-she, 1976, pp.39-70.

Lin, Shuen-fu. "The Nature of the Quatrain from the Late Han to the High T'ang." In *ESP*.

______ and Stephen Owen, eds. *The Evolution of Shih Poetry from the Han through the T'ang*. Princeton: Princeton Univ. Press. Forthcoming.

Lin Wen-yüeh 林文月. "The Decline and Revival of Feng-ku(Wind and Bone." in *ESP*.

______. "Nan-ch'ao kung-t'i shih yen-chiu" 南朝宮體詩研究. *Wen-shih-che hsüeh-pao* 文史哲學報. 15(August 1966), 433-451.

______. *Shan-shui yü ku-tien* 山水與古典. Taipei: Ch'un wen-hsueh ch'u-pan-she, 1976.

______. "'Southern Mountain' and 'Spring Grass.'" Trans. Felicia Hecker. *Renditions*, 16(Autumn 1981), 44-61.

Ling-hu Te-fen 令狐德棻, et al. *Chou shu* 周書. Ed. Editorial Board of Chung-hua shu-chü. 3 vols. Peking: Chung-hua shu-chü, 1971.

Liu Hsiang-fei 劉翔飛. "Lun chao-yin shih" 論招隱詩. *Chung-wai wen-hsüeh* 中外文學, 7, No. 12(1979), 98-113.

Liu Hsieh 劉勰. *Wen-hsin tiao-lung [chu]* 文心雕龍[注]. Commentary by Fan Wen-lan 范文瀾. 1947; rpt. in 2 vols. Peking: Jen-min wen-hsüeh ch'u-pan-she, 1978.

______. *Wen-hsin tiao-lung [chu shih]* 文心雕龍[注釋]. Commentary by Chou Chen-fu 周振甫. Peking: Jen-min wen-hsüeh ch'u-pan-she, 1981.

Liu I-ch'ing 劉義慶. *Shih-shuo hsin-yü [chiao-chien]* 世說新語[校箋]. Ed. Yang Yung 楊勇. Hong Kong: Ta-chung shu-chü, 1969.

Liu, James J. Y. *The Chinese Knight-Errant*. London: Routledge & Kegan Paul, 1967.

______. *Chinese Theories of Literature*. Chicago: Univ. of Chicago Press, 1975.

______. *The Interlingual Critic: Interpreting Chinese Poetry*. Bloomington: Indiana Univ. Press, 1982.

______. "The Paradox of Poetics and Poetics of Paradox." In ESP.

Liu K'ai-yang 劉開揚. "Lun *Yü Hsin chi ch'i shih fu*" 論庾信及其詩賦. In his *T'ang shih lun-wen chi* 唐時論文集. Shanghai: Chung-hua shu-chü, 1961, pp.136-166.

Liu Lin-sheng 劉麟生. *Chung-kuo p'ien-wen shih* 中國駢文史. 1936; rpt. Tai-pei: Commercial Press, 1976.

Liu Ta-chieh 劉大杰. *Chung-kuo wen-hsüeh fa-chan shih* 中國文學發展史. Rev. ed. 3. vols. Shanghai: Ku-tien wen-hsüeh ch'u-pan-she, 1957-58.

Lo Ch'ang-p'ei 羅常培. *Han-yü yin-yün hsüeh tao-lun* 漢語音韻學導論. Hong Kong: T'ai-p'ing shu-chü, 1970.

______ and Chou Tsu-mo 周祖謨. *Han Wei Chin Nan-pei ch'ao yün-pu yepien yen-chiu* 漢魏晉南北朝音韻部演變研究. Peking: K'o-hsüeh ch'u-pan-she, 1958.

Lo Ken-tse 羅根澤. "Chüeh-chü san-yüan" 絶句三源. In his *Chung-kuo kutien wen-hsüeh lun-chi* 中國古典文學論集. Peking: Wu-shih-nien-tai ch'u-pan-she, 1955, pp.28-53.

______. *Chung-kuo wen-hsüeh p'i-p'ing shih* 中國文學批評史. 1957; rpt. Hong Kong: Tien-wen ch'u-pan-she, 1961.

Lo lien-t'ien 羅聯添, ed. *Chung-kuo wen-hsüeh shih lun-wen hsüan-chi* 中國文學史論文選集. Vol. II. Taipei: Student Book Co., 1978.

Lovejoy, Arthur. "The Chinese Orgin of a Romanticism", in his *Essays in the History of Ideas*. Baltimore: The Johns Hopkins Univ. Press, 1948, pp.99-135.

Lu Ch'in-li 逯欽立. "T'ao Yüan-ming shih-chi shih-wen hsi-nien" 陶淵明事迹詩文繫年. In *TYMC*, pp.261-290.

Lu Hsün 魯迅(Chou Shu-jen). "Wei Chin feng-tu chi wen-chang yü yao chi chiu chih kuan-hsi" 魏晉風度及文章與樂及酒之關係. Hn his *Erh-i chi* 而已集. Vol. 17 of Lu *Hsün san- shih nien-chi* 魯迅三十年集. Hong Kong: Hsin-i ch'u-pan-she, 1967.

Lu-K'an-ju 陸侃如. and Feng Yüan-chün 馮沅君. Chung-kuo *shih-shih* 中國詩史. 3 vols. Peking: Tso-chia ch'u-pan-she, 1957.

Mao shih chu-shu 毛詩注疏. 6 vols. In *Shih-san ching chu-shu* 十三經注疏. Rpt. Hong Kong: Chung-hua shu-chü, 1964.

Marney, John. "Cities in Chinese Literature." *Michigan Academician*, 10(1977), 225-238.

______. *Ling Chien-Wen Ti*. Boston: Twayne Publishers, 1976.

Mather, Richard B. "The Controversy Over Conformity and Naturalness during the Six Dynasties." *History of Religion*, 9, No. 2 and 3(1969/70), 160-180.

______. "The Landscape Buddhism of the Fifth Century Poet Hsieh

Ling-yün." *Journal of Asian Studies*, 18, No. 1(1958), 67-79.

______. "The Mystical Ascent of the T'ien-t'ai Mountains: Sun Ch'o's *Yu-t'ien-t'ai shan Fu*." Monumenta Serica, 20(1961), 226-245.

______., trans. *Shih-shuo Hsin-yü: A New Account of Tales of the World.* By Liu I-ch'ing(403-444). Minneapolis: Univ. of Minnesota Press, 1976.

McCullough, Helen C., trans. "The Genesis of the *Kokinshū* Style." By Konishi Jin'ichi 小西甚一. *Harvard Journal of Asiatic Studies*, 38, No. 1(1978), 61-170.

Miao Ronald C. "Palace-Style Poetry: The Courtly Treatment of Glamor and Love." In *Studies in Chinese Poetry and Poetics*. Ed. Ronald C. Miao. Vol. Ⅰ. San Francisco: Chinese Materials Center, 1978, pp.1-42.

Miao Yüeh 繆鉞. *Shih tz'u san-lun* 詩詞散論. Rpt. Taipei: K'ai-ming shu-chü, 1953.

Minet, Earl. *Japanese Linked Poetry: An Account with Translations of Renga and Haikai Sequences*. Princeton: Princeton Univ. Press, 1979.

______. "The Social Mode." In his *The Cavalier Mode from Jonson to Cotton*. Princeton: Princeton Univ. Press, 1971, pp.3-42.

Morino Shigeo 森野繁夫. "Ryō no bungaku shūdan—Taishi Kō no shūdan o chūshin to shite." 梁の文学集団—太子綱の集団を中心として. In *Nippon Chūgoku gakkai hō* 日本中国学会報, No. 20(1968), 109-124.

______. "Ryōsho no bungaku shūdan" 梁初の文学集団. In *Chūgoku bungaku hō* 中国文学報, 21(1966), 83-108.

Mote, F. W. "The Arts and the 'Theorizing Mode' of the Civilization." In *Arts and Traditions: Uses of the Past in Chinese Culture*. Ed. Christian Murck. Princeton: Princeton Univ. Press, 1976, pp.3-8.

______. "Confucian Eremitism in the Yüan Period." In *The Confucian Persuasion*. Ed. Arthur F. Wright. Stanford: Stanford Univ. Press, 1960, pp.202-240.

______. trans. *A History of Chinese Political Thought*. By Hsiao Kung-chuan. Vol. Ⅰ. Princeton: Princeton Unin. Press, 1979.

______. *Intellectual Foundations of China*. New York: Knopf, 1971.

______. "The Transformation of Nanking: 1350-1400." In *The City in Late Imperial China*. Ed. G. William Skinner. Stanford Univ. Press, 1977, pp.101-153.

Mou Tsung-san 牟宗三. *Ts'ai-hsing yü hsüan-li* 才性與玄理. 1962; rpt. Taipei: Student Book Co., 1975.

Murck, Christian, ed. *Arts and Traditions: Uses of the Past in Chinese Culture*. Princeton: Princeton Univ. Press, 1976.

Obi, Kōichi 小尾郊一. Chūgoku bungaku ni arawareta shizen to shizenkan —chūsei bungaku o chūshin to shite 中国文学に現われた自然と自然觀—中世文学を中心として. Tokyo: Iwanami, 1962.

Ou-yang Hsün 歐陽詢, et al. Comp. *I-wen lei-chü* 藝文類聚. Ed. Wang Shaoying 汪紹楹. Rev. ed. 4 vols. Shanghai:Ku-chi Ch'u-pan-she, 1982.

Owen, Stephen. "Deadwood: The Barren Tree from Yü Hsin to Han Yü." *Chinese Literature: Essays, Articles, Reviews*, 1(1979), 157-179.

______. *The Great Age of chinese Poetry: The High T'ang*. New Haven: Yale Univ. Press, 1981.

______. "A Monologue of the Senses." In *Toward a Theory of Description*. Ed Jeffrey Kittay. No. 61 of Yale French Studies(1981), pp.244-260.

______. *Traditional Chinese Poetry and Poetics: Omen of the World*. Madison: Univ. of Wisconsin Press, 1985.

______. *The Poetry of Meng Chiao and Han Yü*. New Haven: Yale Univ. Press, 1975.

______. *The Poetry of the Early T'ang*. New Haven: Yale Univ. Press, 1977.

______. "The Self's perfect Mirror: Poetry as Autobiography." In *ESP*.

Pao Chao 鮑照. *Pao Ts'an-chün shih* [*chu*] 鮑參軍詩[注]. Ed. Huang Chieh 黃
節. Rpt. Hong Kong: Chung-hua-shu-chü, 1972.

______. *Pao Ts'an-chün chi* [*chu*] 鮑參軍詩[注]. Ed. Ch'ien Chung-lien 黃仲
聯. Shanghai: Ku-chi ch'u-pan-she, 1980.

Pei Yüan-ch'en 貝遠辰 and Yeh Yu-ming 葉幼明, eds. *Li-tai yu-chi hsüan* 歷
代遊記選. Hunan: Jen-min ch'u-pan-she, 1980.

Plaks, Andrew. "the Chinese Literary Garden." In his *Archetype and Allegory
in the Dream of the Red Chamber*. Princeton Univ. Press, 1976,
pp.146-177.

Po Chü-i 白居易. *Po Chü-i chi* 白居易集. Ed. Ku Hsüeh-chieh 顧學頡. 4 vols.
Peking: Chung-hua shu-chü, 1979.

Pollack, David. "Linked-Verse Poetry in China: A Study of Associative
Linking in *Lien-Chü* Poetry with Emphasis on the Poems of Han
Yü and His Circles." Siss. Univ. of California, Berkeley, 1976.

Preminger, Alex, et al. *Princeton Encyclopedia of Poetry and Poetics*. Enlarged
ed. Princeton: Princeton Univ. Press, 1974.

Rabinovitch, Judith. "The Poetic Code of Fujiwara no Hamanari(772)." Draft
translation, 1984.

Rickett, Adele Austin, ed. *Chinese Approaches to Literature from Confucius to
Liang Ch'i-ch'ao*. Princeton: Princeton Univ. Press, 1978.

Roberstson, Maureen. "Periodization in the Arts and Patterns of Change in
Traditional Chinese Literary History." In *Theories of the Arts in
China*. Ed. Susan Bush and Christian Murck. Princeton: Princeton
Univ. Press, 1983, pp.3-26.

Russell, Bertrand." Knowledge by Acquaintance and Knowledge by
Description." In his *The Problems of Philosophy*. 1959; rpt. London:
Oxford Univ. Press, 1975, pp.46-59.

Schafer, Edward H. *The Divine Woman: Dragon Ladies and Rain Maidens in*

T'ang Literature. Berkeley: Univ. of California Press, 1973.

Shen Ts'ung-wen 沈從文. *Chung-kuo ku-tai fu-shih yen-chiu* 中國古代服飾研究. Hong Kong: Commercial Press, 1981. Vol. Ⅰ.

Shen yüeh 沈約. *Sung shu* 宋書. 8 vols. Ed. Editorial Board of Chung-hua shu-chü. Peking: Chung-hua shu-chü, 1974.

Shih, Vincent Yu-chung, trans. *The Literary Mind and the Carving of Dragons.* By Liu Hsieh. Rev. ed. Hong Kong: The Chinese Univ. Press, 1983.

Ssu-ma Ch'ien 司馬遷. *Shih-chi* 史記. Ed. Editorial Board of Chung-hua shu-chü 10 vols. Peking: Chung-hua shu-chü, 1959.

Stankiwicz, Edward. "Centripetal and Centrifugal Structures in Poetry." *Semiotica*, 38, nos. 3-4, (1982). 217-242.

Stimson, Hugh M. *Fifty-five T'ang Poems*. New Haven: Far Eastern Publications, Yale University, 1976.

______., trans. "Preface to the *Orchid Pavilion Collection*." Unpublished trans., March, 1983.

Su Shih 蘇軾. *Su Shih shih-chi* 蘇軾詩集. Commentary by Wang Wen-kao 王文誥. 8 vols. Peking: Chung-hua shu-chü, 1982.

Sui Shu-sen 隋樹森. *Ku-shih shih-chiu shou chi-shih* 古詩十九首集釋. Hong Kong: Chung-hua shu-chü, 1958.

Sullivan, Michael. *Symbols of Eternity: The Art of Landscape in China.* Stanford: Stanford Univ. Press, 1979.

Sung Ch'iu-lung 宋丘龍. *Su Tung-p'o ho T'ao Yüan-ming shih chih pi-chiao yen-chiu* 蘇東坡和陶淵明詩之比較研究. Taipei: Commercial Press, 1980.

Suzuki Torao 鈴木虎雄. *Fushi taiyō* 賦史大要. Tokyo: Fusanbō, 1936.

T'ai Ching-nung 臺靜農. "Wei Chin wen-hsüeh ssu-hsiang te shu-lun" 魏晉文學思想的述論. In *CKWH*, pp.449-460.

T'ang Hai-t'ao 唐海濤. "T'an Pao Chao te 'Mei-hua lo'" 談鮑照的 "梅花落", *Ming Pao Monthly*, 19, No. 10(1984), 60-61.

T'ang Yung-t'ung 湯用彤. *Han Wei Liang-Chin Nan-pei ch'ao fo-chiao shih* 漢魏兩晉南北朝佛教史. Peking: Chung-hua shu-chü, 1963. Rpt. in one volume. Taipei: Ting-wen shu-chü, 1976.

______. *Wei Chin hsüeh lun-kao* 魏晉玄學論稿. Peking: Jen-min wen-hsüeh ch'u-pan-she, 1957.

T'ao Ch'ien 陶潛. *Ching-chieh hsien-sheng chi* 靖節先生集. In *Ssu-pu pei-yao* 史部備要. Shanghai: Chung-hua shu-chü, 1936.

______. *Sou shen hou-chi* 搜神後記. 10 *chüan*. In *Ku chin shuo-pu ts'ung-shu* 古今說部叢書, *chi* 2. n. d.

______. *T'ao Yüan-ming chi* 陶淵明集. Ed. Lu Ch'in-li 逯欽立. Peking: Chung-hua shu-chü, 1979.

______. *T'ao yüan-ming chi [chiao-chien]* 陶淵明集[校箋]. Ed. Yang Yung 楊勇. Hong Kong: Wu-hsing chi shu-chü, 1971.

______. *T'ao yüan-ming shih-hsüan* 陶淵明詩選. Ed. with notes by Hsü Wei 徐巍. Hong Kong: Joint Publishing Co., 1982.

T'ao Yüan-ming shih-wen hui p'ing 陶淵明時文彙評. Ed. Department of Chinese, Peking Univ. Peking: Chung-hua shu-chü, 1961.

T'ao Yüan-ming yen-chiu tzu-liao hui-pien 陶淵明研究資料彙編. Ed. Department of Chinese, Peking Univ. Peking: Chung-hua shu-chü, 1962.

Teng Shih-liang 鄧仕樑. *Liang Chin shih lun* 兩晉詩論. Hong Kong: Chinese Univ. of Hong Kong, 1972.

Teng, Ssu-yü, trans. *Family Instructions for the clan*. By Yen Chih-t'ui. Leiden: Brill, 1968.

Ting Fu-lin 丁福林. "Pao Chao shih-wen hsi-nien k'ao-pien" 鮑照詩文系年考辨. *Chung-hua wen-shih lun-ts'ung* 中華文史論叢, 27, No. 3(1983), pp.277-287.

Ting Fu-pao 丁福保, ed. *Ch'üan Han San-kuo Chin Nan-pei-ch'ao shih* 全漢三國晉南北朝詩. Shanghai, 1916. Rpt. in 3 vols. Taipei: Shih-chieh shu-chü, 1969.

Tseng Chün-i 曾君一. "Pao Chao yen-chiu" 鮑照研究. In *Wei Chin Liu-ch'ao shih yen-chiu lun-wen chi* 魏晉六朝詩研究論文集. Ed. Chung-kuo yü-wen hsüeh-she 中國語文學史. Hong Kong: Chung-kuo yü-wen hsüeh-she, 1969, pp.134-158.

Tu Fu 杜甫. *Tu Shih [hsiang-chu]* 杜詩[詳注]. Commentary by Ch'iu Chao-ao 仇兆鰲. Peking: Chung-hua shu-chü, 1979.

Tu, Wei-ming. "Profound Learning. Personal Knowledge and Poetic Vision." In *ESP*.

T'ung Shu-yeh 童書業. "Chung-kuo shan-shui hua ch'i-yüan k'ao" 中國山水畫起源考. In *Shan-shui hua shih chih yen-chiu* 山水畫史之研究. Vol. I of *Chung-kuo hua lun-ts'ung* 中國畫論叢. Ed. Ts'un-ts'ui hsüeh-she 存萃學社. Hong Kong: Ta-tung t'u-shu kung-ssu, 1978, pp.27-35.

Twitchett, Denis, ed. *The Cambridge: Cambridge History of China, Vol. 3: Sui and T'ang China, 589-906, part 1*. Cambridge Univ. Press, 1979.

Uchida Michio 內田道夫. "Kōnan no shi to sakuhoku no shi" 江南の詩と朔の詩. *Shūkan tōyōgaku* 集刊東洋学, no. 16(1966), 1-8.

Wang, C. H. *The Bell and the Drum: Shih Ching as Formulaic Poetry in an Oral Tradition*. Berkeley: Univ. of Calafornia Press, 1974.

______. "Lu Chi *Wen-fu* chiao-shih" 陸機文賦校釋. *Wen-shih-che hsüeh-pao* 文史哲學報, 32(December 1983), 159-256.

______. "The Nature of Narrative in T'ang Poetry." In *ESP*.

______ (Yeh Shan 葉珊). "Shih Ching kuo-feng te ts'ao-mu ho shih te piao-hsien chi-ch'iao" 詩經國風的草木和詩的表現技巧. In *Chung-kuo ku-tien wen-shüeh yen-chiu ts'ung-k'an—Shih-ko chih pu* 中國古

典文學硏究叢刊—詩歌之部. Vol. Ⅰ. Ed. K'o Ch'ing-ming 柯慶明 and Lin Ming-te 林明德. Taipei: Chü-liu t'u-shu Kung-ssu, 1977, pp.11-45.

Wang Chung 汪中. "Lun Pei-ch'ao yüeh-fu" 論北朝樂府. In *CKWH*. pp.591-598.

Wang Chung-lo 王中犖. *Wei Chin Nan-Pei-ch'ao shih* 魏晉南北朝史. 2 vols. Shanghai: Jen-min ch'u-pan-she, 1979-1980.

Wang Fu-chih 王夫之. *Ku-shih p'ing hsüan* 古詩評選. In Vol. 15 of *Ch'uan-shan ch'üan chi* 船山全集. Facsim. reproduction. Taipei: Hua-kang ch'u-pan-she, 1965.

Wang K'ai-yün 王闓運. *Pa-tai shih-hsüan* 八代詩選. Rpt. in 2 vols. Taipei: Kuang-wen shu-chü, 1970

Wang Kuo-ying 王國瓔. "*Ch'u-tz'u* chung te shan-shui ching-wu" 楚辭中的山水景物. In *Chung-wai wen-hsüeh* 中外文學. 8, No. 5(1979), 80-97.

______. "Han fu chung te shan-shui ching-wu" 漢賦中的山水景物. In *Chung-wai wen-hsüeh* 中外文學, 9, No. 5(1980), 4-34.

______. "*shih-ching chung* te shan-shui ching-wu" 詩經中的山水景物. In *Chung-wai wen-hsüeh* 中外文學, 8, No. 1(1979), 118-136.

Wang Li 王力. *Han-yü shih-lü hsüeh* 漢語詩律學. 1958; rpt. Hong Kong: Chung-hua shu-chü, 1973.

Wang Yao 王瑤. *Chung-ku wen-hsüeh feng-mao* 中古文學風貌. 1951, Shanghai; rpt. Hong Kong: Chung-liu ch'u-pan-she, 1973.

______. *Chung-ku wen-hsüeh ssu-hsiang* 中古文學思想. 1951, Shanghai; rpt. Hong Kong: Chung-liu ch'u-pan-she, 1973.

______. *Chung-ku wen-jen sheng-huo* 中古文人生活. 1951, Shanghai; rpt. Hong Kong: Chung-liu ch'u-pan-she, 1973.

Wang. Yi-t'ung, trans. *A Record of Buddhist Monasteries in Lo-yang*. By Yang Hsüan-chih. Princeton: Princeton Univ. Press, 1984.

______. *Wu ch'ao men-ti* 五朝門弟. Rev. ed. 2 vols. Hong Kong: The Chinese Univ. Press, 1978.

Wang Yün-hsi 王運熙. *Han Wei Liu-ch'ao T'ang tai wen-hsüeh lun-ts'ung* 漢魏六朝唐代文學論叢. Shanghai: Ku-chi ch'u-pan-she, 1981.

______. *Yüeh-fu shih lun-ts'ung* 樂府詩論叢. Shanghai: Ku-tien wen-hsüeh ch'u-pan-she, 1958.

Watson, Burton, trans. *Chinese Rhyme-Prose: Poems in the Fu Form form the Han and the Six Dynasties Periods*. New York: Columbia Univ. Press, 1971.

______., trans. *Records of the Grand Historian of China*. By Ssu-ma Ch'ien. 2 vols. New York: Columbia Univ. Press, 1961.

______. *Ssu-ma Ch'ien. Grand Historian of China*. New York: Columbia Univ. Press, 1958.

______, trans. *The Complete Works of Chuang Tzu*. New York: Columbia Univ. Press, 1968.

Wei Chin *Liu-ch'ao shih yin-chiu lun-wen chi* 魏晉六朝詩研究論文集. Hong Kong: Chung-kuo yü-wen hsüeh-she, 1969.

Wei Ch'ing-chih 魏慶之. *Shih-jen yü-hsieh* 詩人玉屑. Ed. Wang Yün-wu 王雲五. et al. Taipei: Commercial Press, 1972.

Weintraub, Karl Joachim. *The Value of the Individual: Self and Circumstance in Autobiography*. Chicago: Univ. of Chicago Press, 1978.

Welsh, Andrew. *Roots of Lyric*. Princeton: Princeton Univ. Press, 1978.

Westbrook, Francis A. "Landscape Description in the Lyric Poetry and '*Fu on Dwelling in the Mountains*' of Hsieh Ling-yün." Diss. Yale Univ. 1973.

______. "Landscape Transformation in the Poetry of Hsieh Ling-yün." *Journal of the American Oriental Society*, 100(1980), 237-254.

Wilhelm, Hillmut. "The Scholar's Frustration: Notes on a Type of 'Fu'." In

Chinese Thought and Institutions. Ed. John K. Fairbank. Chicago: Univ. of Chicago Press, 1957, pp.310-319.

Wilhelm, Richard, trans. *The I Ching, or Book of Changes*. Rendered into English by Cary F. Baynes. Princeton: Princeton Univ. Press, Bollingen Series 19, 1967.

Wixted, John Timothy. "The *Kokinshū* Prefaces: Another Perspective." *Harvard Journal of Asiatic Studies*, 43, No. 1(1983), 215-238.

______. "The Nature of Evaluation in The *Shih-p'in*(Gradings of Poets) by Shung Hung(A.D. 459-518)." In *Theories of The Arts in China*. Ed. Susan Bush and Christian Murck. Princeton: Princeton Univ. Press, 1983, pp.225-264.

______. *Poems on Poetry, Literary Criticism by Yuan Hao-wen(1190-1257)*. Wiesbaden: steiner, 1982.

Wong, Siu-kit, ed. and trans. *Early Chinese Literary Criticism*. Hong Kong: Joint Publishing Co., 1983.

Wright, Arthur. *Buddhism in Chinese History*. Stanford: Stanford Univ. Press, 1959.

______. *The Sui Dynasty: The Unification of China, A.D. 581-617*. New York: Knopf, 1978.

Wu Hung. "A Sanpan Shan Chariot Ornament and the Xiangrui Design in Western Han Art." *Archives of Asian Art*, 37(1984), 38-59.

Wu Shu-t'ang 吳叔儻. "Hsieh T'iao nien-p'u" 謝朓年譜. In "Chung-kuo Wen-hsüeh yen-chiu" 中國文學研究. of *Hsiao-shuo yüeh-pao* 小說月報. Vol. 17(1926). Rpt. in *Chung-kuo wen-hsüeh yen-chiu* 中國文學研究. Ed. Chao Tsu-fan 趙滋蕃. Taipei: Ch'ing-liu ch'u-pan-she, 1976, Ⅰ, 125-138.

Yang Hsüan-chih 楊衒之. *Lo-yang ch'ieh-lan chi [chiao-shih]* 洛陽伽藍記[校釋]. Ed. Chou Tsu-mou 周祖謨. Hong Kong: Chung-hua shu-chü, 1976.

Yao Ssu-lien 姚思廉. *Liang shu* 梁書. Ed. Editorial Board of Chung-hua shu-chü. 3 vols. Peking: Chung-hua shu-chü, 1973.

Yeh Chia-ying 葉嘉瑩. *Chia-ling t'an-shih* 迦陵談詩. 2 vols. Taipei: San-min shu-chü, 1970.

______. "Ts'ung Yüan I-shan lun-shih *chüeh-chü* t'an Hsieh Ling-yün yü Liu Tsung-yüan te *shih yü* jen" 從元遺山論詩絕句談謝靈運與柳宗元的詩與人. In her *Chung-kuo ku-tien shih-ko p'ing-lun chi* 中國古典詩歌評論集. Hong Kong: Chung-hua shu-chü, 1977, pp.31-71.

______ and Jan W. Walls. "Theotry, Standards, and Practice of Criticizing Poetry in chung Hung's *Shih-P'in*." In *Studies in Chinese Poetry and poetics*. Vol. Ⅰ. Ed. Ronald C. Miao. San Francisco: Chinese Materials Center, 1978, pp.43-80.

Yeh Hsiao-hsüeh 葉笑雪. "Hsieh Ling-yün chuan" 謝靈運傳. In *HLYS*, 143-220.

Yeh Jih-kuang 葉日光. *Tso Ssu sheng-p'ing chi ch'i shih chih hsi-lun* 左思生平及其詩之析論. Taipei: Wen-shih-che ch'u-pan-she, 1979.

Yen Chih-t'ui 顏之推. *Yen shih chia-hsün* [*chi-chieh*] 顏氏家訓[集解]. Commentary by Wang Li-ch'i 王利器. Shang-ku San-tai Chung-hua shu chü, 1965. Rpt. in 5 vols. with index. Taipei: Hung-yeh shu-chü, 1975.

Yen K'o-chün 嚴可均. *Ch'üan Shang-ku San-tai Ch'in Han San-kuo Liu-ch'ao wen* 全上古三代秦三國六朝文. Peking: Chung-hua shu-chü, 1965. Rpt. in 5 vols. with index. Taipei: Hung-yeh shu-chü, 1975.

Yü Chien-hua 俞劍華, ed. *Chung-kuo hua-lun lei-pien* 中國畫論類編. Hong Kong: Chung-hua shu-chü, 1973.

Yü Hsin 庾信. *Yü Tzu-shan chi* [*chu*] 庾子山集. [注]. Commentary by Ni Fan 倪璠. Peking: Chung-hua shu-chü, 1980.

______. *Yü Hsin shih fu hsüan* 庾信詩賦選. Ed. with notes by T'an Cheng-pi

譚正璧 and Chi Fu-hua 紀馥華. Shanghai: Ku-tien wen-hsüeh ch'u-pan-she, 1958.

Yu, Pauline. "Formal Distinctions in Literary Theory." In *Theories of the Arts in China*. Ed. Susan Brsh and Christian Murck. Princeton: Princeton Univ. Press, 1983, pp.27-53.

______. "Metaphor in Chinese Poetry." *Chinese Literature: Essays, Articles, Reviews*, 3(1981), 205-224.

______. *The Poetry of Wang Wei: New Translations and Commentary*. Blooming-ton: Indiana Univ. Press, 1980.

Yü Ying-shih 余英時. *Chung-kuo chih-shih chieh-ts'eng shih-lun, Ku-tai p'ien* 中國知識階層史論, 古代篇. Taipei: Linking Publication Co., 1980.

______. "Individualism and the Neo-Taoist Movement in Wei-Chin China." Draft, 1982.

______. *Li-shih yü ssu-hsiang* 歷史與思想. Taipei: Linking Publishing Co., 1976.

______. *Shih hsüeh yü ch'uan-t'ung* 史學與傳統. Taipei: Shih-pao wen-hua ch'u-pan shih-yeh yu-hsien kung-ssu, 1982.

______. *Trade and Expansion in Han China: A Study in the Structrue of Sino-Barbarian Relations*. Berkeley: Univ. of California Press, 1967.

Zürcher, E. *The Buddhist Conquest of China: The Spread and Adaptation of Buddhism in Early Medieval China*. 2 vols. Leiden: Brill, 1959.

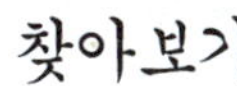

찾아보기